心理検死官ジョー・ベケット

メグ・ガーディナー
山田久美子 訳

JN263998

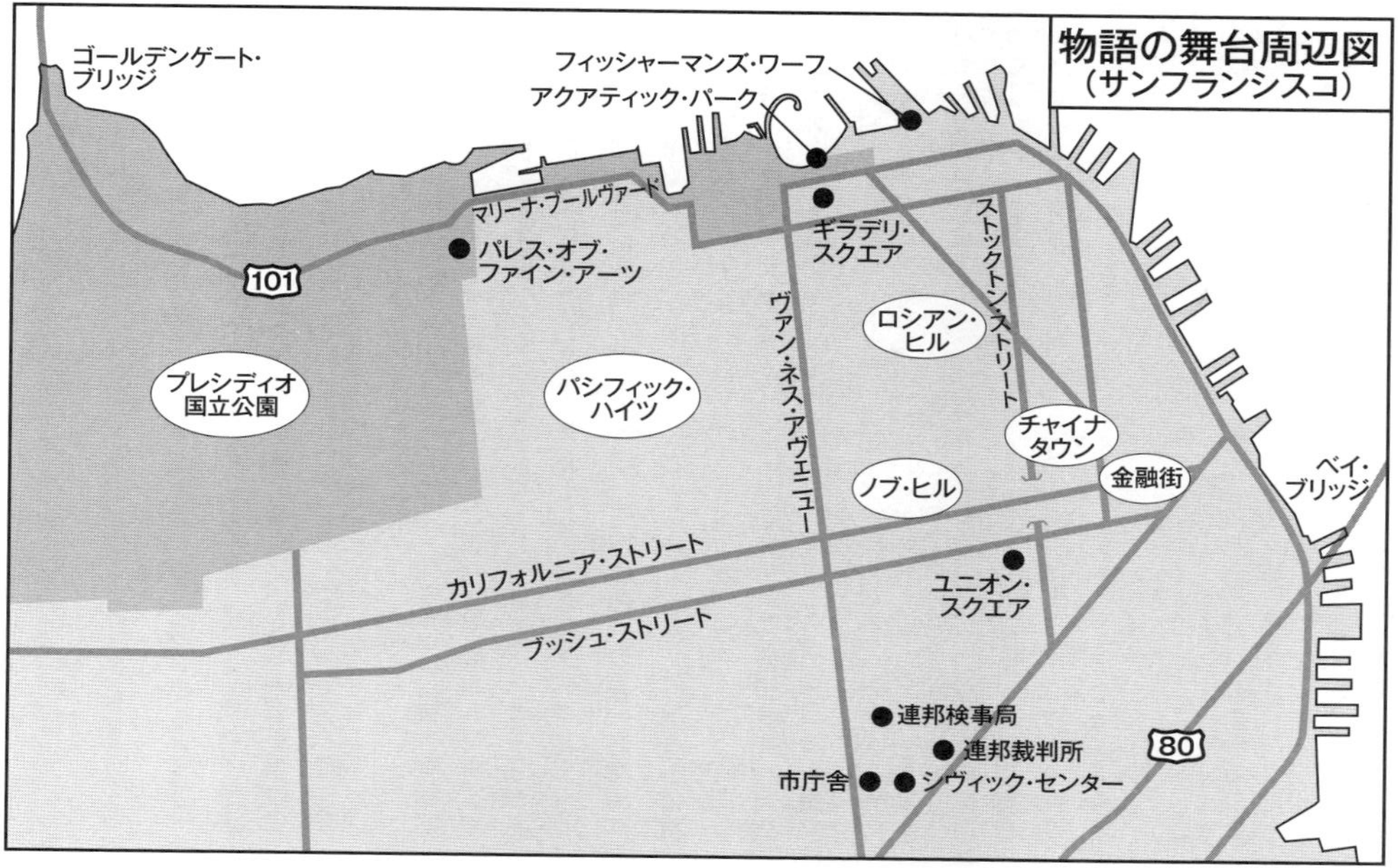
物語の舞台周辺図
（サンフランシスコ）
ゴールデンゲート・ブリッジ
フィッシャーマンズ・ワーフ
アクアティック・パーク
マリーナ・ブールヴァード
パレス・オブ・ファイン・アーツ
101
ギラデリ・スクエア
ストックトン・ストリート
ヴァン・ネス・アヴェニュー
ロシアン・ヒル
プレシディオ国立公園
パシフィック・ハイツ
チャイナタウン
金融街
ベイ・ブリッジ
ノブ・ヒル
カリフォルニア・ストリート
ユニオン・スクエア
ブッシュ・ストリート
連邦検事局
連邦裁判所
80
市庁舎
シヴィック・センター

主な登場人物

ジョー(ジョアナ)・ベケット……………………………精神科医
ダニエル・ベケット…………………………………ジョーの夫
エイミー・タング…………………サンフランシスコ市警察警部補
バリー・コーエン……………………………………………監察医
パブロ・クルス………………………………………………巡査
キャリー・ハーディング……………………………連邦検事補
ジェリ(アンジェリカ)・メイヤー………連邦検事局のインターン
レオ・フォンセカ……………………………………キャリーの上司
グレゴリー・ハーディング…………………………キャリーの元夫
ゲイブ(ゲイブリエル)・キンタナ………空軍州兵の降下救難隊員
ソフィ・キンタナ………………………………………ゲイブの娘
ファード・ビスマス……………………………………ジョーの隣人
ミスター・ピーブルズ…………………………………ファードの猿
スコット・サザン……………………………………プロアメフト選手
ソシ・サパタ…………………………………………経済リポーター
デイヴィッド・ヨシダ………………………………………………医師
マキ・プリチンゴ………………………………………デザイナー
ペリー・エイムズ………………………………………賭博詐欺師
スカンク(リーヴォン・スカトレク)…………………ペリーの手下
ティナ……………………………………………………ジョーの妹

心理検死官ジョー・ベケット

アン・オーブリー・ハンスンに

謝辞

この小説に協力してくださった、AWSライターズ・グループ（文法をはじめヘリコプターから飛びおりることまで、あらゆる事柄のエキスパートたち）、ナンシー・フレイザー、ジョン・チェンバレン医師、セアラ・ガーディナー医師、ジョン・プロムボン博士にお礼を申し上げます。粘り強いわが著作権エージェントのジョナサン・ペグとブリット・カールスン、それに大西洋の両岸にいるすばらしい編集者たち、ホダー&スタウトン社のスー・フレッチャーとダットン社のベン・セヴィア、ほんとうにありがとう。

わたしの仕事を心から支持してくださったスティーヴン・キングに、深謝を捧げます。

1

甲高く執拗な火災警報ベルの音が、超高層ビルを貫いた。耳を聾《ろう》する騒音の下で、人々が大理石のロビーへあふれだし、天井から落下した漆喰やガラスの破片をよけながら各ドアを目指す。外のモンゴメリー・ストリートでは、緊急車両の無数のライトが明滅している。警官がひとり、流れに逆らって建物内を目指していた。その十フィートうしろから、ブロンドの女が人波をかきわけてやってきた。

ロビーの隅で、男がうつむいて、ブロンドの女を急かすように往きつ戻りつしていた。興奮した人々が、その脇を足早に通過する。「本棚の中身がそっくり降ってきたんだ。こいつは絶対〝でかいの〟だと思ったよ」

男は体ごと振り向いた。〝でかいの〟だって？　まさか。こんな地震はサンフランシスコでは軽く尻を蹴とばした程度だ。それでもじゅうぶんひどいが。通りではマンホールが蒸気を噴きだしている。ガスのにおいも嗅ぎとれた。ビルの下でガス管が破裂したのだ。地震は地獄からのメッセージだ。おれが下にいることを忘れるな――落ちてくるのをここで待ってるぜ。

男は腕時計に目をやった。おい、彼女《ガール》、もっと急げよ。このビルが封鎖されるまであと十分しかない。

消防隊長が男を見た。男は若くて長身、いかにもアスリートらしい物腰だが、隊長の目にはなんの反応も浮かばなかった。疑いも、〝おい、まさかあいつじゃないよな?〟も。チームのユニフォームを脱げば、男はどこにでもいるごくふつうの典型的アメリカ人だった。

ブロンドの女がドアに近づいた。その姿は群衆のなかでひときわ目を惹いた。プラチナの輝きを放ち、髪をタイトなフレンチツイストにまとめ、ボディはもっとタイトな黒のスーツに包んでいる。警官がラリアットをかけようとするかのように腕を突きだした。女はすばやく身分証《ID》を見せて、するりとかわした。

男は微笑んだ。彼らの目と鼻の先で。

ブロンドはドアを押しあけて歩いてくると、青い目で刺すように男を見た。「ここで? いま?」

「これは最終試験だ。秘密はお天道さまの下で守るのがいちばんむずかしい」

「ガスのにおいがするし、あの蒸気パイプは噴火寸前の火山みたいな音を立ててるわ。もしバルブが吹っ飛んで、火花が出たら――」

「挑戦を要求したのはそっちだ。公の場でやれ、その証拠を示せ、ってね」ジーンズで左右の手のひらを拭う。「これ以上に公の場もない。あなたが証拠になってくれるし」

女は両手をきつく握りしめたが、双眸《そうぼう》はきらりと光った。「どこで?」

男の鼓動が速まった。「最上階。ぼくの弁護士のオフィス」

最上階で高速エレベーターを降りると、法律事務所はもぬけの殻だった。警報ベルが鳴り響いている。受付のデスクで、コンピュータ画面にテレビのニュースが流れていた。

「――被害は少ない模様ですが、金融街《ファイナンシャル・ディストリクト》でガス管が破裂したとの報告がはいっています……」

女があたりを見まわした。「防犯カメラは？」

「階段にしかない。法律事務所が依頼人をビデオに録画しちゃまずいだろ」

女は壁一面を占める窓をあごで指した。十月の沈みゆく夕陽がダウンタウンをまばゆく燃え立たせている。「この見世物《スタント》をそこのガラスに向かってやるつもり？」

男はロビーを横切った。「こっちだ。この建物は、あと――」壁の赤いデジタル時計を見る。「――六分で封鎖される」

「なんですって？」

「緊急措置なんだ。ビルにガス漏れが起きたら、エレベーターが停止し、防火扉が閉じられる。それまでに外へ出なければ」

「冗談でしょ」

壁の時計の数字が5：59に変わる。男は腕時計のタイマーをセットした。

「ほんとうだよ。地震が起きたとき、ぼくはここで弁護士たちと会っていたんだから。そうやってガス爆発の被害を最小限に抑えるんだ」女を廊下のほうへ引っぱった。「ぼくと閉じこめられるのをあなたが怖がるとはね。タフな女《ハードガール》らしくもない」

「あなたにわからないのは〝秘密〟のどの部分？」

「もし捕まったら、ここでなにをしてるんだと訊かれるだろうね、過去になにを隠しているかじゃなく」

「たしかに」女は目をきらきらさせながら、彼と並んで足を速めた。「地震が来るのを待ってこんなことをしたの？」

いい読みだ――このひと月に中震レベルの揺れはこれが三度目だった。「ついてたんだ。理想的な機会を何週間もさがしていた。大混乱、ダウンタウン――これは運命だ。この日をつかめ、ってことさ」

男は角を曲がった。壁に並ぶ陳列ケースのガラスが割れ、スポーツ界の記念品《メモラビリア》が床に散乱していた。

女は足を速めて通り過ぎた。「あれはジョー・モンタナのジャージー？」

男のストップウォッチが鳴った。「五分」

彼がマホガニーのドアをあけた。会議室の向こう側から日没の赤い残照がふたりの目をとらえた。正面にそびえるサンフランシスコの丘は、明かりが煌々とひしめき合うスタジアムのようだ。

男は身をよじって上着を脱ぐと、ポケットからカメラを取りだして、女に手渡した。「ぼくが指示したら、カメラを向けてシャッターを押すんだ」

部屋を横切って、ルーフトップ・テラスに出るドアを開いた。靴を蹴り脱ぎ、大股で外へ出ていった。

「あなたはぼくがクラブを懺悔室に使っていると非難した。ぼくが罪滅ぼしを求めている、だけど赦しを与えることはできないと言った」

はるか下のほうで、建物がうめいた。女は息をはずませながら、テラスに足を踏みだした。

「ちょっと、スコット、こんなこと危ない――」

「あなたが要求した挑戦は――言葉どおりに引用すると――ぼくが〝公開懺悔をおこなって、とにかくその証拠を示す〟ことだったね」

男が襟を引っぱりあげてポロシャツを脱いだ。女は目に焼きつけるかのように彼の胸から下へ視線を這わせた。

いまだ、男は思った。勇気と高揚感が消え去る前に。ファスナーを下げ、ジーンズを床に落とした。

女が息を呑んだ。

彼はテラスの端の、高さが腰まである煉瓦の壁へとあとずさった。「カメラを向けろ」

「あなた、弁護士と会うのにノーパンで来たの?」

男は素っ裸で煉瓦のてっぺんによじのぼり、女と向き合うように立った。女の唇が開いた。指の先までぞくぞくしながら、男はモンゴメリー・ストリートのほうを向いた。

潮風がむきだしの肌をなでる。二百フィート下では、破裂したパイプから噴きだす蒸気ごしに消防車や警察車両のライトが明滅し、一帯を不気味な赤色に染めていた。

彼は両腕をひろげた。「撮れ」

「やっぱりからかってるのね」

「写真を撮れ。早く」

「それは懺悔じゃないわ」

男はちらりと振りかえった。女は頭を振っていた。

「〝bad《ワル》〟? お尻《アス》に〝bad《バッド》〟のタトゥー?」

男の腕時計が鳴った。「あと四分。撮れ」

「自分はイケてる《バッド・アス》って?」こぶしを腰にあてた。「あなたはカレッジ時代に犯した罪で心がずたずた、それをわたしたちにぶちまけて重荷をおろしたがってる——けっこうよ。でもお尻に得意げな女たらしの科白を彫って、それを懺悔とは呼べないわ。それは悔悛とはちがう。だいいち、そんなのダーティとはほど遠いわ」

女は眉をひそめ、すたすたと室内に戻っていった。

男は向きを変えた。「おい!」

帰るつもりなのか? だめだ、すべては彼女が写真を撮ることにかかっている——

女が駆け足で戻ってきた。陳列ケースから失敬してきたスポーツ界の記念品を手に。競馬の騎手が使う乗馬鞭を。男はごくりとつばを呑んだ。

彼女がその鞭で鉢植えを打つと、邪《よこしま》な音がした。「だれかがその鼻をへし折ってやらなくちゃね」

　男は泣き声を漏らしそうになった。彼女もポイントが欲しいのだ。なおさら好都合。鞭をぴしゃぴしゃと腿に打ちつけながら、テラスを横切ってきた。煉瓦の幅や高さを見積もりつつ、ヒップを包んでいるスカートのファスナーをおろし、腰を振って落とすと、外へ踏みだした。

「痛悔の祈りを捧げる時間よ」

　ぴたりとフィットした黒のジャケット姿が勇ましく見える。尖ったピンヒールで彼の目玉を抉りだしそうだ。黒いストッキングは腿の最上部まで届いている。脚のつけ根まで――

「そのガーターベルトの素材はなんだい？」

「イグアナの革」

「ああ、かんべんしてくれ」

「抽斗《ひきだし》いっぱい持ってるわ。離婚のときに買ったのよ」片方の手を差しだした。「わたしを落とさないでよ」

「落とすもんか。バランス感覚は申し分ないんだ」ばかばかしいような、やけっぱちな気分だった。彼女にどうしてもここへあがってもらわないと。いいますぐ。「物をキャッチして落とさないようにすることで、年に四百万ドルもらってるんだから」

　ブロンドの髪がひと房ほつれ出ていた。それが彼女をやさしく見せた。彼は髪を元どおりにひっつめてほしかった。レザーの手袋をはめて、なんならアイパッチも着けてほしい。女を引っぱりあげて、隣に立たせた。

女は男の手を強く握った。なめらかなストッキングが彼の脚をこすった。

男はどうにか声を絞りだした。「これが悔悛なのか?」

「苦痛は楽園のほんの一歩手前よ」

女が目を下に向けた。声のトーンが下がった。「やれやれ。心臓麻痺を起こしそう」

「ジョークはよせよ」

女が顔をあげた。「ちがう──デイヴィッドのことをジョークにしたわけじゃないわ」

だがもしもデイヴィッドが冠動脈疾患で倒れなかったら、ふたりはここにいなかっただろう。医師の死で欠員ができたので、スコットは自分でそれを埋めたかったのだ。これは彼にとって己の力を証明し、クラブのトップ・レベルに昇格を許されるためのチャンスだった。

下方から風がさっと吹きつけた。向かいにそびえる高層ビルの明かりの灯った窓から、人々が消防車を見おろしている。だれもこちらを見てはいない。

「連中の目と鼻の先で。ぼくらふたりはボーナス・ポイントを稼ぐ」

「まだよ」女がカメラをよこした。「ふたりともフレームにはいるようにして」

彼は五枚連写でオートタイマーをセットし、カメラを煉瓦の上に置いた。ストップウォッチが鳴った。あと三分。

女はバランスをとるために大きく脚を開いて立った。「罪人たちはどうなるの?」

彼は目をしばたたいて振り向き、そろそろと用心深く両手両膝をついた。「ぼくは悪い子でした。お尻をぶってください」

女は掌に鞭をぴしゃりと打ちつけた。「おまじないの言葉は?」

安堵と欲望が全身を突き抜ける。「強く」

カメラのフラッシュが光った。鞭が振りおろされた。

尻から背骨に沿って炎の筋が走る。男は痛みにあえぎ、煉瓦をつかんだ。

「もっと強く」

女が鞭を振るった。フラッシュが光った。

彼は煉瓦に爪を立てた。「罪はすべてぼくにあります《メア・クルパ》。とてもとても悪い子でした。もっ、と、」

鞭は飛んでこなかった。彼は見あげた。女は胸をあえがせていて、髪がフレンチツイストからほつれ出ていた。

「あなたったら、本気でこらしめてほしいのね?」

「やってくれ」

彼女は鞭を振りあげた。そのあまりに激しい一撃に、男は苦痛の叫びをあげた。女はたしかに罰を与えたがっていたが、その相手はこの男ではなかった。これはほかの人物へのメッセージにするつもりだ。腕時計が鳴った。

「いけない、あと二分よ。さっさと退散しましょ」

男の目は潤んでいた。「まだだ。だれもぼくらを見ていない」

「見ていない？　どうかしてるわ。余震でもあったら、まともに立っていられないわよ。ふたりとも――」

建物の壁を伝わって、ずしんという物音が響いた。ビルの屋上目がけてヘリコプターが急降下したのだ。

それは向きを変え、回転翼《ローター》の爆音を轟かせながらモンゴメリー・ストリート上空でホバリングした。テラスのなにもかもが吹き飛ばされた。埃も、葉も、彼らの衣類も。カメラが煉瓦から転がり落ちた。スコットはつかもうとしたが、間に合わなかった。

女が叫んだ。「やだ、証拠が――」

カメラは落下し、建物にぶつかってばらばらに弾け飛んだ。彼は悲鳴をあげた。悔悛が、思い出が――

目をくらませる白色のサーチライトがテラスに向けられた。

「たいへん――ニュース・ヘリだわ」女が言った。

彼女は煉瓦からテラスへ飛びおりた。ピンヒールのパンプスでガゼルさながらに着地した。彼もひりひりする尻で、あたふたと続いた。めいめい服をひっつかみ、ドアを目指して駆けだした。ヘリが宙で旋回し、サーチライトがすばやく追ってきた。

振り向いた女の目は歓喜と怒りで見開かれていた。サーチライトが髪を光背のごとく照らしだした。

「あっちを向け」彼は怒鳴った。「顔のアップを撮られたいのか？」

「顔を知られてるのはわたしじゃなくてそっちよ」

「でもじきにそっちのゴージャスな尻も知られることになるぞ」

会議室に駆けこみ、立ち止まって、左脚をジーンズにねじこんだ。スポットライトがふたりをとらえた。彼はつまずきつつドアへ向かった。

女は手さぐりでスカートを穿《は》きながら、廊下へ飛びだした。「《宇宙戦争》のあれみたいに追っかけてくるわ」

彼は女を急かした。「従業員用エレベーターを使おう。下のロビーは警官だらけだ」

女は彼と並んで高いヒールで機敏に走った。腕時計が鳴った。

「ああ、ちくしょう。時間がない」

ロビーでは、火災警報器が甲高く鳴り響いていた。デジタル時計の赤い数字が光る。‥58。‥57。テレビのニュースはヘリのカメラからの映像を流していた。

「屋上にふたり閉じこめられています」記者が叫ぶ。「女性が救助を求める合図をしています。ヘリを方向転換させれば……」

アラームのピッチがあがった。

「どのくらいでおりられる?」女が訊いた。

ふたりは従業員用エレベーターに駆け寄り、女がボタンを叩いた。サーチライトが窓を舐めるように移動している。白い閃光が彼らの目をとらえた。

「ふたりが見えます。この危険なタワーから脱出しようと試みています……」

女は乗馬鞭でエレベーターのボタンを強打した。「開いてよ」ピンとチャイムが鳴って、エレベーターが到着した。女は鞭を取り落とし、ふたりとも飛び乗った。

一階に着くと裏の出口から路地へ飛びだした。アスファルトは濡れて湯気が立ちのぼっていた。スコットはストップウォッチを止めた。

「あと七秒。早めに着いたな」

「無謀もいいとこ」

いくつもの水たまりを突っ切って、路地の出口へ向かう。一台の警察車両がライトを回転させながら、猛スピードで通りを走り去った。頭上でヘリコプターが轟音を響かせ、サーチライトで屋上を照らしている。

スコットはそちらへあごをしゃくった。「連中が録画した。それが証拠だ」

「向こう見ずな人ね。ほんとうは捕まりたいんじゃないの」

「挑戦を受けて立ったまでさ。候補者リストにはいれたかな?」

女は苦心してファスナーを引きあげた。「投票にかけるわ。約束はできない」

すばやく路地から出た。銀行やしゃれた店舗の並ぶその通りは警察によって通行を遮断されていた。ふたりはさりげなく見えるようペースを徒歩に落とした。スコットは上着のボタンをとめた。女は乱れた髪をなでつけた。

彼は高揚感に包まれた。

「認めろよ――すごかっただろ」

「やりすぎよ」女が指を突きつけた。「鮮やかなエンディングだったなんて言わせないから」

「そうかな？」彼は上着のポケットに手を入れて、野球のボールを取りだした。

「なに、それ？」

ボールを放った。女はキャッチした。

「ウィリー・メイズのサイン入りボール？」驚いて顔をあげた。「法律事務所の記念品コレクションから？　これを盗んできたの？」

「脱出の途中でね。しかもそこらにあるただのボールじゃない。あの、あのボールだ――一九五四年のワールドシリーズの。史上最高の背面捕球《ザ・キャッチ》のね」

女があんぐり口をあけた。「いったいいくらすると――」

「十万ドルだ」彼は満面に笑みを浮かべた。「あなたのすぐ鼻先で」

彼女の顔にさっと怒りの色がよぎった。彼の手にボールを突きかえす。「いいでしょう、その図太さにボーナス・ポイントをあげる」

彼は笑って、ボールを宙に放った。「だいじょうぶ、これは返すんだから。それがつぎの挑戦だ」

「どうやって？　ビルは封鎖されたのよ。それにボールはあなたの指紋だらけじゃない」

「それがなにか？　ぼくは上客なんだよ。弁護士がさわらせてくれるさ。ぼくの指紋がついていたって問題じゃない」ブロックの先の警察車両をちらりと見やって、相手に目を戻す。

「あなたの指紋がついていることはどうやって説明するのかな」

女は歩道で凍りついた。

彼はボールを高く掲げた。「捕まらずに返却するんだ。ぼくが提案する挑戦だよ」

通りかかった宝石店のほうを向くと、正面のウィンドウめがけて直球を投げた。ガラスが砕けた。アラームが空気を引き裂いた。彼はくるりと向きなおった。

「せいぜい楽しめよ、ハードガール」

ふたたび通りを歩きだした。

2

　ヘッドライト。まずそれがパブロ・クルスの目にはいった。バックミラーのなかで燃えあがるハイビーム。指をぱちんと鳴らすほどの間にテールライトに変わり、彼の車をまわりこむように追い越した車は猛スピードで走り去った。それはBMWで、ヴァン・ネス・アヴェニューとカリフォルニア・ストリートの交差点を絶叫しながら突っ切った。速度は九十マイルを超えている。信号はチェリーレッド色、彼の車は黒白の警察車両だから、〝ご乱心運転〟という違反だ。クルスは警告灯を点けて、車を出した。

　無線機をつかみ、通信指令係を起こした。「追跡中。最新型のBMW、色はダークブルーか黒」

　午前一時、車も人けもない通り。BMWはすでに一ブロック前方だった。クルスはアクセルを踏みこんだ。彼のクラウン・ヴィクトリアはBMWを見失わないよう加速し、アスファルトをぐいぐいと呑みこんだ。

　運転者はなぜあんな真似をしたのか。ぶっ飛ばして警察車両を追い越すとは。薬でハイになっているのかもしれない。それとも挑戦状を叩きつけたつもりか。もしかすると先日のような地震がまた襲ってくる前に町からすっ飛んで逃げだすところかもしれない。あるいは犯罪現場から逃走中とか。

カリフォルニア・ストリートは明かりの消えたビジネス街とヴィクトリア様式のアパートメントのあいだにまっすぐのびている。クルスはハンドルを握りしめ、ＢＭＷの形に目を凝らしつつ、視界の隅で脇道をとらえつづけた。テールランプは目立たない――車種はＭ５だ。速度は一向に落ちない。クルスは遠吠えのようにサイレンを鳴らした。反応はなかった。

ＢＭＷはアイスホッケーのパックのごとくするするとノブ・ヒルをのぼりだした。クルスのパトカーは唸りながらあとを追い、レヴンワース・ストリートで路面のうねを乗り越え、シートベルトに押しつけられた。前方ではＭ５が坂をのぼりきり、ノブ・ヒルの頂にあるグレイス大聖堂の横を猛スピードで通過した。クルスからはまだ八十ヤードの距離がある。

Ｍ５はマーク・ホプキンズ・ホテル前を突っ切って、丘のてっぺんの向こう端へ達した。つかの間それは浮揚しているかに見え、ついで視界から消えて、金融街への長い下り坂にはいった。クルスも続いた。坂の最上部から見おろすと、街の灯が誘うように呼びかけてきた。眼下にひろがるダウンタウンは金色にきらめき、こぼれる光はサンフランシスコ湾の暗い岸辺で終わっている。

Ｍ５は下り坂で路面に叩きつけられ、沈みこんでは火花の尾を引いた。ふたたび赤信号に突進し、いまにも全力で突っ切るかに思われた。脇道から一台のフォルクスワーゲンが交差点に飛びこんできた。Ｍ５はすばやく左にハンドルを切り、ワーゲンを迂回して、横すべりに左へ曲がり、ブレーキランプを点滅させながら体勢を立てなおし、ふたたび加速した。くそっ、敵は車の扱いを心得ている。

クルスは全速力でカーチェイスに挑んでいた。初体験だ。

サイレンを鳴らしながら走る。ハンドルを握る両手に力をこめる。前方では、ＢＭＷがケーブルカーの線路を越えて道路の左側へ大きくはみだし、ぱっとブレーキランプが灯った。右折するつもりなのだ。

いきなり助手席のドアが開いた。おやおや、クルスは思った。始まるぞ。

なにを放りだすつもりだろう——コカインか、はたまたあのＢＭＷを盗むのに用いた金属棒《スリムジム》か。クルスはアクセルペダルを踏みつづけ、歯を食いしばり、口で呼吸しながら、相手との距離をつめていった。Ｍ５から銃身の短い散弾銃がにゅっとあらわれないことを祈りつつ。

女がドアに手をかけて、身を乗りだした。

腕が細くて青白い。ブロンドの髪が風に煽られる。彼女はタイヤの下を飛び去っていく路面をじっと見た。

「やばいぞ」クルスは声に出して言った。

飛びおりる気なのだ。

チェーンをぐいと引っぱるかのように、運転者が女を車内に引きもどした。敵はつぎの角へ急角度で曲がりこみ、ＢＭＷは尻を振りながら横すべりした。そのはずみで助手席側のドアが閉まった。クルスの脈が一段階速まった。ＢＭＷは機敏で速いが、ブロックの間隔はしだいに狭まっている。チャイナタウンにはいりこめば、レストランから客が出てくる時刻でもあり、交通渋滞と無数の障害物が邪魔をするだろう。

たとえば歩行者が。

クルスは横すべりして角を曲がり、パトカーを操って、ＢＭＷが大きく右にそれるのを見た。バン！　それは縁石沿いに駐められていた車の列に体当たりし、缶切りのごとく疵をつけていった。制御もスピードも失って――いや、そうじゃない。助手席の女を飛びおりさせまいとしているのだ。腕や脚をはさまれてずたずたになる覚悟でなければ降りられない。クルスの口はからからに干上がっていた。クラウン・ヴィクトリアのヘッドライトがＭ５のリアウィンドウをとらえた。車のなかで激しい動きがあった。助手席の女が運転者を殴っていた。

だが運転者はアクセルを踏みつづけている。車は赤や金色のネオンに縁どられた、しだいに道幅の狭くなる通りを疾走した。歩道を人々が流れていく。クルスのサイレンが鳴り響いた。歩行者たちは足を止め、あとずさったが、クルスには悲惨な結末が見えるようだった。このままでは大惨事になる。

パトカーのヘッドライトのなかに、ＢＭＷのナンバープレートが見えた。それはヴァニティプレートで、ようやく文字が読めるくらいまで接近できた。ＨＡＲＤＧＲＬ。ハードガール。おったまげた、あのでかい車をＮＡＳＣＡＲドライバーのジェフ・ゴードンばりに操ってるのは女なのか。

　ＢＭＷがアクセルをふかして、クルスを引き離した。全速力でスリップしながらまた角を曲がる。七十フィートうしろから追っていくと、ふたたび曲がろうとしているＢＭＷがぎりぎり見えた。ストックトン・ストリートを東に折れ、一瞬のちに見えなくなった。

　ちくしょうめ。ストックトンをその方角に数ブロック行くと、トンネルの真上で行き止まりになっている。無理だ、クルスは思った――あれだけ飛ばしていてはまずブッシュ・ストリートに曲がりこむことはできない。思案しながら、クルスも追いつこうと速度をあげた。下り坂、行き止まり、陸橋の欄干。その欄干を乗り越えると、五十フィート下にもうひとつのストックトン・ストリートがある。夜のこの時刻でも、下の通りは混雑しているだろう。

「スピードを落としてくれ」クルスは念じた。

　パトカーを力ずくでストックトン・ストリートに入れると、願いは通じていた。ああ、くそっ。

　道の中央にあのＢＭＷが停止していた。クルスは急ブレーキを踏んだ。

　運転者の女がギアをリバースに入れ、バックランプが白く点灯した。アクセルを底まで踏みこむ。タイヤから煙があがり、ＢＭＷは黒いミサイルのごとく突進してきた。

　クルスにはかろうじて思いだす時間があった。家。赤ん坊。ベッドで眠っている妻のシェリー。

　十秒後、すべてが終わった。

3

夜をまばゆく照らす無数の青い光。一ブロック手前から、ジョー・ベケットは行く手に困難が待ち受けていることを悟った。

消防車の赤い光やカリフォルニア州交通局《カルトランス》が立てたスポットライトに負けじと、警察車両の青い光は夜空の星をかき消し、建物や道路や野次馬を冷たい青色に染め、事故現場に近づいていくジョーの背後にくっきりとした影を投げかけた。トンネルの上に架かる陸橋で、警官たちが欄干周辺をうろついている。欄干は長さ六フィート分が突き破られていた。ハロウィーンを思わせる色とりどりの照明の下でも、車がどこを突き抜けたかは見てとれる。テレビニュースのヘリが頭上を旋回し、このパーティのグロテスクな司会者役を務めている。午前二時、ストックトン・トンネルとブッシュ・ストリートの立体交差地点、みなさん、テレビをつけてとくとご覧ください。殺戮の場のフェスティヴァル、人生最後のダンスです。

ジョーはニュースのクルーと野次馬の人ごみのあいだを縫うように進み、立入禁止の黄色いテープに近づいた。息が宙に白く凍りつく。十月にしては冷えこみが厳しく、空気はダイヤモンドのごとく澄んでいる。霧はしぼみ、消散していた。天候でさえこの現場にヴェールをかけるのを拒んだようだ。これはひどかった。大事《おおごと》になる予感がした。

立入禁止テープの内側に立っている制服警官に呼びかけた。「すみません。タング警部補をさがしてるんだけど」

「エイミー・タング？」

「ファーストネームは教えてくれなかったわ」現場に来てほしいというそっけない電話をもらっただけだ。

「おたく、ドクター？」

ジョーはうなずいた。相手だけを見ているのに、彼の背後の現場が視野いっぱいにひろがった。煌々と照らされたトンネルは光り輝く口で、反対の端に向かって蛇のごとく収縮している。車の行き交う騒音やクラクションが内部に反響しながら伝わってくる。そしてその正面のどまんなかに、残骸があった。上の道路から落下したのだと知ってはいても、トンネルが吐きだした金属の塊にしか見えなかった。

思ったとおりだ。ひどい。そして、大事。

車の事故はふたつにひとつだ。中間はめったにない。肘に絆創膏を貼ってすむ程度か、ばらばらになって死ぬか。この現場ではだれひとり絆創膏で助かりそうにはなかった。

ジョーはため息をついた。そこらじゅう取り散らかっていた——衝突事故現場にはつきものののごみ、汚れ、悪臭。包帯、破られたパッケージ、使い捨て注射器のキャップ、地面に落ちた点滴の管が目にはいった。この混乱ぶりは命を救おうと躍起になった結果だ。この事故で生き延びた人間がいたということだ。少なくとも救急救命士《パラメディック》たちが到着するまでは。

「何人？」ジョーはたずねた。

「死者四名、負傷者五名」

ＢＭＷは上から叩きつけられたかたちでべつの車に突っこんでいた。車種は判別できないが、消防士たちがこじあけたドアに〈ゴールデンゲート・シャトル〉という文字が見える。ＢＭＷはエアポートシャトルのミニバンのルーフを突き破ったのだ。

鑑識チームが証拠を集めている。監察医が道具ケースの上にかがみこんでいる。警察のカメラマンが現場の写真を撮っている。フラッシュが瞬くたび、声なき悲鳴が聞こえる気がした。

大破した車を見るたびに、ジョーは衝撃を受けた。かつて輝いていた金属はつぶれて破片と化し、小型爆弾のようにばらまかれる。乗っていた人々の命と同じように。散弾に切り刻まれたように無数の破片と化す形見の品々。消火剤の泡が路面に残っているが、火は出なかったらしい。焦げた物体は見あたらないし、燃えたゴムではなくガソリンのにおいが嗅ぎとれる。ありがたいことに、焼け焦げた肉のにおいはしなかった。

なんであれ陸橋から見えかねない惨状を覆い隠すために、警官ふたりが青いビニールシートをひろげた。

先ほどの制服警官が咳ばらいした。「救急隊員が男をひとり救いだすために腕を切断しなきゃならなかったんです」

警官たちはミニバン全体を隠すようにシートをすべらせた。まったく、なんていやな仕事だろう、とジョーは思った。こういう人たちには敬意をはらわずにいられない。

陸橋に目を移した。それは〈グリーン・ドア・マッサージ・パーラー〉と〈トンネル・トップ・バー〉の安っぽくけばけばしいネオンに照らされていた。欄干の柵はコンクリート製だった。BMWはレゴ・ブロックでも崩すかのようにそれを突き抜けたのだ。目にも止まらぬ速さ、という表現が頭をよぎった。

陸橋の向こう側はストックトン・ストリートの上り坂だ。ここから二ブロックのあいだ、ストックトンは上下二段通行になっている。本来の通りは丘の頂を越える道路で、両側にアパートメント・ビルが立ち並んでいる。その通りの真下に、丘の底をまっすぐチャイナタウンまで貫通しているトンネルがある。トンネルは喉みたいに見えた。それがつぶされた気管のように崩壊することもあるのをジョーは知っていた。マグニチュード9の地震でもあればひとたまりもない。

警官が、トンネル入口付近に立っている女性のほうへあごをしゃくった。「あれがタングです」

相手がその動きに気づいた。生まれて以来ずっと急いできて、いまも前へ進もうともがいているような歩きかたで、こちらへやってきた。たいそう小柄で、体にぴったり合った黒い服を着て、髪はハリネズミのごとくつんつん立っている。頬が赤いけれど、寒さなど気にもかけていないようだった。それに骨の髄まで冷え切っているようにも見えた。彼女が手を差しだした。

「ベケット先生？」

握手をかわすと、タング警部補は黄色のテープを持ちあげてジョーをくぐらせた。

「わたしはなにをすればいいんでしょう」ジョーはたずねた。

説明するかわりに、タングはジョーを上から下までじろりと見た。ドクターマーチン、コンバットパンツ、デニムジャケット、防寒のため首に巻いた赤いスカーフ、自然にカールしながら背中へ流れ落ちているブラウンの髪。タングの表情は冷淡だった。ひどい服装だと思ったのかもしれない。もしくはジョーを若すぎると思ったのか。ジョーは気にしなかった。それは機能的で走りやすい服だった。暴力的な異常者を相手にするために呼ばれたわけではないけれど。だれも彼女の襟首をつかんで、喉を絞めあげようとはしないだろう。走ったり窓から飛びだしたり、ブーツの頑丈な爪先でだれかを蹴飛ばすにはおよばない。今夜のところは。

この現場ではだれもどこへも行かない。

タングはいかにも警官らしく、ジョーの顔を一瞥した。警官は不安、誠実さ、暴力と向き合う能力を量るけれども、タングはカリフォルニアでは一般的な家系チェックもやっていた。あ、ん、た、何者？　タング自身はサンフランシスコ生まれの中国系アメリカ人だと、彼女の名前とカリフォルニアのアクセントからジョーは推測した。タングはこちらを判断しかねているようだった。

「なぜこんなに急いでわたしを呼んだんですか？」ジョーはたずねた。

タングが鋭く見透かすような目つきで見た。ジョー・ベケット医師が駆けつけたのは、最初に応答したからではなく、ほかに適任者がつかまらなかったからだと知っているのだ。

「ＢＭＷを運転していたのはキャリー・ハーディングなの。この名前に聞きおぼえは？」

ぴんとくるまでに数秒かかった。「連邦検事の？」

「検事補よ。彼女はまだあのなか」

タングは両手に息を吐きかけてあたため、事故車に目をやった。鑑識チームがその残骸を、ストックトン・ストリートに墜落したＵＦＯかなにかのように突っついている。

「わたしを現場に呼んだのはなぜなんです？」ジョーはもういっぺんたずねた。

ジョーは警察専属で働いているわけではない。独立した医師だ。サンフランシスコ市警察《SFPD》からかなりの仕事は頼まれるけれど、捜査が始まって数分以内に、通りから血液が洗い流される前にお呼びがかかるのは前代未聞だった。なにやら奇妙なことが起きている。そう感じるのは緊急車両のまばゆいライトと対照的な冷えびえとした通りや、ストリップ・クラブの看板のネオンや、ダシール・ハメットの陰気な視線を思わせる空気のせいだけではない。ジョーはまだ正式にこの仕事を引き受けると同意したわけではないし、この現場からは強い警告が感じとれた。職業的な神経過敏状態だ。

それに死者がジョーを待っている。いつものように。

「たとえ自殺だったとしても、なぜわたしをこの現場に呼んだんですか？　どんな緊急事態なんです?」

「キャリー・ハーディングが連邦検事局でなにをしてたか知ってる?」タングが言った。

「犯罪捜査でしょう」

「やり手だった。スター検察官だったの」

「悪いやつらを刑務所に送りこんでいた。それで?」

上空をホバリングしているヘリのせいで声を聞きとるのは至難の業なのに、タングはいっそう声を落とした。「彼女は検事局の秘蔵っ子だった。やる気満々で、クリーンで」

タングは通りの向こうで催眠術にかかったように残骸を見つめている初老の男をあごで指した。肩を落とし、そわそわと何度も髪をかきあげている。

「あれがハーディングの上司、犯罪捜査課のトップ。彼は大ショック。これは大事件。つまり、検察はこの件に冷静ではいられなくなる——それに自分たちのプロム・クイーンが公衆の面前で命を絶って、ついでに罪のない人たちを道連れにしたかもしれないなんて、聞きたがらないだろうね」

チェック項目がふたつ。縄張り。政治。ジョーはますますこの事件から手を引きたくなった。

両手をポケットに入れた。「もしもこれが芝居がかった公開自殺なら、たんにひどいなんてものじゃない。ぞっとするほどおぞましいわ。だけどやっぱりわからないんです、なぜスタートの段階でわたしが呼ばれたのか」

「あんたの専門知識が必要になりそうな要素がいくつかあるから」

ジョーにはわからなかった。警部補は仲介役をさがしているのか、それとも連邦検事局との迫りくるPR合戦を援護させたいのか。タングのことは知らない。でもこの事件が大きな賭けになること、世間の注目を浴びるであろうことはわかった。お呼びがかかったのをよろこぶべきなのだろう。それなのに暗い水のなかを泳ぎまわるウナギのように、疑念がまとわりつくのを感じた。

「説明してください、警部補」

「ハーディングの死には性的妄想の要素が含まれるかもしれないの」

「この事故に？　からかってるんですか？」

タングはにこりともしなかった。ユーモアのかけらもなく、皮肉やあてこすりは通じないという顔だ。

「いいえ、そんなはずないですね」ジョーは打ち消すと同時に、つぎにタングがなにを言おうとしているか気づいた。

「あんたはその手の死を分析することにかけて経験を積んでいると理解しているんだけど。わたしの勘違い？」

「いいえ」

「よかった。なら、監察医と話そう」

今度はタングも薄ら笑いを浮かべた。ということは、ネイジェル事件の捜査のことを知っているのだ。タングはジョーをうながして、先を歩かせた。

そうそう。自己発情窒息死の権威に道を譲りなさい。これこそわたしがメディカルスクールに行った理由じゃなかった？　ママとパパがさぞ誇りに思うだろう。

うんざりしたが、表情は変えなかった。通りを渡っていくと、監察医が振り向いてこちらを見た。その顔に興奮と懸念が見てとれた。ジョーの苛立ちはたちまち消えた。

バリー・コーエンは恰幅のいい、赤毛のあごひげを生やした男で、ジョーの知っているかぎりでは石のペットぐらい動じない。その彼が興奮しているならば、こちらもそうあるべきだ。心の警告の声にもかかわらず、自分がこの仕事を引き受けそうな気がした。

コーエンが厳しい顔でうなずいた。「きみに深夜勤務でお目にかかるとは思わなかった」

ジョーは握手の手を差しださなかった。コーエンは手袋をはめ、現場を汚染しないよう保護スーツを着ていたからだ。「金属が取っ散《フル・メタル・メス》らかってるようね」

「ＢＭＷに死者二名。ミニバンにも二名。遺体はまだそのままだ」

「あなたのエンジンがかかってるのはなぜなの、バリー？」

「探偵のレーダーがビンビン反応するある物を見つけたのさ」

彼の後方で、警察のカメラマンのフラッシュが闇夜を照らしていた。コーエンが呼びかけると、カメラマンは露出計をチェックしながらぶらぶらとやってきた。ジョーはかすかな安堵を感じた。コーエンはジョーに現場の遺体を検分してくれと言うつもりではなさそうだ。頼まれればカバーオールと手袋を身に着けただろうけれど、彼が必要ないと思うならまったく異存はなかった。

コーエンが言った。「ドクター・ベケットにあの文字の写真を見せてあげてくれ」

「了解」カメラマンは人が悪臭を閉めだすときやるように、口で息をしていた。目は潤んでいた。

カメラはストラップで首にかけてあり、重いレンズがゆらゆら揺れていた。彼はディスプレイをのぞき、撮影した写真をつぎつぎに送りながら見ていった。

「これだ」

ジョーに見えるようカメラをまわす。小さな画面にBMWの運転席を撮った一枚が表示されていた。女性の腕。陽灼けした細い腕がやわらかな粘土のようにつぶれている。たるんだ白い枕のような空気の抜けたエアバッグにそれは載っていた。その下に女性の左の太腿が写っている。その皮膚に殴り書きされた、太くて赤い文字をジョーは見た。

下手くそな、子供っぽいといってもいい文字だ。光っている。

「口紅で書いたのかしら」ジョーは言った。

コーエンとタングに目を向けた。その文字は死亡した女性の腿から、腰回りで引っかかっている黒いスカートまで続いていた。

スカートがめくれあがっているのは衝突の結果と見ていいだろう。体、衣類、装身具、生命——すべてが一瞬の衝撃のうちにおそろしくゆがんでしまったのだ。カメラマンがこちらにもっとよく見えるようディスプレイを傾けた。

〝ir〟

文字はそれだけではなかったが、カメラのフラッシュと運転者の脚の角度のせいで読み取れなかった。女性の腿は損傷が激しいために縮んで見えた。衝撃で大腿骨が骨盤の奥に押しこまれ、車の衝突事故によく見られる寛骨臼骨折が起きているのだった。

「もっとよく見える写真はないの？」ジョーはたずねた。

カメラマンは写真を早送りした。さまざまなアングル。ダッシュボードに埋もれた頭部。助手席の人物も同様に静止し、顔をこちらに向け、なにも見ていない目は半ば開いて、瞳孔が開ききっている。

ジョーはコーエンに向きなおった。「どうなの、バリー？」

「ひと目自分で見ておいたほうがいい」監察医が言った。

ジョーは車の残骸に目をやった。「輪ゴム持ってる？」

コーエンのポケットにあった。ジョーはドクターマーチンの先の部分に輪ゴムをつけて、自分の足跡がほかのと区別できるようにした。もう一本で髪をポニーテールにまとめた。コーエンがラテックスの手袋を差しだした。

「きみがどこにも手をふれないのはわかっているけどね」と言いながら、結局手袋はくれた。

ジョーはそれをはめて、彼女が現場に近づくことを警官が記録するまで待ち、カメラマンとともに惨事の中心部へと歩きだした。残骸は道路の両側にまでひろがっていた。ＢＭＷの一部はミニバンの左側に埋めこまれていた。

「まさしく〝死の接吻〟ね」

バンのうしろには巨人の指で描いたようなタイヤ跡が残っている。ゴムのにおいが嗅ぎとれた。バンの運転者は車が上から突っこんでくるのを見てブレーキを踏んだのだろう。

「望みはゼロだったわね」

ＢＭＷのボディカラーは漆黒だった。ジョーはそちらへ向かって歩きながら、心臓が胸板を打つのを感じ、心と感情の紐を引きしめた。ゆっくり息を吸い、五つ数える。目の前にあるものを見る。はっきりと。頭でメモをとる。感じるのではなく、はっきり見ることでちがいが出るのだ。ゆっくりと息を吐く。

それは墓で、内部はかの有名な〝あの世〟だった。そしてジョーは橋になるために、説明というかたちでこの世とあの世の細い架け橋となるためにここにいるのだった。

カメラマンの息が荒くなるのに気づいた。残骸の十ヤード以上も手前から、彼は口呼吸をしはじめた。

においはジョーの鼻孔にも忍びこんできた。ガソリン。排泄物。尿で濡れた衣類、それに肉のにおいだと知っている腐りかけたような悪臭。血液の独特な金属臭が、残り香のごとくかすかに漂っている。それは残留物だった。残された有機的な粒子状物質が生きている者にメッセージを送っているのだ。これよりずっとひどくてもおかしくなかった。これはまだ新しい死であって、そのにおいは女性が部屋を出ていったあとに漂う香水程度だ。カメラマンが唇を引き結び、歯を食いしばった。

「何分か経てば気にならなくなるわよ」ジョーは言った。

「ええ」同意していない口調。

「わかるわ——何分かすればにおいどころか頭蓋骨を杭で貫かれても気づかなくなるのよね。だけどほんとうの話、臭覚がストップするから。嗅神経が麻痺するの」

「その理論を試すほど長くここにいないことを願いますよ」

ふたりは車に近づいた。車の棺《サルコファガス》は静止していた。微動だにしない——死とはちがって。死は終局だが静止ではない。腐敗は生物が分解される活発なプロセスで、悲しみと同じくらい騒々しい。

カメラマンは車の二フィート手前で足を止めた。「ここに立って」ジョーを分析する目つきで見てから言った。「あなたは爪先立ちにならないと見えないかもしれない」

言われたとおりにすると、パズルの断片がひとりでにはまった。しぼんだエアバッグに載っている、運転者の陽灼けした、つぶれた腕。背中。前かがみの姿勢で、体はハンドルコラムに巻きつくようにねじれていた。金髪が扇状にひろがっている。顔は見えない。彼女の前面は、かつてフロントガラスとエンジンブロックとミニバンだったすさまじい混乱の一部と化していた。シートベルトは締めていなかった。

ジョーは女性の脚を見た。例の文字。もっとよく見ようとのびあがった。それは遺体の腿にぎらぎらする真っ赤な口紅で書かれていた。

「わたしと同じように読めます?」カメラマンが訊いた。

「まちがいなく」

ちらつく照明の下で、運転者の肌は蠟《ろう》のような輝きを帯び、長くてよく筋肉がついていたはずの太腿を重度の寛骨臼骨折が変形させていた。いったんつぶして平らにしたみたいに見えた。それでも文字は見紛いようがなかった。

〝ｄｉｒｔｙ（ダーティ）〟

「どう思います？」とカメラマン。

「さあ」

「自分で書いたのかな。どういう意味でしょう。自殺の遺言？」

「まだ見当もつかないわ」

ジョーは全体の印象をつかもうと、うしろにさがった。その角度からだと遺体に出血は見られない。スカートが腰までずりあがっているので、腿の曲線が臀部まで露出している。下着は黒いレースのＴバック。目障りな光と影に邪魔されてはいるが、死斑があらわれはじめているのは見てとれた。血液が重力によって下側に溜まり、腿の上のほうが青白くなって、けばけばしい文字がなおさら浮きあがって見えた。

「もうすこし写真を撮っておいて」ジョーは言った。

彼がカメラを構えると、ジョーは後退した。フラッシュが現場を白く染めた。

ぬいぐるみのようにダッシュボードに投げだされている助手席の女が、ちらりと見えた。運転者よりもなお青白かった。やはりスカートを穿いていたが、ぴったりとしたタイトスカートなのでずりあがってはいない。脚にまだ死斑もあらわれていない。体はゆがんで見える。顔はジョーのほうを向いていて、両目が開いていた。その色は緊急車両のライトと同じ、氷のような青だった。

ジョーは息を吐きだし、五つ数えて、タングのところへ戻った。警部補はやつれた顔をしていた。

「あれだけですか？　あの証拠のためにわたしは今夜ここへ呼びだされたんでしょうか」ジョーは言った。

「ちがう」タングが答えた。「この捜査は同時に複数の方面から取りかからなきゃならないの。わたしたちはこの件に全力投球するつもり」

「なぜなんです？」

「無理心中はここ一週間でこれが最初じゃないから」

ジョーは相手の顔をまじまじと観察し、疲労と緊張を見た。「あなたは無理心中だと確信してはいない。確信しているなら、わたしは必要なかったでしょう」ジョーは言った。「この死亡事故だってどうとでも解釈できるわ」

「それ以上だよ」とタング。「だからあんたが必要なの」

〝それ以上〟とはどういう意味だろう。ジョーの仕事は不確かな死を中心にまわっている。曖昧で、不確かで、あやふやな死。胡散臭い、筋の通らない事件。それを説明するのがジョーの役目だ。

タングが立入禁止テープの外に駐まっているマスコミのバンのほうを一瞥した。ルーフにパラボラアンテナの花が咲いている。テレビカメラの照明がリポーターのシルエットのまわりで燃えている。タングが声を低くした。

「だったら無理心中とは呼ばない。ダブルの不審死はどう？　これで三件目なんだけど」

寒さが突き刺すような冷たさになった。星は街の灯を切り裂き、割れたガラスの破片のごとくきらめいている。

「ほかの事件のことは聞いてるでしょ。デイヴィッド・ヨシダとマキ・プリチンゴ」

ヨシダの名前はジョーの頭に大きく響いた。「ドクター・ヨシダが自然死でなかったという有力な証拠があるんですか？」

「こちらがつかんでいることはすべて教える。あんたに捜査をしてくれとは言わない、でも共通点を見てほしいんだ。それが目的」

ジョーはうなずいた。「マキ・プリチンゴって？」

「ボート火災の」

ジョーは無表情にタングを見た。

タングの額にしわが寄った。「マキだよ、ファッション・デザイナーの。彼と恋人は先週遺体で見つかったの、沖を漂流していたマキの自家用クルーザーで。名前を聞いたことはない……？」

声が尻すぼみに消え、タングはいま一度ジョーの服装に目を走らせた。ファッション・デザイナーの名前に聞きおぼえがない理由が納得できたらしく、それ以上突っこんでこなかった。

「ドクター・ヨシダは知ってた？」

「直接は知りません。カリフォルニア大学サンフランシスコ校《UCSF》で心臓外科のトップだった。心臓外科医とは、自分たちを神でないとしても大天使ぐらいには思っている人種です。その名声は天にも届くばかり。噂では、ドクターは心臓発作で亡くなったとか」

「〝噂〟は憶測にすぎない。あとでファイルを渡すよ」

「警部補、なにをそんなに急いでいるんです？　それらの死にどんなつながりがあるんですか？」

「わからない。でもつながりはあると思う。それを見つけるのにあんたの力を借りたいの。わたしたちは多方面から同時に調べはじめてる」

「どうして？」

冷えた手でタングはジョーの肘をつかみ、通りの反対側へ引っぱっていった。「この一週間に地元で著名人が変死したのは三度目なんだよ」

警官たちを苦しめているのはそれが理由ではないだろう。「無理心中？」

「変に聞こえるのはわかってる、けど、これはなにか組織的な連続殺人かもしれない」街の情景をあごで指した。「ここでなにかが起きてる」

この都会《まち》は異様な時期を迎えていた。満月で、ハロウィーンが近づいている。最近の群発地震は戸棚の食器ばかりでなく人々の神経も揺さぶっている。ジョーはタングに目を向け、今週ずっと路上で見かけてきた緊張を認めた。だれもが怯えているのだ。

ジョーもだった。なにかが奇妙で、しっくりこない。

「あんたに解明してもらいたいの」タングは言った。「それもいますぐに」

「心理学的剖検に〝いますぐ〟はないんです」

「今回は特別」

「そういうわけにはいきません。まず犠牲者の家族や同僚の話を聞き、事故の報告や犠牲者の過去の医療記録を検討するんです──何週間もかかるかもしれません。裁判での記録の信頼性がかかっているんです。もっと言えば、犠牲者の人生の真実も」

「最初の四十八時間が勝負って、聞いたことある？」とタング。

「ええ。でもわたしはＦｅｄＥｘ《フェデックス》じゃないので。急げば中途半端以下の仕事に終わるだけですよ」

ジョーの肘をつかむタングの手に力がこもった。「そういうことを言ってるんじゃない。この事件では、最大でも四十八時間しか時間がないの」

「なぜです？」

「その間隔で人が死んでるから」

ジョーは目をしばたたいた。タングは残骸に顔を向けた。

「被害者、加害者、キャリー・ハーディングがなんなのかわたしたちにはわからない。でも人が死んで、ほかのだれかを道連れにしている。先週木曜はヨシダ。土曜の夜はマキ。今度はこれ」

「またつぎがあると思ってるんですね」

「わたしたちが止めないかぎりは」

監察医の仕事はすんでいた。消防隊はいまや電動のこぎりでからみ合った車の残骸を切り崩しにかかっていた。

「キャリー・ハーディングがなぜ死んだか突きとめなきゃならないの、大至急。手順や裁判の手続きは気にしないで。必要なら近道して。あんたにあるのは四十八時間」

ジョーは金属にのこぎりを入れる消防士を見つめた。熱く白い火花が飛び散る。不気味な感覚が戻ってきた。この残骸はどこかがおかしい。

「情報をすべてください。急いで取りかかります」ジョーは言った。

「よかった」タングが肘をつかんでいた手を離した。「ゼロからスタートしなくていいよ。急げば目撃者と話せる」

「だれなんですか」

「パトロール中にカーチェイスをするはめになった警官。名前はクルス」タングは涼しい顔でジョーを見た。「前線へようこそ」

4

「イカレてる、まずそう思いました。それからあとのことが起きて、思ったんです——ああ、めっちゃイカレてるぞって」

パブロ・クルス巡査は息を吸い、唇を舐めた。なんべんもはっと息を呑んで、唇が乾いてしまったかのように。双眸がきらきら光っている。がっしりした体軀の若者で、人生初のカーチェイスのことをジョーに話したくてたまらないようでもあり、不安そうでもある。

ジョーは穏やかな口調でうながした。「それであなたがストックトンに曲がると、彼女がBMWをバックさせるのが見えた。で、どうなったの?」

「めちゃくちゃ不気味なことになったんです」トンネルの上の坂道を見やった。「自分は急ブレーキを踏みました。上の通りが見えるでしょう——両脇に車が駐まってて、ほとんど逃げ場がない。相手は急発進でこっちへ向かってくる。突っこんでくる気だって思いました」ごくりと息を呑む。「自分は道路の左へハンドルを切って、かわそうとしました。でもその必要はなかった。あっちがブレーキをかけたんです。がくんと急ブレーキを踏んで。きっとハンドブレーキも引いたんでしょう。BMWは即座に停止しました、こっちの助手席の真横に。その時点で自分は銃に手をのばしました。でもあの人は……」

クルスは突き破られた陸橋の欄干を見あげた。あごの筋肉が盛りあがった。

「あの人は？」

巡査は頭を振った。「わけがわからない。彼女はあそこへわざと突っこんだんです、まちがいなく」

「向こうがあなたのパトカーの隣に停まったとき、なにがあったの？」

クルスは欄干を見あげつづけた。ジョーが無理にうながすにはおよばない。この段階では。彼の話、受けた印象、なにを感じたか——自然にすべてをよみがえらせればいいのだ。たとえいまはまだそれらがごちゃごちゃだとしても。

「あの人の顔が見えました。昼間みたいにくっきりと。彼女は——その、美人でしたよ、はっきり見えたんです。それに必死の形相だった」

死の九十秒手前だったのだ。必死、なるほど、そんなところだろう。「彼女はどうしたの？」

「自分の窓をぴしゃぴしゃ叩いて、こっちに向かって叫んだんです。聞こえました。昼の動きでわかった」また陸橋を見あげた。「あの人は故意にやったんだと確信があります」鋭くジョーを見た。ジョーに異議を唱えられたとでも言うように。「来てください、理由をお見せします」

クルスはジョーをブッシュ・ストリートにあがる階段に連れていった。制服のダークブルーのシャツの下で両肩が盛りあがっている。左手首が警棒にかかっている。たんに落ち着かないだけではないようだ。なにかがこの男を悩ませていて、それは階段に陣取っているホームレスの寝袋ではなかった。

ジョーもなにかが気になってしかたがなかった。脳の基底部を引っかかれるような感触。場面がゆがんで再現されているような感覚。

「なにが気にかかってるの？」

彼は振り向きざまにすばやくこちらを見た。「欄干に近づくなとドライバーを説得するには少々遅すぎないですか？」

「そのために来たんじゃないわ」

ふたりは階段に近づいた。なにが引っかかるんだろう。なにがクルスを苛立たせているのか。

彼は口を真一文字に引き結んだ。「自分がどう感じてるか聞きたいんですか？」

それが苛立ちの理由？「わたしが来たのは、あなたのトラウマを話し合うためでもないし、証人として精神的に安定しているか評価するためでもないのよ」

クルスがきつい目を向けた。「じゃあ、あなたはなんなんです？」

「死者の精神科医」

クルスの勢いがそがれた。「なんですって？」

「頭のなかはのぞかない。死者の魂を読み解くの」階段にジョーの足音が響いた。「法精神科医よ」

警官の肩がわずかにさがった。新たな興味をこめて、ジョーを見た。「正確に言って、どんなことをするんですか?」

「疑わしい死が自然死なのか事故死なのか、自殺なのか殺人なのかを決定づけるために、心理学的剖検をおこなう。故人がなぜ死にいたったかを解き明かすの」

クルスの顔に安堵がひろがり、微笑がのぞいた。「死人から金を取るのはむずかしいでしょう?」

「取れるのはゾンビだけ。前払いをお願いしてるわ、うめきながらふらふらどこかへ行っちゃう前に」

ふたりは階段のてっぺんに出た。「あったかいしゃれたオフィスでヴードゥーの儀式をやったりしないんですか?」

クルスがなぜハーディングの事故を故意だと思ったか、ジョーにはわかった。そっと声をひそめた。「お守りがこんなに効かないときはやらない」

ストックトン・ストリートはブッシュ・ストリートの陸橋で行き止まりになっている。陸橋の両端は階段で下の通りとつながっている。それぞれの階段の最上部は陸橋の中央を向いていて、金属の手すりに護られている。ジョーはそれに手をすべらせた。冷たくて、頑丈だった。手すりの端を支えている垂直の柱は黒い塗料の筋がついており、ＢＭＷが突き破ったときの衝撃で変形していた。

ジョーが見たところ、二組の階段は八フィートと離れていなかった。ふたつにひとつだ。つまり、キャリー・ハーディングが計り知れないほど不運だったか、それともおそろしく正確な運転をしたか。

ストックトンの坂をのぼったあたりに警官がふたり、万歩計で歩数を数えながら歩いていた。カメラのフラッシュがまたたく。だれかが路面の写真を撮っていた。

「ブレーキ痕?」ジョーは訊いた。

「さがしているんでしょう」

縁石に近づいた。BMWのぶつかったところが無残に抉られている。街灯の下に、アスファルトをのみで削ったような真新しい疵《きず》が見えた。道路の傾斜がなくなったところでBMWの底がぶつかったにちがいない。だが路面を引っかいても、スピードはさほど落ちなかったと見える。あるいは、まったく。

ジョーはこれまでに衝突事故の写真を数多く見てきたし、事故の統計も研究したし、みずからベイショア・フリーウェイを運転してもいる。ドライバーが衝突を避けたかったら、衝撃の瞬間までブレーキを踏みこんだままでいると知っているくらいには。

だがここにその跡はなく、路面にいくつかの疵が残されているのみだった。キャリー・ハーディング。午前一時までは、スター検事への道をのぼっていた。でもいまや彼女の道は疵だらけで、騒々しい死へと続いている。

ジョーはクルスのほうを振りかえった。「衝突直前のことで、なにをおぼえてる?」

「考えてました、まずいぞ、彼女はやる気だって」

「BMWのライトは点いていた？」

「ええ。ヘッドライト、テールライト、全部正常でした。欄干に激突する直前にブレーキを踏んだか、ブレーキランプが見えたかを聞きたいんですか？　おぼえてないんです。でも一分前にパトカーの隣で急停止したときには、ブレーキは利きました。馬の手綱を引いたみたいに車はぴたりと停まりましたよ」

クルスが遠くを見つめた。コルテス軍と戦ったアステカ族の顔立ち。戦士の顔だが、若くて、緊張している。

「それで？」

「自分から突っこんでいったんです、そうとしか思えない。でしょう？　ほかにどう考えられます？　でも、なぜ？　わかりません」

ジョーは相手の肘にふれた。「これから一緒に突き止めるのよ」

「だけど、いったいなぜあれだけの人たちを道連れにしたんでしょう」

死者の精神科医にもわからなかった。

クルスはまた肩をいからせながら、しばし自分を抑えた。なにかおかしいという感覚が強まった。緊急車両の青いライト、カメラマンの焚くフラッシュ、クルスの目の不自然な輝きがジョーにめまいを起こさせた。ジョーはクルスの視線を受け止めた。彼が語りだす最初の情報をとらえようとする一方で、この若い警官のことが心配でもあった。彼はいくぶん責任を感じているのだ。自分は現場にいたのに、キャリー・ハーディングは死んだ。自分の失敗だと思っているのだった。

「クルス。止められたかもしれないなんて考えないで」

「いままでにあんな目つきを見たことがないんです」彼自身の目は苦痛に満ちていた。「ショックを受けたわけじゃなくて。ただ……」

「わたしはあなたを評価しに来たんじゃないの。運転者の目はどんなふうだった？」

カメラマンのフラッシュがまたたくのと同じくらい瞬時に、ジョーは悟った。冷水を肌に浴びせられた気がした。

あんな目つき。

ジョーは階段へ駆けもどった。二段抜かしで飛びおり、手すりをつかんで身を躍らせ、足音高く着地すると、ＢＭＷの残骸目がけて走った。監察医に向かって叫びながら。

「コーエン、救命士を呼んで、大至急」

監察医がぎょっとして振り向いた。

あの目。カメラマンのデジタル・ディスプレイで見た同乗者の顔は蒼白で、半ば閉じられた目は暗く、なにも見ていなかった。だけどジョーが間近で見たときには、目は大きく見開かれ、ブルーに輝いていた。青いのは瞳孔が収縮していたからだ。

死人の目は光に反応しない。

「バリー、彼女は生きてる」ジョーは叫んだ。

いまは現場の検証手順も保存も頭になく、残骸に飛びついた。コーエンが足早にやってきた。

助手席の女性は動いていなかった。目はまだ開いている。血液がマスカラのようにまつげに流れこんでいた。

ジョーは女性の首に指二本をあてて、頸動脈波をさぐった。

「わたしの声が聞こえる？」

無反応。動きもない。脈は感じとれない。でもジョー自身の心臓が激しく飛び跳ねているので、ほかのなにも感じとれないのだ。

「聞こえる？　もし聞こえたらまばたきして」

コーエンがそばに来た。「なにをやってるんだ？」

たんなる思いすごしだろうか。動揺のあまり幻覚を見たのか――

女性がまばたきした。

「そんなばかな」コーエンが言った。

ジョーの全身が過負荷状態に陥った。アドレナリンがどっと血管に流れこみ、両腕に鳥肌が立ち、心臓のギアが六速にはいり、血圧が急上昇して視界が跳ねた。

「動かないで。そこから出してあげる」ジョーは言った。

コーエンが救急救命士を呼んでいる。女性の首に脈が感じられる気がした。若い、とジョーは思った。わたしより若くて、ぐしゃぐしゃにつぶれている。背後でカメラのフラッシュが光り、一瞬車が白く染まった。

唇が動いた。彼女は呼吸しようともがいている。

耳のなかで血がどくどく音を立てているにもかかわらず、ジョーは女性の口から漏れる音を聞いた気がした。身をかがめて近づいた。再度フラッシュがまたたき、女性の顔が小麦粉の色になった。またしても瞳孔が収縮し、その目に苦痛がよぎった。口が開いた。

「なに？」ジョーは言った。

彼女の声はほとんど声にならなかった。「止めて」

ジョーは振り向いて警察のカメラマンに怒鳴ろうとした――が、彼ではなかった。フラッシュを焚いているのは黄色い立入禁止テープの向こう側にいるマスコミの連中だった。ジョーは盾になってカメラの群れから護るように、女性の顔の前に身を乗りだした。

「がんばって。救命士がこっちへ向かってるから。消防隊がここから出してくれるわ」振り向いて怒鳴った。「早くして」

「止めて」助手席の女がささやいた。

ジョーはその肩にふれた。「苦しいのはわかるわ。もうじき出してあげるから」

もういっぺん首に指をあててみた。脈はちゃんとある。

救命士たちが装備とともに駆けつけた。消防士たちは万力状の救出ツールを持ってきて、すぐにも引き継ごうとジョーを取り囲んだ。

ジョーは身をそらせた。「意識はあって、声は出せる。脈はごくかすか。瞳孔は左右均等で反応してる」

救助班が押し合うように寄ってきた。助手席の女性の目が動いた。青い、ガラスのように光る両眼がジョーをとらえた。冷たい指がジョーの手首を這いのぼった。

「止めて」彼女が言った。

消防士のひとりがジョーを押しのけた。「先生、作業に取りかからせてください」

なにを止めるの？

胃が空洞になった気がした。上から手で押さえ、努めてゆっくり呼吸した。周囲を見まわす。クルスは階段の下あたりにいた。

ジョーはそちらへ歩きだした。「クルス」と呼びかけた。彼が振り向いた。「運転者はなんて言ったの？」

クルスは確信がもてないかのように眉をひそめた。ジョーは歩きつづけた。

「BMWがあなたの隣に停まったとき。ハーディングはあなたになんて言った？」

差し迫った口調に、クルスの警戒レベルが上昇した。ジョーは相手の目の前に立った。

「教えて」

クルスはジョーの表情を窺ってから、口を開いた。苦しげな声だった。「『助けて』と」

ジョーは顔から血の気が引くのを感じた。

「運転席の窓を平手で叩いて、まっすぐこっちを見たんです。そして助けてと言いました。絶対まちがいない」ジョーの視線を受けとめた戦士の目の奥から、苦悩があらわれた。「救ってくれと懇願していました」

5

「行くぞ」

救急救命士たちが、一、二の三、と数えた。消防士たちとタイミングを合わせ、助手席の負傷者をごくわずかに持ちあげて、首を固定する頸椎カラーを巻いた。傷ついた蝶を運ぶようにそっと、残骸のなかから一インチずつ被害者を引きだす。金髪がトウモロコシの毛のごとく頭のまわりにひろがった。

ジョーは若い負傷者の目をとらえようとしたが、彼女の視点は定まらず、なにも見ていなかった。救命士がバックボードにストラップで彼女を固定し、慌ただしく救急車に向かった。ひとりが点滴のバッグを持っている。ぼろ人形のアン《ラガディ・アン》に点滴するために。これほどはかなげで傷ついた人間を、ジョーはほとんど見たことがなかった。そのうえ生き延びた例はもっと少ない。

バリー・コーエンがそばに立って、赤いあごひげをなでていた。負傷者が救急車に乗せられるのを見つめている。

「どうして見逃したんだか」彼が言った。

救急車は路面に赤と青の光の筋を投げて走り去った。コーエンはそれを鞭と受けとめているようだった。

「彼女を診たの？」

「上から下まで触診した。脈は認められなかった。光への反応にも気づかなかった」ジョーに顔を向けた。「お手柄だったな」

アドレナリンが腕を伝いおりた。いやな感覚だ。振りはらうために、救急車を目で追った。それはマーケット・ストリートへ曲がり、赤と青のライトはぎらつく街の灯に吸いこまれていった。

「死亡時刻《TOD》を判断しようと肝臓の温度を測ったりしなくてよかったよ」コーエンが言った。

肉用温度計に等しい器具を彼女の臓器に突き刺していたら、死亡時刻はどうなっていたことか。「だれが死亡宣告したの？　救命士？」

「ああ。なにがあったのか追及してみる」

もしも自分の過失なら、コーエンはひるまずに認めただろう。「あなたならきっとそうするわね、バリー」

コーエンが疲れた笑みを浮かべた。「ありがとう」

ジョーは〝じゃあね〟の挨拶代わりに親指を立ててみせた。

現場の隅で、タング警部補がキャリー・ハーディングの上司と話していた。ジョーはまっすぐそちらへ行った。寒さが体にしみこんでいた。

ハーディングの上司は憔悴していた。「これは警官の死にも劣らない、法執行機関全体の損失だ。捜査の情報はこちらにも逐一聞かせてもらいたい」

タングは腕組みしていた。「もちろんです」ジョーに警告のつまった視線を向けた。「ジョー・ベケット、警察に協力してくれている精神科医です――こちらは連邦検事のレオ・フォンセカ。犯罪課課長」

フォンセカは小柄で、服はしわくちゃだった。どぎつい照明の下で見るその姿は墓場を連想させる陰気さで、白髪交じりの髪は薄くなりつつあり、縁なし眼鏡をかけた顔はバセットハウンドそっくりだ。彼は悲嘆に暮れているようだった。だがその声は冷静で、鋭いとげを含んでいた。

「なぜサンフランシスコ市警が心理学者を呼んだのかわからないね。キャリーが自殺したなどと、わたしは一秒たりとも信じないよ」フォンセカが言った。

「精神科医です、ミスター・フォンセカ」ジョーは訂正した。「ミズ・ハーディングが自殺したかそうでないかを判断するのに、お力になれると思います」

「なんだか知らないが。うちの検事補になにが起きたのか、総力をあげて突きとめてもらいたい。政治もプロパガンダもでたらめも抜きで」

タングは苛立っていた。「そのつもりです。ドクター・ベケットが詳しくお話を伺いたいかと思いますが。明日。いい？」

「けっこうです」ジョーはタングのメッセージを受けとった。ここではだめ、いまはだめ。

黙ってて。

「秘書に電話してくれ」フォンセカが言った。

クルスが通りかかった。タングは、おそらくフォンセカとの会話を終わらせる口実として、巡査を引きとめた。

「ほかにもハーディングのBMWを追っている車がいたとは考えられない？」タングがたずねた。

「自分の知るかぎり、それはないです。道はがらがらでしたし。離れていく車があれば気づいたはずです」

「追跡が始まった付近の状況をチェックして。監視カメラ映像が手にはいらないか調べてみて」ブッシュ・ストリートへの階段を指差す。「あの階段の監視カメラ映像もね」

「わかりました」

ジョーはたずねた。「ハーディングの同乗者が追跡中に飛びおりようとしたのは確か？」

「確かです。なんとかして車から逃げだそうとしてました。スピードが出ていたのに」

またしても、止められない癖のように、クルスが陸橋の欄干を見あげた。ジョーの視線もあとを追った。

飛びおり自殺をする人間は、時間をかけ、ひと目この世の見納めをすることがよくある。でもひとたび足を踏みだしたら、迫りくる地面を見たいとは思わない。眼鏡ははずす。ときにはジャンプすると同時に空を仰ぎ、命を奪おうと待ちかまえている舗道は見ない。

だがそれはほぼ決まってジャンプだ。決然と宙へ飛びだし、忘却へと向かう。落ちるのではない。ビルや橋や崖から飛びだすのだ。

そしてキャリー・ハーディングのこの世からの脱出はどう見てもジャンプだった。

「同乗者の身元はわかった？」ジョーがたずねた。

「運転免許証の名前はアンジェリカ・メイヤーです」クルスが答えた。

フォンセカが背筋をのばした。「なんだと？　確かか？」

クルスはメモを見た。「それが名前です」

「そんな、ばかな――ああ、なんということだ。うちのオフィスのインターンだ。ヘイスティングズ・ロースクールの学生なんだ」フォンセカは手を額にあてた。「わけがわからない。なぜアンジェリカが……なんて恐ろしい」

携帯電話を取りだした。「失礼」番号を押しながら離れていった。

「どうなってんの？」とタング。

ジョーは歩き去るフォンセカを見つめた。「さあ。なぜわたしに彼と話をさせたくなかったんです？」

「彼はこの捜査の一員じゃないから。本人がどれだけ首を突っこもうとしてもね。ハーディングの腿に書かれていた文字のことは知らないし、知る必要もない。その情報はわたしの許可なくしゃべらないで」

「しゃべりません」

クルスが言った。「わかりました、警部補」

「よし」タングは目を細めてジョーを見た。「同乗者はあんたに『止めて』と言ったの？」

「はっきりと」ジョーは見かえした。「わかってます。四十八時間」

「秒読みは始まってるんだよ」

ジョーはうなずいた。クルスの腕にふれ、名刺を手渡した。「なにかほかに思いついたら、電話して。どんなことでもいいから」

巡査がうなずくと、ジョーはそこを去り、ストックトンをユニオン・スクエア方面に歩きだした。

お手柄だったな。一瞬、金属がばらばらに引き裂かれる音が聞こえた気がした。自分の名前を呼ぶ声が聞こえる気がした。なじみのある声、傷ついた者たちの切なる声が。一瞬、駆けだしたくなった。現場を照らす明かりが背後へ遠ざかるにつれて、街灯が薄暗く煤けた。ジョーの上を星までのぼっているビルの峡谷に、オフィスの窓が黄色い筋を描いている。通りの前方にユニオン・スクエアがひろがっていた。ジョーはその角までたどり着くと、たったいま酸素を見いだしたかのように息を吸いこんだ。

お手柄。バリー・コーエンは自分の言葉がジョーを打ちのめしたことを知らない。

あの一瞬、ジョーにははっきりとダニエルが見えた。彼に手をとられるのを感じた。世界がくそに変わったとき、ダニエルにかけられた言葉をふたたび聞いた。

だめよ。ジョーは思った。

息を吐きだして、記憶のなかでちろちろ燃え、いまにも燃えあがりそうになっている残り火を振りはらう。両手の震えを止めようと、手のひらに爪を食いこませる。震えは神経が過敏になっているせいだ。ただの神経過敏。トラウマ状態に飛びこまずにいられなかったのは、遠い昔のこと。

自分にささやきかけた。「乗り越えて」

これはわたしの問題じゃない。背後の残骸で亡くなった三人と、死亡者に加わる寸前だった若い女性のことだ。なにか警告を発していたようだった、若い女性。

ジョーはまばたきして寒気を振りはらい、また歩きだした。

携帯電話の振動で目が開いた。彼は暗い天井を見つめながら息を吸いこみ、たちまち目覚めた。

きっとニュースだ。メールの自動受信だろう。夜を、暗闇を、自分のプライバシーを妨げないようにごくそっと、ペリーは手のなかの電話をひっくりかえし、ディスプレイを読んだ。確証を求めると、それは一語で見つかった。

死んだ。

手が携帯電話を握った。あの検事は消えたのだ。

残りは読まなかった。どんな最期だったとか、ほかに何人死んだとか。つかの間、目がちくちくし、喉が焼け、涙がこみあげそうになった。それを必死にこらえた。遠くを見つめ、心を自由に解き放った。詳細はそのうちわかる。いまはこの瞬間を味わいたかった。

ハーディングが死んだ。消えた。あの薄汚れた牝犬が。

心が駆けだしそうになったが、無理やりスローダウンさせた。心臓が胸のなかでふくれあがり、ゆっくりと鼓動し、なみなみと血液をたたえているような気がした。

あふれんばかりのよろこび。

あの女が苦しんだことを願った。わめき、涙を流し、みずからの血で喉をつまらせ、呼吸できなくなって死んだことを。ゆっくり笑みが浮かんだ。苦痛を受ける側になるのはどんな感じだい、キャリー？　天井を横目で見あげ、思い描いた。暗い天井が映画のスクリーンになるまで。そして自分専用の大作映画のなかで、ペリーはハーディングの顔に浮かぶパニックを見た。すべて悟った表情を。つぶれて腫れあがった喉から空気を取りこもうともがくハーディング。両手は打ち砕かれて動かせない。その現場にいなかったことが腹立たしい。その瞬間あの女の隣にいて、生で目撃できなかったことが。

正義が欲しいか？　ほら、やるよ。仕返しはむかつくだろう？　ペリーは笑いをかみ殺した。目は涙で潤んでいた。

あの女はなにか吐いただろうか？　名前や、知っていることや、秘密を？　そうだといい。そうであってくれ。

あの女検事のところへ歩いていって、別れのキスをしてやれたらよかったのに。そう思うと興奮した。

彼女の様子がまぶたに浮かぶ。死が近いのを悟った顔。ああ、どれほどあの女が憎いか。だれもかれも憎い。おれは代償を払った。今度はおまえたちの番だ。小さな子供のように泣く彼女が見える。お漏らしする彼女。唇が動いている。

祈っているのだ。こんなことやめて。ゆるしてください、わたしは穢れてい《ダーティ》ます、穢れて《ダー》い《ティ》ます、穢れてい《ダーティ》ます。やめて。

闇のなかでペリー・エイムズは身を硬くして横たわり、こうしたときに毎度感じる気分を味わっていた。フラストレーションの塊。キャリー・ハーディングがこの世を去る瞬間、自分は立ち会えなかった。死にゆく彼女を思い描いても、彼の怒りが慰められたのは孤独な数分間だけだった。

ひとりでいることは最大の防衛になる。結局は己以外だれもあてにはできないのだから。

それと、死だ。穢れた《ダーティ》、穢れた《ダーティ》、穢れた《ダーティ》牝犬。

6

湾を低く震わす霧笛がジョーを目覚めさせた。ごろりと寝返りを打って、目をあける。窓の外のマグノリアを通して、木漏れ陽が金をちりばめたように天井を彩っていた。霧笛がまたボーッと鳴った。

太陽に霧。サンフランシスコは多重人格の街だ。

六時四十五分だった。昨日の夜更かしが疲労の重低音となって骨身に響く。起きあがり、キモノを羽織って体に巻きつけ、ブラインドをあげた。色鮮やかな一日がジョーを迎えた。空はアクリル絵の具のブルー、丘の上の住宅はもっとけばけばしく、青や黄色や緑にジンジャーブレッド色の切妻屋根、イースターの卵を思わせる鮮やかさだ。遠くの、密集した屋根やモントレーパインの向こうに、ゴールデンゲート・ブリッジの主塔《タワー》が曙光を受けて赤く燃えている。その下の水面には霧がまとわりついているが、フィッシャーマンズ・ワーフを見おろすこのあたりは朝陽に輝いていた。

ここに住めるのは幸運で、そのことはジョーも自覚している。家は赤い日干し煉瓦に白い切妻屋根の、古風なサンフランシスコ・ヴィクトリア様式だ。通りからは質素で慎ましやかに見える。隣の偽くさい邸宅にくらべたら地味そのもの。隣家の屋上テラスはローマの神々の像で飾られ、キューピッド像は鳩の糞まみれだった。

その豪邸の二階の窓でカーテンがぴくりと動いた。ジョーはため息をついた。こちらが起きたかどうか、お隣さんがチェックしているのだ。ジョーはブラインドをおろして、シャワーを浴びた。

通りからは質素に見えるとしても、家の内部は広々とした空間で、色彩に満ちあふれている。大きな窓は気まぐれな天候がもたらす陽光を漏らさず取りこむ。ジョーのベッドのフレームは日本製で黒光りするラッカー仕上げ、真紅の上掛けと金色の枕でおおわれている。刺激的な色は正解だった。覚醒を助け、心臓の鼓動や活動を思いださせてくれる。ドレッサーの上の蘭は、炎のオレンジ色。

ジョーは閉ざされた場所が大の苦手だ。この家なら呼吸ができる。ゴールデンゲートにベイ・ブリッジ、両橋の百万ドルの眺望も楽しめる。見るためには縦樋を屋根までよじのぼるだけでいい。朝飯前だ。

ジョーはこの家を愛している。でもいまこうしてひとりきりになってみると、静かすぎるとも言えた。

シャワーを浴びると、エンジン全開の気分になった。服を着て、コプト教会の十字架《クロス》とホワイトゴールドの指輪を通した銀のチェーンのネックレスを首にかける。階下のキッチンにおりて、ラップトップを起動させた。フレンチドアから楔形に陽射しがはいりこんでいる。

ささやかな裏庭にはマグノリアの古木が木陰をつくり、セージやライラックが繁茂し、白い花をつけたクレマチスが断りなしに垣根をこしらえている。

コンピュータが歌いかけた。ジョーは画面を見た。タング警部補がこれまでの情報を送ってきたのだった。

キャリー・アン・ハーディング。年齢三十六。パロ・アルト市在住。離婚歴あり、子供はなし。最近親者は元夫、ポルトラ・ヴァレー在住のグレゴリー・ハーディング。ハーディング氏には接触済み。同氏は遺体を確認した。

元夫にはなんとも気の滅入るモーニングコールだったにちがいない。ジョーは歯でペンのキャップをはずし、ノートをひろげて、ハーディングに大至急連絡をとることとメモした。

つぎのファイルを開くと、キャリー・ハーディングの運転免許証の写真だった。陸運局《DMV》のカメラで撮った粗い画像で見ても、はっとするほど魅力的だ。長距離ランナーによく見られるくっきりした頬骨。落ち着いたフレンチツイストにまとめられた髪は、健全な自尊心と欲望をにおわせるプラチナブロンド。そのモンロー風のブロンドと相対する、きまじめでおふざけを許さない捜査官の目。視線は射るように鋭く、生きいきとした力があった。

心理学的剖検のチェックリストを取りだした。気力が満ちてきた。

ジョーはNASHの枠組みのなかで仕事をする。つまり、死が自然《Natural》か、事故《Accidental》か、自殺《Suicide》か他殺《Homicide》かを判断するのだ。そのために確かな証拠をできるだけ集める。けれどもタング警部補の送ってきたものには、ふだんジョーが頼りにする情報はひとつも含まれていなかった。

　警察は車の衝突に関する報告をまだ提出していない。原因が機械的故障だったかどうかを決定づけるためのＢＭＷの分析も、まだおこなわれていなかった。ハーディングの家族、友人、同僚たちへの聞きこみもこれから。検死解剖は正午に予定されており、それは現在バリー・コーエンが準備に取りかかっていることを意味した。だが薬物中毒検査、血液および尿検査の結果が出るのはもっとあとだ。

　この事件では刑事たちにつきまとい、監察医に情報をせびらなければならない。そして警察も検視局も、自分たちが見つけだしたことを進んで精神分析医に分け与えてくれそうにはなかった。

　バリー・コーエンとは仕事上良好な関係にあるけれど、コーエンの同僚のなかには心理学的剖検という概念をばかにしている者もいる。彼らから見れば、自分たちのやっていることは科学で、ジョーのは魔術だ。

　半分は当たっている。心理学的剖検は科学ではない。医学のあらゆる分野と同じく、それはひとつの技術だ。

　ジョーは死体を切り開かない。にもかかわらず、その仕事は死者を深く掘りさげる。法精神科医は被害者の歴史を調べる――医学的、心理学的、教育的、性的過去を。以前に自殺の兆候がなかったか。人間関係はどうだったか。被害者の書いた日記や手紙を読む。ネット上の活動を発掘する。故人の抱いていた不安や予感、気分の揺れについて聞きこみをする。被害者の死に対する友人や近親者の反応を見る。過去の、そして現在の敵についてたずねる。人には敵がいるものだ。だけどジョーの母親のように、わが子を公園のすべり台から突き落とした子供全員を敵リストにしてとっておいたりはしない。

そして被害者の精神状態を判断するために、ジョーは彼らの不安、恐怖症、妄想の覆いをはずしていく。死は物理事象だが、人間に関して言えば、心理状態で中身はだいぶ変わってくる。殺人か、自己防衛か。法的に認められる心神喪失か、故殺か。

そして本件の場合は、事故か、無理心中か。

それでも、結論は審査員の採点的なものにならざるを得ない。死因は？　自殺が九・三ポイント、殺人が九・八五。事故の可能性は？　ソ連の厳しい審査員なら二・一をつけただろう。勝ち目なし。

最終的には警察と監察医がどのように死んだかを特定する。ジョーはなぜかを判断する。犠牲者の肉体を切り開くのではなく、その人生をあらわにするのが法精神科医の仕事だからだ。

しかし今回は死因すら知らされていない。捜査の前線へようこそ。計器飛行で濃霧に突っこむようなものだ。

ジョーはファイルをすべて印刷し、全部ひっくるめてショルダーバッグに放りこみ、玄関を出て家に鍵をかけた。ひとりで住むはずではなかった小さな家に。

玄関のステップを小走りにおりた。空気はさわやかだ。通りをはさんで向かいの小さな公園では、木々が身を揺すって目覚めようとするかのように風にそよいでいる。隣の邸宅に目をやった。お隣さんが邪魔をしたがるのはたいがいこのタイミングだ。でも今日はカーテンが動くこともなく、ドアは閉まったままだった。

角のところでケーブルカーに間に合った。運転士《グリップマン》がベルを鳴らすと、ケーブルカーは傾きながら角を通過し、急勾配の坂を下っていった。ジョーはしっかり足を踏んばって、後方へ流れていく近隣の風景を眺めた。その丘の斜面は遠目には絵はがきのように整然として見えるが、近くからだとひび割れが目にはいる。ちっぽけな中庭を奥に秘めている細い通路、絞り染め《タイダイ》を着たヒッピーの隠れ家を取り囲む路地。丘の中腹あたりで、古いアパートメント・ビルがはらわたを抜かれ、改装中だった。建設作業員たちは月曜の朝のペースで現場をぶらついている。ツールベルトからハンマーをぶらさげた男、なかなかセクシー《ホット》だ。

ジョーは自制の手綱を引いた。ホットなのは彼じゃなくて、彼が持ってる巨大なステンレスボトルのコーヒーでしょ。ジョーは坂を下り切ったところで下車し、〈ジャヴァ・ジョーンズ〉へ向かった。

コーヒーハウスは混み合っていた。カウンターのなかで、ティナが微笑んだ。

「ジョアナ、おはよ」

「極上のコーヒー、この店にある最大のサイズで。それとブルーベリー・マフィン。あとチーズ・パニーニ」

ティナが刺すような目つきで見た。

「カロリーとカフェインを欲してるの」ジョーは言った。

ティナはジョーの妹だ。姉と同じカールした茶色の髪に、アスリートのボディ。バリスタの黒いエプロンのほかに、鼻ピアスと、軌道上のスパイ衛星から電波を受信できるくらいどっさり耳にも銀のピアスをつけている。その快活さときたら、くまのプーさんのティガーにも引けはとらない。

ジョーはステレオの音に負けじと声を張りあげた。「だれの曲?」

「マーラー。上質の音楽」

ジョーはコメントしなかった。ティナのかける上質の音楽にはスリップノットも含まれている。

ティナは手を宙でひらひらさせた。「ダークで、熱くたぎってる。物事はこうでなくちゃ。音楽、文学、男……」

「コーヒー」

ティナは薄笑いを浮かべて、明朝時代の花瓶ほどもあるマグを手渡した。ジョーはそれを窓辺のテーブルに運んだ。長々とむさぼるようにひと口すする。腰をおろし、コンピュータを取りだして、セントラル地区警察署に電話をかけた。

エイミー・タング警部補が閃光のごとく鋭い、飛び出しナイフを思わせる口調で出た。

「なにか収穫はあった、ドクター・ベケット?」

「まだなにも。取りかかったばかりなので」

タングが息を吐きだした。ジョーの受けた精神医学的トレーニングによれば、苛立ちのための息以外のなにものでもない。「なにを知りたいの？」

「ハーディングの車と運転に関する記録を」

紙のこすれる音。「あのＢＭＷは新車で、購入したのはつい三週間前。ハーディングの運転歴はきれいだった。飲酒やドラッグ服用時の運転で捕まったことも、スピード違反で切符を切られたこともない」

ジョーはすばやくメモをとった。「ヨシダとマキ・プリチンゴの事件。ファイルを洗いなおしてもかまいません？」

「いま手がまわらないの。午後までに用意しておく。とりあえずこれまでに出た記事を送るから」

それで間に合わせるしかない。「ハーディングの同乗者についてほかになにかわかりました？　状態は？」

「生きてる。意識不明。なにもしゃべってない」

「病院は？」

「聖フランシス」

「よかった」ジョーは聖フランシス病院にスタッフとして顔がきく。あとで寄ってみよう。

警部補が咳ばらいした。「性的妄想という観点をどう思う？」

「まだなんとも。答えを出す前に証拠が必要なので」

「ハーディングは赤い口紅でみずから答えを書いたんじゃないの。彼女、みだら《ダーティ》な女だったんだよ」

「そうかもしれない」

受話器の向こうから鉛筆で机をコッコッ叩く音が聞こえた気がした。「デッサンに取りかかる前に、なにかほかに知りたいことは?」

あるわ。タングーーそれってあなたのラストネーム? 朝食によく飲むオレンジ味のドリンクの名前、それともピリリと辛い《タン》その性格のこと? 「いまはべつに。ありがとう、警部補」

タングは〝どういたしまして〟もなく電話を切った。ジョーはノートのタングの名前の横に、舌を突きだした顔文字を描いた。

それにアンジェリカ・メイヤーの名前を丸で囲んだ。ハーディングの若い同乗者が鍵だ。もしもメイヤーが意識を取りもどしたら、BMWの車内でなにがあったか警察に話せるかもしれない。あれほど切羽つまって止めさせようとしていたことはなんだったのか、ジョーに話してくれるだろうか。

四十八時間は刻々と過ぎていく。そのあいだに入手できそうな情報を考えると、〝こっくりさん〟の助けでも借りたほうがよさそうだ。

カチャンと音を立てて、ティナがテーブルにジョーのマフィンとチーズ・パニーニの皿を置いた。「ご注文のカロリー」

「すてき。ありがと」

　窓から流れこむ陽光を浴びて、ティナのカールが銅色に輝き、顔が炎に包まれているかのように見えた。ティナは腰かけて、姉のほうへ身を乗りだした。

「マイク・サドウスキにばったり会ったよ――ハイスクールで同じクラスだったでしょ？　ジョーとすっごくデートしたがってた」

「あなたって、みんながわたしとデートしたがってると思ってるのね。バリー・ボンズも。大司教も。ライス・ア・ローニ（インスタントの米食品）の箱に描かれてるケーブルカーの運転士も」

「極上のコーヒーがめちゃ酸っぱくなったんじゃない？」ティナはジョーのマフィンをつまんだ。「今夜忙しい？　計画があるんだけど、ジョーが来てくれたらもっと楽しくなりそうなんだ」

「その彼、なんて名前？」

「女子《ガーリー》だけの夜遊びだって。文化活動だよ。有酸素運動。健康的な」ティナがにやりと笑う。「女の子らしい遊び。ジョーの特技の自然でむさくるしい岩登りとは全然ちがう」

　ジョーはテーブルを指でとんとんと叩いた。「それにはわたしの〝気〟とかポールダンスは含まれてない？」

「ない。指切りげんまんしてもいいよ」ティナが無邪気そうに両目を見開いた。「ねえ、いいでしょ？」

ジョーは態度を和らげた。「何時？　会が七時にあるの」

「そのあとで」ティナが憂いを含んだ顔になった。「どんな具合？」

「上々よ」ジョーは肩をすくめて、にっこりした。「心理学的剖検の気晴らしにもなるし」

「死から頭を切り離すために死別カウンセリングの会に出るのはジョーだけだよ」

「『モリー先生との火曜日』（ラテン語のモリ（死ぬこと）とかけている）ね」

ティナは笑ったが、憂いの表情は消えなかった。そこにはごく親しい者の、哀しげな気遣いがこもっていた。ジョーはそれが大嫌いだった。みんなが気遣うのをやめてくれたらいいのに。顔をそむけ、かわりにコンピュータの画面に集中した。

タング警部補から新聞記事の一覧が届いている。なかのひとつが目を惹いた。

ボート火災は〝放火〟か？

死亡したファッション・デザイナー、マキに関する記事だった。彼のクルーザーは沖で炎に包まれているところを発見されていた。救助隊員が船上でマキ、それに彼の恋人の遺体を見つけた。ファイルには彼らの写真もあった。パパラッチが撮ったスナップショットのマキは、髪を剃りあげた四十代の東アジア人。ディスコのミラーボールを思わせる微笑、勝ち組のたたずまい。恋人のウィリアム・ウィレッツは顔色の悪い白人で、口をすぼめている。脇役だ。死因は明らかにされなかった。記事はドラッグがらみ、もしくは痴話喧嘩が不幸をもたらしたのではないかと憶測していた。ボートは市境の外を漂流中に見つかったため、連邦当局が捜査に乗りだしていた。

刑事事件として捜査開始するかどうかは未定だと、キャリー・ハーディング連邦検事補は述べている。

おや、まあ。ハーディングの事故とマキの死にはつながりがあるにちがいない、とタングは言っていた。ここにぶっといつながりがある。ハーディングはボート火災の捜査に関わっていたのだ。

ジョーは記事のスクロールを続けた。そしてはたと手を止めた。

モフェット連邦飛行場の第一二九救難航空団のチームが現場に駆けつけたが、船上の男性二名はすでに死亡していた。空軍州兵のスポークスマンはコメントを拒否した。

ティナの話は終わっていなかった。「それにデートのどこがそんなにいけないの？　友だちをつくれば、って言ってるだけじゃない。ジョー、もう二年になるんだから。ひとりで立派にやってるけど、なにもかもひとりでやらなきゃならないってことないでしょ。わかる？」

わかっていた。自分がだれと話さなければならないか。その男の名前は警察のメモのなかにある。その夜、第一二九救難航空団とともに任務についていたパラレスキュー《P》・ジャンパー《J》、すなわち降下救難隊員だ。ゲイブリエル・キンタナ。

ティナが砂糖の包みを投げてよこす。「UCSFへ迎えにいくから」

キンタナ。指先がじんと熱くなる。顔をあげた。「ごめん。なんだって？」

「ジョーったら、瓶に飛びこんだ蜂みたいに聞こえてないのね。今夜迎えにいくよ。八時でいい？」

「いま取り組んでるこの事件が巨大なモンスターにならなければね」

ティナが立ちあがった。「モンスター事件か。そうなったらテレビでジョーを観られる？」

「そうね、懐中電灯を手に血まみれの現場を歩きまわってるでしょ、タイトなジーンズに襟の大きくあいたブラウスで」

「拳銃もだよ。銃を身につけていくと約束して。それで、サングラスをさっとはずして、正義をおこなうことを誓うの。いいでしょ？」

「いいわよ。豚がV字隊列飛行でゴジラと戦うならばね」ジョーは顔から微笑みが消えていくのを感じた。「第一二九救難航空団と話さなくちゃ」

「よろしく伝えて、応援してるって」ティナが口をつぐんだ。「ちょっと、それって――」

「そう」ジョーはコンピュータを閉じた。「防弾ベストを持っていくかも」

ティナの顔に不安げなしわが寄った。ジョーは荷物をまとめ、妹に〝じゃあね〟のキスをして、元気づけてくれる陽射しの下へと出ていった。防弾ベストが護ってくれないことは知っている。ケブラー繊維は心臓《ハート》を銃弾から護るけれど、悲しみは防げない。

7

コーヒーハウスを出ると、空は銀色に輝いていた。ジョーはサングラスをかけた。振り向くと、歩道を重そうな足取りでこちらへやってくるファード・ビスマスが目にはいった。

「あーあ」ジョーはつぶやいた。

ビスマスが背筋をのばし、気取った歩きかたになった。長話をする余裕はないのに、背を向けて逃げだすにはもう手遅れだ。向こうはジョーに気づいてしまった。

彼が手を振った。「こんにちは、お隣さん」

ファードは、鳥の糞まみれのキューピッド像があるインチキくさい邸宅の、ぴくりと動くカーテンの奥で暮らしているあの隣人だ。肥満体ではないのに、そういう歩きかたをする。お腹のバランスをとるかのように重心をうしろにかけ、脂肪のクッションで支えられているかのように両手を脇から浮かせている。X脚で、服のサイズはゆったりめ。髪はブリルクリームでてかてか光っている。一九六九年ごろのアメリカ航空宇宙局《NASA》管制センターで写真を撮ったらさまになるだろう。

ファードは笑顔で、転がるように歩いてきた。「ケーブルカーの停留所で、ひと足ちがいになったみたいですね」

返事には熟考を要した。ファードが相手だと、お愛想は地雷原だ。大至急どこかへ行く必要があるのだという印象を与えるために、ショルダーバッグを肩に担ぎなおした。それなのに、大至急も必要もファードの抑止にはならなかった。ジョーが炎に包まれていようと、この隣人は思いとどまることなく話しかけてくるだろう。というか、自分が燃えていても。

天気の話題ならあたりさわりがない。「陽が照っていると気持ちがいいわね」

ファードが笑みを引っこめた。「陽灼け止めを塗ってくるべきでした？　十月なのでだいじょうぶだと思ったんですが」すでに癌とおぼしきシミが浮いてきたかのように、自分の腕を見る。

ジョーは一歩進んだ。「ＳＰＦ20、いつも塗っておけば安心だけど。でも日光を浴びないとだめよ――それでビタミンＤが作られるんだから。気分も明るくなるし」

「ビタミンＤ？　つまり――ちょっと、待って、ジョー、行かないで。ぼくが骨軟化症になるかもしれないってことですか？」

やっちゃった。きっかけを与えてはいけないのに――法廷で証言してなにも学ばなかったの？　結論の出ない答え、ましてや提案など口にしたら、弁護士に反対尋問でこてんぱんにやられてしまう。それなのにジョーはここでファードに釘をどっさり与え、それを叩きこむための分厚い『米医薬品便覧』を渡してしまったのだ。

ファードほど重症の心気症患者にはこれまでの人生でお目にかかったことがない。

「ビタミンＤ？　要するに雨や霧のせいで日光浴が足りないと？」自分の膝を見る。「かなり危険な状態なのかな？　骨が脆くなったら困るんですけど」

「あなたは骨軟化症になったりしないわ、絶対に。じゃ、よい一日を。約束に遅れてるの」

「ひとつだけ」

ジョーはあとずさった。「カリフォルニア空軍州兵と話しにいかなきゃならないの。行かないと、向こうが特殊部隊をよこすわ」

「一秒とかかりませんから」

ファードは息を吸って、豪快に吐きだした。どうか、神様、自分は高地肺水腫にかかってるなんて彼に思わせせないで。

「ぼく――その、じつは……」チノパンの腿で手のひらを拭う。「明日の晩、ハロウィーン・パーティを開くんです」

動揺が顔に出てしまっただろうか。「かまわないわ、騒音は気にならないから。知らせてくれてどうも」ジョーはもう一歩あとずさった。

「お客が何人か来るんです――その、会社の人たちが」

会社とは、彼が働いているコンピュータ・ショップ、〈コンピュラマ〉のこと。ファードはお金持ちではなかった。邸宅の持ち主がイタリアに行っている九か月間、留守を預かっているのだ。ジョーはシャツに〈コンピュラマ〉の名札をつけていないファードをいっぺんも見たことがない。

「じつは——あの……えっと、あなたにもパーティに来てほしいんです。コスチュームは自由、だけどほとんどみんな《ワールド・オブ・ウォークラフト》のキャラで来ます」

ファードがジョーの胸を盗み見た。想像するに、《ワールド・オブ・ウォークラフト》にはぼろぼろの鹿革のビキニを着けたセクシーな妖精でも出てくるのだろう。それから彼はジョーがオンラインのファンタジー・ゲームをやらないことに気づいたようだった。目にじわじわと絶望がにじんだ。

隣人は〝気にしないで〟の意味で両手を突きだした。「だけど、まったくそちらしだいだから」

「ありがとう。でもたぶん仕事だわ」

「かまいませんよ。ただ知らせてくれれば」

そこで彼がタテゴトアザラシの赤ちゃんみたいに無垢な笑みを浮かべたので、ジョーは罪悪感にかられた。そして降参した。

「がんばってみるわ。ちょこっと寄るだけでもいいかしら。ディップを持って？」

「最高ですよ」

ジョーはうしろ向きに歩きだし、ファードに小さく手を振った。隣人は首を傾けて手を振りかえし、〈ジャヴァ・ジョーンズ〉にはいろうとドアの取っ手をつかんだ。ジョーはくるりと背を向けた。

「ひとつ訊きたいんですが」とファード。

「もう行かなくちゃ……」でももしこのまま去れば、帰宅時には隣家のバルコニーから彼が目を光らせているだろう。ジョーはまた向きなおった。

ファードが自分の鼻にさわった。「この鼻中隔」

「鼻中隔彎曲症から結核にはならないの。ほんとよ。断言できる」

ファードの話を聞いていると、いびきも口臭も悪い姿勢も絶え間ない心配性もみんな鼻中隔彎曲症のせいになる。

「パーティを計画してから、再発しちゃって」指先を両頬にあてる。「圧迫感があるんです。パニック発作が起きて、鼻が全然利かなくなったらどうしよう」

「あなたの主治医に訊いて、ファード」

「でも――」

「わたしのルールを知ってるでしょ。友だちは診ないの」

「今回だけ――」

「処方箋も書かないし」

「鼻づまりの薬が欲しいわけじゃないんです」

「なるほど」

「あなたは処方薬は出さない。不安を鎮めるのにまったくちがった方法を用いるんですよね。自然にかなってます。精神的サポートという薬」

ハグ・セラピーはもうごめんだから。ジョーはファードの両腕が差しのべられはしないかと凝視した。お願い、それはかんべんして。「ファード、あなたのかかりつけのお医者さんに診てもらうべきよ。わたし急いでるの」

隣人の眉間にしわが寄った。「わかりました」

ジョーはさよならと手を振った。ファードの顔がまた和らぎ、赤ちゃんアザラシの穏やかさに戻った。歩み去りながら、ジョーはヒップに注がれる視線を感じた。

角を曲がっていくらも歩かないうちに、携帯電話を取りだした。グレゴリー・ハーディングの番号を見つけて、電話をかける前にひと呼吸おいた。

ハーディングはキャリーの別れた夫だが、いまでも遺体の身元確認に呼ばれるほど近しい。ジョーは空を見あげ、しゃんと背を起こしてから、ボタンを押した。

二度目の呼出し音で相手が出た。「はい?」

「ハーディングさんですか?」ジョーは名乗って、警察の依頼を受けている精神科医だと言った。「お悔やみ申しあげます、さぞご無念なことかと」

「無念なのはわたしじゃなく、キャリーのほうでしょう。なんの電話ですか」

おや。彼の返事には憤りがこもっている。「会ってお話ししたいのですが。今日お時間はありますか」

一瞬の間。「警察はキャリーが精神を病んでいたことにしたがっている——これはそういう話ですか?」

「いいえ。亡くなられた理由を正しく説明するための証拠を集めているんです」

さっきより長い間。「オフィスはパロ・アルトです。キャンパスの〈ボーダーズ〉書店のそばにコーヒーショップがある。二時間後に行きます」

ジョーは腕時計を見た。「けっこうです」

「遅れないように」相手は電話を切った。


ペリー・エイムズはひとりでテーブルについていた。まばゆい陽が照りつけ、そよ風が吹いている。今日は戸外に出て坐る人間が多いだろう。けれども彼は屋内でひとりきり、スクラブル（単語作りゲーム）の盤《ボード》を前に置いて、壁のテレビを見つめていた。

衝突事故で三人死亡とニュースが報じている。被害者の名前はまだ公表されていないが、そのなかにキャリー・ハーディングが含まれているのをペリーは知っている。助手席にいた一名は重傷。

その生存者がだれなのか突きとめなくては。

スクラブルのコマをマスに置く。男がふたり、会話しながらそばを通った。彼らはゲーム盤を、そしてペリーをじろじろ見た。その気があるなら相手をしてやってもよかった。すごいゲームをやってのけよう。ポーカーみたいにどでかく賭けてもいい。まさしくエグゼクティブのゲームだ。スクラブルおたくのほうが、ダウンタウンのホテルのスイートでテキサス・ホールデム（ポーカー）に大金を賭ける連中よりも怪しまれない。それにスクラブルのプレイヤーのほうが脅しをかけやすい。相手がこちらの貸した金で大敗したときに。ペリーはそれを飯の種にすることもあった。

だれもゲームに加わろうとはしなかった。だれもペリーと話したがらなかった。ペリーはどんどんコマを動かした。

doctor（医者）。ヨシダは固有名詞だからだめだ。son（息子）。overdose（過量摂取）。満足感が胸を焼く。酸のように。

boat（ボート）。そこから縦にもう一語。Maki（マキ）。ルールなんぞかまうものか、おれはやつらの名前が見たい。Willets（ウィレッツ）。

ファッション界のおかま女王は死んで、その恋人だったキーキー声のぺんぺん草もくたばった。いかれ頭で、花の茎並みに痩せぎすで、とんでもないサディストだった。百合の花のようにすましていながら、毒があった。

だがペリーは効果抜群の除草剤を見つけたのだった。

そばを通り過ぎた男たちは、近くのテーブルにコーヒーのカップを置いて坐った。そこは騒々しかった。会話は聞き取れないが、どちらもぽかんとこちらを見ている。ちくしょう。じろじろと、穴のあくほど見つめていやがる。この首を、傷痕を。バケモノとゲームをやりたがる者はいない。

つかの間、そいつらの考えを正してやろうかと思った。しかしそこには警備員がいた。親指をベルトに引っかけてドアのそばをうろついている肥満体の男。タフガイ気取りのでかケツ野郎は反吐みたいな緑色の制服を着ていた。どこであんな色を見つけてくるのやら。司祭や看守といったおせっかいな連中の服を作る専門店か？

　コーヒーを飲んでいるふたりがじっと見ている。ペリーはにらみかえした。ふたりは服従する犬よろしく目をそらした。

　恐怖だ。いいぞ。意気地のない者は幸いである、彼らはカスしか受け継げないだろう。

　ペリーはゲーム盤にまたひとつ個人名を並べた。Harding（ハーディング）。

　あれはいいスタートだった。

　しかしまだ終わりは遠く、時は短い。明日までに答えが欲しかった。ダウンタウンで証言があるので、それまでには名前が必要だった。

　スカンクに取りかからせよう。ペリーはコマをさっとかき集めて箱に入れ、立ちあがった。

　コーヒーを飲んでいる男たちを見やる。やはり考えを正してやることにした。

　彼らのテーブルに歩み寄った。ふたりが見あげるまで、足を止めて待つ。ポケットに手を入れる。彼らが凍りついた。ペリーは音声合成器を取りだして、自分のつぶれた喉頭に押しあてた。

「つぎは一緒にハングマン（単語あてゲーム）をやろう。わたしは無敵だ」

　聖フランシス病院の集中治療室《ICU》は明るく、ひっそりと静かだった。ジョーが階段をあがっていくと、ピンクの手術着姿で母親然として見える看護師がデスクで患者のカルテに記入していた。ジョーはその病院のスタッフ特権を有する医師として、身分証を首からぶらさげていた。

「アンジェリカ・メイヤーは？」とたずねた。

看護師が肩ごしに後方を指す。「廊下の先です」

「どんな具合？」

「深刻ですけど安定しています。肋骨の骨折、肺の破裂、頭蓋骨に細かいひび」

「意識はあるの？」

「断続的に」

「だれか患者に会いにきた？」

「警察だけですが、担当医が警官も締めだしました」

「カルテを見せてもらえる？」

看護師がさがしだすと、ジョーはすばやく目を通した。メイヤーの状態は安定しているものの、予断を許さない状況だった。いつ底知れぬ深みへすべり落ちていかないともかぎらない。

「バッグにキーホルダーがはいってました」看護師が言った。「彼女のニックネームつきでしたよ。ゲーリって」

看護師はドイツ語風に発音した。ジ、ェ、リだ。

「ありがとう」ジョーはカルテを持って、廊下をメイヤーの部屋へ向かった。

集中治療はつねに変わらない。昼だろうと夜だろうと、そこには制御された危機という空気がある。静けさ、寝ずの番、モニターに警戒――ICUは特殊部隊の作戦基地に似ている、とジョーは思う。

救急救命室《ER》はまたべつだ。UCSFでの外傷外科ローテーションで思いだされるのは、騒音、アドレナリン。犬に咬まれた怪我人、風邪をひいた病人が、いきなり溺れたり銃で撃たれたりした重症患者に取って代わられる。ERは〝衝撃と畏怖〟だった。ICUはステルス作戦だ。だが人の死亡する率は後者のほうが高い。患者がよほどひどい状態でなければICUには来ないから。

ジェリ・メイヤーは見たところ最悪の状態だった。

ジョーは戸口で立ちすくんだ。病院のベッドにもたれるようにして寝かされ、何本もの管を生やしている姿は、映画《インデペンデンス・デイ》の研究室にいるエイリアンの一体を思わせた。胸から心電計の管が突きだし、首のあたりに点滴チューブが刺さっている。かたわらにはバルーン・カテーテル、排液管、鼻の下には酸素カニューラ――まるでヤマアラシだ。肌は青白い灰色、金髪はべとついている。目は閉じられていた。

ジョーはそっと近づいた。

手首に指をあててみる。脈はしっかりしていて、規則正しかった。反応を期待して手をなでたが、微動だにしない。その手は冷たかった。ジョーは保温毛布を引っぱりあげて、メイヤーの脚をやさしくくるんだ。

なにがあったの、お嬢さん？　なぜキャリー・ハーディングと車に乗っていたの？　わたしになにを止めてほしかったの？

ベッドをまわって、小さな戸棚をあけた。メイヤーの靴とスカートがあった。シャツやブラジャーはない。ERで鋏を入れられたのだろう。バッグは棚の上に置いてあった。

ドアに目をやる。看護師は電話中だ。

ジョーは警官ではない。捜査令状は所持していないし、患者の私物をさぐったりすればひんしゅくを買うどころではすまされないだろう。とはいえ泥棒でもないし、メイヤーはいま口がきけない。本人に代わって持ち物がなにかを語ってくれるかもしれないではないか。ジョーはまた看護師を盗み見た。それからバッグをあけ、中身をそっくり取りだした。

ピンクの口紅、ミントキャンディ、ライター、買い物メモ。携帯電話はなかった。財布には運転免許証にクレジットカード二枚、現金八十ドル。

男のスナップ写真が一枚。カンザスの農場労働者らしい陽に灼けた顔に、《レザボア・ドッグス》のオーディションでも受けそうなクールな微笑を浮かべている。カジノのチップに似た、ロデオ・サイズの巨大な銀のバックルつきのベルトに、両手の親指をひっかけている。言わばタランティーノ・ゴシックか。

兄？　恋人？　名前も日付もなく、連絡をとる術《すべ》はなかった。行き止まり。ジョーはすべてをバッグに戻した。

メイヤーの黒いスカートを手に取って、ポケットをさぐると、つるりとした紙にふれた。

CDのアルバム・ジャケットだった。オール・アメリカン・リジェクツの《ムーヴ・アロング》。アルバムの曲の歌詞が載っている。なかの一曲が黒いペンで丸く囲んであった。

ジョーはまばたきした。息が喉にからまった。

《ダーティ・リトル・シークレット》

その歌なら知っていた。浮かれた揶揄するようなメロディや、ボーカルのいわくありげな歌いかたを頭のなかで再現できる。コーラスの一部が黄色の蛍光ペンでなぞってあった。だれにも言わない秘密のことが。

ページ全体に黒インクでこう書きなぐってあった。キャリー、これがあなたの話してたことなんでしょ？

そして、その下に、だれかゲームしない？

その横にはスマイルの顔文字。

筆跡を買い物メモと比較した。一致する。ベッドの横に戻った。メイヤーはじっと動かず、沈黙している。

「ジェリ、助けてあげたいの。あなたが力を貸してくれたらいいんだけど」

空に向かって話しかけているのも同じだった。しばらくして、ジョーはメイヤーのカルテをナース・ステーションに返却し、口を閉じられるビニール袋と、シールになったラベルと、黒の油性ペンを頼んだ。やり手の医者らしい顔を精一杯とりつくろって、オール・アメリカン・リジェクツのCDジャケットを看護師に見えるよう掲げた。

「これは衝突事故に関する証拠品よ」それをビニール袋に入れる。

看護師の表情が険しくなった。「どこで見つけたんです?」

「警察に提出しなきゃならないわ」袋の口を閉じ、閉じ目にラベルを貼り、ラベルに署名と日付を書きこんだ。ペンを看護師に返した。「あなたのサインも必要なの。わたしが証拠を預かったことの証人として」

相手は半信半疑の様子だった。

「お願い」ジョーは言った。

看護師がしぶしぶサインした。

「ありがとう」ジョーはショルダーバッグにビニール袋をしまった。その場しのぎの手だったが、うまくいくはずだ。「メイヤーの意識が戻ったら知らせて」

看護師の目つきは、そんなことが近々起こるとはだれひとり思っていないと言っていた。


スカンクはクラクションを鳴らした。カリフォルニアの交通はとろい。騒がしく、ぎらぎらまぶしくて、イラつかせる。つまりかけた動脈を流れる血液のように、のろくなったり、どっとほとばしったり――バカどもがこちらめがけて押し寄せてくる。太陽はわざとちくちく目を刺してくるみたいだ。

キャデラックはゆっくり東へ進んでいた。スカンクは窓をあけて、片肘を窓枠にのせ、右手をハンドルの頂点からぶらぶらさせていた。彼の車が通ると、人々が振り向くのが見えるというより感じとれた。

それがあの検事の通った道順だった。アパートメントの建ち並ぶカリフォルニア・ストリートを突っ切り、ばかでかいＢＭＷのエンジン全開で丘を越え、それから曲がって陸橋の欄干に突進し、死んだのだ。スカンクは口を一文字に結んだ。あの女は死んだ、完全に動かぬ死体となって、二度と生きかえることはない。あれはよかった。子猫がもらうご褒美のように。それなのにピリピリし、皮膚の下が疼くような不安を拭えない。くそいまいましい陽射しが車のフードやダッシュボードやチェリーレッド色のレザーを張った大きなベンチシートに反射し、やたらと神経に障る。だれかがスポーツの話をつぶやいている。スカンクはシートに深く沈み、ラジオの音量をあげた。赤信号で停止すると、歩道を渡る通行人たちが車をじろじろ見た。

キャデラックは派手に改造された一九五九年型のエルドラドで、人々は道のまんなかで全裸のストリッパーがアイドリングしているかのようにぽかんと見惚れた。ボディはクリームホワイト。輝くなめらかな側面がはるか後方の尖ったフィンまでのびている。まさしく宇宙時代の、まばゆいばかりのクロムをあしらったテールフィンの先には、一対の赤い乳首色のジェットノズル型テールランプ。これぞ究極の車、路上で最大にして最高にワルのあばずれ、タイヤを履いたパワー＆セックス、パメラ・アンダーソンの車版だ。

スカンクはその車を愛していた。運転席に坐れば、彼も車の一部になった。街のだれもがこちらを見るけれど、だれひとり彼が目にはいらないからだ。

交差する道路を、車がまばらに走り過ぎていく。ラジオはシカゴに大敗したフォーティナイナーズについて愚痴っている。監督の指示のまずさ、ラインマンたちの負傷、インターセプトを三回取られたクォーターバック。

「へたれ野郎」スカンクは声に出して言った。

その試合では金を損していた。あのへっぽこチームに賭けてもろくなことはない。集中している唯一の選手はナイナーズのワイドレシーバーだが、スカンクはラジオのＤＪたちがその裕福な育ちで経営学の学位をもつ白人のイケメンを褒めたたえるのが気にくわなかった。たとえやつがこの半月にタッチダウンパスを四本キャッチしていても。

「金持ちのへたれ野郎」スカンクはラジオのほうへ身を乗りだした。「スコット・サザンは、へ・た・れ」

スカンク自身は白人だが、裕福な育ちでもなければ大学にも行っていない。数年後に選手を引退し、運や名声を利用してスポーツをテーマにしたレストラン・チェーンを展開することもない。自分はだましとられたのだ。身長もルックスも、スコット・サザンのような人々には世渡りの潤滑油となる魅力も、なめらかな舌も。

スカンクは怒りを信じていた。

怒りは強力なエンジンで、彼に物事を正させる力となる。世間にだまされたら、こちらのもらうべき取り分を奪ったやつらに報復する――ただ目盛を均等にしてやるだけだ。それを負け惜しみ《サワー・グレープ》と呼ぶ者もいる。でもスカンクはすっぱ《サワー》いものが大好きだし、怒りのごちそうほどすっぱくて心を満たしてくれるものはない。

検事の死には満たされなかった。あの同乗者のせいで。

彼女はまだ生きている。死者は三人だと、今朝のニュースで言っていた。ハーディングと、エアポートシャトルのバンのフロントシートでつぶされたふたりだ。スカンクはハーディングの同乗者が車の残骸から引きだされ、救急車に乗せられるのを見ていた。死んだものと確信していたのに、そこへあの黒っぽい髪の女がバンシーみたいにあらわれて、残骸にすがりつき、大声で救命士を呼んだのだ。連中はアンジェリカ・メイヤーをＢＭＷから救いだし、救急車はすごい勢いで走り去った。

ストックトン・ストリートの、トンネルを見おろす駐車場ビルのひとつから、スカンクは目撃していた。はらわたがきゅっと縮んだ。ペリーはきっと激怒する。スカンクに対して。

〝プレイ〟、とスカンクは心で呼びかけた。〝プレイ〟、あんたの望みどおりになったじゃないか。ハーディングは死んだ。

だがペリーはほかの望みもはっきりと口にしていた。グループのリーダーたちの名前をハーディングから聞きだせ。しくじるな。なのにすっかりだいなしになった。ハーディングは人を乗せるべきじゃなかったのだ。ぶちこわしたのはハーディングだ。スカンクが責められるだろうけれど、だいなしにしたのはあの女《アマ》のほうだ。その結果、アンジェリカ・メイヤーがあとに残ってしまった。道路にこぼれた油のように。残れば危険で、汚らしくて、事態をさらに悪くしかねない。油の染みはスピンを招き、コントロールを失わせる。

信号が青に変わった。キャデラックはゆっくりと走りだし、巨大な白い鮫のように堂々と交差点を渡った。ラジオはまだ愚痴っている。

へたれども。いかさま野郎ども。

掃除が必要だ。つまり、ふたたび汚れが出るってことだ。

8

憂いに沈みながら、ジョーは一〇一号線をパロ・アルトに向かっていた。トラックは青のトヨタ・タコマ、でこぼこだけどおそろしく頑丈なので、いつかジョーが埋葬されて化石の一部となったあともきっとまだ走っているだろう。それはダニエルのトラックだった。だからボディの凹みや疵をどうしても修理する気になれない。最後にふたりでヨセミテへ行ったとき、トゥオルミ・メドウズでキャンプした夜に彼が無茶な運転をしてつけたものだから。ジョーがいきなり発情して迫ってきたせいだって言いふらすぞ、とダニエルは言った。きみは手に負えない女だ。クレイジーだよ。そして彼は笑った。

ダニエルが帰ってきて修理することはないとわかっていても、その疵とはともに生きていたかった。

助手席に置いたショルダーバッグに目をやる。《ダーティ・リトル・シークレット》。エイミー・タング警部補にはジェリ・メイヤーの走り書きについて伝言を残した。〝だれかゲームしない？〟どういう意味かはわからない。でもキャリー・ハーディングがそれを見て、メイヤーの意味するところを理解し、行動を起こしたのだという不吉な確信があった。

〝だれかゲームしない？〟そこにはある種の無邪気さがにおう。そのゲームはダーティだけど楽しいかもしれないという期待が。けれど秘密《シークレット》はかならずしも無邪気とはかぎらない。ダーティは危険を意味する場合もある。

あの走り書きが偶然だとは思わなかった。ジェリ・メイヤーはなにかひどい計算違いをしたのかもしれない。呑気にスマイルの顔文字を描いていたのに、キャリーの疾走する車のなかで命がけの闘いをするはめになったのだ。

ジョーはウィンカーを点滅させて、フリーウェイをおりた。

パロ・アルトはサンフランシスコの三十マイル南に位置する。緑豊かな、しゃれた閑静な町で、知的エネルギーが充満している。スタンフォード大学と隣り合う、シリコン・ヴァレーの中心だ。急成長期には、さびれた平屋建ての家々が百万ドルで売れる。市場が下落すると、フェラーリを回収するレッカー車がハイテクな駐車場を巡回するのだ。

ユニヴァーシティ・アヴェニューにゆっくり車を走らせる。十月の陽を浴びて、通りはにぎわっていた。大学の町の活気におたくじみた空気が重なっている。新千年紀の大聖堂〈アップル・ストア〉のそばに、昔ながらの美容室がしっくり収まっていた。〈スタンフォード書店〉のダウンタウン支店が目にはいった。ジョーは医学生時代、そこで乏しい資金をはたいたものだった。

約束のコーヒーショップは通りから奥まった、スペイン風の陽除けのあるアーケードのなかだった。ジョーは十時二十分に、サングラスを額の上に押しあげて歩いていった。北欧系の青い目をした男がこちらを見て、腕時計に目を落とし、また彼女を見直した。読んでいた《ウォールストリート・ジャーナル》をテーブルに放って、近づくジョーを凝視した。

ジョーは手を差しだした。「ジョー・ベケットです。会ってくださって感謝します」

「遅れるかと思ってました」握手は口調と同じくらい無愛想だった。ジョーが早く着いたにもかかわらず、責めているかのようだ。

グレゴリー・ハーディングはウォッカのごとくシャープで色素が薄かった。髪はホッキョクグマ並みに淡い金髪。目はシャツと同じ冷たいブルー。時計はロレックスだ。長身で痩せていて、樺の木でできた鞭を連想させる。きわめて裕福な人間の自信に満ちた無関心さを漂わせている。だがその顔はやつれていた。

「バッジを見せないんですか?」彼がたずねた。

ジョーは腰をおろした。「わたしは警官ではないんです」

名刺を渡す。ハーディングは目を通して、それを《ウォールストリート・ジャーナル》の上にぽとりと落とし、ジョーを上から下までじろりと見た。ジョーはドレスアップしてきていた。濃紺のカシュクール・ブラウスに茶色のウールのスラックス、ローヒールのブーツ。銀のフープ・イヤリング。カールした髪はうしろでまとめ、バレッタで留めて落ち着かせている。けれどもハーディングの視線は彼女が首にかけている、十字架《クロス》とホワイトゴールドの指輪に通した銀のチェーンに惹きつけられた。

彼は前夜のタング警部補と同じ目つきで見た。いったい何者?

アーケードの薄暗さのせいではなかった。人はジョーを定義するのに苦労する。アジアが少々。もしかすると桜（本日）。砂漠の風も感じられる。剣、砂、土埃にまみれた遺跡を渡る物哀しい調べ。

「元奥さまについてお訊きしたいのですが」

「警察はなぜ精神科医にキャリーの頭をこじあけさせたがるんです？　なにをあわてて決めつけようっていうんですか？」

「決めつけるつもりはありません。もしおつらいようでしたら、申し訳なく思います」

「決めつけていますとも。あなたがたは彼女が自殺したと推測している。でも動脈瘤が破裂したんだとしたら？　ブレーキの故障じゃなかったとなぜわかるんです？」

「わかりません。だからこそ集められるかぎりの情報を集めることが重要なんです。あなたは自殺だとは思っていらっしゃらないようですね」

「一瞬たりとも思いませんね。キャリーにかぎって」

口調がほんのすこしだけ和らぎ、声がごくかすかにひび割れた。その瞬間に、ジョーは彼が敵意を抱いているわけではないと感じた。この男は消耗し、神経がささくれ立ち、かろうじて自制を保っているのだ。

ハーディングが立ちあがった。「キャリーはその角を曲がったところに住んでいました。家をご案内しましょう」

ふたりはアーケードを出た。ハーディングは両手をチノパンのポケットに突っこみ、足早に歩いた。

「ご結婚されていたのはどのくらいですか?」ジョーはたずねた。

「五年間。離婚して七年です」スタンフォード大のほうを親指で指した。「キャリーはロースクールにいて、わたしはJD／MBAの取得を目指していた」ちらりとジョーを見る。

「ロースクールと経営学大学院を組み合わせた、四年間のカリキュラムです」

「JD／MBA課程なら知っています。わたしはスタンフォードのメディカルスクール出ですから」

同じ部族の一員と見なしたかのように、ハーディングがうなずいた。「キャリーは法曹界にはいり、わたしはベンチャー投資家になった。結婚し、別れた。子供はなく、ペットもなく、ロックンロールもなかった。長続きするはずもない大学院生の恋だったんです」さらに深くポケットに手を突っこむ。「しまいにはそこそこいい友人関係になれましたが」

奇妙に聞こえなかったか確かめようとするみたいに、またちらっとジョーを見た。「結婚してるんですか?」

「いえ」

「していたことは?」

「あります」

「ならば結婚後に物事がどうややこしくなっていくかおわかりでしょう」

ジョーは木々に目を向けた。「元奥さまはどんな方でしたか」

「鋭かった」声にとげとげしさが戻った。「いい意味でね。才気煥発で、抜け目がなく、野心に取りつかれていた。だから法律家として成功したんです」

「連邦検事局では出世の階段をのぼっていらしたとか」

「ロケットの勢いで。仕事が生きがいでした。そして悪いやつを有罪にするたびに、それを自分の勝敗リストの〝勝〟に数えていた」今度ははっきりそれとわかるくらいに声がひび割れた。「だから自殺はキャリーにとって成功への妨げでしかないんです。そんなことをするわけがない」

「最後に話されたのはいつでしたか？」

「二日前に。元気そうだった」

ふたりは角を曲がり、オークやプラタナスが頭上を覆う住宅街にはいっていった。ハーディングがひと続きの瀟洒なタウンハウスのほうをあごで指し、ポケットから鍵を出した。

「ここです」

刈りこまれた芝生を横切って、赤いラッカー塗装の玄関ドアに近づく。彼が錠前に鍵を差した。

「離婚された元ご夫婦にしては、いまも親しいご関係なんですね」

「彼女が留守のときはわたしが植木に水をやるんです」

「最近親者としてあなたのお名前がありました」

「どちらも家族がいないもので。そうしておけば……都合よく思えたんです。まさかこんなことになるとは……」

ハーディングはしょげかえった。手を両目にあてる。「すみません」

遺体の身元確認はさぞ恐ろしかったにちがいない。「わかります、おつらいでしょう」ジョーは言った。

ハーディングは頭を振って、ドアを押しあけ、はいるようにとうながした。ジョーは足を踏み入れ、最初の印象をつかむために立ち止まった。

そのタウンハウスは広々としており、装飾や調度は最小限で、カテドラル式天井の下には黒のレザーの家具が置かれているだけだった。二階の通路からリビングルーム全体が見渡せる。金髪のあでやかなキャリーがそこに立って、エヴァ・ペロンのごとく両腕を差しのべている姿が目に浮かぶようだ。その家はすっきりと洗練されていて、冷たかった。絨毯は修道女の頭巾ほども白く、汚れひとつない。

ダーティ。

「亡くなったと警察に知らされてから、ここへはいられましたか？」ジョーはたずねた。

「いいえ」ハーディングは玄関の通路にじっと突っ立っている。

「こちらの用件をご説明します」

ジョーは彼に説明した。リビングに坐らせて、リストにしてきた質問をした。キャリーは過去に精神科の治療や診断を受けたことがありますか？　いいえ。家族に自殺者や精神疾患にかかった人がいましたか？　いません。ハーディングは観念したように淡々と答えた。キャリーに深刻な病歴はなかった。元夫の知るかぎり、現在恋愛関係にある相手はいない。信心深い人間ではなかった。

「ただ清教徒ばりに厳格な職業倫理の持ち主ではありました。禁欲的で、批判的だった。申し分ない検察官でした」

食習慣になんら変化は見られなかったという。人と距離をおくなどの徴候も。所有物を手放すような行動も。

「死ぬための準備などしていなかった。ばりばり働いて。猛スピードで突き進んでいた」自分がなにを言ったかに気づいて口を閉じ、鼻筋をつまんだ。「ちょっと待ってください」

「ごゆっくり。差し支えなければ、そのへんを見てまわりたいんですが」

「どうぞ」

キッチンはさながらクロム製の百貨店のようで、心臓によい食事の料理本がどっさりあった。冷蔵庫には半分残ったピノ・グリージョが一本。戸棚にある薬品は解熱鎮痛剤のタイレノールとアドヴィルだけだった。

リビングの書棚はベストセラー本の寄せ集め、音楽のコレクションは退屈なカントリーミュージックとミュージカル音楽が主だった。《ウィキッド》のサントラは危険な兆しとはいえないだろう。心の奥に潜むエロティックな妄想を象徴するとも思えない。

ジョーはキャリーのデジタルカメラを持って、二階へあがった。主寝室は豪華だった。クローゼットには高価なスーツや靴が並んでいる。ドレッサーの抽斗には高級な下着がぎっしり。高級レースの勝負下着《レース》だ。アニマル柄のガーターベルトや網のストッキングもある。とは言え、それはべつだん過激ではない。大人の玩具も鞭も拘束具も見あたらなかった。ＳＭ女王の秘密の戸棚も。

つぎにバスルームを調べた。ドラッグも、錠剤もなかった――避妊薬以外は。グレゴリー・ハーディングはキャリーのセックスライフをなにからなにまで知っていたわけではないのかもしれない。

ジョーはさらに調べた。ほかにはなにも出てこなかった。

リビングへの階段をおりていくと、ハーディングがじっと見つめてきた。「遺書は見つかりましたか？」

「いいえ」

そのことはなにも証明しない。ほとんどの自殺者は遺書を残さないのだ。

ジョーはキャリーの仕事部屋へ行き、デスクに向かって腰をおろし、コンピュータを起動させた。ハーディングが戸口に立った。

「よくそんな仕事ができますね」

ジョーはそちらを向いた。大事な問題だ。だから全神経を集中させて向き合った。

「死者は自分のことを話せません。でもわたしがその人に代わって話してあげられるかもしれないんです」

「本人が言ってもいないことを、じゃないんですか？　もう死んでしまったんですよ」

「人は死んで、ただ消えてしまうわけじゃありません。ここにいなくなるだけです。死因が曖昧だったら、悲しみだけでなく疑いがぽっかり大きな穴を残します。生死に関する真実を明らかにすれば、残された者は亡くなった人の存在をよりはっきり感じられるでしょう。疑念の穴も埋められますし」

「真実を知って傷つくこともある」

「残された者はそれで現実世界に戻れるかもしれません。お別れを言えるようになるかも」

ハーディングが鷹の目つきでジョーを凝視した。「どなたかを亡くされたんですね」

答えるにはおよばなかった。ごくかすかに、彼がうなずいた。

ジョーはふたたびデスクに向かった。「キャリーの最後の二十四時間を再現したいんです。スケジュール帳か、日記をつけていたでしょうか」

「さあ。調べてみてください」

いちばん下の抽斗に、ノートが数冊とポケットカレンダーが見つかった。手早くページをめくる。翌月はキャリーがすっぽかさなければならない約束がぎっしりだった。

そろそろ深く掘りさげてもいいころだ。ハーディングのボディランゲージを読む。疲れはて、緊張している。周辺から取りかかることにした。

「キャリーはどんな性格でしたか？　穏やか？　興奮しやすい？　暴力的？」

「暴力的？」ハーディングがざらついた声で笑った。「ご冗談を。彼女は暴力的な犯罪者たちを刑務所送りにしていたんですよ」

「そのせいで気性が荒々しくなることもありますから」司法精神医学のトレーニングの一環として、ジョーはサン・クエンティン刑務所で働いたことがある。無神経で乱暴な職員を何人も目にした。

「キャリーは荒っぽくなったんじゃなく、強くなったんです。暴力を憎んでいた。犯罪者を憎んでいた。女を傷つける男たちを。そういう人間をこらしめていた」

キャリーの人生最後の数分間が、助けてという懇願がジョーの頭をよぎった。「あなたになんらかの恐怖を打ち明けませんでしたか？　いやがらせを受けていて不安だとか。だれかに脅されていたということは？」

ハーディングはかぶりを振った。「いいえ。それに、もし脅してくるようなやつらがいたら、逆にSWATチームをけしかけたでしょう。そいつらのタマを朝食に食らっていましたよ」

「虫の知らせを感じていたでしょうか」

「いや」

「夢は？」

「夢のなかで彼女は司法長官だった」唇にほのかな微笑が浮かぶ。「欲しいものを追い求める女性でした。執拗に。執念深いタイプだと思われることもあった。わたしは不屈の精神と呼んでいましたが」

微笑が翳った。ハーディングはジョーの視線から顔をそらし、書棚のほうへぶらぶらと歩いていった。

「ほかになにか？　ひそかな願望とか」

ハーディングは銀のフレームにはいった写真を手に取った。埃を吹いて払い、ガラスを指で拭った。

「ミスター・ハーディング？　キャリーはなにか願望を抱いていましたか？」

彼が顔をあげた。青い目がきらめいた。「どんな類の？」

「どんなものでも」

警戒する声になった。「性的な、という意味ですか？」

ジョーは理性的な声を保った。「どんな願望でもかまいません」

ハーディングが口を引き結んだ。「彼女の願望とは犯罪常習者に最高刑が下ることだった。性的願望はとくになかった。ご参考までに、好んだのは正常位、週に二回、終わったあとはシャワーを浴びたがった」

ショックを受けたか反応を窺うように、じっとジョーを見た。

「セックスを穢れ《ダーティ》ていると考えていましたか？」

ハーディングの北欧系の顔色がいちだんと青白くなった。「いや」

「キャリーは自分を穢れ《ダーティ》ていると思っていましたか？」

彼があとずさったように見えた。その問いに心底打ちのめされたかのように。「いえ。いったい全体なんの話です？」

「お気を悪くされたのならすみません」

「キャリーが、穢《ダーティ》れている？　まさか。彼女は美しかった。ミケランジェロが創りあげたような顔だった。なのにいまは――」

顔をそむけ、手で両目を覆った。

ジョーはためらった。落ち着かせることができるだろうか。けれどその後の展開は速かった。

コンピュータで閲覧の履歴を開く。画面いっぱいにずらずらとニュース記事の検索結果があらわれた。

〝マキ、恋人と死亡〟

〝ボート火災の悲劇、悲しみにくれるファッション業界〟

〝高名な医師デイヴィッド・ヨシダ氏、五十二歳で他界〟

〝心臓外科医を襲った心臓発作〟

まだまだあった。どれもすべてヨシダとマキに関する記事だった。つぎの見出しが目を惹いた。

〝ＵＣＳＦの医師を死に追いやったのは息子を亡くした失意か？〟

言葉にならない声があがった。顔をあげると、手のひらで書棚を叩いているハーディングが目にはいった。口をあけたまま、泣きだすまいとこらえている。フレームの写真を見つめている。

ハーディングは書棚めがけて腕を振り、並んだ本を床に払い落とした。ジョーはデスクに両手をついた。彼がくるりとこちらを向き、写真を投げつけてきた。

ジョーは身をかがめた。それはまっすぐ頭上を飛び越えて、斧の刃のごとく壁を直撃した。

「ちょっと」ジョーは言った。

ハーディングが一足飛びに近づいてきて、キーボードをひったくった。「出てってくれ」

「ミスター・ハーディング——」

「いますぐだ」デスクをまわってつめ寄ってくる。

相手が椅子をつかんだり、手出しをしたりする前に、ジョーはぱっと立ちあがった。「そこまでにして」

相手は一フィートの距離まで接近していた。こめかみがどくどく脈打っている。

「離れてください」

ハーディングは直立不動だった。フレームの割れたガラスの下に、キャリーと彼が一緒に写っている写真があった。ジョーは目の前の男を見た。その目は赤く、涙に濡れていた。

彼はあとずさってスペースをあけたが、依然としてジョーと出口のあいだに立ちふさがっていた。

「よければそこをどいてもらえませんか」ジョーは言った。

ハーディングはじっとしたままだった。二秒、三秒、五秒。ごく静かに話すことが声を抑える唯一の方法であるかのように、ささやいた。「彼女は完璧だった。なのにもういない。

これからどうすればいい？」

「お気の毒です、ミスター・ハーディング。でもわたしはもう帰らなければ」

彼は両手を振りあげた。「気にしないで。あなたはただ報告書を書けばいい、どうとでも書きたいように」デスクからノートを数冊つかみとった。「全部持ってってください。読んで、分析するなりX線で調べるなり、ご自由に。なにも見つかりませんよ」

ジョーにそれらを押しつけ、手を振って部屋から追いだすしぐさをした。ジョーはまっすぐ玄関から出ると、ドアを叩きつけるように閉めた。


あんちくしょう。

タウンハウスから百ヤード離れて、ジョーは振りかえった。なぜあんなひどい事態になってしまったのか。

一歩も退《ひ》かない。それが彼女の学んできたことだ。セラピーを受けている薬漬けの躁鬱病のギャングや、預言者エリヤについてまくしたてる熱《いき》り立った患者を相手にしたときに。それより前は、ジョーがスケートボードやモトクロス自転車に乗れないとからかう男の子たちを突きとばしたときに。遠い昔の子供のころ、遊び場で学んだのだった。

瞬時にすばやく立ち向かうこと。それは筋肉の記憶として刻みつけられている。話せば道は開けるけれど、地面にのびていてはそうもいかない。

だけど心理学的剖検の質問の最中に、ベンチャー投資家に肉体的な脅しをかけられるとは。

あんなことは予想もしていなかった。

ったくもう。

背後にはだれもいなかった。グレゴリー・ハーディングの姿はなく、ただ陽光がまだらに射しこみ、芝生のスプリンクラーがものうげに水のアーチを噴きあげているだけだった。心臓が飛び跳ねている。ジョーはゆっくり呼吸した。腹を立ててはだめ。

でも腹が立った。よくもあんなことを。あのばか。あほんだら。

トラックに戻ると、ドアをロックして、記憶が鮮明なうちに二分間使ってメモを取った。ボケかす。根性曲がり。ハーディングは攻撃型の人間なのか、それともたんに悲しみに打ちひしがれ、衝動を制御できなくなったのか。なにか隠しているのだろうか。キャリーについて彼が言ったことを書きとめた。鋭い。批判的。人をこらしめていた。そいつらのタマを朝食に食らっていましたよ。

ページからふとペンを離す。男を去勢する女？

ハーディングの振る舞いはいい友人を亡くした者のそれではなかった。あれはいまでも愛し、かつ憎んでいる女を亡くした男だった。愛する人に先立たれた男。

カフェインとアドレナリンでいっとき抑えこまれていた疲労が、ふたたび波のように押し寄せてきた。ジョーは目をこすった。疲れに身をゆだねてはいられない。

頭をうしろに倒して、キャリーが読んでいた記事の長いリストについて考えた。デイヴィッド・ヨシダ、それに自分の船で焼死したマキのこと。

モフェット連邦飛行場まではほんの十マイルだ。電話をかけ、第一二九救難航空団の本部を呼びだした。

呼出し音を聞きながら、助手席のキャリーのノートを見る。一冊を開くと、紙の束がすべりだした。フロアに落ちる前につかみとった。

金色の陽射しのなかで、ジョーは身じろぎもしなかった。手にしたのは高品質の便箋一枚。それは招待状で、几帳面な筆跡はキャリーのものだった。非の打ちどころのない文字で、便箋のまんなかに一行、こう書かれていた。

〝あなたはとても悪い子だったわね。ダーティ・シークレット・クラブへようこそ。〟

9

ジョーはモフェット連邦飛行場のゲートを通過した。思考はべつのところにあった。ダーティ・シークレット・クラブ。なにかのジョーク？　ジェリ・メイヤーがプレイしたがっていたゲームはそこから生まれたのか。

キャリー・ハーディングの死となんらかの関係があるのだろうか。

デイヴィッド・ヨシダ、マキ、キャリーのことを考えた——それに〝止めて〟と懇願したジェリ。ぞっとするような確信とともに、ジョーは悟った。まただれかが痛い目にあう、それも遠からず。

航空燃料のにおいで、荒々しく現実に引きもどされた。

モフェット連邦飛行場はサンフランシスコ湾沿いの大規模な施設だ。元は海軍の飛行場だったが、現在はオニヅカ空軍基地とＮＡＳＡのエイムズ研究センターがはいっている。ＮＡＳＡが衛星やシャトルの打ち上げを監視するのもそこだ。青々とした芝生、中庭をぐるりと囲むように並ぶスペイン風の建物は、一見すると大学のキャンパスかなにかのようだ。だがその敷地の先端、滑走路のかたわらには第一二九救難航空団の本部がある。

ジョーは殺風景な本部ビルの正面に車を駐めた。巨大なハーキュリーズ戦術輸送機、ペイヴホーク・ヘリが二機、近くに駐機していた。カリフォルニア空軍州兵の一部として、第一二九救難航空団は二役をこなしている。平時の任務はＳＡＲ——捜索救難《サーチ・アンド・レスキュー》であり、その活動は陸海においてしばしば非常に危険な状況下でおこなわれる。軍事活動のほうはＣＳＡＲ——戦闘捜索救難《コンバット・サーチ・アンド・レスキュー》と呼ばれ、戦闘時には空軍の降下救難《パラレスキュー》をサポートする。ここで働く人々はタフで、任務に身も心も捧げている。なかでもＰＪ、すなわち降下救難隊員は精鋭揃いで、銃撃戦の真っ最中にロープ降下、スカイダイビング、あるいは装具なしで煮え立つ海に飛びこみ、負傷者を救出する衛生兵たちだ。彼らのモットーは格納庫の扉の高さ六フィートの位置に書かれていた。〝他者を生かすために〟。

マキ・プリチンゴのクルーザーで火災が起きた夜、ゴールデンゲート西の荒れた海に呼びだされたのはここのチームだった。

ジョーはトラックを駐めると、しばしぼんやりと本部ビルを眺めていた。落ち着いて。あのドアをくぐって、自分のすべき仕事をすればいいのだ。それがこんなにむずかしいとは。

「わかってたじゃない」ひとりごちて、車を降りた。

湾から潮風が吹きつける。風は冷たく、ジェット排気の油っぽい臭気を運んできた。叩きつけるようにドアを閉め、ロックすると、建物から出てこちらへ歩いてくるゲイブリエル・キンタナが目にはいった。

私服姿——ジーンズ、ハイキングブーツ、白のサーマルＴシャツの上に黒いワークシャツ

――で、リラックスした足取りだ。これから非番にちがいない。目はクールにきめたサングラスの奥に隠れていて、なにを考えているかは読めなかった。

彼が微笑んだ。「ドクター・ベケット」

あたたかく歓迎するような、あけっぴろげの微笑み。引き締まったアスリート体形だが、考えてみれば本来PJとは超人的に健康体であってしかるべきなのだ。楽々と歩く様子は優雅と呼べる域に達していた。茶色の髪は短いとはいえ空軍の規則違反すれすれの長さだった。

ジョーはゆっくり歩み寄った。「少々むさくるしいわね、軍曹」

笑みがいっそうひろがる。「おれは反逆児だから。よろこんでくれ、いまはただの民間人だ」

それには意表を突かれた。「除隊したの?」

「軍務満了だ。しばらくは予備役でいるけどね」

キンタナは顔に微笑を浮かべたまま、三フィート離れて立ち止まった。その落ち着きはまぶしいほどだ。

「元気そうだね」

「そっちも」記憶していたより背が高い。「あなたと話さなきゃならないの。あのボート火災の件で」

微笑が消えた。すぐには答えなかった。「フリーウェイの向こうのマウンテン・ビューに店がある。ヴェルデ・ソースのエンチラーダ。腹ぺこなんだ。ゆうべからなにも食べてなくて」

　ジョーはあわてて時計を見た。

「食えば話せる」キンタナが言った。「おごるよ」

　背後で、飛行機のエンジンが始動した。ジョーは相手を見つめたまま、頭のなかで議論した。飛行機のプロペラが回転を速め、ブーンと大きな音を立てる。まるですぐ真うしろにあるように、ブレードがうなじすれすれで回っているように感じられた。

「こっちにおごらせて」彼に言った。

　キンタナはじっと動かず、あれからどのくらい経ったか、最後に会ったのはどんな状況でだったかといったことは口にしなかった。だが気づいているようだった。ジョーが飛行機のエンジン音を嫌っていることや、飛行場のアスファルトの上に立ちながら喪失感に襲われていることに。彼はジーンズのポケットからキーを取りだした。

「あなたについていく」ジョーは言った。

　それがめったにないことだと知っているかのように、彼はまた微笑した。

　店はマウンテン・ビューの旧市街にあるタコス屋《タケリア》だった。波形鉄板の陽除けの下にピクニックテーブルが置かれ、トランジスターラジオからマリアッチの音楽がやかましく鳴り響いている。その店が誇れるところといえば、線路の眺めだった。巨大なカルトレインが轟音とともに重々しく通過した。キンタナはカウンターにもたれて、注文した料理を待っていた。

　ジョーは機関車の騒音に負けまいと声を張りあげた。「マキ・プリチンゴ。あの夜なにがあったか話して」

キンタナはサングラスの奥から、厨房のコックたちを凝視していた。「土曜の一九〇〇時に電話がかかってきた。オイルタンカーがゴールデンゲートの西で燃えている船を発見したと。無線で呼びかけようとしたが、うまくいかなかったので、当局に通報してきた」

「どうしてそっちにかかってきたの？」

彼はうっすら笑みを浮かべた。「うちじゃないんだ。電話を受けたのは沿岸警備隊だった」

沿岸警備隊と第一二九救難航空団はときに縄張り争いになる。プライド、アドレナリン、救出への欲求が競争意識を煽る。医者も同じだ。

「でもあちらさんは湾内のべつの救出で手いっぱいだった。われわれは一九二〇時に出動した。ペイヴホーク一機にＰＪ二名、そのうちひとりはぼくだ」

コックがカウンターに食べ物を置いた。キンタナの注文は五人家族のお腹も満たせそうだった。それらをウェイターのように前腕と両手に載せ、テーブルに運ぶ。ジョーは興味津々で見守った。人間ひとりで食べつくすには不可能に思われる量だ。とりわけ体脂肪三パーセントの男には。

彼が皿をテーブルにおろした。「なんだい？」

「これ全部だれが食べるの？　サスカッチ（北米にいるとされる毛深い巨人。ビッグフット）？　それにサスカッチのラグビー・チーム？」

「昨夜は夜間訓練だったんだ。山岳捜索救助の」

ジョーは腰をおろした。彼の宴会料理とくらべると、こちらのタキートス二本は人形の食事に見える。キンタナはかぶりつき、エンチラーダ一本を四口で呑みくだした。

「天気はよかったし、船の正確な位置はつかんだ。パイロットは暗視ゴーグルをかけていたけど、それにはおよばなかったよ。何マイルも手前から火が見えた」

「まだ燃えてたの？」

「火はだいぶ収まっていたが、全体に燃えひろがったようだった。パイロットが無線で呼びかけたけど応答はなかった。ぼくらは海面にロープ降下して、泳いで接近した。食べないのかい？」

ジョーはうわのそらでうなずいた。「それから？」

「左舷に梯子があったんで、そこから甲板にのぼった」

「燃えているボートに？」

キンタナはサングラスを頭に押しあげた。「おれたちは消防隊じゃない。消火活動に行ったんじゃないんだ」

彼の目は茶色よりも濃く、ほとんど黒に近い。風雨にさらされ、陽に灼けた肌に、笑いじわがくっきり刻まれている。どこまでも集中していて、どこまでも冷静に見える。マキの燃えているボートにあがったときもいまとまったく同じに見えただろうと、ジョーは想像した。プレッシャーを受けていても冷静な男だということは、初対面のときから知っている。

「危険は承知だったけど、正直言って、ハリウッド映画みたいになにもかもが吹っ飛ぶってわけじゃない。たかがクルーザーだ。それにもし船が沈みだしても、まあ、泳ぎかたなら心得てるし」

彼が両手をひろげた。考えてごらんよ、のジェスチャー。

ＰＪの資格を得るのに、志願兵は溺れさせようとする指導教官たちを退けつつ、千八百メートル泳がなければならないのだ。

思わず口元がゆるんでしまった。「ごめんなさい。なんですって？」

「火事はほとんど燃えつきて自然鎮火していた。かなりの高温だったけど、でかい船だったし、梯子はさわってもほんのりあたたかい程度だった」

キンタナはアイスティーを飲み、つぎのエンチラーダを半分食べた。その顔がくもった。

「それから、メインキャビンで並んで倒れてる犠牲者を発見した」

初めて口ごもった。

「ただなにを見たかだけ教えて。なにもかも」ジョーはうながした。

キンタナはいやいや現場に思考を戻しているかのように、間をとった。「ひとりの男は、まだ顔の見分けがついた。目も口も開いていて、鼻の下が煤で汚れていた」

それは死ぬ前に煙のなかで呼吸していたことを意味する。「もうひとりは？」

彼は周囲のテーブルに目をやった。耳を傾けている客はひとりもいなかったが、それでも声を落とした。

「だれだかわからないほど焼け焦げていた。体は残骸に半分埋もれていて、まだ煙が出ていた」

「ボクシングの体勢？」

「ああ」

焼死体はしばしば体を丸めて腕とこぶしをあごの下に引き寄せた、ボクサーのポーズをとっている。犠牲者が苦痛のあまり胎児の姿勢に逆戻りした、ということではない。火炎の熱で水分を失った筋肉が、多くは死後に収縮するのである。

キンタナは線路を見やり、それからジョーに視線を戻した。料理はもう目にはいっていなかった。

「敵の砲火を浴びて撃墜されたヘリなら何度も目撃した。機体が燃えて、乗員は爆発や金属片で負傷し、あるいは死ぬ――」声の調子は変わらなかったが、彼自身はますます冷静になったように思われた。「悲惨な怪我がどんなものか、いろいろと見てきた」

ＰＪは訓練を受けた衛生兵であり、戦場で負傷の程度を判断し、簡単な手術をおこなうという経験を積んでいる。ジョーはキンタナに自分のペースで話させていた。隣のテーブルの男がじろりと彼を見た。

「でもあの船でなにが起きたか知るのに衛生兵はいらなかった。ふたりのどちらも火事で死んだんじゃない」

「煙を吸って？」

「吐いて、かもな」

ジョーはいぶかしげに彼を見た。

「ショットガンだ。ふたりとも頭を吹っ飛ばされてた」

10

「射殺だったの？」

キンタナは慎重な目つきでジョーを見た。言葉を選んで、衝撃から彼女を護ろうとするかのように。あるいは、その記憶から自分自身を。

「キャビンの壁じゅうに血と脳が飛び散ってた。ショットガンはひとりの膝に立てかけてあって、銃口があごの下に押しつけられていた」

「もうひとりは？」

「頭の横を、至近距離から撃たれていた」

典型的な心中のように聞こえる。「確か？」

「ショットガンは十二番径だ。《ターミネーター2》を見たことあるかい？」

隣のテーブルの男が立ちあがった。「もういい」自分の皿をつかむ。「あんたら、どうかしてんじゃないか？　死体泥棒じゃない人間がいるところでどう振る舞うべきか知らんのか？」

男は嫌悪丸だしで歩き去った。ジョーは恥じ入り、〝やっちゃった〟という顔でキンタナを見た。彼はくやしそうに片手をあげると、「すみません」と大声で詫びた。男は振り向きもしなかった。

キンタナは手を胸にあてて、傷ついたふりをしてみせた。「おれは死体を盗んだりしない。ほとんどいつも返してる。それにきみだって頭のなかを掘りかえすだけだ」

「シャベルも使わずに」

彼がほんの一瞬だけ微笑んだ。ジョーはフォークを置いた。もはや空腹は感じなかった。燃えるボート。頭を吹っ飛ばされた男性ふたり。ダブルの不審死とタング警部補は呼んでいた。

心中以外の可能性はあるだろうか。ダブル自殺、あるいはダブル殺人とか？　その船に襲撃者が乗りこめただろうか。ほかの何者かがマキとウィリアム・ウィレッツを殺して、恋人同士の心中協定に見せかけた？

ジョーはノートとペンを取りだした。「彼――膝にショットガンを載せていたほう――はどんなふうだった？」

キンタナが片方の眉をあげた。

「死んでいたという事実のほかに」

「四十代、東アジア人。剃りあげた頭。残っていた部分はね」

マキだ。まずファッション・デザイナーがウィレッツを撃ち、つぎに自分を撃ったということになる。

「ボートの上でほかになにか見かけなかった？　なにが起きたか手がかりになりそうなものを？」

「見て、嗅いで、その熱を感じたよ」

「なんの？」

「ガソリン」

「燃料タンクの？」

「そこらじゅうに。デッキにも、キャビンにも」

「放火ってこと？」マキがウィレッツを撃ち、船に火を放ったのち、みずから命を絶ったのだろうか。「そのガソリンのせいで燃えひろがったのかしら」

「それ以上だ。だれかがゲームをやっていたんだと思う」

「なんですって？」

「おれたちは船から降りた、大急ぎで。犠牲者たちは手の施しようがなかったし、あれはどう見ても犯罪現場だ。ほかにだれも乗っていないのを確認すると、泳いで離れ、ペイヴホークで飛び去ったんだ」

　双眸が鋭く、ふたつの黒い鏃《やじり》のごとくきらめいた。「船からは煙がもくもくあがっていたが、ヘリのローターの風が吹き飛ばし、消えかけていた火を勢いづかせた。下をのぞいたら、見えたんだ。船のデッキに。ガソリンで書かれた言葉が燃えあがるのが」

　ジョーは尖った指先で背筋を引っかかれた気がした。「どんな言葉？」

「〝pray《プレイ》（祈れ）〟」

気分が悪くなった。プレイ。低く、吐き気をもよおさせるようなその不快な響きが、実際に聞こえたかに思えた。ついでその音が現実になった。思考の下に転がりこみ、足の下のコンクリートを揺さぶった。

飲み物が跳ね、ピクニックテーブルが傾いた。

「ゲイブ」

テーブルががくんと戻り、トタン屋根がざわつきだした。

ジョーはとっさに立ちあがった。キンタナも。屋根が収縮し、柱の上で弾み、怯えたように泣き叫ぶ。ジョーはキンタナの腕をつかみ、引っぱりながら駆けだした。外へ。早く。二秒後には外にいた。陽射しのなかへ。駐車場に向かって。屋根や、壁や、送電線から離れて。大地が痙攣した。

「ジョー。ほら。落ち着いて」

キンタナの腕が肩にまわされていた。駐車場にたどり着くと、引きとめられた。指が彼の前腕に食いこんでいるのを感じたけれど、手を離せなかった。

「しっかりしろ。だいじょうぶだから」

通りでは車が縁石沿いに停止していた。電柱が前後左右に傾ぐ。電線やケーブルが巨人のダブルダッチのようにぶらんぶらんと揺れている。

ジョーは地面でサーフィンするように大きく足をひろげて立った。トタン屋根がのこぎりを挽く音に似たうめき声をあげ、ガラスがコンクリートに落ちて砕けた。

始まりと同じくらい唐突にそれは終わり、気がつけばふたりは固く抱き合いながら息を殺して立っていた。

「マグニチュード4てとこね、せいぜい」ジョーは言った。

ほんの赤ん坊級の地震だった。タケリアでは、ほかの客がテーブルの下から這いだした。若いコックはおずおずとカウンターから顔をのぞかせた。

「きみはもぐって隠れないの？」キンタナが言った。

一般的にはテーブルの下にもぐりこむか、戸口で足を踏んばるものとされている。落下する建物の破片で命を落としかねないので、屋外へ駆けだすのは望ましくない。でもここには煉瓦もなければ、上から落っこちてくるようなものはなにひとつなかった。

「閉所恐怖症なの。自衛本能を頼りにしてるのよ」ジョーは言った。「経験からくる知恵」

「いつかぜひそいつを聞かせてもらいたいな」

ジョーが経験から学んだのは、災害はいつわが身に起きてもおかしくないということだった。襲われて即座に反応すれば、生きて脱出できる可能性は五割だ。

「いつでも好きなときに腕を放してくれていいよ」

「ごめんなさい」ジョーは無理やり指を開いて彼を解放した。

ゲイブ・キンタナは携帯電話を取りだし、短縮ダイヤル番号を押した。ジョーは顔にかかった髪をはらった。アドレナリンが全身を満たしている。肌をかすめる空気の分子ひとつひとつを感じとれそうだ。彼はもう離れているのに、肩を抱くあたたかくがっしりとした腕の感触が残っていた。

キンタナは電話にメッセージを残した。「ソフィ、こっちは無事だ。ただきみがだいじょうぶか確かめたかったんだ。メールしてくれ。愛してるよ。じき帰る」電話を切る。「悪い、仕事があるといけないんで、すぐモフェットに戻らないと」

「ええ、もちろん」そう言われておもしろくないのはなぜだろう。なぜこんなに顔が火照るの?

キンタナが静止し、心配そうにジョーを見て、腕に手をおいた。「だいじょうぶかい?」

「動揺《ロック》してるの。ジュークボックスにコインを入れて、ロックンロールで踊りましょうか」浮かない顔で微笑んだ。「平気よ。でも行く前に——船のデッキで燃えているのを見たというあの言葉、あれは確か?」

「神様がシコルスキーのヘリコプターを創ったのと同じくらい確かだ。p-r-a-y。そのテーマについて学んでるんでね、確信がある」

「なんの話?」

「サンフランシスコ大学《USF》の博士課程にいるんだ。神学の」

「あなたが?」

キンタナの口元がゆがんだ。「つまり、おれみたいな殺し屋が、ってことか? M16を背中にくりつけて飛行機から飛びおりるやつが、って?」

「ちがう。そうじゃなくて――」ちっ。そうじゃなくてなんだと言うの？

彼が笑みを浮かべた。「娘と暮らしてるんだ。父子ふたりきりだから、おれはよそへ行きたくないし、地上にいたいんだよ」財布を取りだし、ジョーにスナップ写真を手渡した。「ソフィだ」

九歳ぐらいの少女で、ハーシーのキスチョコ色の髪に、ところどころ生えかわりかけの歯がむきだしの微笑。その目は明るく輝いているけれど、はにかんでいた。

「かわいい子ね」ジョーは写真を返した。「娘さんがいるなんて知らなかったわ」

キンタナは写真を財布に戻した。「おれだってきみが司法精神医学の道にはいるとは思いもよらなかった」一瞬の間のあと、静かな声でたずねた。「ERの仕事が恋しくない？」

恋しいのはべつのものよ。

いまにも口から出そうになった言葉を、ぐっと呑みこむ。「いいえ。これがわたしのやりたかったことなの」

キンタナがサングラスをかけ、両手をジーンズの前ポケットに突っこんだ。ふたたび長い間。

「調子はどう？」

清々しい十月の陽射しのなかで、目の前にある黒いシャツが熱い空隙に感じられた。ジョーは上下する彼の胸を見つめた。つかの間、その肩に頭をあずけて本音をささやきたいという圧倒的欲求にかられた。なにが恋しいかって？　毎朝愛する男の隣で目を覚ますこと。

でも夫は死に、祈りも、第一二九救難航空団の能力をもってしても、彼を呼びもどすことはできない。

「上々よ。ただダニエルがめちゃくちゃ恋しいだけ」

ジョーは微笑んで、さよならと手を振った。

11

この回線は混雑しています、のちほどおかけなおしください。電話回線はパンク寸前だった。毎度のことだ——地面が揺れ、人はあたふたする。発信音は混線の雑音に変わる。

ペリーはうんざりして小さな電話機を閉じ、壁に目をやった。破損箇所は見あたらない。机から転がり落ちたり割れたりしたものはなかった。湾までは数ヤードだが、打ち寄せる波の音すらしない。津波に乗ったサーファーがビル内を通り抜け、一切合財運んでいってしまう恐れはなさそうだ。

ドアは閉まっていた。外の廊下に沿って話し声が移動していく。ペリーは緊張してドアを見すえ、声が届かないところまで去るのを待った。スカンクに連絡するには五分の枠しかない。話し声が遠ざかると、彼はまた電話機を開いた。リダイヤル。

やっと呼出し音が鳴った。

「ボス?」スカンクの声。

ペリーは音声合成器を喉にあてた。単調なノイズに邪魔されないよう、音量は低く抑えた。

「名前だ。ハーディングは名前を言ったか?」

ペリーには貸しがあった。ハーディングや彼女のプレイメイトたちに貸しがある。だが全員の名前を入手するまで、借りを返させることはできない。ハーディングは知っていたにちがいないが、手の内を見せずにプレイしていたのだ。検事どもは黄金かなにかのように情報に執着する――証拠、証人、なにもかも。

「スカンク？」

回線に雑音がはいった。「厄介なことになっちまって。ハーディングはエアポートシャトルのふたりを道連れにしたけど、アンジェリカ・メイヤーは生きてるんです」

ペリーは目を閉じて、腰をおろした。「なぜそんなことになったんだ」

スカンクは言葉をさぐっているかのように黙った。ついでにタマもまさぐっているんだろう、あのぶっ飛んだキャデラックの後部座席で。スカンクにこちらをおっかない相手と思わせたのはいいことだった。しかし小さな哺乳動物のように縮みあがられては困る。ペリーは情報を求めていて、ぐずぐず電話を引きのばしてはいられないのだった。時間がない。

「おれが思うに」とスカンク。「ハーディングはクラブを護ろうとしてたんじゃないかと。内緒、内緒、この人たちを目立たせないように、ってね――」

「だが見つけるぞ」

「わかってますって。おれだってがんばったんですよ、ボス。事故現場にはすぐ駆けつけたんですから」

ペリーは息を吐きだした。音声合成器のブーンというロボット的雑音のせいで、彼の発言はほとんど無感情に響いた。「キャデラックでか?」

「まさか。見えないところに駐車して、通りまでは歩いていきましたよ。現場にはおれがいちばんに到着したんです」スカンクの声に力がこもった。「よきサマリア人を演じてやりました。進んで残骸に近づいて、生存者がいるか調べてる通行人みたいに」

「そいつは危ない橋だったな」

「ハーディングは完璧に死んでました。エアポートシャトルの男ふたりはうめいてた。メイヤーはかろうじて息をしてました」

ペリーは立ちあがった。「メイヤーはしゃべったか? なにか聞きだしたのか?」

「聞きだそうとしたんだけど、黙っておれを見るばかりで」

ペリーは黙っていた。スカンクは理解しなかった。「すると、顔を見られたんだな?」

スカンクが口ごもり、それからとげを含んだ口調になった。「始末しようとしたんです。銃は持ってたし。もうちょっとだったのに……」息を吐く。「警官が走ってきやがった。すっかり取り乱しまくって、だれか生きてるかって訊くんです。シャトルの男がわめきだしたんで、BMWの女たちはもう死んでると言ってやりました」

「呪いでもかけてるつもりだったのか? 言ったってそのとおりにはならんぞ」

「警官がすぐ横にいて、医者や応援を頼んだりなんかしてたんですよ。目の前で拳銃をぶっ放すわけにゃいきませんて」

「それはいいんだ。メイヤーには生きていてもらいたいからな」

「生きて——なぜです？」

つかの間、怒りの目盛が跳ねあがった。スカンクがなにもかも知る必要はない。「とりあえず生かしておくってことだ。役に立つかもしれないだろう。それ以上訊くんじゃない」

「どっちにしろ殺《や》れませんでしたよ。警官はすっかり慌てくさってて、ＢＭＷを〇・五秒のぞいただけでバンのほうへすっ飛んでいきました。でもそのころにはほかの連中もやってきちまったんで。始末するには手遅れってわけで」

ペリーは鼻梁をつまんだ。「現場に最初に着いたその警官はおまえを見たのか？」

「午前一時で、そこらへんは真っ暗でした。こっちは帽子をかぶってたし。今度会ってもおれだってわかりませんよ。そのあとおれは野次馬に紛れこんだんです」

「それからどうなった？」

「つぎからつぎへと事が起きました。救急隊員が到着して。その警官が連中をバンに手招きしたんで、メイヤーはまだほったらかしでした」

「そしておまえは彼女がだれにも気づかれずにただ死んでくれるのを願っていたわけだ」

「現場は大混乱だったんですよ。それに、実際そうなりかけてたんで。なのにいきなりべつの女があらわれて、頭から湯気を立てながらＢＭＷに駆け寄って、救急隊員を呼びつけたんです。全部めちゃくちゃにしやがって」

ペリーはそれについて考えた。はらわたが硬くこわばっていたが、心配するほどのことはないかもしれない。「メイヤーはどんな状態なんだ」

「調べときます」

「そうしろ。それに、よく聞け。彼女は生かしておきたい」

あいつは要だ。ハーディングのオフィスで働いていた。お利口さんの理想に燃えた法律家の卵で、目を見開き、耳をおっぴろげて、キャリー・ハーディングに教わるべきことはすべて吸収しようと躍起になっていた。

「われわれに必要な情報を握ってるかもしれない」

ペリーはデスクの前で静止した。スクラブル・ボードはセットしてある。コマをひとつかみ手に取って、考えた。

「ボス。これがどんだけ重要かはわかってます。きっと見つけだしますよ。まちがいなく。片をつけてやりましょう」

はらわたは引きつっていたが、ペリーは笑みを浮かべた。だからスカンクを雇ったのだった。こいつはとろいとも言えるが、情け容赦がなく、完全に信頼できる。それも、たんに強欲だからというわけではない。スカンクという男は腹の底から忠実なのだ。盗人にも仁義があると信じてさえいる。

「やつらに借りを返させましょう、ボス。きっちりと」

「ああ、そうだな」

見せしめ。やつらはペリー・エイムズをそう呼んだ。ペリーを痛めつけたときに。チェーンを捨て、バールを放り投げて、なにもかも奪うと、己の血で窒息しかけている彼を置き去りにした。笑いながら、去っていった。いまでも彼を笑いものにしていて、自分たちは安全だと思っている。

仁義？　やつらはスクラブルのコマを牛追い棒でケツに突っこまれても、その言葉を正しくつづることすらできまい。そうだ、やつらは借りを返すだろう。全員死ななきゃならないなら。サンフランシスコ全体が死ななきゃならないなら。

「明日の午後はダウンタウンにいる。シヴィック・センターに」ペリーは言った。

「明日はハロウィーンですよ」

怒りが瞬時に熱く燃えあがり、部屋が白く発光したように感じられた。「それはわたしへのあてこすりか？」

「は？」

ペリーは首を取り巻いているごつごつした瘢痕組織をこすった。「わたしがフランケンシュタインだと言いたいのか？」

「そんな、めっそうもない——おれはただ、ハロウィーンだから、休みかもしれないと思っただけで」

「裁判所が？　わたしは法律を相手にしてるんだぞ、リーヴォン——法に休みなどないのは知ってるだろうが。つねにおまえの尻を追いかけまわすんだ」

「まったくです、ボス」

ペリーの怒りは静まった。しばし考えた。「ここが分かれ目なんだ。もっと迅速に行動しなきゃならん。検察官の死がこれだけ話題になると――警察も大々的に乗りだしてくるだろう」

「おれはなにをしたらいいんです？」

「もういっぺんあのワイドレシーバーと話せ」

「サザン？　あいつはしっちゃかめっちゃかですよ。物事に対処できないんだ」

「もう一度チャンスをやれ。これを逃したらあとはないと伝えろ。情報を流すか、さもなけりゃ終わりだ。われわれの情報源となるか、ほかのやつらへの前例となるかだ」

「見せしめ、ですね」

「そのとおり」

「承知しました、ボス。そちらはこれからどうするんで？」

ペリーはボードにコマを置いた。

「祈るんですか？」とスカンク。

「それはもうやらない。なにか作戦をひねりだす。それから弁護士たちと会う。そのあと、スクラブルをやるかもな」

ボードの上でコマを動かす。C‐A‐R‐J‐A‐C‐K（カージャック）。よし、うまくいった。それに――そうだ、ここに文字を足せば、トリプル・ワード・スコアだ。E‐X‐S‐A‐N‐G‐U‐I‐N‐A‐T‐I‐O‐N（瀉血）。

「スクラブル？」スカンクが言った。

もう電話を切らなくては。これ以上だらだら話しているのは危険だ。それに、こんなにしゃべるのは喉の限界を超えていた。ペリーは音声合成器を最後にいま一度、だめになった喉に押しつけた。

「そうだ、リーヴォン。〝カクテル〟を〝モロトフ・カクテル〟（火炎瓶）に変えてもいいというルールならいいんだが、そうはいかない」コマの残りをボードに落とした。「そいつはおまえしだいだ」

12

「……メンロパークの米国地質調査所によれば、今回の地震はマグニチュード４・１を記録しました。サウス・ベイでは軽度の被害が報告されています。ではヘリコプターに交通状況を伝えてもらいましょう――」

ジョーはラジオのダイヤルを叩いた。窓をあけ、そよ風に髪を波打たせ、フリーウェイをサンフランシスコへ十マイルほど戻ったあたり。局が切り替わった。

「……うちの猫ちゃんたちは地震が来るのを感じとって、興奮状態になったの。大地震のときはきっと予知できるわ――」

ぱしん。

「……複数の専門家はこの群発地震を古代マヤ暦に予言されていた大災害の兆候と見なしており――」

ぱしんと叩いて、ステレオに切り替える。

風変わりな調べの、トランスじみた砂漠の音楽が流れだした。陽を浴びた湾がきらめく。

ジョーは道路に目をすえて、ゲイブ・キンタナを頭から締めだそうと努めた。彼のクールさ、あたたかさ、自信あふれるたたずまい。ジョーへの思いやり。

電話が鳴った。タング警部補からのメールだ。〝ハーディングの検死解剖中。ぜひ立ち会って〟

検視局まではここから四十分ほどだ。ジョーは〝了解《K》〟と返信して、速度をあげた。ステレオから流れる曲はくりかえしが多く、催眠作用があった。シェブ・マミ。スティングと《デザート・ローズ》を録音した歌手だ。こうした音楽はダニエルの死後に聴くようになった。その当時、メロディは地雷原だった。クラシック音楽ではきっかり十秒で胸がつまった。ロックは、ダニエルと登山旅行に出かけ、星空の下で眠ったことを思いださせた。カントリーを聞くと自殺したくなった。スライドギター入りの曲が流れているラジオを片っぱしから撃ちまくれるように、銃を買いたくなった。

でもこうした音楽はジョーをとらえた。なんの記憶も呼び起こさなかったから。なにひとつダニエルには結びつかなかった。それでいて想像力を刺激し、彼女を惹きこむのだが、行きつく場所は遠い異国で、安全だった。子供のころの記憶のように。ジョーに必要なのはただどこかへ連れ去ってくれる魔法の絨毯なのだった。

ネックレスにふれ、ホワイトゴールドの結婚指輪をこする。

ダニエルとの最後の朝はロックがかかっていた。いまもはっきり耳に残っている。ポリスの《マジック》。マイナー・キーで上昇するベースライン。午前七時半で、ダニエルはステレオのボリュームをあげた。

その日ダニエルはオフだった。週に六十時間UCSFメディカル・センターで外傷外科医として働いていたが、その日は一日休みで、ジョーもそうだった――めったにないことだ。ジョーは司法精神医学科の研修期間半ばで、夜間はERで働いていた。一日ではヨセミテへのドライブには足りないので、一緒にクライミング・ジムへ行こうと決めた。早朝、ジョーはベッドの反対側で彼が航空医療サービスと電話で話しているのを聞いた。

いいよ、緊急呼出しがかかったら自分が行く、まったく問題ない。なにかあったら呼びだしてくれ。一日休暇にアルバイトなんて、それ以上の過ごしかたはないよ。

電話を終えたダニエルは毛布の下でまた仰向けになり、ジョーの腹部に腕をすべらせた。

おはよう、犬《マット》っころ。

おはよう、ワン公。ジョーは微笑みかえした。それ以上の過ごしかたはない？　そう思ってるとしたら、あなた重度の想像力欠乏症よ。

結婚して三年経っていた。それなのにまだ宝くじに当たったような気持ちだった。夫は同業者であり、最愛の人だったから。ダニエルはまじめで有能、短く刈りこんだときだけすてきに見える赤茶けた髪をした登山家《クライマー》だった。ハンサムではないけれど、情熱的で、その緑色の目はいつでもジョーを刺し貫きそうに見つめた。彼はジョーの救急医療への転向をひそかにではなく望んでおり、ジョーもその気になりかけていた。彼はジョーがなりたいすべての輝かしい手本だった。彼女が知るだれよりも熱意があり、世のなかへの好奇心も人一倍だった。仕事ではごく穏やかなので、友人たちは馬の鎮静剤でも打っているのかとからかった。

彼の嵐は内側だけで吹き荒れており、それをジョーに見せるのはプレッシャーを受けたときだけだった。そして微笑み、声をあげて笑うと、別人のように晴れやかになった。

その朝ふたりは二匹の狼が取っ組み合うように愛し合った。精力と餓えに突き動かされて。外では、すでに風が強まりはじめていた。

呼出しがあったのは午前十時、〈ティ・クス〉で朝食をとっているときだった。虫垂破裂の子供がソノマ郡のボデガ・ベイから救急ヘリを要請している。子供は六歳の女児、基礎疾患あり。UCSFでは外科チームを招集中で、もうひとり医療スタッフを手配できれば――看護師がまだ呼出しに応答していなかった――ダニエルが着きしだいヘリが飛ぶということだった。

ダニエルはジョーを見た。

あのときなにかべつのことを言っていれば、いまとはちがう結果になっていたかもしれないと、ジョーはしばしば思う。風はもうレストランの窓に雨粒を叩きつけていた。彼女は首を振って、言うこともできたのだ。行かないで。

でもそうはしなかった。車のキーをつかんで彼に言った。「一緒に行くわ」

太陽がフロントガラスにぎらぎら照りつける。回想は携帯電話の音で断ち切られた。シェブ・マミの音量をさげて、電話に出た。

エイミー・タングだった。「メール読んだ？　いまキャリー・ハーディングの解剖に立ち会ってるところ。コーエンがなにか見つけたの。あんたもこっちへ来て」

「いま向かってます」

相手は電話を切った。挨拶もなく。

あなたにもよろしくだって、サンシャイン。ジョーは車線変更し、アクセルを踏みこんだ。


検視局のドアを押しあけながら、ここへ呼びつけられたのがタングの悪ふざけでないことを祈った。警官、とくに検視局のスタッフが精神科医に解剖を見せたがることは珍しくない。《ドクター刑事クインシー》で見られるようなリアクション――嘔吐、気絶ほか、不都合でいて見る側にとっては愉快な反応――を期待して。受付デスクはハロウィーンのカボチャのランタンで飾り立てられていた。ジョーは手続きをすませ、建物の奥深くへと案内された。

検視局は病院並みにひっそりと静かで、病院ぐらい殺風景だ。蛍光灯の光でなにもかもが滅菌された輝きを帯びて見える。消すことのできないホルマリンのにおいが、ペンキの下にかすかに漂う。

検死解剖はジョーの大好きな活動ではなかった。解剖学の授業で人間の死体を切り開くのは平気だったが、たぶんそれは科学のために献体する人々が何年もかけてその決断にいたったからだろう。それは贈り物であり、彼らの体は教材となる。けれども検死解剖は死ぬつもりのなかった人々に対しておこなうものだ。病理学者が死体の内部をさがしまわる――シガニー・ウィーバーの悪夢のごとく胸部をこじあけて――のを見ていると、感情が麻痺してしまう。自分の愛する人たちがそんなことをされたらと思うと、胸が悪くなる。そして実際そうだった。

角を曲がると、冷水機の前にいるエイミー・タングが目にはいった。黒い服に黒のアイメイク、パンクっぽいヘアスタイル。アーチ形に噴きあがる水に口をつけるのに、爪先立ちになっていた。とんがった、ゴス妖精《ノーム》。

「よしなさい、ベケット。「警部補」

タングが手の甲で唇にふれた。「こっちよ。コーエンは半分ほど終えたところ」

「なにが見つかったんです?」

「フェンスのあんたの側に落ちるもの」

タングが先に立って解剖室にはいった。大型ラジカセからジャズが流れている。クールでメランコリーなサックスの音色からするとコルトレーンか。音楽も、外科用ドレープも、気分もブルー。コーエンの赤いあごひげが対照的に目を惹く。彼は切開に没頭していた。

ジョーはゆっくり呼吸し、自分の感情を視野も感覚も遮断された静かな領域に引っこめた。コーエンのうしろで助手がキャリーの肝臓の重さを量っている。タングは腕組みし、顔をしかめて、部屋の隅をうろついている。ジョーは解剖台に近づいた。

キャリーの爪先は青かった。ランニングで陽灼けした肌はくすんだ灰色に変わりつつある。左太腿に書かれた赤い文字が金切り声で叫んでいるかのようだ。〝dirty《ダーティ》〟

その単語は左利きの人物が手元を見ないで書きなぐったみたいに、ひどく傾いていた。口紅で書いたのはまちがいない。

ジョーはキャリーの顔を見た。

グレゴリー・ハーディングが愚かな振る舞いをしたのも無理はなかった。彼はこれを見たのだ。電流の通ったケーブルを後頭部に押しつけられたも同然だったにちがいない。キャリーの顔、ミケランジェロの彫刻のごとき顔がつぶれていた。

「頭蓋外傷も死因のひとつに数えるんでしょうね」ジョーは言った。

コーエンは外科用メスで頭部を指した。「エアバッグは車が橋に衝突したときふくらみ、すぐにしぼんだ。ミニバンの上に落下したときは役に立たなかったんだ。それまでには彼女もフロントガラスから飛びだしかけていたし」

「シートベルトはしていなかったのね」

「そう。助かる怪我ではなかった」

「ドクター・コーエン？」タングが呼びかけた。

彼はちらりと目をやった。「じき終わるよ」

「わたしはどこを見ればいいの？」ジョーはたずねた。

「外側を調べているときにそれを見つけた、衣類を取り去るときに」

ハーディングの左腕を指さした。左腕は手のひらを上に向けて台に投げだされていた。

そんな。

ジョーはなにも言わなかったが、こめかみが引きつるのを感じた。

コーエンの助手がこちらを向いた。「そろそろこれを戻していいですか?」

左右の手にキャリーの心臓と肺を持っていた。背後で、嘔吐しかけたような音がした。ジョーは振り向いた。

コーエンが言った。タングが手を口に押しあてている。

タングの額で汗が光った。「ここではかんべんしてくれよ、警部補」

「くそ」とコーエン。「ドクター・ベケット、悪いが……」

ジョーはもう動いていた。目玉が裏がえって白目になった。

タングは衝突テストのダミーのように、カウンターに倒れかかった。ジョーはその両腕の下に手を差し入れて支え、両脚ががくがくの彼女を椅子に坐らせた。タングは一方に傾いだまま、どさりと腰を落とした。

「膝のあいだに頭を入れて」ジョーは指示した。

若い警部補の目はどんよりかすみ、半開きだった。ジョーは前かがみになって、彼女の頭を膝のあいだまで押しさげ、脳に血流を行きわたらせた。

「だいじょうぶみたいだな」とコーエン。

「よくあることよ」

ジョーはタングの背中に手をあてていた。しばらくするとタングの呼吸が深くなった。彼女はジョーの手を押しのけて、のろのろと体を起こした。

「お帰りなさい」ジョーは言った。「いい旅だった?」

「なんでもないって」

「でしょうね。ただ無理はしないで」

だがタングはよろめきながら立ちあがった。ジョーがのばした手を振りはらって、代わりにカウンターにつかまった。

コーエンがあごでドアを指した。「ドクター・ベケット、警部補に外の空気を吸わせてやってくれないか？」

「ここの暑さのせい。すぐよくなる」タングは言った。

いまや顔色は蒼白だった。ジョーはタングが振りはらえないようにがっちりと彼女の肘をつかみ、ドアのほうへうながした。

「あれを見た？」タングの口調は強気な若い女のそれだったが、声はくぐもっていた。

「ええ」ジョーは自分の声にぞっとするような響きを聞きとった。「あの言葉が登場したのは今日二度目よ」

タングがとまどった目つきでこちらを見た。「捜査上で？」

「心中と疑われる事件の捜査で。どういう意味だと思います？」

キャリーの手首に書かれていた四文字。マキのボートにガソリンで書かれていた文字。

p‐r‐a‐y。

13

ジョーはタングをロビーに連れていった。

カボチャのランタンに意地悪い視線を向けられている気がした。警部補の顔はパン生地ぐらい生気がなかったが、落ち着きを取りもどしつつあった。

彼女は気まずそうに腕をジョーの手から引っこめた。「だれかが犠牲者たちに〝ｐｒａｙ〟という言葉を残してるの？」

「もしくは犯罪現場に」ジョーはしばしタングを見つめ、しっかり立っていられることを確認した。「コーエンに血液検査の結果を聞いてきます。ここですこし待っててくれたら、すぐ戻ります」

「こっちはあんたが来るまでずっと待ってたのに。ぐずぐず居座って、廊下をうろついてる亡霊たちに笑われるのはごめんんだから」

「わたしだってこんな場所をハロウィーン・パーティに借りたいとは思わない。でも知らせておきたい情報があるので」

解剖室に戻ると、コーエンが台の上にかがみこんでいた。痛みを与えるわけでもないのに、そっと慎重に作業している。

「バリー、これまでにわかったことを要約してもらえる？」ジョーは言った。

「すべての毒物検査はやってないが、キャリー・ハーディングの運転に一酸化炭素が影響した形跡は見られないし、血中アルコール濃度は０・００だった」

「キャリーの靴底とＢＭＷのペダルに残っていた靴跡はくらべたのかしら」

「まだだね」

とすると、衝突の瞬間にハーディングがブレーキとアクセルのどちらを踏んでいたかはまだわからない。「衣類やなにかは？　どこか変わったところはなかった？」

バリー・コーエンは顔をあげた。「高級品がお好みだったらしいね。ふつうのダイヤのピアスだけでなく、ブラック・ダイヤも一粒つけてる」キャリーの耳の上部にふれた。「ほら。五カラット前後ってとこかな。希少な石だ」

ジョーはうなずいた。「ほかには？」

「きみには四番目に教えるよ」

「三番目にして。この件を解決しないと、またほかのだれかがその台に寝かされそうな予感がするの。それも近いうちに」

背を向けて去りかけたが、コーエンが呼びとめた。

「アンジェリカ・メイヤーが死亡宣告された経緯はわかってるつもりだ」緊張した声。「メイヤーの脈をとったとき、ぼくは先入観にとらわれていた。救命士にもう死んでいると聞かされてたんで、その逆の徴候が見つかるとは思ってなかった」

「救命士たちと話したの？」

「うん。彼らもメイヤーを診てはいないんだ。到着するなり、エアポートシャトルの負傷者を助けるよう指示されたから。最初に現場に駆けつけた警官がＢＭＷのふたりは死亡したと言ったんだ。若いやつだよ、中南米系の。かなり取り乱していたようだ」

ジョーは考えた。「連鎖反応？」

「伝言ゲームみたいな」コーエンは頭を振った。「とはいえ、ぼくは生命兆候を見逃した。気づくべきだったのに」

「メイヤーはいま生きてる。肝腎なのはその点でしょ」ジョーは言った。

コーエンは寒々しく微笑した。「きみはセラピーをやらないのかと思ったが」

「じゃあ料金は請求しないことにする。ありがとう、バリー」

ジョーは歩いてロビーに戻り、タングと建物の外へ出た。清々しい大気のなかへ踏みだすと、ふたり同時に息を吸いこんだ。

タングはポケットから煙草の箱を取りだした。火をつけ、深々と吸い、空を仰いで煙を吐いた。「亡霊にはうんざり。わたしの先祖たちも大勢いるし」

「どちらかといえば精霊《ジン》って気がする。墓を荒らす悪鬼《グール》とか」

「ジン《ジニー》？　今度は人をおちょくるつもり？」

「魔物。霊魂《スピリット》。なかには邪悪になるものもいるけど」

「そんなこと考えるなんて、どんだけ時代遅れなの？」タングはまた煙草を吸い、目をすがめてジョーを見た。「あんたって、いったい何者？」

「祖母は日本人。祖父はエジプトのコプト教徒。どちらもアイルランド人と夫婦になった。父と母が出会ったのはディズニーランドで」ジョーはにっこりした。「わたしは生粋のカリフォルニア人」

タングは親指と人差し指で煙草をつまみながら、作り笑いを浮かべた。

「キャリー・ハーディングに妙なことが起きていたらしいの」ジョーは言った。

〝ダーティ・シークレット・クラブへようこそ〟とキャリーの筆跡で書かれた招待状を、ジョーは取りだした。

タングはそれを受け取った。「なんなの、これ？」

「まだほかにも」

ジョーは口を閉じたビニール袋を手渡した。中身はアンジェリカ・メイヤーのバッグから見つけたＣＤのアルバムジャケットで、《ダーティ・リトル・シークレット》という曲名にペンで印がついている。

「どういうこと？」タングが言った。

「わからない、けどキャリーもメイヤーも連邦検事局で働いていた。レオ・フォンセカと話してみなければ」

タングは煙草を歩道に投げ捨てた。「あんたが運転して。わたしがフォンセカに電話をかける。続きは車のなかで聞く」

連邦ビルへ向かう車内、小柄で髪を逆立てたタングは助手席に収まった。

「ハーディングの太腿には口紅で〝dirty《ダーティ》〟。彼女の筆跡で〝あなたはとても悪い子だったわね。〝ダーティ・リトル・シークレット・クラブへようこそ〟と書かれた便箋もある。メイヤーは《ダーティ・リトル・シークレット》とゲームへの誘い。その後、殴り合いと陸橋からのスワンダイブ」とタング。「ふたりは恋人同士だった。常軌を逸したゲームだったんだよ」

「それはどうかしら」

「ふたりの女、黒いレース、赤い口紅、極度の自己嫌悪。センセーショナルな死。わたしにはそう見えるけど」

「ゆうべは奇妙な連続殺人の一部だと」

「いまもそう思ってるよ。あんたはどう思うの、ひとりの男を取り合いしてたとでも？　彼があたしのものにならないなら、あんたにも渡さない――ゴツン、って？　だとしたら本格的なサイコドラマね。ハードコアな大道芸っていうか」

ジョーはむっつりと警部補を見た。

タングも同様に見返した。「いろいろな可能性をあたってんの、邪魔しないで。こっちの犯罪捜査歴は、あんたが死者相手にバルカン人の精神融合《マインド・メルド》をやってきたのより長いんだから」

ジョーはゆっくり顔をまわし、タングをまじまじと見て、笑った。「そんなこと言われたの初めて。悪くないわ」

タングは座席に背をあずけた。依然としてヤマアラシのごとく刺々しいが、いからせていた両肩が一インチさがった。車列が陽を浴びてきらめく。みすぼらしい商業ビルやひび割れた歩道が後方へ飛び去っていく。ついで食糧配給所《スープキッチン》や、金網でおびただしい雑草の侵入を防いでいる空き地があらわれた。

「まあ、いいわ。クレイジーなセックスがらみの死亡事件はお手のものなんでしょ。あんたの意見を聞かせてよ」

「ダーティ・シークレット・クラブとはキャリーとメイヤーがプレイしていたゲーム以上のものだと思う。ほかにも関わってる人間がいるんじゃないかと」

「本物のクラブってこと？　秘密の握手や、お茶菓子の係や、会報のある？」

「おそらくマキとヨシダもメンバーだったんだわ。キャリーのブラウザーの履歴は彼らの名前がはいった検索だらけだった」赤信号で停止する。「三つの死はすべて関係してると思うの。ところで、マキと恋人が射殺されたとだれもわたしに話してくれなかったのはなぜ？」

「知らなかった？」タングは訝しげにジョーを見た。「ならどうしてそのことを知ったの？

その情報はまだ公にしてないのに」

「現場に行ったＰＪと話したので」

「他言しないように言ってくれた？」

「彼はマスコミにしゃべったりしないわ。飲み友だちにさえ」

タングはつんつん尖った髪をかきあげてから、手を掲げた。「射殺の件はこっちのミス。猛烈に忙しかったもんだから」

「了解」

「それじゃ、三つの死は関係している、と。だけど……」

「だけどだれかがキャリーを殺したという証拠はない。でしょ？　BMWの下に仕掛けられていた爆弾とか、切断されていたブレーキラインとか」

タングが携帯電話を取りだして、番号を押した。「BMWになにか見つかった？」

小さなメモ帳をすばやく開き、走り書きする。信号が青に変わると同時に電話を切った。

「鑑識によるとBMWは申し分ないコンディションだったとか。新車同然で、ドアをあけるとまだドイツの黒い森のにおいがしそうなほど。ブレーキ、駆動系、エンジンはすべて異常なし。アクセルペダルも故障してなかった。事故の原因は車じゃないね」

「了解。でもまだ事故の可能性は除外できない。道路や運転者の状態、ほかのなにかが障害にならなかったか調べないと」

「路面に異常はなかったし、ほかの障害もなかった。キャリーがハンドル操作を誤ったと思うの？」

「ひょっとしたら。それにサイドブレーキはどうだった？」

「使われてない。タイヤもパンクしていなかった。爆弾もない」タングは眉をひそめて窓の外を見た。「キャリー・ハーディングが自殺した、またはしなかった証拠って？」

「車の衝突事故を自殺と判断させる要因を聞きたい？」

「言ってみて」

「五つある。まず、天気がいいこと。つぎに、道路状態がいいこと――路面が乾いていて、街灯が明るいとか。三番目は、道がまっすぐなこと――運転者がヘアピン・カーブでハンドルを切り損なったわけじゃない」

「ストックトン・ストリートはスキーのジャンプ台ぐらいまっすぐだね」

「四番目は、ブレーキ痕がないこと――そして車がまっすぐな道路から動かない目標物に、たとえば橋台などに突進していること」

「どれもあてはまる」

「最後に、運転者のほかに同乗者がいないこと」

タングが腕組みした。「最後のがひっかかる。自殺でなかったら、心中の線に戻るわけね」

「ボート火災が心中でないことをほのめかす証拠はない？」

「ない。これまでに見つかったすべてを考慮すると、結論はひとつ。マキがウィリアム・ウィレッツを撃ったあと、自分も撃ったんだよ」

ジョーはしばらくして続けた。「ドクター・ヨシダの死因はなんだったの？」

「バルビツール系睡眠薬の過量摂取じゃないかと。ビーチに駐めた自分の車で、ハンドルに突っ伏している状態で発見されたから、心臓発作のように見えた。今日じゅうに結果が出ることになってる」

「そしてドクターが死ぬ直前に息子さんが亡くなってるのね？」

「過量摂取で。二日前に」

ジョーは警部補をちらりと見た。「四十八時間？」

「そういうこと」

しばらくどちらも沈黙したまま、車は進んだ。まもなく前方にシヴィック・センターの堂々たる花崗岩の建物が見えてきた。

タングは物思いに沈んでいた。「そっちの考えを聞かせてよ。当て推量でいいから」

「ダーティ・シークレット・クラブは実在すると思う。キャリーは有力なメンバーだったのよ。クラブへの招待は――形式ばった招待状と便箋から、重要なことだという印象を受けた」

「セックスがらみという面からは？」

「キャリーはレースの下着を持っていて、別れた夫はいまも彼女を頭から消し去れない。元夫は途方にくれてるだけじゃなく、怒りを感じていたし、骨抜きにされてしまったみたいだった」

「キャリーは男を支配する女だったと？」

「すべては彼女が権力ある地位にいたことを指し示している。クラブが存在するんだとしたら、キャリーはその運営に手を貸していたと思う」

「それじゃ、今度のことはなに？　罪悪感、だと思う？　罪滅ぼしの自殺？」

「判断するには証拠が足りない」

「死のカルト教団になっていくのかな」

「〝ｐｒａｙ（祈れ）〟には宗教的意味合いがありそうだけど、キャリーは信心深いタイプじゃなさそう。逆に、殺人者からのメッセージとも考えられるわ。悔い改めよ、終末は近い」

「で、あんたの出した結論は？」

ジョーはタングを見た。「キャリー、ヨシダ、マキが死んだ理由はこのクラブにあると思う。メイヤーが死に瀕している理由も。ほかにも属してる人間がいるかどうか調べださないと。なにかよくないことが起きていて、それはまだ終わっていないから。メイヤーがわたしに止めてと言ったのは、そういう意味かも」

「じゃあ、つぎはだれ？　どうしたらつぎの死者が出るのを食い止められる？」

ジョーは時計に目を落とした。わからない。でも残りはあと三十六時間しかない。

スコット・サザンは携帯電話の鳴る音を聞いていた。外では、風が車を中心に渦巻いている。だが窓を閉めて駐車しているレンジローバーの車内は、空気が熱く淀んでいた。彼の着メロは南カリフォルニア大学《USC》の応援歌で、いまそれは嘲笑のように聞こえた。

電話をかけてきそうな人物は三人しかいない。スコットが練習に出ていないのを心配した、フォーティナイナーズのオフェンス・コーチ。さっき家を出てくるときスコットが玄関ドアを叩きつけたので傷ついているケリー。そうでなければ、キャデラックの男だ。

パレス・オブ・ファイン・アーツの駐車場は見あげるようなユーカリの木々に陽射しをさえぎられている。ローマ様式の円形ドームの下を、観光客がそぞろ歩く。近くの湾では、水面が碧くきらめいている。

電話が鳴りやんだ。

スコットは悩んでいて、沈んでいく石の心境だった。クラブで経験してきた昂り、アドレナリンの奔流、堂々と告白できるようになって見いだした大いなる安らぎ——そのすべてが消失しかけている。デイヴィッド・ヨシダの死は、もはや悲劇的な不運には思えなかった。それにキャリー……。

彼は片手で顔をこすった。この冒険はよくないほうに向かっている。

電話がふたたび鳴りだした。ということは、ふたりのうちのどちらかだ。そろそろ腹を立てているコーチ。またはキャデラック・マン。スコットは目をつむった。

あいつはどこでおれの名前を知った？　だれがやつに話した？　絶対に秘密は漏れないとクラブは保証したのに、だれかがしゃべったのだ。そしてあさましい秘密がいまにも明るみに引きずりだされようとしている。

嘲るような着信音は無視して、残されたつかの間の静寂にしがみついた。ひとたびドアをあけたら、この世のあらゆる雑音が襲いかかってくるだろう。

スコット・サザンは二十九歳。フォーティナイナーズでフットボールをキャッチし、年俸四百万ドルを受け取っている。そのほかにアディダス、アウトバック・ステーキハウス、マテルとのコマーシャル契約で年に六百万。

一週間前、スコットはすべての頂点にいた——NFL、試合、それに摩天楼の最上階にキャリーと。今日は彼女と会うはずだった。会って、彼が勇気ある挑戦によってクラブのトップ・レベルに入会を許されたかどうか聞くことになっていた。パンチを食らったように、息が漏れた。キャリー。ちくしょう。ブラック・ダイヤモンドをもらえると考えても、もうわくわくはしなかった。

いまはこのざまだ。

コールタールにずぶずぶ沈んでいくような感覚。自宅では彼の美しい妻が傷つき、怯えている。キャデラック・マンが匿名の手紙をよこしたのだ。〝おたくの旦那には穢れた《ダーティ》秘密がある〟と。じつは脅迫状なのだとスコットにはわかった。あの男の言うとおりにしろ、さもないと秘密が暴露される。やつはどうやって知ったんだ？

木々がさらさらと音をたてた。ローマ様式の円形ドームの向こうで、ラグーンの水面にさざ波が走る。白いキャデラックが、ディスコ・ミュージックをガンガン鳴らしながら近づいてきて、レンジローバーの隣に駐まった。

キャデラック・マン、自称スカンクという脂ぎったその男が運転席にいた。車から降りて、歩いてくると、レンジローバーの前に立った。灰色の筋がはいった脂っぽい髪、愚鈍で疑い深そうな目は、なるほどスカンクに似ていた。

コールタールがねっとりからみつく。スコットも車を降りた。ゴールデンゲートの岬を突き抜け、湾を渡ってくる風に身が引き締まった。

スカンクの小さな口に薄笑いが浮かんだ。「今週末おまえさんのチームに賭けて二百ドルすったよ」

スコットはとまどった。「これは金の話なのか?」

「だといいがな。歩こうか」スカンクは言った。

「いや。なにが望みか言ってもらおう」

スカンクは周囲を見まわした。「ここの連中に聞かせたいのかい?」

風はスコットに有利な方向へ吹いてはいなかった。彼はスカンクのあとからゲートを通り、公園にはいった。

スカンクは身長五フィート七インチ、体重は百四十五ポンドぐらいか。スコットは六フィート三インチ、二百十五ポンド、全身がスピードと筋肉の塊だ。もつれ合うディフェンダーたちの頭上でフットボールをキャッチし、赤ん坊をあやすように抱えていって、エンドゾーンに突き立てることができる。このちっぽけな男を腕のひと振りで倒し、肋骨の一本や二本へし折ってやるのはわけもない。でもそれではどこへも行き着かない。関わっているのはスカンクひとりではないのだ。こいつを倒しても、うしろにまたべつのだれかが控えているだろう。

それにスコットがどれだけフットボールを落とさずにいられても、どれだけ強くて機敏でも、どれだけ戦う気満々でも関係なかった。これはスコット自身の過ちに関することなのだ。にわかに、自分が小さく縮んでしまった気がした。

「言ったじゃないか、そっちの欲しいものはやれないんだ」スコットは言った。「ぼくはその情報を持っていない。だれが持っているかも知らない」

「おれも言っただろ――さがしだせ、ってな」

前方の木々の向こうで、ドームが陽を浴びて輝いている。柱の先端には神々や天使の像。かつてだれかがこの場所を美術の幻覚と呼んだ。古代ローマのフォロ・ロマーノを現代に移して、木々の生い茂る公園に据えたかのようだ。

スカンクが顔を近づけてきた。「さがしだせと言ってんだ。電話で教えてやったとおり、あの検事はくたばった。きさまも死にたいか？」

スコットは答えなかった。

「どんな仕組みなんだ」スカンクが続けた。「あの女がおまえのところへ来たのか、それともその逆か。彼女とスケベなことをして、だれにも知られたくなかった秘密を洗いざらいしゃべったのか？」

風が吹いているのに、息がつまりそうだった。行き交う車の騒音は、この悪夢が始まって以来スコットに取りついている、破滅へと突き進む感じに似ている。

「いいか、よく聞け」スカンクが言う。「おれたちが必要としている名前を今日じゅうに手に入れろ。さもないとおまえの秘密は秘密でなくなるぞ」

「無理だ。なにか代わりになるものがあるだろう。金か？　金ならそっちが欲しいだけ払う」

「金が欲しいんなら、つぎの週末の対ラムズ戦でパスを一、二度受け損なえと言うさ」

スコットは胸を締めつけられるような感覚に抗った。「それならやれる」

スカンクはメンバーズオンリーのジャケットのポケットに小さな両手をすべりこませた。

「だろうな。この秘密を守るためならスーパー・ボウルだって投げるんだろ」

そのとおりだ。コールタールはますます上までのぼってきて、その重みがスコットの胸を圧迫していた。目に映る空はもう青くはなく、一面灰色だった。ちくしょう。

スカンクはしゃべる。秘密を公表し、そのことを楽しむだろう。スコット・サザンがマスコミに八つ裂きにされるのを見てほくそ笑むだろう。

「同意のうえだったんだ」スコットは言った。「犯罪じゃなかった」

スカンクがゆっくりと顔を向けた。スコットには一瞬、真偽を疑っている表情に見えた。

「ほんとうなんだ。だれも法を犯してはいない」

スカンクは笑った。「信じがたいぜ」

落胆とともに、スコットは悟った。スカンクはスコットの言うことが真実だと知っている。信じられなかったのは、スコットがまだ彼を言いくるめて秘密を守れると考えていることなのだ。悔恨や苦悩で破滅から逃れられると思っていることだ。

「その女はいくつだったんだい？」スカンクがたずねた。

「未成年じゃない。十九歳で、拒みもしなかった」口に出してはっきりとは。そしてスコットはＵＳＣの四年生《シニア》だった。だれに責められよう。大学生のガキにすぎなかったのだ。

だがスコットは己を責めた。八年ものあいだその秘密を隠し、あるいはひそかに告白し、罪悪感を拭おうとつとめてきた。記憶から消し去るために、先週は乗馬鞭での鞭打ちを受けた。そしていまスカンクが彼なりのやりかたでスコットを鞭打っている。笑いながら。くそ野郎。

そのパーティは混雑していた。男子学生社交クラブ《フラタニティ》・ハウスはパーティのたびにぎゅうぎゅう詰めだった。スコットのまぶたにある顔が浮かんだ。夜毎眠りにつくときに浮かぶその顔は、おそろしく鮮明だった。メロディ。ストロベリーブロンドの髪、わたしはあなたのものよと言わんばかりの微笑み、ほろ酔いのくすくす笑い。メロディとは親同士が友人だった。彼女は二年生だった。

「あの日のおまえは機転が利いた、そいつは認めるよ」スカンクが言った。「わからないのは、なんでそれからしゃべっちまったかだ。だれかさんに」

部屋の暗い片隅で、メロディは指に髪をくるくる巻きつけながら、熱心にスコットの話に聴き入っていた。ステレオではフー・ファイターズがかかっていた。彼女は角氷をしゃぶっていて、唇がさくらんぼのように赤かった。

スコットはキスし、彼女の口から氷を吸いとった。「アイスバケットを持って、階上《うえ》に行こう」

確かに、酔っぱらっていたし、マリファナも吸っていた。コカインとテキーラのあとで、ほんの気分直しに。ひととき心を落ち着かせるために。ＮＦＬのドラフトを数日後に控えた、神経がすり減りそうな時期だった。スコットは一巡目で指名されるだろう、とエージェントは言っていた。コーチも両親もチームメイトも、だれもが口をそろえてそう言った。そして彼の将来は一点の曇りもなく、黄金色に光り輝くはずだった。メロディの愛らしくセクシーな微笑のように。

背後からタックルされたかのごとく、肺から空気が抜けた。

このごろはマリファナもコカインもやらないし、酒すら飲まない。いまのスコットは素面でクリーンそのもの、壁にこすりつければ落書きを消せそうなくらいだ。酒一杯、マリファナ一服でガードがゆるみ、なにもかもしゃべりだしてしまわないかと不安だった。〝bad《バッド》〟というタトゥーを彫って、正体を暴露しそうになったことはある――スポーツ選手だからということでごまかせたが。とは言え、酔っぱらってしまえば、ベッドで彼を見つめているメロディの顔を思い浮かべずにすむかもしれなかった。スコットがジーンズを穿き、ドアのノックに返事をしてから、「ほかのやつらも氷が好きなんだ」と言ったときの彼女の顔を。

いま彼は手で両目を覆った。「最悪だ」

スカンクがにやにや笑った。「だれにもしゃべる必要はなかったのに。おれがぶっ飛んだのはそこだよ。おまえは楽勝だった。なのにキャリー・ハーディングにしゃべった、そうなんだろ?」

あの夜、メロディはとまどいの色を浮かべてスコットを見た。彼がほかの男たちを部屋に入れたときに。

スコットは言った。「かまわない、よな?」そしてにっこり笑った。彼女も微笑んだ。明るい笑みではなかったかもしれないが。

「スコット……」メロディは彼の学生社交クラブの兄弟たちを見た。「もしわたしが——あなたは戻ってきてくれる?」

「もちろん戻るさ」兄弟たちにメロディを痛めつける気はなかった。パーティだったのだ。スコットは部屋をあとにし、木の下に腰をおろすと、もう一本マリファナを吸い、静かな夜のなかでくつろいだ。

輪姦したわけじゃない。彼女はただ……順番にさせただけだ。言わば人形のようなものだった。みんな彼女と遊びたかったのだ。

スコットがまだ木の下に坐っていたとき、ブレイディがさがしにきた。「彼女がおかしくなった」と言った。

スコットが見にいくと、メロディはバスルームの便器の横で縮こまり、震えながらひとりごとをつぶやいていた。

ブレイディは救急車を呼びたがった。

「だめだ」スコットは言った。「おれがエージェントに電話する」

それが賢い行動に思えたし、エージェントもそれが正しかったと言ってくれた。エージェントがメロディを個人病院に入れた。医療費を全額負担し、口止め料も払った。それですべて丸く収まったかに思われた。でもそのころでさえ、スコットは自分の過ちだったと自覚していた。もしそのことで責められたら、彼のシーズン、フットボールでのキャリアは終わっていただろう。

いま彼の肺はふくらまなかった。呼吸することができなかった。

メロディは大学を辞めた。その翌年、両親は娘を個人の精神科クリニックに入院させた。スコットは自分の両親から彼らの苦悩について聞かされた。エージェントは罪悪感を抱くなと言った。あの娘は前から精神的に不安定だったのだ、きみのせいじゃない、と。だが精神科医たちは心的外傷後ストレス障害との診断を下した。メロディの心はばらばらに砕けてしまったのだ。そして、それから……

スカンクが腕に手をおいた。「クラブはどうやって運営されてる？　おまえの連絡相手はだれなんだ」

スコットは首を振った。それをこの脂ぎった小男に教えたら、こいつはまたつぎのだれかを苦しめにいくのだろう。

でも実際のところ、もし名前を教えても、たとえ全会員の名簿を渡したとしても、スカンクはスコットから去らない。またべつの餌を求めて戻ってくる、それが強請《ゆすり》というものだ。デイヴィッド・ヨシダと出会わなければ、とスコットはこれまでに何度悔やんだかしれない。心臓外科医。ナイナーズのファンで、チーム・オーナーの友人だったから、試合後のパーティで選手たちと顔を合わせるのは避けられなかった。

そのヨシダはもうこの世にいない。キャリーもいない。だれかがしゃべったせいで。

クラブの存在は極秘のはずだった。けれどスコットも心の奥底では、そうではないとわかっていた。だから入会したのだ――リスクを求めて。だれだってリスクを求めているんじゃないか？

スコットは街の高台に建つローマ様式の円形ドームを見るともなく見つめた。いったいなにを考えてたんだ、法律家に打ち明けるなんて？　よりによって、検察官に。クールなブロンドの、手厳しいキャリー。人を罰する立場の人間。彼女に告白するのは楽しかった。おれはなんというゲームをやっていたのか。

スコットは笑った。

「なにがおかしい」スカンクが言った。

ゲーム。スコットの人生はずっとゲームの連続だった。そしていま敗北が目前に迫っている。視界がゆらゆら揺れた。

スカンクが腕をつかんできた。「おい」

スコットは振りはらわなかった。胸の底から笑いがこみあげてきた。

小男は頭を振った。「きさま相当いかれてるな。今日名前を教えないと、なにもかもばらされるんだぜ。ひとつ残らずな」スコットを押しやった。「せいぜい祈ったほうがいいぞ」

スコットは涙を拭った。「おれの言ったことが聞こえなかったのか？　役には立てないんだよ」

「おまえの家にプールはあるか？」スカンクがたずねた。

スコットは相手を見た。「いや」

「もちろん、事故が起きるのはプールと決まってるわけじゃない。親は気が気じゃないだろ、まわりじゅう子供たちを永久に連れてっちまいそうなものだらけで」スカンクはぱちんと指を鳴らした。「ちょいと目を離したすきにな」

額に汗が噴きだした。「脅迫するつもりか——」

「たとえば、あのお気の毒なヨシダ先生。息子がヤクの過量摂取《やりすぎ》で死んじまうとは。悲劇だよな」

「この下種野郎」

「昨シーズン《クロニクル》で写真を見たぜ、カンファレンス決勝のあとで、かわいい坊やを抱っこしてるおまえを。坊やは泳げるのかい？」

胸のなかでなにかが引き裂かれるような気がした。足、腰から下、腕の力が抜けていった。スコットを正気とは言えない考えが襲った。

ラグーンはすぐそこだ。だれにも見られやしない。スカンクをつかまえろ。尻の垂れたジーンズをうしろからつかんで、水に放りこめ。頭を沈めて溺死させるんだ。

スカンクの顔から薄ら笑いが消えた。「へたなことを考えるなよ。こっちはただ可能性の話をしてるだけだ。でももしもおれになにかあれば、可能性はかぎりなく現実に近づくぞ。わかるな？」

　怒りのあまり目がくらんだ。「家族に手をふれてみろ、おまえを殺す」

「だれかが死ぬんだ。言っておくが、あの検事が最後じゃないぜ」奥まった小さな目がきらりと光った。「だけどそいつはおれじゃない。きさまの愛するだれかであってほしいかどうか、よく考えるんだな」

　風がスコットの目を刺した。彼はなにも言いかえさなかった。

　スカンクは背を向けた。「名前だ。四時までに」

14

ジョーとエイミー・タングは広場を横切り、連邦検事局の入口目指して歩いていた。自爆テロ防止策として最近鋼鉄の車止めを設置した、建築物としては趣に欠ける白いコンクリートのビル内にそれはある。タングが携帯電話をしまった。

「レオ・フォンセカは十五分くれるって。てきぱきしゃべる心構えをしといて」

ジョーはタングについて建物にはいった。「地震のあと、なんだか街が一致団結しているみたい」

「聞こえてくるのは軽度の被害ばかり。古いビルの補強していない石や煉瓦が落ちたとか。車のアラームが鳴ってるとか。負傷者の報告は受けてない」

ジョーは音の反響するロビーを見まわした。そのビルは問題なさそうに思えた。タングがエレベーターのボタンを押した。

ジョーは親指を曲げて階段を指した。「歩いてのぼれるわ」

タングは呆気にとられた顔をした。「十一階へ？　心臓にいいかどうかは興味ない。高層ビルの階段をのぼるつもりはないから」

ジョー自身の心臓は早鐘を打ちだした。エレベーターに目をやった。「揺れたあとのそれを信用するの？」

「サンフランシスコで地震後にエレベーターが落下したことは一度もないの。考えすぎだって」

サンフランシスコで橋が崩落したこともなかった。崩落するまでは。地震でフリーウェイが倒壊したこともなかったが、実際そうなった。

エレベーターのチャイムがピンと鳴り、ドアが開いた。タングが乗りこんで、ドアを押さえた。「フォンセカは三十分後に法廷がある。時間がないの。乗って」

ジョーはごくりとつばを呑んで、狭い空間に足を踏み入れた。タングが階のボタンを押し、ドアが閉まりはじめた。ジョーは奥の壁に貼りついて、するすると閉じるドアを凝視した。それはゆっくり閉じ合わされる二枚の刃を連想させた。ばかげてはいるが、背中を壁に押しつけていれば、もしもこのエレベーターがごみ圧縮機のように縮みはじめても押しつぶされないように、ドアのあいだに足をはさみこんで踏んばれる気がした。

タングは素知らぬ顔だった。「性的願望に関する専門知識はどこで身につけたの？」

小部屋が上昇した。ジョーは耳鳴りがした。「セックス・ゲームが命取りになったと疑われる死を分析して得た知識のことかしら」

「たいして変わらないでしょ。それって……」

「ジェフリー・ネイジェル。自分の寝室で首を吊っている状態で発見された、体の一部を露出して」

「事故？」

エレベーターががたんと弾み、五階で停止した。ジョーは歯を食いしばった。

タングが観察する目つきで見た。「ほんとうにこれが嫌いなんだね」

「フォークで目を突き刺すほうがまし」ジョーは無理やり微笑んでみせた。「幸い、バッグには先割れスプーンしかはいってないけど」

エレベーターはふたたびなめらかに上昇しはじめた。あごががちがちにこわばっているのはわかっていても、どうしようもなかった。

タングがにやりと笑った。「閉所恐怖症の精神科医？　それはまた――」

「皮肉よね。ええ」数字のボタンに視線を据える。「ひどい地震にあったせいなの」

タングが思いやるような表情に変わった。「ロマ・プリータ地震（一九八九年に起きたサンフランシスコ湾岸地震）？」

ジョーはうなずいた。手のひらが汗ばんでいる。もうじき人と握手しなければならないのに。スラックスで両手を拭った。

「たいへんね」タングが言った。

ジョーはうなずいた。

狭い空間ではいつもそうなのだが、空気が帯電しているように感じられた。皮膚がぴりぴりする。大きく息を吸いたい。ジョーは誘惑と闘った。あわてて息をして、いますぐ必要な空気をありったけ取りこみたいという欲求と。まだチャンスがあるうちに。壁やコンクリートや道路が崩壊する前に。金属がきしみながら顔と胸に迫ってくる前に――

　ジョーは息を吐きだした。焦って息を吸えば、過呼吸に陥ってしまう。数字のボタンに目を凝らした。落ち着いて、落ち着いてったら。顔が赤く火照っているのを感じる。タングにどう見えているかはわかっている。ばかだ。メンタルヘルスの専門家が、不合理な恐怖心にとらわれてふつうにエレベーターに乗ることもできず、びくついているなんて。

　専門用語なら知っている。不安障害。パニック発作の誘発。なんだっていい。さっさとあがってよ、のろまなエレベーター。タングがじっと見てるじゃない。

　数字が上昇していく。9。10。「警察はハーディングの死と昨夜の事故現場のことを検察にどこまで話したの？」

「ニュースで流れた内容までは知られてる。それだけ――〝dirty〟の文字、言うまでもなく〝pray〟も伏せてある。このまま隠しておこう」

「フォンセカがダーティ・シークレット・クラブについて聞いたことがあるかどうか、たずねてみたいんだけど」

「それはかまわない」

　エレベーターが停まり、ドアが開くと、ジョーは足早に明るい廊下へ出ていった。ありがとう、神様。ひざまずいて床にキスしたい衝動は抑えつけた。

　タングが追いついた。「その地震のとき、いくつだった？」

「子供。そんなとこ」

「街にいたの？」

ジョーは首を振った。ロマ・プリータ地震の死者のほとんどは、サンフランシスコのマリーナ地区で亡くなった。だがジョーがいたのはそこではない。

「ベイ・ブリッジじゃないよね？」

「イースト・ベイよ」

タングが鋭い視線を投げかけた。

ふたりはデスクに歩み寄り、それぞれの身分証を受付係に見せた。受付係の背後の壁に、司法省のどっしりとした標章があった。彼女は受話器を取りあげた。

ジョーはショルダーバッグに手を突っこんで、ノートとペンをさがした。見つからない。

「地震のあと、あのタケリアのテーブルに置き忘れてきてしまったのだろう。

南西へ八十マイルのサンタクルーズを震源としたロマ・プリータ地震は、湾岸地域《ベイ・エリア》に不意打ちを食らわせた。断層に亀裂が生じたとき、すさまじい地震エネルギーは地中を伝わり、より深い地層を直撃した。サンタクルーズは揺れたが、エネルギーの大半はバスケットボールのごとく跳ねかえって、サンフランシスコの地表へ噴出したのである。美しい十月の夕暮れどき、ラッシュアワーが一段落する時刻、キャンドルスティック・パークはワールドシリーズを観戦しにきた人々で超満員だった。その日はジョーの叔母の誕生日でもあった。ジョーは父、ティナ、弟のレイフとともに、オークランドのパーティに向かっていた。

タングが言った。「まさかサイプレス高架橋にいたなんて言わないで」

つかの間、ガソリンや燃えるタイヤのにおいがよみがえった。ジョーは苦笑した。「わたしには猫二匹分の命があるみたい」

タングの片方の眉が吊りあがった。「一匹分余計にだれかからもらったの?」

レオ・フォンセカが頭を振りながら、ロビーにあらわれた。「うちの検事を殺した犯人を報せにきてくれたんだろうね。そうでなきゃ、ふたりとも失業に値するぞ」


フォンセカのオフィスからの眺めは、市庁舎と連邦裁判所を取り囲むオフィス・ビル群で埋め尽くされていた。彼は葬儀の参列者のごとく両手を固く組み合わせ、デスクの前に立った。乏しくなりかけている灰色の髪、その下の顔は悲しげで紅潮していた。

ジョーとタングは校長室に呼ばれた生徒たちのように、ソファに腰かけた。

「キャリーは自殺するタイプではなかった」フォンセカが口を開いた。

「この数週間、彼女はどんなふうでしたか?」ジョーはたずねた。

「ばりばり働いていた、いつものように」柔弱に見えるが、動作は機敏で芝居がかっている。縁なしの眼鏡が灯りの下できらりと光った。

フォンセカは人口八百万を有する管轄区域、カリフォルニア北部地区の主席検事だ。政府から任命されたのではない生え抜きの検察官で、法廷で闘う男だと、ジョーは知っていた。打ち沈んだハムスターみたいに見えても、尊敬されている、熱意とパワーのみなぎる人物だ。

「キャリーがみずから命を絶ったはずはない。断言する。わたしは十年前から彼女を知っている。裁判で負けても落ちこまなかった。負けるのは大嫌いだが、世のなかの悪人全員を罰することはできないと承知していた。見境をなくしてはいなかった。

「キャリーが取り組んでいた事件を教えていただけますか？」ジョーは言った。

フォンセカがぱっと顔を向け、ジョーを凝視した。「だめだ」

「ざっとでも？」

「断じて許可できない。係争中の事件の中身を明かすつもりはない。このオフィスのだれかから情報をさぐりだすようなことも控えてもらいたい」

「わたしはあなたの敵ではないんですよ、ミスター・フォンセカ」

彼の肩ががくんと落ちた。眼鏡をはずして、鼻梁をつまんだ。「すまない。彼女は特別だったので。彼女を友人と呼べたことを名誉だと思っている」

「お気の毒です」

フォンセカは眼鏡をかけなおし、疲れた笑みを浮かべようとした。ジョーは相手の心が静まるまで数秒待った。

「ダーティ・シークレット・クラブと呼ばれるなにかについてお聞きになったことは？」

フォンセカは面食らった表情になった。「なんだね、それは」

「それを調べようとしているんです」

検察官は頭を振った。「それがキャリーとどうつながるんだ」

「あなたがご存じかと期待していたんですが」

「いや。まったくおぼえがない。どこから思いついたんだね？」

タングが言った。「捜査線上に浮かびあがってきた名称です」

「まるで……ナイトクラブの名前みたいだが。まったくキャリーらしくない」フォンセカは肩をすくめた。その顔は困惑し、かすかに赤らんでいた。

「彼女はマキ・プリチンゴとデイヴィッド・ヨシダの事件を調べていましたか？」ジョーはたずねた。

「いや」

弾丸を思わせる即答だった。かならずしも疑わしいわけではなかったが、それは警告だったので、その質問は二度と口にしないことにした。

「キャリーが昨夜アンジェリカ・メイヤーとなにをしていたか、お心当たりはありますか？」

「アンジェリカはキャリーと二件ほど一緒に仕事をしていた。基本的なリサーチといったようなことを。アンジェリカは聡明な女性だ。今学期彼女をここに迎えたことには満足している」

「彼女とキャリーは親しくなったんでしょうか」

「なんとも言えない」うんざりしたように、艶のない髪を片手でなでつけた。

「彼女にとってキャリーはよき指導者だったと思われますか？」

「うむ。アンジェリカは刑事裁判に強い関心を抱いているのでね。ロースクール卒業後は検察官を志望している」すこし考えた。「ほかにどう答えればいいんだ？　アンジェリカは学生としてサン・クエンティン刑務所で犯罪学の実務研修を受けた――つまり、か弱い花などではない。いずれ闘い上手になるだろう」

ジョーはうなずいたが、自身の司法精神医学研修の経験から、カリフォルニアの刑務所制度のなかで働くことがタフさの証明にはならないのを知っていた。度胸を試され、目から鱗が落ちる機会ではあっても。

フォンセカの顔はやつれて見えた。「いまどんな状態か聞いてるかね？」

タングが答えた。「変化なしです」

フォンセカは唇をきつく閉じた。「彼女は強い。耐え抜くだろう」

ジョーもタングも無言だった。

ややあって、タングが口を開いた。「キャリーはだれかから脅迫を受けていませんでしたか？　刑務所送りにした人物とか？」

「われわれもその点を調べている。だがいまのところ、答えはノーだ」

ジョーはすこしおいてからたずねた。「昨夜キャリーの車にアンジェリカが乗っていた理由に、お心当たりは？」

「車で自宅へ送ってもらうところだったんだろう」

「ふたりのあいだに個人的な関係があったでしょうか」

それまでさまよっていたフォンセカの視線が、ぴたりとジョーに据えられた。「レズビアンとしてたがいに惹かれ合っていたとほのめかしているのか?」

「おたずねしているんです」

サンフランシスコでその質問が問題となったり、侮辱と受けとめられることはまずない。にもかかわらず、フォンセカの顔はふたたび紅潮した。

「ばかばかしい」眼鏡の位置を直した。「キャリーは離婚して、その後はデートしていた。男たちと。アンジェリカは――わたしは……」曖昧に両手をひらひらさせた。彼は知らないのだ。「根拠のない邪推だ」

ノックの音がし、秘書がドアをあけた。「裁判所へお出かけになる時間です」

「すぐ行く」

秘書の顔が心配そうにこわばった。「だいじょうぶですか?」

「ああ、なんでもない」

彼女はまだなにか言いたそうに口をあけたが、フォンセカは片手をあげてさえぎった。秘書はしぶしぶ立ち去った。

「小うるさくてね」フォンセカが言った。「世話を焼きすぎるんだ。血圧に気をつけろと言いたいのだろう」

ストレスのかかる質問をぶつけられるたび彼の顔が赤くなるところから判断して、秘書が正しいかもしれないとジョーは思った。

「最後の質問です。キャリーはなぜ警官から逃げたんでしょうか」

今度は赤くならなかった。平然として見えた。

「理由があるとしたらひとつだ。止まれなかったのだよ。もしも止まれば、なにか大惨事が起きていたにちがいない」

フォンセカの視線がジョーからタングへ移り、またジョーに戻った。「なにかひどいことになるのを食い止めようとしていたんだ。それがなんだったか突き止めれば、キャリーがなぜ死んだかもわかるだろう」


ペリーは周囲にだれもいなくなるまで待った。廊下を人々が通過する。ペリーは彼らに笑いかけた。だれも笑いかえさなかった。そっちこそくたばれ。

彼はどうすれば世間に感じよく見せかけられるか知っている。精神科医たちがそう記していた。ペリーはある日デスクから自分のカルテを盗みだして、読んだのだ。薄気味悪い電子機器の声帯でロボットのようにしゃべることに甘んじ、適応し、満足するよう、医師たちにしつこくせっつかれていたころのことだ。

携帯電話の電源を入れて、マナーモードにセットする。着信はなかった。ちくしょうめ。待つのは嫌いだ。スカンクからの最新報告が聞きたい。気が遠くなるほど長いこと待たされてきたし、キャリーはもう冷たくなりかけている。こいつを終わらせなくては。

自分の手で終わらせたくてうずうずした。ペリーは頰の内側をぎゅっと嚙んだ。欲求がすぐにはかなえられないことを、ここ最近学んでいた。そのせいで、つぎに自分に対してノーと言う人間を絞め殺したい気分だった。

名前を手に入れたい。それらがひとつひとつ、黒インクの×印で消されていくのを見たい。ようやく電話にライトが点った。〝一件の新着メッセージ〟

外科医と作業療法士と心理学用語を並べたてる野郎どもがペリーをねじ曲げ、サーカスの見世物という新たな自分を受け入れさせようとした。ペリーは微笑を浮かべて、理解したと彼らに信じこませた。〝感情が乏しい〟。それも当時よくペリーのカルテに見かけられた表現だ。つまり、彼は親しみを感じているふりをし、感情を偽っているだけだというのだった。ふざけるな。親しみを感じてなんになる？　親しげに見せかけるのならわかるが。それ以外に意味などない。

その一方で、〝知覚および感情的認識の欠如〟――あれは役に立つコメントだった。それでいろいろ合点がいった。どうやらペリーは人の顔に浮かぶ感情が認識できないらしかった。愛情、嫌悪、恥辱、それらは彼を素通りした。道理でポーカーが苦手なはずだ。人の表情を読み、相手がなにを隠しているか当てることができないのだった。

ふたたび怒りが湧きあがってきた。鋭い歯の並んだ真っ黒な口が、目の前で叫んでいる。表情どころか、ときには人そのものが読めないことがある。だからあのときも気がつかなかったのだ。

ペリーは気を静めた。たいしたことじゃない。自分にポーカーの素質がないことはわかっている――だからゲームをさせる側にまわったのだ。ギャンブルで負ければ人は学ぶ、勝つのはいつだって賭博場《ハウス》のほうだと。だから彼は一流賭博場の経営者になった。ギャンブルで週に何万ドル失っても痛くない大物たち相手に商売した。彼らは大金を賭けているという雰囲気に酔いしれた。そしてペリーが貸した賭け金を彼らがすったとき、現金で返すかどうかは問題ではなかった。ペリーは客を破産させ、それで足りなければ彼らのビジネスに侵入し、法人口座から彼の欲しいものを買わせた。たとえそれで会社が破綻に追いこまれようと。貸した金は回収した。

あの医者、デイヴィッド・ヨシダもポーカー好きだった。でもヨシダは金がうなるほどあったので、ペリーは彼を破産させずにすんだ。もしすっからかんにしてやっていたら、いまとはちがう結末になっていただろう。だがヨシダは全額耳をそろえて返した。そしてかならずまた戻ってきた。ペリーとのつき合いが気に入っていたのだ。

ヨシダは根元から腐りつつあった。

弱者の顔に悲しみや罪悪感を読みとれるかどうかは、ペリーにはもはや重要ではない。怒りと恐れの読みとりかたならわかっている。肝腎なのはそこだった。

ペリーはスカンクからのメールを読んだ。〝四時までに手にはいる〟。電源を切った。恐れと怒り。その札を、そろそろまた配ってもいいころだ。

秘書はキャリーのオフィスのドアをあけると、それが恐怖の空間への入口であるかのようにあとずさった。「ごゆっくり。いまのところ、急いではおりませんので」

ジョーはしばし戸口にたたずんだ。キャリーのタウンハウスで目にしたのと同じく、すっきり片づいた部屋。ファイルは本棚の上に整然と積み重ねられ、隅にランニングシューズがきちんと収まっていた。iＰｏｄまでが、机の縁と平行になるように置いてある。

ジョーは足を踏み入れた。「キャリーと知り合ってどのくらいですか？」

秘書は重そうなターコイズのネックレスをいじった。「十年です。あの方は――決して――あれはきっと事故です。ほかの人を傷つけるはずはありません」

ジョーは目をあげた。「ジェリ、のことですね」

秘書はしきりにネックレスをさわった。「それにエアポートシャトルに乗っていた方たち。ありえません。キャリーはこれまでずっと他人の犠牲になった人たちを助けてきたんですから」

ジョーとタングがその小一時間にオフィスの全員から聞かされたのと同じ節回しだった。ふたりはべつべつに聞き込みをおこなったのだが、得られた情報は同じだった。キャリーは頭がよく、熱意にあふれ、司法省にすべてを捧げていた。仕事熱心だったが、ガス抜きの方法も心得ていた。以前、裁判直前に証人の信用ががた落ちになったとき、泡を食っている同僚たちにキャリーは眉をひそめてみせると、完璧に整えられた髪をひっぱり、芝居がかった悲鳴をあげて、手の甲を額にあてながらデスクチェアに崩れ落ちた。だれもが呆然と見つめた。すると彼女は笑って、こう言ったという。「ほかにどうしろっての？」

「このひと月はどんな様子でした？」ジョーはたずねた。

秘書は時間を稼いだ。チャンスを与えられれば、たいがいの人は力になろうとしてくれる、とジョーはこれまでに学んでいた。コツは、相手が力になろうとしすぎていないか、記憶を虚偽や想像寄りにねじ曲げていないか見抜くことだ。ジョーはあらゆる情報を、精神医学書が〝疑うための高度な指標〟と呼ぶものに基づいて分析していた。

「上機嫌で、張り切っていました」秘書は答えた。

ジョーはそのオフィスで唯一片づいていないスポット、ごみ箱をのぞいた。満杯だった。くしゃくしゃに丸められた紙類を半ダースばかり外へ放り投げると、〈ジェネラル・リー〉中華料理店の紙袋が見つかった。酢と餃子のにおいがぷんぷんする。

机の上にレシートをひろげた。焼き餃子、エビのチリソース炒め――全部で五品。日付は昨日で、時刻は午後十一時十五分。料理は配達されていた。キャリーは遅くまで残業していたのだ。

袋のなかには割り箸が二膳と、しわくちゃの紙ナプキンが二枚あった。一枚にはピンク色の唇の跡がくっきり残っていた。アンジェリカ・メイヤーのバッグにはいっていたリップグロスと同じピンクだと、ジョーは確信した。もう一枚にはもっと濃い色の口紅を拭った跡がついていた。長くてぎざぎざの赤い筋、キャリーの太腿に殴り書きされていた文字と同じ色だ。

「彼女とジェリは仲がよかったんですか?」

「親しそうでした。でもわたしの知るかぎり、仕事のうえだけです」

それもまた同じ情報だった。ふたりが仕事の外で交際していたかどうかはだれひとり知らない。

ジョーは腰かけて、ｉＰｏｄを手に取り、メニューをスクロールした。カレンダー、ゲーム、アドレス帳――なにもない。プレイリストには音楽が九百曲、手がかりはゼロ。ノートパッド。コントローラーでスクロールする。

ＤＳＣ。

ジョーは凍りついたが、心拍は一気にサードギアにはいった。「〝ＤＳＣ〟になにかお心あたりは？」

秘書は首を振った。「証拠開示（discovery）ぐらいしか。ご存じのように、裁判に先だって当事者が書証を集めたり供述調書を作成したり」

ジョーはスクロールを続けた。「それではなさそう」

キャリーのデスクカレンダーをめくった。ＤＳＣに関する言及はない。だが〝disc.〟という略語がところどころで目についた。

なおもスクロールしていった。おっと。

〝マキ〟

さらにサブメニューをスクロール。

〝ヨシダ〟

フォンセカはキャリーの事件のファイルにジョーを近づかせないよう、スタッフに指示していた。でもキャリーの係争中の訴訟は公の記録だ。

「この人たちは裁判の証人か関係者でしょうか」ジョーはたずねた。

秘書は片方の眉をあげた。「その方たちですか？　ならば存じているはずですが……」念のため彼女は訴訟事件一覧表とコンピュータの記録を調べに自分の机へ戻った。けれど、ほぼまちがいなく記録には載っていないだろうとジョーは思った。

つぎはキャリーのデスクトップ・コンピュータ。ヨシダ、マキ、マキの亡くなった恋人ウィリアム・ウィレッツを全ファイル検索した――が、ヒットしなかった。

彼らはキャリーの業務記録上には存在しなかった。彼女のｉＰｏｄのなかにしか。

ジョーは身を乗りだしてデスク・カレンダーに顔を近づけ、調べはじめた。二十分ほどかかったが、四か月さかのぼったところでハートの印が見つかった。考えられる意味はふたつしかない。恋に落ちた日、もしくは心臓外科医の予約日。そのままさがしつづけると、ほかに四か所、キャリーが小さなハートマークを描いていた。比較的最近のには、ハートの隣にもうひとつ、黒いダイヤモンドが描かれていた。

その横には電話番号。

ジョーは受話器を取って、ダイヤルボタンを押した。録音の音声が流れだした。〝おかけになった電話番号は現在使われておりません〟。電話を切った。もういっぺんその番号を見た。

おしまいの三桁は、逆さから読めば、カリフォルニア大学サンフランシスコ校《UCSF》の市内局番だ。番号を逆からダイヤルしてみた。カチリと音がして、ボイスメールにつながった。

「こちらはデイヴィッド・ヨシダ医師のオフィスです。メッセージをお残しください」

ジョーは受話器を置いて、しばらく静止した。心臓は激しく鼓動していた。

ふたたびカレンダーに目を戻し、今日の予定を見た。もう果たされることのない約束を読むのは気が滅入りそうだった。そうならないように、カレンダーをパズルかなにかとして見ることにした。死者の〝数独〟として。

半分読んだところで、二組のイニシャルが目にとまった。XZ。SS。それぞれの隣に、形よくきれいに描かれた黒いダイヤモンド。

アクアティック・パーク。ギラデリ・スクエア近くの海辺。4：00ｐｍ。

ジョーは時計に目を落とした。まずい。三時三十五分だ。間に合うだろうか。

すばやく立ちあがり、秘書に声をかけた。「ｉＰｏｄとカレンダーをお借りします」

「どうぞ」長いこと沈黙してキャリーのデスクに向かっていたジョーがせかせかと動きだしたのを見て、秘書は当惑の面持ちだった。

ジョーは転がるように廊下へ出ると、あたりに目を走らせた。「タング警部補はどこに？」

「わかりません」

小走りに会議室へ行って、室内をのぞき、また戻った。ふたたび時計を見た。エレベーターのチャイムが鳴り、裁判所から戻ったレオ・フォンセカが降りてきた。渋い顔でジョーを見ながら廊下を歩いてきた。

ジョーは秘書に言った。「キャリーの四時の約束を果たしにアクアティック・パークへ行ったと、タングに伝えてください」

フォンセカがたずねた。「どういうことだ。そこに持っているのはなんなんだ」

「ちゃんとお返ししますから」ジョーはエレベーター目がけて駆けだした。

15

スコット・サザンが書面をしたためたのは、夕方近くなってからだった。その書類を手紙のように三つ折りにし、スタジャンの内ポケットに収めた。レンジローバーから降りて、公園の遊歩道を歩きだした。

どう行動するかはもう決めていた。スカンクはDSCに属する特定の人々の名前を欲しがっている。彼のボスがその人々を追いつめるために。

スコットはそれ以上のものをくれてやるつもりだった。

ゴールデンゲート・ブリッジの観光案内所はプレシディオ国立公園の突端から湾を見渡している。陽射しを浴びた海はまばゆいばかりの青。はるか下の水面を切り裂くように白波が立っている。公園では観光客たちが、髪を風に煽られ、スウェットシャツ姿の背中を丸めて、その眺めに見入っていた。なかには望遠鏡にコインを投入し、ダッダッと音を立てて海峡を横切るソーサリート・フェリーを間近に見る者もいた。そこからの眺望にはエンジェル島、アルカトラズ島も含まれ、東に目を転じれば、丘をゆったりと覆うようにひろがるサンフランシスコの白く輝く街が見える。

ケリーは赦してくれないだろう。それだけはずっと前からわかっている。そのことがこの八年間、スコットの心材《ハートウッド》を虫食《むしば》んできた。メロディを破滅に追いやったスコットに対する嫌悪から、ケリーは離婚するだろう。美しい妻、幼い息子——彼の家族が煙のごとく消え失せようとしている。二度とふたりに会えなくなる。

彼はデイヴィッド・ヨシダやキャリーに打ち明けることで、心を軽くしようと努めてきた。浄化で救われると思ったのだ。カタルシスを得られるのではないかと。そうではなかった。

ヨシダ、あの心をもたない心臓外科医は、オリーブのはいった飲み物をかき混ぜながら、冷めた目でスコットを凝視した。キャリーは石のごとき無表情で、唇を薄く引き結び、身じろぎもせず坐っていた。ハードガール。外見は《めまい》のキム・ノヴァクぐらいスマートかもしれないが、彼女自身どえらい秘密を抱えていた。そしてキャリーはスコットを裁いた。彼女の目つきは彼がなんら合理的疑いの余地なく有罪だと言っていた。

だが刑を宣告するのはスカンクだ。あいつがそれを知ることはない、なぜならスコットが彼の望むものを与えないから。でもスコットを自由の身にするのはスカンクなのだ。

ほんの数ヤード先で、国道一〇一号線がゴールデンゲート・ブリッジに合流していた。太陽は太平洋に傾きかけている。車の往来、風、そうしたものすべてが音の川となって、スコットを流れに引きこんだ。彼は歩道を歩いていき、橋の入口にのぼった。地面は前方で垂直に落ちこんで、岩や灌木に覆われた崖となり、その下では冷たい波が岸に打ち寄せては砕けていた。

世間はスコット・サザンの罪を、嘘を、過ちを知ることになる。もはやそれを阻止する術はない。そしてこれが公になれば、マスコミがジャッカルと化して襲いかかってくるだろう。新聞の見出し、非難、妻の目。考えるのも耐えられない。

スコットは歩いた。夕陽を浴びた橋はまばゆいばかりに輝き、熱せられたハンマーのようだった。自転車が彼を追い越していき、観光客たちは写真を撮っていた。ひとりふたりがじっと彼を見たり、あるいは二度見したりした。スコット・サザンではないかとうすうす気づいてはいるものの、彼のベースボールキャップとサングラスのせいで確信がもてず、遠慮しているのだ。

車道を車がびゅんびゅん走り去る。彼の右側で橋の欄干がしだいに高くなる。左のガードレールは高さ四フィート。ハイウェイ・パトロールカーが通過する。だれもこちらを見ていない。各々景色を眺め、ジョギングし、写真を撮っている。ここは大陸の端。玄関口だ。いいじゃないか？　ここで？

人々のすぐ目と鼻の先で。

ここならまちがいない。これ以上は望めない。真っ黒なコールタールは心臓の上までのぼってきている。でもそれは彼を窒息させず、ただ苦しめつづけるだけだろう。この橋は海を渡る道だが、スコットはもっとほかの目的で利用するつもりだった。ここでスカンクの計画にストップをかけてやるのだ。

スカンクの臭い手が家族にふれることは断じて許さない。

ジョーは三時五十八分にアクアティック・パークに到着し、ギラデリ・スクエア前の通りを流しながら駐車できる場所をさがした。公園の芝はエメラルドの緑色、頭上ではカモメたちがさわやかな微風に乗って浮揚している。路肩は駐車車両で隙間もなかった。

サンフランシスコの駐車事情は劣悪だ。パーキングは一時間二十ドルもし、路上駐車は適者生存。運転中にキレて、暴力沙汰を起こしかねないドライバーが多すぎるので、怒りをコントロールするカウンセリングの講習もこの街では開かれない。

ジョーは六十ヤード先に空きを見つけた。よし。合図を出す。前方のアウディも徐行して、合図を出した。まずい。ジョーはハンドルを切ってアウディをかわしながら、猛スピードで追い越した。どうしてもあそこへ入れなくちゃ。ネズミを狙って急降下するタカのごとく縁石沿いにすべりこみ、ほかの捕食者から空きスペースをかっさらった。

ジョーが車から飛び降りると、アウディが横に停止し、運転者が窓をおろした。

女が指を突きつけるしぐさをした。「わたしがそこに駐める合図を出したのに」

「時間がないの」ジョーはパーキングメーターに二十五セント硬貨を続けて投入しながら、〝ごめんなさい〟をあらわす異文化間共通のジェスチャーとして肩をすくめた。

「駐車場泥棒！」

ジョーはなす術もなく手を振ると、走りだし、海側へ向かって公園を横切った。キャリーの約束の相手があらわれてくれるよう願った。ストックトン・ストリートの事故はどのニュースでも報じられたが、キャリーの名前はまだ公表されていなかったはずだ。死亡したことは知られていないかもしれない。

芝生はアクアティック・パークのほうへゆるやかに下っていた。そこはフィッシャーマンズ・ワーフからほど近い入江で、桟橋には旧式な三本マストの大型帆船が係留されている。ブロックひとつ向こうでは観光客がガチョウの群れのごとく集まり、ケーブルカーが来るのを待っていた。古いチョコレート工場のてっぺんに据えられたギラデリの文字看板は、さながら王冠のようだ。

海岸沿いの遊歩道に達すると、ジョーはジョギングから徒歩に切り替えて、あたりに目を配った。入江を見晴らす石段の上で、十人強の人々が秋の陽射しを浴びている。海では水の冷たさをものともせず、女性がひとりで泳いでいた。麦わら帽子をかぶり、横泳ぎで堂々と進んでいくさまは、ナイル川をのぼっていくクレオパトラの船を連想させた。

ジョーは思わず息を呑んだ。午後の陽に照らされた海は目の覚めるようなドルフィンブルー。沖には何艘ものヨットが浮かんでいる。ゴールデンゲート・ブリッジを背景に、そよ風が水面に散らした白い花のように見えた。

アウディの運転者が芝生を横切ってこちらへやってきた。ふくらはぎ丈のスエードのコートの下に、黒いレザーのブーツ。コートが風に翻った。下に着ているのはアイボリーのスーツだ。ジョーはなるべく目立たないように、半ば顔をそむけた。女のスカートは短く、髪はキャラメル色のメッシュがはいっている。サングラスはジョーの車のフロントガラスより大きい。まるで《グラマー》誌から抜けだしてきたかのようだ。リードにつながれたジャック・ラッセル・テリアが、飼い主の前で宝くじ抽選のボールのように飛び跳ねていた。

女は歩調をゆるめて、あたりを見まわした。腕時計に目を落とす。苛立ったように、また周囲を見た。

ああ、もう。

駐車スペースの横取りなどすべきじゃなかった、とジョーは思った。こんにちは、報い《カルマ》。会えてうれしいわ。さ、わたしのお尻を蹴飛ばして。

ジョーは女のほうへ歩きだした。女はジョーに目をとめて、口をすぼめた。

「なにか文句でもあるの？　そっちはもう駐車スペースを横取りしたでしょ。そこでやめておいたらどう？　わたしに喧嘩をふっかけないほうがいいわよ」

「わたしたち、同じ目的で来てるんじゃないかと思うんです」ジョーは言った。

「もうひとりはあなた？」女の表情が困惑から好奇心に変わった。片方の眉が吊りあがった。

「まあ、やり手なのは認めるわ」

「ジョー・ベケット、医師《MD》です」

握手をかわし、ジョーは札入れから名刺を取りだそうとした。女はハエを追いはらうかのように、手を振った。

「わたしたち、そういうことはしないの。MD？　あなたもデイヴィッドに見いだされたひとり？」

「デイヴィッド・ヨシダ？」ジョーは首を振った。警戒心と好奇心がせめぎ合っていた。

「わたしもＵＣＳＦのスタッフですけど、ちがいます。あちらは心臓外科、わたしは精神科で」

　サングラスの下の顔は入念なメイクがほどこされている。皮革工業とロレアル・グループの歩く広告塔といったところだ。または歩く百万ドル。この女性には見おぼえがある。というより、むしろ声のほうに聞きおぼえがあった。そして彼女の振る舞いは、人に気づかれるのを期待しているそれだった。

　実際、人々は気づいた。ジョギングでそばを通りながら女をじろじろ見つめた。ジャック・ラッセルが飼い主の足許で体を震わせた。

「デイヴィッドのことはまったく残念だったわ」サングラスをはずすと、その目は鋭かった。

「精神科医は初めてよ。これはおもしろくなりそう」

　値踏みするように上から下までジョーを見る。そのまなざしにこもる熱意に、ジョーは落ち着かない気分にさせられた。それから女はまた時計を見て、アクアティック・パークの四方に目を走らせた。

　キャリーを待っているのだ、とジョーは確信した。この女はまだ知らない。

　女が犬のリードを引っぱった。「歩きましょう」

　ジョーは心を決めかねて、ためらった。この人はわたしがダーティ・シークレット・クラブに入会しにきたと思っている。

ジョーが固守しているルールがひとつあった。嘘をつかないこと。人から情報を聞きだすために自分を偽ったことはこれまで一度としてない。でもここに来た理由を説明すれば、このミーティングは即終了となるだろう。悪魔と、良心の天使がジョーの肩にとまって、それぞれピッチフォークを振り、翼をはためかせている。

「フォート・メイソンのほうへ行きましょうか」ジョーは言った。

ジャック・ラッセルは飼い主の足のまわりを飛び跳ねた。女が舌をチッチッと鳴らした。

「コゼット、おいで」

「デイヴィッド・ヨシダの紹介じゃないんです」ジョーは言った。「キャリー・ハーディングの件で来ました」

「ふだんは遅刻する人じゃないのに。たぶん渋滞につかまってるんだわ」女は目をすがめてジョーを見た。「あなたはわたしが思い描いていたタイプとすこしちがうわね。でもキャリーは手の内を見せずにプレイするのが好きだから。あなたがわたしたちの欲しいものを持っているかはもうじきわかることだし」

「欲しいものとは？」ジョーはたずねた。

「彼女から聞かされてないの？」眉をひそめながら犬のリードを引っぱった。「履歴書は持ってる？」

「いまは持っていませんけど」

「それは賢明かもしれない。まずなによりも、これが限られた人たちのものだってことを理解してもらわないと」

「わかってます」

「ほんとに？　あなた、わたしがだれだか気がついてる？」

女の目ははしばみ色だった。何者だったかどうしても思いだせない。

「正直に言いますね。気づいてもおかしくないのに、思いだせなくて」

愉快ではなさそうな微笑。「と言うことは、不誠実があなたの罪ではないのね。べつにいいのよ。偽証の罪を背負ってるメンバーはたくさんいるから。目先が変わっていいわ」女はライオンのたてがみを思わせる髪をかきあげ、あごをつんとあげた。「わたしはソシ・サパタ」

ソシ、と発音した。メキシコの村かアステカ神話の女神からもらった名前かもしれない、アステカ族には見えないけれど。アメリカ人《ヤンキー》と戦うために砂漠を越えてきたようにも見えなかった。サパタは白人中流階級に見えた。郊外に住むアングロサクソン系米国人。ただしエステで磨きあげて、ビューティコンテストに出場するような白人だ。

ソシ・サパタのイニシャルはXZ。ジョーはこの女性をどこで見たか気づいた。市バスの広告で、番組のメンバーたちとポーズをとっていた。

「《ユア・ニュース・ライブ》ですね？　経済リポーター」ジョーは言った。「ファーストフードについて暴露した」

「〝脂の海を泳ぐ〟。そう、あれよ」

すっかり思いだした。ハンバーガーがあなたを肥らせる、だ。アスペンへ向かうCEOの自家用ジェットでおこなわれたインタビュー。サパタはシリコン・ヴァレーの報道を手がけ、全世界の資本主義の祭典に顔を出している。

「わたしが何者で、なぜここに来たか話してもいいでしょうか」ジョーはたずねた。

「もうちょっと待って」サパタは口をはさまれて不快そうだった。「わたしの言いたいのは、これがたんなる秘密クラブではないってこと。だれでも入会できるわけではないの。だからなにより先に、あなたにメンバーになる資格があるかどうか知っておかなきゃならないのよ」

「どういうことです?」

ジョーは自分の声にしらばくれる口調を聞きとった。良心を石鹸でごしごし洗わなくちゃ。でもそこでやめるつもりはなかった。

「答えるのはそっちよ」とサパタ。「メンバーにどんな告白をしてくれるのかしら」

〝博物館に展示できそうな徳川時代の武具を祖母が遺してくれました〟〝クリスピークリーム・ドーナツをいっぺんに十二個たいらげました〟「わたしはサンフランシスコ市、UCSFメディカル・センター、それにサンフランシスコ市警の法精神科医として働いています。必要なら身分証明やわたしの著作出版物のリストを提出できます」

「それはすばらしいけれど、セクシーとは言いがたいわね」

「ジェフリー・ネイジェルの事件も解決しました。あれは性的な事件だったと考えられています」

「扱った患者や手がけた事件であなたの資格を証明することはできないのよ。秘密はあなた自身のものでなければ。それもダーティな秘密でなければね」ふたたび目をすがめてジョーを見た。「とはいえ信用は大事よ。患者の秘密を漏らす人物は受け入れられない。そういう人はこっちのことも漏らすかもしれないでしょ」

「医師と患者の協定に反することは絶対にしません」

「それはよかった。わたしたちのメンバーはクラブについてよそで口外しないことになってるから」心得顔で微笑む。「ホワイトハウスとはちがってね。情報漏洩は許されないの」

「秘密は閉じこめておけます。お墓よりもしっかりと」

「たいへんけっこう」サパタはまた髪をかきあげた。「はっきり言うと、あなたにどの程度熱意があるか知っておきたいの。正直、あなたが社会的に評価されているかどうかわたしは知らない。キャリーが推薦しているのなら、まちがいなく有利よ。でも入会するのはまず最低レベルからだってことは理解してね」

「というと？」

「基本会員。楽しいし、仲間意識を抱けるし、大いにエキサイティング」得意げな微笑。

「スリルを味わえるわ。でももっと上の特別会員になれるのはしばらく先よ」

「わかりました。どんなシステムなんです？」

サパタのスエードのコートの襟が風で翻った。つけているネックレスに黒いダイヤモンドがぶらさがっている。

「あなたは履歴書を提出する。両方の面を書くの。説得力がなきゃだめ。あなたが評価されている面と、穢れた面と」はしばみ色の目は真剣そのものだった。「確実な証拠が要るわ。あなたの秘密がどんなものであろうと、それが現実に起きたという証拠を示さなきゃならない。あなた自身のしたことだという証拠も。ほかのだれかの恥を自分のものとして語ることはできない。それはルール違反」

「知りませんでした」ジョーは言った。

「そうなのよ。なにかを自分がやったと言うのはごくたやすいわ。それに関与した――または、生みだした――と証明するのははるかにむずかしいの」

生みだした。この人たちは悪しきおこないを創作活動かなにかのように思っている。

「でも率直に言うと、あなたは頭の切れる野心家かもしれないけど、クラブにとって強力なプレイヤーだという確信はもてない。とにかく、いまはまだ」公園の向こうに駐めてあるジョーのトラックのほうをちらりと見た。「わたしたちはふつう、おんぼろの軽トラに乗っている人種とは口をきかないの、うしろに芝刈り機を積んで家に来たとき以外はね」

サパタはまた時刻をチェックし、困惑の表情で時計バンドをなでた。「キャリーはどこにいるのかしら」

ジョーは足を止めた。これ以上隠しておくのはよくないし、残酷でもある。「キャリーは来ません」

「なんですって?」

「亡くなったんです」

サパタの頭が、殴られたかのように反りかえった。「亡くなった?」

「昨夜。ストックトン・ストリート陸橋の事故で。残念ながら、欄干を突き破った車を運転していたのがキャリーだったんです」

サパタがあとずさった。まるでそのニュースを体で拒絶するかのように。「そんな。嘘でしょ」マニキュアをほどこした両手で顔を覆った。ジャック・ラッセルが飼い主の脚を軸に走りまわり、リードがからまった。サパタの目がふと鋭くなった。

「あなたはここでなにをしているの?」

「わたしは精神科医です。ですから――」

「それは聞いたわ。だからここでなにをやってるの?」

「キャリーの心理学的剖検です」

サパタが片手を額にあてた。「警察がよこしたのね。信じられない――」

「ちがいます」ジョーは必死に頭を働かせた。サパタが逃げださないよう引き留めなくては。

「あなたがたはブラック・ダイヤモンド・グループだった。あなたと、キャリーと、デイヴィッド・ヨシダは――」

「どうしてそのことを知ってるの?」

「あなたとキャリーはここでもうひとりのだれかと会うはずだった。ＳＳと」

はしばみ色の目に狼狽の光が点った。「冗談じゃないわ」あとずさって、きょろきょろあたりを見まわす。「そんなことを口に出すなんて」

「すみません、でも――」

「あなたセラピストでしょ――人があなたに打ち明けたことは話せないはずよ」

「この場合は――」

「十秒前には医師と患者の協定を絶対に破らないとか、えらそうに言っといて。今度やったら、ただじゃおかないから。言ったでしょ、わたしを敵にまわさないほうがいいって」背中を向け、二歩進み、それから振り向いて指を突きつけるしぐさをした。「メディアの攻撃であなたを叩きつぶせるんだから。医師免許委員会にあなたのことを調べさせてやる。免許剝奪されて、どこかの薄汚れた精神科病棟でトイレ掃除するはめになるわよ。犬の糞の始末でもして暮らせばいいんだわ」

ジョーはそのイメージと侮辱を頭から拭い去ろうとした。サパタは憤怒のあまり顔面蒼白だったが、まばたきと呼吸は速かった。

「あなたは怯えていますね」ジョーは言った。

サパタはジョーをにらみつけ、頭を振り、マニキュアをした爪を髪に突っこんだ。ケーブルカー停留所でシャツをまくりあげて観光客に胸を見せたとしても、これほど注目は集められなかっただろう。

「死ぬほど怯えていらっしゃる」

　ハイビームにとらえられた牝鹿。サパタは震えだすのを恐れるかのように、また一瞬躊躇し、それからさっと進み出てジョーの腕をつかんだ。

「わたし編集前の映像を観たの、うちのカメラクルーが事故現場で撮ったフィルムを。ひどかった。いったいなにがあったの？」手が冷たかった。「あなたは解剖したんでしょ——だれかに殺されたの？」

「検死解剖をおこなったのは監察医です。わたしが知ろうとしているのはキャリーの精神状態のほうで」サパタの食い入るような視線を受けとめた。「だれかに殺されたと思うんですか？」

　サパタはいまにも泣きだしそうに見えた。「教えてちょうだい。オフレコで。極秘で」

　ジョーはためらった。「報告書を作成するための情報を集めているんです。極秘にするという約束はできません」

「わたしがあなたの患者ならできるんでしょ」

「そうではありませんから」

「患者になるわ」

「だめです」

　サパタの様子はまるで無数の虫に全身這いまわられていて、長い爪でみずからの肉を引き裂きたい衝動にかられているかのようだった。ジョーの腕をつかむ手にいっそう力がこもった。

「じゃあ、仲間になって。クラブへの入会はわたしが許可する」

「なんの話ですか」

「すてきよ。特典がいっぱいあって。エキサイティングなの。セクシーだし。いいじゃない、きっと気に入るわ。さっきいろいろ質問してたでしょう――」

「口止めのための特別扱い？　けっこうです」

「あとで賞品も出るのよ――車とか、旅行とか。価値を認めてもらえるの。秘密を漏らさずにいるかぎりはね」

ジョーは迷った。警察には報告書をしたためて提出する義務がある。とはいえ入手した情報を一から十まで報告する義務はない。それにエイミー・タングからは手続きを省けという明確な指示を受けている。目的は精神の泉の底に達することだけだ。

「なにをそれほど恐れているのか話してもらえませんか？」ジョーは言った。

ランナーたちがそばを通り過ぎていく。公園の芝生では子供がオレンジ色のカイトを揚げている。ジョーは石段で囲まれた広場の上のほうをあごで指して、サパタの腕をとった。

「向こうへ」

サパタを連れて最上段の列まで階段をのぼり、ほかの人々からじゅうぶんな距離をおいて腰かけた。フォート・メイソンの丘の松林が広場に木陰をつくっていて、風がひんやり涼しかった。

「やつらはどうやってクラブのことを知ったの?」サパタがたずねた。

「やつら?」

「あなたたちはどうやって知ったの?」

「ソシ、いまそれは関係ないんです」

「だって秘密なのよ、わからない?　だれかがメンバーを殺してる、そうなんでしょ?」

　この女性がどうしたがっているのか、ジョーにはわからなかった——もっと情報を聞きだしたいのか、それとも抱えている何事かを吐きだしたいのか。ジョーが黙りこむと、セラピーを受ける患者のように、ジャーナリストのように、サパタが沈黙を埋めた。

「言うまでもない。だれかがしゃべったのよ」両手を顔に押しあてた。「すっかり裏切られた気分」ジョーのほうを向く。「キャリーはしゃべったの?」

「わかりません」

　サパタはジョーを直視していたが、その両眼ははるか遠くを見つめているようだった。顔は青ざめ、首にピンク色の斑点が浮いている。

「ソシ、ダーティ・シークレット・クラブとは正確なところどんなものなんですか」

「それは……」話すまいとするかのようにかぶりを振ったが、ついで肩をすくめた。「……遊び場、仲間、懺悔……あなたはカトリック?」ジョーの首にかけた十字架をちらりと見た。

「告解の大切さはわかるわね?」

「ええ」

「だけど秘密は絶対ばれないはずなのに。情報が漏れるなんてありえない」

「なぜ?」

「ありえないからありえないの。絶対安全のはずなのよ」

「でもそうではないと、あなたは思っている」

「だれかが外部に漏らしているか、もしくは——」サパタはうつむいた。「メンバーのだれかがわたしたちを殺そうとしているんだわ。なんてこと」爪を立てて髪を梳く。

「あなたはどうやって入会したんですか」ジョーはたずねた。

サパタは鋭い視線を向けた。「わたしが秘密をあなたにしゃべると思うの? いいわ。そのときはそっちのも打ち明けてもらうわよ、シスター」

ジョーは反応しなかった。サパタは見下したようにジョーを見た。

「だれにだって穢れた秘密がある。あなたにもね」

ジョーは黙っていた。直感的に、ダーティ・シークレット・クラブの秘密とは、ブラックホールが重力によってあらゆるものを吸いこむのと同じだと思った。何物もブラックホールを逃れられない。光でさえも。

そう信じられている。だが宇宙飛行士たちは、ブラックホールが強力な爆発を起こしてX線を放射することを知っている。

ダーティ・シークレット・クラブもそんなふうにちがいない。それは負のエネルギーを糧にしなければならない。歴史上のすべての排他的小集団と同じで、その周辺はざわめいている。そこに属しているという感覚。それはメンバー同士がたがいに近づくと、可聴以下の調和振動数で共鳴するのだ。排他的グループについて、ひとつ言えることがある。自分が内部にいることを外部の者に明かせないかぎり、そこに属することをだれも心からは楽しめない。

サパタが赤く塗られた爪を腿の上ですべらせた。一羽のペリカンが入江を低空飛行し、魚を狙って水中に嘴を突きたてた。

「ソシ、大事なことなんです。ここへ来るはずだった三人目とはだれなんですか？」

サパタはふざけないでと言いたげにジョーを見た。

ジョーは身を乗りだした。「デイヴィッド・ヨシダとマキがどちらもクラブのメンバーだったことはわかっています。ふたりとも死にました。キャリーは今日ここにあらわれなかった。やはり死んだからです。もうひとりはだれなんですか？」

「ああ、最悪」

ジョーは目をそらさなかった。「だれなんです、ソシ」

サパタの口が開いた。決心がつかずに固まってしまったように思えた。

「ＳＳ」ジョーは言った。「ブラック・ダイヤモンドの件でここへ来るはずの。お願いですから」

サパタは首を振った。

ジョーは目の奥に怒りの閃光が走るのを感じた。「四十八時間ごとに人が死んでいるんですよ。だれなんですか？」

ゆっくりと、無言で、サパタが目を閉じた。「スコット・サザン」

「ワイドレシーバーの？」

サパタがうなずいた。自分が言ってしまったことが信じられないかのように、両手で口を覆った。

「ありがとうございます」ジョーは言った。

サパタは両手を唇に押しあてた。関節が白くなっていた。

「ソシ、キャリーの秘密とはなんなんです？」ジョーはたずねた。

サパタが眉をひそめた。「知らないの？　てっきり……」

携帯電話が鳴った。ジョーは無視した。するとどこかで名前を呼ぶ声がした。

公園の向こうを見やる。しまった。エイミー・タングがこちらへ走ってくる。

「あれはだれ？」とサパタ。

「警部補です」

「そんな——」サパタは犬のリードを引っぱりながら立ちあがった。「最初から仕組んでたわけ？」

「いいえ。お願いです——行かないで」

ジョーは手を差しだした。だがソシ・サパタはもう駆けだしていた。

16

エイミー・タングが走ってきた。「ひとりでこんなところへ来るなんて」

通りでサパタのアウディがタイヤをきしらせ、走り去った。ジョーは頭を振った。「おかげでだいなし。いまの女性はダーティ・シークレット・クラブのメンバーだったのに」

「だったら危なかったかもしれないじゃない」

「よして。キャリーの死んだ理由を調べるのに、わたしに自由裁量権《カルテブランシュ》を与えてくれたでしょう。聞き込みにあなたの許可を求めなくてもいいはずよ」

タングは通りに目をやった。「追いかければいいよ」

「もうしゃべってくれないわ」ジョーは腰に手をあてた。「なにしにここへ?」

「あんたが検事局からララ・クロフトばりに飛びだしてったと、フォンセカに聞かされて。無鉄砲なことをやらかすんじゃないかと心配してたけど、当たりだったね。あと、キャリーのｉＰｏｄとカレンダーも返してほしがってる」タングは険のある顔を保っていたが、苛立ちは和らいでいた。「キャリーの《アメリカン・アイドル》のプレイリストをダウンロードしたいのかもね」片手で髪を梳く。「ダーティ・シークレット・クラブは実在するの?」

「するわ」ジョーは携帯電話を取りだした。「スコット・サザンがここへ来ることになってたの。でも来ていない。彼の番号、調べられる？」

「フォーティナイナーズの？　なんとまあ」タングは眉間にしわを寄せ、電話をかけはじめた。入江の白波が西陽を受けて、飛沫が輝く針のように見えた。

「ありがと」タングが電話を切る。「わかったよ」

タングがサザンの電話番号を復唱した。ジョーはペンを借りて、前腕にメモすると、ダイヤルボタンを押した。

「ダーティ・シークレット・クラブ」タングがうながした。

「要するに告解の場みたいなものなの。クラブの威信を高めるために、お高くとまった権力者たちを入会させたがってる」

ジョーの耳に呼出し音が聞こえた。息せき切った口調で女が出た。「スコット？」

「いえ」ジョーは身分を明らかにし、警察の用向きだと説明した。「ミスター・サザンと連絡をとろうとしているんですが。そちらは――」

「ケリー。スコットの妻です」

ケリー・サザンの容姿が脳裏によみがえった。ワイドレシーバーの若い妻を、ジョーはテレビで見たことがある。試合後のスタジアムで、手すりごしに小さな男の子をスコットに差しだしていた。チアリーダー風の美人で、夫を愛しているのが一見してわかった。

「いまご主人が来られるはずだった会合に出ているんですが」ジョーは言った。

長く、ぎこちない間。「まあ。すみません、わたしはなにも……」

「ミセス・サザン、なにも問題はないですか？」

「今日ずっとあの人をつかまえようとしてるんです。警察のご用件だとおっしゃいました？」

「ええ」

「あの人になにかまずいことでも？」

「いえ、警察に関するかぎりは。ご主人になにかあったと思われるんですか？」

「居場所がわからないんです。なんだかすごく変で」いまにも泣きだしそうな声。若くて、怯えている声だ。「練習に出ていないんですけど、ナイナーズも居場所を知らなくて。それに変な手紙が来たんです」

「変な、とは？」

「匿名でした。スコットにはわたしに隠している秘密があると書いてありました。わたしとタイラーは彼のそばにいるべきか考えなおしたほうがいいと」

「まだその手紙はありますか？」ジョーはたずねた。

「スコットに渡しました。恐ろしかったので。なにかよくないことが起きてるんだわ」

「ご主人は携帯電話をお持ちでしょうか」

ケリーは番号を言った。ジョーは手首にメモした。タングが唇を嚙みしめていた。

「ミセス・サザン、なんとかご主人に連絡をとってみます。あとは、いまここにわたしといる警部補と話してくださいませんか。この電話を切ったら、警部補のほうからお電話します」ジョーはタングに電話をかけるよう身振りでうながした。

「わかりました」とケリー。「やってみてください。でもあの人、電話に出ないんです」

ジョーはいったん通話を切り、サザンの携帯の番号にかけた。呼出し音が鳴っているあいだに、タングがケリーとの会話を引き継ぎ、受け取ったという手紙についてさらに詳しく聞きはじめた。

匿名の手紙。人を破壊する作戦にはきわめて有効だ。〝ダーティ……止めて〟。

サザンの呼出し音は鳴りつづけた。

スコットは歩いた。

スカンクはゴールデンゲート・ブリッジを渡ったマリン郡側の展望台で会いたがっていた。が、やつのルールでプレイするのはもうやめた。スカンクの陰のボスに操られるのももう終わりだ。これからなにもかもひっくりかえしてやる。

スコットは風に挑むように前かがみになって、東側の歩道を北に向かい、橋の中間地点を目指していた。はるか下の海面を見おろせば、コンテナ船が蒸気を吐いて太平洋へ出ていく。前方の視界いっぱいにそびえているのは、鉄と魂の赤い色をした堂々たる北の主塔《ノースタワー》。スコットはその巨塔に裁かれているように感じた。いまにもそれが倒れかかってきて、わが身を押しつぶすのではないかと。車道ではおびただしい車が時速六十マイルの奔流と化している。

歩道は人々でにぎわっていた。

もう秘密とはおさらばだ。これ以上に公の場は望めない。この橋の上では、スカンクも正体をさらけださずに愚かな真似はできないだろう。おまけに逃げられもしない。片側には命取りになる車の川。反対側は風と水しかない。足の下は空気。橋のどまんなかから海面までは、二百二十フィートある。調べておいたのだ。

橋の中間地点に達すると、スコットは歩みを止めて、欄干にもたれた。目が飛びだしそうな眺めだった。両手の下の真っ赤な金属が冷たく感じられた。大型トラックが通過するたびに車道がびりびりと振動する。

向きを変えて背中を欄干にあずけ、スコットは待った。

携帯電話が鳴りだしたが、わざとしばらく出なかった。着メロの応援歌が三小節目にはいる。

スカンクはかんかんになるだろう。スコットはなぜ待ち合わせ場所にいないのか、なぜひざまずいて慈悲を請わないのか。じりじりして待つがいい。

応援歌をさらに二小節聴く。そして電話に出た。

ジョーは電話を握りしめた。男の声が応答したのだ。

「展望台にはいない」男が言った。

スコット・サザンの声だとジョーは疑わなかった――ぶっきらぼうで、ものうげだけど、どことなく愛嬌がある。ジョーは返事をしかけたが、とっさの閃きから口をつぐんだ。

「南へ歩け」サザンが言った。「ぼくは中間あたりにいる。そっちのいる場所から四分の三マイルだ」

電話の向こうから、高速で絶え間なく通過する車の音や、風のうなりがかすかに聞こえる。サザンの言葉のあとに、長すぎる間があいた。

「スカンクか？　だれなんだ？」

賭けに出るほかなかった。「スコット・サザンさんですか？　こちらはＵＣＳＦメディカル・センターのドクター・ジョー・ベケットです。奥さまからこの番号を教えていただきました」

返事がない。車の騒音に、霧笛の音。

出しぬけに彼が言った。「メディカル・センターって――タイラーになにか？」

「息子さんですか？」

「ああ、まさか。無事なんですか？」

「だいじょうぶ。奥さまが心配していて、それで――」

「ケリー。ケリーになにかあったんでしょうか？　もしやだれかが――ちくしょう、ふたりとも無事なんですか？」

「ええ、ミスター・サザン。ご家族はなんともありません」頭のなかでぱきっとなにかが折れる音がし、ジョーはスコットの言う意味を理解した。「ご家族は安全です」

「確かですか？　どんなことになってるのか」またしばらくの間。「あなたはどういう方なんです？」

スコットの声は不安に引き裂かれていた。ジョーは自分の声を整え、早口になりすぎないよう抑えた。いまにも電話を切られそうな気配を感じたのだ。

「精神科医です。キャリー・ハーディングの死に関する捜査で、警察に協力しています」

「なんだって？」鼓動一回分の間、ついで混乱。「なぜぼくに電話を？」

キャリーが死んだと聞かされてもまったく動じていない。「あなたは今日の午後キャリーと会う約束をされていましたね。奥さまが今日匿名の手紙を受け取られたことも伺いました。スコット——手紙は脅迫状のようですが」

「くそっ」彼の声はぶんぶん走り去る車の音にほとんどかき消されそうだった。「キャリーの件で警察に協力しているって？　ケリーが警察に話したんですか？　ああ、ちくしょう」

ジョーはケリーとまだ電話中のタングに目をやった。サザンにどこまで情報を教えるか決めなければならない。手の内を明かしたら、拒絶されるかもしれなかった。逃げたり隠そうとしたりするには遅すぎるのだとわからせないかぎりは。

いちかばちか試してみることにした。「あなたがダーティ・シークレット・クラブのメンバーだということはわかっています」

沈黙。

「そのクラブになんらかの問題が生じ、あなたは脅迫されていると感じていらっしゃる。それはキャリーの死に結びつくことじゃないでしょうか。お話を伺わなければならないんです、ミスター・サザン」

さらに沈黙。「ああ、ちくしょう——つまりなにもかもばれて、ニュースになるってことですか？」

「キャリーがどんな脅迫を受けていたにせよ、あなたも同じ目にあっていないことを願っているんです。どうかわたしに話してくださいませんか」

「精神科医とおっしゃいましたか？」

ジョーはもういっぺん説明した。「キャリーの件は知っています。ドクター・ヨシダに、マキ・プリチンゴも。あまりにも多くの人が亡くなっています。スコット、お願いですから。なにが起きているのか教えてください。困っているなら、わたしにお手伝いさせて」

ふたたび沈黙。彼はどこにいるの？　ジョーは周囲を見まわした。近くにいるとでもいうかのように。

「あまり時間がないんです」スコットが言った。

「どれだけすこしでもかまいません。ほんの一分でも。しっかり聴きますから」

「できるかな……」

「できます。解決できない問題などありませんよ」

また沈黙が続いた。回線の雑音がなかったら、電話が切れたと思うところだった。それからスコットがしゃべった。沈みきった声だった。

「あなたにぼくを護れるかどうか。護れたかもしれないのは、キャリーただひとりだった。ぼくを証人保護プログラムに加えて、スコット・サザンを永久にこの世から消し去ってくれたら」

「十分聞ください、スコット。十分だけ話をさせて。きっとうまくいくと、納得してもらえるはず。お願いです」

長い間。「十分間だけ。本気なんでしょうね」

「いまどこにいるか教えて。そこへ行きますから」

「いつ?」

「いま」

電話の向こうでまた物哀しげに霧笛が鳴った。ジョーは相手の返事を待った。

スコットは目を閉じて、眼下の波頭が反射するまばゆい光を締めだした。相手の女性の息づかいが、まるですぐ隣にいるかのように聞きとれた。

相手は匿名の手紙のことを知っていた。クラブのことも。だけど助けてくれると言っている。

この重荷をおろせるだろうか。これがチャンスとなるのだろうか。

スコットは接続という結びつきにしがみつくように、電話を耳に押しあてた。この医者が頼みの綱になってくれるかもしれない。もし欺かれているのでなければ。精神科医――こちらの頭のなかをいじくりまわし、もてあそぶこともできるわけだ。でももしこの人の言うことが正しくて、ほんとうに助けてくれるなら――スカンクと、やつの背後で糸を引いている親玉をとっつかまえて、この悪夢を終わらせることができるかも。もしかすると秘密はこのままばらされずに……。

もしかすると。スコット・サザンの真実はだれにも知られずにすむかもしれない。

元気が出てきた。可能性。彼女が言ったことはほんとうに可能だろうか？　スコットは目をあけた。たとえ万にひとつのチャンスにすぎなくても、それをつかむのが自分の役目ではないのか？

「ミスター・サザン。どうか信じてください」精神科医が言う。

スコットははるか下を見おろした。水面は明るく輝き、心を癒してくれそうに見えた。彼はうなずいた。

すると耳のなかでブザー音がした。べつの電話がかかってきたのだ。番号を見た。非通知番号だった。

希望は打ち砕かれた。スカンクだ。「時間がないんです。やつがこっちへ向かってるので」

「スコット、いつでもなにかあなたにできることがあるんですよ。かならず」

スコットはぎゅっと目をつむった。この医者は大きな賭けだった。でも彼女がほんとうのことをしゃべっているかどうか突きとめる時間はもう残っていない。

「ええ、でも望んでるようにはいきません。すみません、こうするしかなくて」

秘密は知られていた。その現実が雨のごとく降り注ぐ。おれがなにをしようと、秘密は暴露されるのだ。もうおしまいだ。

なにをしようと、スカンクはおれの家族を罰するだろう。

「片をつけなきゃならないんです。それにはひとつしか方法がない、絶対確実でないと困るので」着信を知らせるブザーが鳴った。眼下の水面が鋭く尖ったガラスに見えた。「銃弾よりも確実でないと」

スコットは電話を切った。

17

「しまった。切られた。うまくいくかと思ったのに」ジョーは額を指でこすった。「彼を見つけなければ。かなりよくない状況みたい」

タングがぴしゃりと携帯電話を閉じた。「よくないって、どのくらい？」

「殺しの脅迫ぐらいに。サザンは脅されていて、死ぬほどびくついてる」

〝銃弾よりも確実でないと〟

どこにいるの？　会話のあいだに聞こえた物音を思いだしてみた。湾に目を凝らしながら、意識を集中させる。

霧笛。

「橋だわ」タングの肘をつかんで、通りのほうへ引っぱった。「サザンはゴールデンゲート・ブリッジにいる」

「展望台へ来い」スカンクが言った。「きさま、考えていないな、スコット。タイラーのことを考えろ」

考えているとも。タイラーとケリーのことしか考えていないし、目に浮かぶのはふたりの顔だけだ。

「どういうつもりだ？　こいつは隠れんぼで、うまくやればおれと離れていられるとでも思ってるのか？　おまえは宇宙から来たわけじゃない。どこに住んでるかもわかってるんだぞ」スカンクが言った。

タイラー。メロディ。命。命を救うことはできる。「おれは橋の上だ。橋の中間、東側の歩道にいる」

「ここへ来い、ふざけるなよ、さもないと――」

「こっちは名前を持ってる。展望台では渡さない。レンジローバーを人に見られるから」

それに展望台ではスカンクに余地を与えてしまう。ここでやるしかない。

「そっちがここへ来るんだ、スカンク。そうでなきゃリストは海に放り投げる。サンノゼの海岸に流れ着いたら拾えばいいさ」

スコットは電話を切った。スカンクはきっと来る。

ジョーはアクセルを踏みこんで、急発進した。

「そんなにまずい状況なの？」タングが言った。

「虫の知らせだけど――まずいどころじゃないわ。わたしがまちがってるほうに賭けたい？」

「いいえ。行って」

ジョーはタイヤを軋ませて車の流れに合流した。「あなたのポケットのガムボール（回転灯の俗称）をトラックの屋根にくっつけたら、この車が全部どいてくれるかしら」

「クラクションを鳴らしっぱなしにして。わたしが許可する」

ジョーはギアをセカンドに放りこみ、クラッチから足を離して急ハンドルを切り、前方の車列を追い越していった。エンジンの回転数が跳ねあがった。隣でタングがシートベルトを締めた。

「サザンは怯えてた。わたしが医者だと名乗るなり、家族が怪我したか危険な目にあってると思いこんで」

「橋の上でなにをやってるの？」とタング。

「彼を脅迫してる男と会うところ」

「もっとぶっ飛ばして」

ジョーはクラクションを鳴らし、前のステーションワゴンを大きくかわして追い抜いた。シフトダウンしながら角を曲がった。

サザンはなぜその相手と橋の上で会いたがるのだろう。人目につく場所だから？　そのほうが安全だから？　どうにかして敵の足をすくうつもりなのだろうか。ジョーにはわからなかった。けれども頭の奥で橋は不吉な影を落としていた。

一時停止の標識で減速した。タングが腕を振った。

「行って。無視していいから。全部無視」

マリーナ・ブールヴァードにはいると、スラロームでつぎつぎに車をよけ、ふたたび角を曲がった。道が直線になり、信号が少なくなると、ジョーはエンジンを吹かした。右手にはさながら海に浮かぶ森のように、無数のヨットの帆が陽を浴びて輝いている。プレシディオ国立公園の樹木に覆われた岬の向こうに、湾の入口に横たわる長い橋が見えた。

速度計をチェックする。がんばって、トラック、八十マイル以上は出せるでしょ。

信号が赤に変わる瞬間に突っこむ。タングは片手でダッシュボードをつかみ、もう一方の手で電話をかけていた。

「カリフォルニア《C》・ハイウェイ《H》・パトロール《P》にかけてみる。橋のパトロール中にサザンを発見できるかもしれない」

数秒後、一〇一号線に乗った。タコマはがくがく揺れてうめき声をあげたが、ジョーはアクセルをゆるめなかった。タングの電話がハイウェイ・パトロールにつながった。サザンの特徴を説明し、橋に車を一台まわして捜索するよう頼んだ。そろそろ限界だわ、とジョーは思った。

もうじき九十マイル。少なくとも体感速度は。

携帯電話を耳にあてたまま、ハイウェイ・パトロールが橋に向かったという確認を待っているタングが、ちらりとジョーを見た。「このトラック、ばらばらにならない?」

ジョーはがむしゃらにカーブへ突入した。「ええ。でもいまは、宝くじに当たってランボルギーニを買っていたらと心から思ってる」

「宝くじなんて買うの？」

「このトラックが故障するたびに」

「よしなよ。ロシアン・ルーレットで生き残る確率のほうが高いんだから」

または、二百フィート落下して生き残る確率のほうが。「橋の上で車を停める許可を出してもらえる？」

「必要になるの？」

ゴールデンゲート・ブリッジでは狭い六車線を車が高速で往来しており、中央分離帯も路肩もない。停止は衝突事故を招くだろう。「ええ」

タングの口が一文字になった。「ならそうして。CHPが間に合って、わたしたちがキャンピングカーに追突されるのを防いでくれるように祈ろう」

道の両側に松やユーカリの木立があらわれた。ジョーはカーブを曲がった。

タングが両手でダッシュボードを叩いた。「ちっくしょう――」

赤いブレーキランプと微動だにしない車の列が目の前にあった。ジョーは反射的にブレーキを踏みしめた。ABSが作動して、タコマはがくんと急停止した。

渋滞だ。

「路肩に寄せて」タングが窓をあけて、腕を突きだし、車列に向かって警察バッジを見せつけた。

ジョーは車を道端に寄せはじめた。タングがまたCHPと話しだすのが聞こえた。苦心してハイウェイの路肩に寄せてみると、困ったことに道幅が狭すぎた。ジョーはエンジンを吹かして、ピックアップの右側のタイヤを縁石に乗りあげさせた。もちこたえて、と心で呼びかけながら、アクセルを踏む。ジョーとタングはがくんと前のめりになり、バスケットボールのように弾んだ。

タングが電話を切った。「渋滞の原因は折れ曲がったトレーラーだって——」岩にぶつかり、フロアが地面を打ったが、そのまま進みつづけた。「このトラックがなんでそうしょっちゅう壊れるかいまわかったよ。トレーラーが立ち往生してるのは橋にはいって百ヤードのあたり。レッカー車が向かってるけど、この混雑が解消されるにはしばらくかかる」

「どのくらい？」

「手遅れになるくらい」タングの顔が引き締まった。「あんた、走るの速い？」

「そうでなきゃ困るわ」

観光案内所広場の出口はすぐそこだった。「ここで降りるよ」

スコットは待った。胃が引きつっていた。見おぼえのある人物が、遠くからこちらを目指してやってくる。

正念場。

まさしくこのことだ。手垢のついた言い回しではなく、現実——己の正念場。実際こんなときを迎える人間がどのくらいいることか。

スコットはもうあと戻りできないところまで来ていた。スカンクは目前まで迫っている。彼と親玉が欲しがっているリストを手に入れて、そこに名前が載っている人々を亡き者にするために。

スコットは書類を握りしめた。この三枚の薄っぺらな白い紙に真実がある。生死にかかわる真実が。ここでふれられている人々はこの世を去ることになるだろう。それは死者を送る言葉、タイトル・クレジットだ。だがスコットに選択の余地はなかった。

轟音をあげて車が通過する。料金所のあたりでは犬の唸り声程度だが、ここでは車が染みのようににじんで見え、頭のなかで雑音がした。単調に見える一日。太陽は冷たい。街は丘の上にばらまいた白いチョークの層にしか見えない。

スコットはかつてこれほどの確信も、これほどの恐怖も感じたことがなかった。失敗は許されない。二度目のチャンスはない。

だからこの橋を選んだのだった。ここなら確実だから。一発で、九八パーセントの成功率。睡眠薬よりまちがいない。銃弾よりも。スコットのなすべきことをする場所はここをおいてほかになかった。

天を指すノースタワーを見あげた。ためらうな、サザン。実行しろ、これで終わらせるんだ。こいつは正しい決断だ。タイラーは安全だろう。ケリーも。厄介事はこれでおしまい。これっきり。

〝解決できない問題などありませんよ〟

スコットは頭を振った。よせ。あの電話に決意を揺さぶられるな。この確信をあの精神科医の言葉に虫食まれるわけにはいかないのだ。息を吐きだし、迷いを頭から押しやった。胃がきゅっと引き締まった。

スカンクがこちらへ歩いてきた。


スカンクは橋のまんなかに彼の姿を見つけた。ほかのだれもが歩いていて、車が蛇のごとくシューシュー音を立てながらそばを通過しているのに、じっと立ちつくしている。軟弱者め、橋の欄干にもたれてやがる。

サザンは赤いスタジャンを着て、ベースボールキャップをかぶっていた。両手で持っているなにかをしきりにもぞもぞ動かしている。スカンクはにやりとした。

書類だ。

あいつは名前を持ってきた。でかしたぞ。スカンクは足を速めた。サザンはそれを手渡そうと、あほみたいに突っ立っている。

スカンクの笑みがひろがった。サザンはひとたび名前のリストを手渡したら一件落着、それでおしまいだと思っている。晴れて自由の身になれると。

「ばかめ」

スカンクは手をポケットに突っこみ、ライターとボトルの感触を確かめた。おしまいなのはスコット・サザン本人だけだ。

　ジョーは橋の西側の歩道を走っていた。茶色く干からびたようなマリン郡の岬が前方に見えている。左側はさえぎるもののない海原。西に傾いた太陽はぎらぎらと容赦なく照りつけ、橋を通過する車の騒音は神経に障った。橋のアプローチは渋滞していたのに、ここでは数フィート横の六車線を絶え間なく車が往き交う。その幅広い車道の反対側、東側の歩道をエイミー・タングが走っていた。つんと尖らせた髪が前後に揺れている。橋をジョギングしながら、険しい表情で数百人もの歩行者に視線を投げかけている。タングは橋の管理室と連絡をとっていた。両側の歩道には監視カメラが設置されていたが、スコット・サザンはまだ見つかっていなかった。

　ジョーは走りながら吊りケーブルの本数を数えた。タングともども南の主塔《サウスタワー》を三百ヤードは超えていたが、橋の全長は二マイルほどある。自転車が何台も追い越していった。はるか下方の青い水面を風が震わせ、白波を立てている。ジョーはあえぎながら、目をすがめて太陽を見た。

　ジョーの電話が鳴った。タングの声は息切れしているようだった。

「ほんとにここかな」

「とにかく続けましょう」ジョーも自分の呼吸に乱れを聞きとった。

　集中しなくては。橋の中心あたり、反対側の歩道を移動している人ごみのなかに、ベースボールキャップにスタジャンを着た長身の男がひとり、欄干にもたれて海面を見おろしていた。ジャンパーは赤で、背中に金色の文字が見える。

ジョーは電話を耳にあてた。「真正面の赤いスタジャン。あれかしら?」

タングは目を凝らしているようだった。返事はなかったが、やはり注意を引きこまれているのがわかった。呼吸が静かになっていく。銃の撃鉄を起こすときのように。

「サザンがこれから会う男、なんていう名前だと言ってた?」とタング。

「スカンク」

「ペースを落として。驚かせないように」

ジョーは走るのをやめて、息を静めようとした。スタジャンの男がうしろを振り向いた。べつの男が彼に近づいていく。片方の手はポケットに突っこまれている、ジョーの位置から顔はわからないが、その弾むような歩きかたはまるで……

……宝くじに当たったところみたいだ。あるいはロシアン・ルーレットで勝ったか。得意げな様子が全身からにじみ出ていた。

「あの男だわ」ジョーは言った。「よくないことが起きそう」

スカンクはサザンのほうへ歩いていった。「いったい全体どんな考えに取りつかれたんだか知らんが、あきらめるんだな。名前を渡してもらおうか」

そこに立っているサザンは、夕陽を顔に受け、苦しげに見えた。両手で書類を持っている。

のろのろと、残念そうに、それを半分に折りたたんだ。スタジャンの内ポケットからジップロックの袋を取りだして、書類をなかに落とし、口を閉じると、隙間がないか確認し、閉じ目を上から三度こすった。スカンクは訝しげに相手を見た。

「ホットドッグみたいに冷凍する必要はないんだ。とっととよこせ」

　サザンは首を振った。「取ってみろよ」


ジョーとふたりの距離は百ヤードを切った。背が高いほうは肉体的能力の優れたアスリートに特有の、沈着な物腰だった。一歩近づくごとに、ジャンパーの背中の文字がはっきり見えてきた。ＵＳＣだ。

「彼よ、エイミー」ジョーは言った。

「どこ？　こっちからは見えないんだけど」

　ジョーは反対側の歩道に目を走らせた。タングは遅れをとっていて、こちら側よりずっと混雑した歩道を人ごみをかき分けながら進んでいた。

「橋の中間あたり。背の低いほうがポケットに手を入れてる、武器を持ってるみたいに。そわそわして」

　車道に目を向ける。途切れることなく目のくらむ速さで六車線を流れていく車やトラックやバス。三車線ずつ南北を目指しているが、中央の境目には黄色い二本のセンターラインが引かれているだけだ。ジョーは歩道と車道を隔てている細い手すりから身を乗りだして、車の切れ目をさがした。見つからなかった。

「妙な気を起こさないで」タングが言った。「あんた丸腰でしょ」

そういうあなたは小妖精《レプレホーン》じゃない、とジョーは思った。それでもとにかく向かっていく気なのだ。タングに対する賞賛の念がこみあげてきた。

「こうしよう」とタング。「一、いかなる暴力も阻止する。二、そのスカンクって男をつかまえる。三、サザンと話をする」

「三つ全部はむずかしいかも」

スカンクがサザンに近づいた。ジョーは両のこぶしを握りしめた。


スコットはスカンクと向き合った。ネズミ野郎は七フィートの距離をおいて、一方の手を書類にのばし、もう一方の手をポケットに突っこんでいる。ピストルを目にするまでもなく脅しは感じとれた。この男の目は銃口と同じくらい無慈悲で空虚だ。

こんな男、やっつけるのはわけもない。

それについては露ほども疑わなかった。だがこの近さで、指が引き金にかかっているなら、スカンクは撃ってくるだろう。それに周囲に人が多すぎる。家族連れがそばを通り、子供たちはアイスクリームを食べていた。

スカンクをもっと引き寄せなくては。腕の届く距離まで。スコットはジップロックの袋をジャンパーの内ポケットにしまい、ボタンをとめた。

「名前は渡さない。欲しけりゃ奪ってみろ」

欄干まであとずさる。高さは四フィートしかなく、スコットの腰のうしろにかろうじて届く程度だ。

「それで手を汚さずにすむってのか?」スカンクが言った。「きさまが手渡すんじゃなく、おれが奪えば、どうなっても責任はないとでも? 大学であの女に起きたこともおまえのせいじゃなかったって?」指をひらひら動かした。よこせ。

「だめだ」スコットは言った。

スカンクは口を半開きにし、凶暴な目つきで立っていた。そのうしろを車の川がごうごうと流れている。スコットは左右に腕をのばして、冷たい欄干を握った。怖気づいてはならない。じっとしてろ。オフサイドに飛びだすな。スカンクをオフサイドに誘いだせ。心臓が早鐘を打っていた。

車道の向こう側を、ひとりの女性がこちらへ走ってくる。黒っぽい髪が風に煽られている。女は走るのをやめ、まっすぐにスコットを見据えた。

ジョーは橋の中間地点、ゆるやかなアーチが最も高くなっているあたりで歩みを止めた。車道の向こう側に、こちらを向いて、背にした欄干を両手でつかんでいるスコット・サザンがいた。背が低いほうの男、スカンクは彼に六フィートまで迫っていた。タングはまだ七十ヤード遅れていて、歩行者をよけながら、歩道を縫うように進んでいる。

リードで犬を連れたランナーが前方を塞いでいた。

車の流れはすさまじかった。走って渡れそうにはない。撥ねられずに六車線どころか一車線だって越えられないだろう。乗用車にスクールバス、大型トラック、さまざまな車両が両方向へ流れている。サザンとスカンクの姿はジョーの視界からストロボが点滅するかのごとくあらわれては消えた。

サザンが欄干に背中を押しつけて、身をかがめた。蛇がとぐろを巻いたように見えた。いまにも躍りかかりそうに。

行動に出なければならない。ただそこに突っ立って、なにかとんでもない展開になるのを傍観するわけにはいかなかった。エイミー・タングが南からやってくるのが見えた。

ジョーは口のまわりで両手を丸め、叫んだ。「スコット、いま警察が来るわ」

その声に反応し、スコットが車道ごしにジョーを見た。スカンクが距離を詰めた。

「だめ」ジョーは怒鳴った。「スカンク、やめなさい」

スコットにはその女が両手を口にあてて叫ぶのが見えた。こちらを知っているような振舞いだ。助けになりたがっているような。彼女の声は風や車の轟音に押し流されて、スコットの耳に届いた。

バスが一台通過し、一瞬女が視界から消えた。スカンクが手を差しだして、じわじわと近づいてくる。いまを逃したら、もうあとはない。

もはやどちらも身動きとれなかった。スコットは静止していた。あと四歩。さあ、スカンク、やれよ。そうすればふたりともこれから解放される。

スカンクの小さな目が不信感で鋭くなった。「どうしたっていうんだ。感謝のしるしにおまえのブーツを舐めろってのか？」

車道の反対側で、女がまた叫んだ。片方の手で自分の胸を指し、うなずく。自分がだれだか伝えようとしているのだ。

あの医者だった。

スカンクが飛びだした。「よこせ」

彼女は遅すぎた。


スカンクがサザンに飛びかかるのが見えた。「やめなさい！」とジョーは叫んだ。

サザンがこちらを見た。

「ああ、たいへん」

数十フィート離れていても、その目にはキスほどの力があった。顔を照らす光の具合、肩の動きといった、スコットのたたずまいのすべてが、ジョーの耳元でささやいたも同然だった。

彼は肺の底から深く呼吸していた。

ジョーの体の全神経が瞬時に点火したように思われた。ああ、どうかやめて。

なんとかしなければ。いますぐどうにか。

ジョーはガードレールをまたいで、車道と歩道を隔てる低い分離壁に足をおろした。枕木とたいして変わらない幅しかなかった。一台の車が急ブレーキを踏む音がした。すばやくそちらを見ると、フォルクスワーゲンがすぐそばまで迫っていて、がむしゃらに急停止した。

ジョーは交通巡査のように手を突きだし、車道に飛びおりた。

ワーゲンがクラクションを鳴らし、悲鳴をあげながら突っこんでくると、きしむタイヤからゴムの焼け焦げるにおいが立ちのぼった。ジョーは走ってその車線を渡りきった。すぐ目の前、つぎの車道は空いていた。スカンクがサザンの襟をつかむ。サザンがのけぞった。

ジョーは大きく息を吸って、怒鳴った。「スカンク、やめなさいったら」

ブレーキをかけた車が絶叫とともに背後を通過する。ジョーはひらりと身をかわし、二番目の車線に踏みだした。さらにいくつものブレーキ音がし、左からまたべつの車がやってくる気配を感じながら、片手をのばしつづけた。もうじき車道のほぼ半ばだ。

クラクションが鳴り、タイヤが軋む。東側の歩道にいる人々が車道のほうを振り向きだした。男がひとり、ジョーを指さす。カメラを持ったべつのだれかがサザンを指した。

スカンクがサザンのジャンパーを引っぱって開いた。サザンは欄干を握っていた両手をあげた。

ジョーはセンターラインに突進した。右からは、北へ向かう三車線の大河。歩道ではカメラを持った男が、なにやら活気づき、身振り手振りでサザンの気を惹こうとしている。歩行者の群れはクラクションやブレーキに気をとられていた。だれかが大声で言ったような気がした。「頭のいかれたねえちゃんだ……」そのときエアホーンがあたりの空気を引き裂いた。ジョーはその場で固まった。十八輪のトレーラーが高速で目の前を横切り、ジョーの視界からサザンを隠した。一瞬のち、それは視界の左へ消えていった。

スカンクとサザンはもみ合っていた。SUVが通過する。つぎには格闘するふたりの男が見えた。スカンクがスコットをかきむしろうとする。スクールバスがけたたましくクラクションを鳴らして鼻先を横切った。ジョーはセンターラインから一歩も進めなかった。

スカンクの動きがにわかに必死さをおびた。サザンの顔には迷いのかけらもなかった。ふたりの手と手はがっちり固定され、まるでスイングを踊っているかに見えた。

「スコット、やめて――」

叫びながらも、遠すぎるとジョーにはわかっていた。スコットの手がスカンクの手首をこするように離れていった。スコットは宙へ身を躍らせた。勢いがあり、迷いのない動きだった。

さらにいくつものブレーキ音が耳をつんざき、ガソリントレーラーが轟音をあげてジョーの視界を閉ざした。

それが去ると、欄干が見えた。ジョーの両脚からすっぽり力が抜けた。スコット・サザンは宙に浮いていた。青い海を背景に、スタジャンの赤が目に鮮やかだった。サザンは欄干の向こうの空間へ泳ぎ出ていった。タッチダウン・パスをキャッチしながら飛翔してゴールラインを割るかのように。
そして石のごとく落下していった。

18

甲高いブザー音がジョーの頭を貫いた。恐怖の音。歩道の群衆はいっせいに欄干のほうを向いていた。赤い鉄、ぽっかり空いた場所。ジョーは右腕を突きだし、クラクションや軋むタイヤの騒音にもまれながら、残り三車線を駆け抜けた。

人々が欄干にしがみつき、下を見おろす。ブザー音は割れんばかりになった。

「たいへんだ」

「そんな、嘘だろ――」

エイミー・タングが息を切らして駆けこんできた。「警察です、そこを空けて。警察よ」

タングは欄干をつかんで、見おろした。胸が上下し、こぶしが白くなった。ジョーはガードレールを乗り越え、つんのめるように歩道を突っ切り、タングに並んだ。

落ちていく彼が見えた。ぎゅっと目を閉じ、欄干の上に頭をのせた。

どこかで女性が悲痛な声をあげた。ジョーが目を開くと、タングが海面からぱっと顔をそむけるところだった。

そこここで鋭く尖った声がする。「あの男は落ちたのか?」「あいつ、飛び降りやがったのか？」

　あいつ。タングがジョーを見た。たったいま毒を盛られたかのように荒々しい目つきだった。警部補はがっくりと欄干にもたれた。気持ちの整理がつかず、目撃したばかりのものを頭から追いだそうと躍起になっているように見えた。

　ジョーは背を起こして、タングの両腕をつかんだ。激しくまばたきし、がちがちに身をこわばらせ、歯を食いしばりながらたずねた。「スカンクは？」

　タングが首を振る。「サザンだけ」

　耳鳴りのようなブザー音で自分の声もよく聞こえない。息をするのもやっとだ。目が燃えるように熱い。「それじゃ、スカンクはどこに？」

　どちらも周囲を見まわした。

　欄干のそばで、女が自分の肩を抱くように身を縮めている。片方の手で口を覆って泣きだした。

　ジョーはその隣にいる男をつかまえた。「なにがあったか見ましたか？」

　男は欄干のほうへ手を振った。「あの人はもうひとりの背の低いやつと争ってたんだ」

　タングはまだ欄干にもたれかかっていた。「突き落とされたの？　ふたりが取っ組みあってるのは見えたけど。落ちたほうは――押されたの？」

　男は首を振った。「ちがう。低いほうの男は、そいつは――もうひとりが飛びこむのを止めようとしてるように見えた。引っぱっている、というか――いや、よくわからない。助けようとしてるけど、もうひとりは振り切ろうとしてるみたいな。背の低いほうは小さすぎて止められなかったみたいで」

ジョーは欄干の現場近くに集まった野次馬をかき分けた。北に目をやると、歩道には橋の入口まで少なくとも百人もの人々がいた。だが走っている男はひとりだけだった。

「タング。あそこ」

スカンクはおよそ百ヤード向こうにいた。ジョーは背筋の凍る思いで、走っていくその姿を凝視した。

タングが緊急電話をかけている。男が橋から転落した、と伝えている。第二の男が走って現場から逃走中だと。スカンクが遠景に吸いこまれていくのが見えた。

ジョーは駆けだした。

ブーツが重く感じられた。心は麻痺し、思考は破裂して飛び散っていた。鹿撃ちの散弾を浴びたかのように。甲高いノイズは頭のなかで単調に鳴りつづけている。

四秒。ゴールデンゲート・ブリッジの欄干を飛び越えたら、それが海面に達するまでの時間だ。恐ろしいほどの速さで遠のいていく橋のデッキを見つめている時間は、永遠。歩道にいる人々、まだ口から悲鳴も出てこない人々を見あげている時間は、心臓の鼓動数拍分。

サザンが欄干を乗り越えた原因はスカンクだ。あの男が逃げる理由はほかにない。

スカンクは両手をポケットに突っこんで、顔を伏せながら走っていた。ジョーは全力で追いかけ、距離をつめていった。こそこそと身を縮め、橋のマリン郡側へ急ぐスカンクの姿が、前方でしだいに大きくなった。

　体調は悪くないが、全力疾走で呼吸は激しくなった。ノースタワーの下にさしかかったとき、スカンクがそれを聞きつけ、振りかえって、足を止めた。両肩がびくんと跳ねあがった。彼は速度をあげて走りだした。

　ジョーはめいっぱい飛ばし、ぐんぐん迫っていった。ふたりの前方に、言うことをきかないジャーマン・シェパードをリードで引っぱっている男がいた。スカンクは男に飛びつき、手からリードを引ったくった。

「おい！」飼い主が言った。

　スカンクはくるりと振り向き、ジョーをにらみつけた。狡猾そうな目。めくれあがった唇。罠にかかった動物がいまにも襲いかかろうとしている図。胸の悪くなる甘ったるいコロンと、鼻を刺激する体臭が、ふわりと漂ってきた。ジョーは強烈な嫌悪感と突如湧いた恐怖心で、つと足を止めた。

　スカンクが犬の頭を叩いた。犬はいきり立ち、吠えたり飛びあがったりした。スカンクは犬の尻を蹴って、ジョーを指さし、叫んだ。「やれ」

　そして逃げだした。飼い主が犬のリードをつかんだ。ジョーは彼らをよけようとしたが、飼い主とリードと興奮した犬のあいだに巻きこまれてしまい、つまずき、両手をついて転んだ。

　飼い主がリードをぐいと引っぱった。「モンゴ、つけ《ヒール》」

ジョーは犬と飼い主から身を離すと、ふたたび立ちあがって駆けだした。スカンクははるか彼方を悪鬼のごとき速さで走っていた。

ジョーはぜいぜい呼吸しながら携帯電話を取りだし、リダイヤルした。「エイミー、あいつは展望台の駐車場へ向かってる。ハイウェイ・パトロールはいまどこ？」

「半径十マイル以内のどこか」とタング。

「なんとか見失わないようにするけど」

けれども展望台に着いてみると、スカンクの姿はなかった。背中に汗が流れるのを感じながら、駐車場を一周した。彼は消えてしまった。ジョーは縁石に崩れ落ち、こぶしを口に当てて、喉の奥につかえていた涙をこらえた。そこに呆然と坐ったまま、美しい一日を、ついさっきこの都市《まち》のゴールデンボーイを呑みこんだばかりの輝く湾を見つめた。

ジョーは橋のサンフランシスコ側の観光案内所広場にタコマを駐め、ボンネットに腰かけた。風景式庭園が夕陽に染まり、黄金や深紅の花を咲かせている。駐車場の向こう側では私服の刑事が、湾を見おろす位置に駐めてあったグレーのレンジローバーを調べていた。登録名義はスコット・サザン。エイミー・タングはその横に立ち、ＣＨＰの警官と、サンフランシスコ市警の制服警官ふたりを相手に話していた。

刑事が背を起こし、ラテックスの手袋を剝がすように脱ぐと、頭を振った。

タングは刑事に礼を言って、タコマのほうへ歩いてきた。バンパーに足をかけてのぼり、ボンネットにジョーと並んで坐った。

「レンジローバーにはこれといってなにも見つからなかった」湾のほうをあごで指す。「沿岸警備隊がフォート・ベイカーからボートを出した。彼が浮かんできたら、回収してくれるでしょ」

タングは海胆《うに》のような棘だらけの殻に引きこもっていた。それを感じとったジョー自身、内心は打ちのめされていた。岩塩状の乾いた汗が黒いTシャツを縁取っている。

ふたりはぼんやりと橋を見つめた。陽光に磨かれた橋は、岬にはさまれた荒々しい海に巨大な鉄の弓のごとくのびている。壮観でもあり、恐ろしげでもあった。その弓には人を一瞬にして忘却の淵に追いやる力があるのだ。

「彼が飛びこむ前」とジョーは言った。「あなたが現場に走っていったとき。なにを見たか話して」

タングの突っ立った髪が風にそよいだ。「歩道にあれだけの人が出てたから、よくは見えなかったの。ちらちら断片的に見えただけで。サザンは欄干に背中をつけて立ってた」海面をじっと見る。「そのスカンクという小柄な男が近づくのも見えた。武器を隠してるみたいに片方の手をポケットに入れていて。スカンクはサザンを殺す気なんだと思った」

ジョーは膝のあいだで両手を握りしめた。「続けて」

「でもサザンは相手にタックルした。そのときにはわたしも全力で駆けだしてた。人で視界をさえぎられて、つぎに目の前が開けたときには様子が一変してた。サザンとスカンクは激しくもみ合ってた。一見したところ、まるで……」ひと呼吸おいて、鼻を拭った。「スカンクがサザンに欄干を乗り越えさせまいとしているみたいだった」

ジョーは黙っていた。風が冷たくなってきた。駐車場の向こう側では市警の制服警官がパトカーに乗りこみ、引きあげはじめた。タングは通過する彼らに向かって挨拶代わりに手をあげた。

それからジョーを見た。「それで筋は通る？」

「半分は正しいと思う。スカンクはサザンが落ちるのを防ぎたかった。でもそれだけでなく、サザンからなにかを受け取りたかったんだわ。手を差しだしていたから」

「わたしも見た。だけど、なにを？」

「その取っ組み合いだけど。サザンがバランスを崩して欄干を乗り越えてしまったように見えた？　突拍子もない事故みたいに？」

タングは首を振った。「サザンは大男だけど、ばかでかいってほどじゃない。ただひっくりかえって落ちたはずはないよ」

「スカンクが抱えあげて落っことしたはずもないし」

タングは両手に視線を移した。「そうだね。サザンが誤って落ちたってことはありえない。スカンクは彼が飛びおりるのを止めようとしてたんだよ」眉をひそめる。「または、サザンが落ちる前に目当てのなにかを奪い取ろうとしていたか」

ジョーの喉がふさがった。「サザンは腕の届く近さまでスカンクをおびき寄せて、つかまえたんだと思う。でも観光客に気をそらされたすきに、まんまと逃げられてしまった」

「スカンクをつかまえた？　なぜ？」

「サザンは自殺で、スカンクを道連れにしようとしたのよ」

タングは長々と、穴のあくほどジョーを見つめた。「これも一連の無理心中のひとつだったって言うの？」

「ええ」

「どうして？」

「サザンの顔を見たから」

「で？」

「自分がいまから死ぬんだと知っている顔だった」それだけではなかった。けれどうまく説明できない。「だからわたしは車道に飛びこんだの。サザンがわたしを見たから。彼が腹をくくったのが見えたから」

「気味悪い。それはいまだから言えるんでしょ。あのときわかったはずないよ」

ジョーはタングに顔を向けた。「わかったの。あの表情は前にも見たことがある。これからどうなるのか完全に悟っている顔だった。これが正念場だと」

タングは目をそらさなかった。ジョーはあらゆる感情を抑えつけようとしたが、それらは鎧の割れ目という割れ目から漏れだしてきた。

「自分が死の一歩手前にいるのを悟っていた。一〇〇パーセント理解してたわ」

タングが眉根を寄せて、顔をのぞきこんだ。「ちょっと。だいじょうぶ？」

だいじょうぶとはほど遠い。「ええ」

ジョーは立ちあがり、トラックの外をまわって運転席のドアをあけた。「信じてもらえないかもしれないけど、わたしには絶対的な確信があるの。スコット・サザンはスカンクを橋に誘いだしたのよ、ふたり一緒に死ぬつもりで」

トラックに乗りこみ、エンジンをかけた。

タングも乗って、ドアを閉めた。「そこまで信じる理由はなに？」

「本人が電話で言ってた。わたしでは力になれない、問題を解決する方法はひとつしかないって。自分の解決法は確実だと」ギアを入れる。「銃弾よりも確実だと」

ハンドルを切った。「自殺の統計の話」

「そんな」

「サザンは自殺するためのリサーチをしていたのよ、エイミー。あの橋から飛びおりるのはほぼまちがいなく命を絶てる方法だと知っていた」壮麗でもあり不吉でもあるその橋をちらりと見やった。「これまでに千三百人があそこから飛び降りた。生き残ったのはわずか二十人そこそこ。死にたければ、睡眠薬を服んだり手首を切ったり、自分に銃をぶっ放したりしなくてもいい。生存率の低いのは、自分を銃で撃つほうじゃなく、湾に飛びこむほう」トラックを駐車場から出す。「死にたければ、あの欄干を乗り越えて、落ちればいいのよ」

タングはシートで身を縮めた。「二十人ほどは助かってるの？」

ジョーがなにより嫌いなのは、なきに等しい希望に人がすがりつくときの声の響きだ。でもタングはむなしいと知りつつ祈っているのだった。ジョーは水面に叩きつけられた人間が物理的にどうなるか知っている。

タングはそれを目撃したのだ。

「あなたは見とどけたんでしょ、エイミー」

「落ちた瞬間を見た」顔が引きつった。「時間が止まったみたいだった」

ジョーはしばらく黙ってから、言った。「落ちていくときの彼は、わたしたちのほうに手をのばしてた？」

石ころのように、終端速度に向けて加速しながら。

「本人はもう手遅れだと知ってたよ」タングが言った。

「スカンクを道連れにできればよかったのにと思ったでしょうね」

「あるいは、考えなおせばよかったと」

時速七十五マイルで宙を落下していきながら、橋に向かって手をのばしているサザンが目に浮かんだ。ジョーは顔にかかった髪を乱暴にかきあげた。

「あそこから引きかえすことなんてできやしない。サザンは承知してたわ」

降伏し、両腕を大きくひろげる彼の姿が見えた。進んで磔刑を受け入れるかのように。

タングがジョーを見た。「あんた、人が死ぬのを見てきたんだね」

「ええ」

とげとげしい妖精を思わせるタングが、目を見開いてジョーを見つめた。「患者が死ぬのを見るのはつらかったの？　つらすぎた？　だから精神科に転向したの？」

ジョーはふと憐れみをおぼえた。タングは経験を積み、有能で、外側は棘の鎧で固めている——けれど、死に接したことはなかったのだ。都会の警察官であっても、人が死ぬのをまのあたりにしたのは初めてだったのだろう。

「だからあとに残された人たちの手助けをしたいの、愛する人になにが起きたかを理解するための手伝いを」ジョーは言った。「わたしにできるのはそれだけだから」

残りは口にしなかった。できるだけのことをしても、じゅうぶんとはかぎらないのだということは。

今日自分たちはしくじってしまった。タングの四十八時間周期説もおしゃかになった。ジョーはトラックをフリーウェイに入れた。そして思った。つぎはだれ？

19

帰宅したが、家は空気が淀んで息苦しく感じられた。

〝患者が死ぬのを見るのはつらかったの？　つらすぎた？〟

出窓から射しこむ光のなかで埃がちらちら瞬いている。マントルピースの上で時計がチクタク時を刻む。一秒一秒、時を刻み、ダニエルと過ごした最後の時間からますます遠くへジョーを引き離す。

彼との最後の日、ジョーは医療救急ヘリに乗り、シートベルトを締めていた。ボデガ・ベイへのフライトははらわたが攪拌されそうに揺れた。風がヘリを振りまわし、横なぐりの雨が窓を強打した。

ジョーはつかまって体を支えながら、ダニエルとともに患者についての説明を受けた。エミリー・リー、六歳、クローン病とその他の慢性症状に加えて虫垂破裂。この新たな不運に見舞われた脆弱な少女をＵＣＳＦの小児外科チームに送りとどけられなければ、腹膜炎で日没まではもたないだろうと、ジョーもダニエルも操縦士たちも知っていた。

ダニエルはジョーを見た。「でもこのひどい天候じゃ、お日さまなんか見えやしない。だからそんなことにはならないよ」

ソノマ郡の海岸は遠かった。一時間のフライトでようやくぎざぎざの海岸線に打ち寄せる荒波、絶え間なく吹きつける風や北カリフォルニアの嵐に洗われた緑の山々というほぼ手つかずの自然が見えてきた。ボデガ・ベイは隔絶された、自由な気風の漁師町だった。ヘリが近づくと、ごみをばらまいたようにカモメの群れが飛び立った。ジョーのヘッドセットから機長の毒づく声が聞こえた。彼らは鳥を嫌うのだ。救急ヘリはずぶ濡れの運動場に着陸し、ローターをまわしっぱなしにした。一台の救急車が雨のなかでライトを回転させ、フロントガラスのワイパーを忙しなく動かしながら待っていた。ヘリから飛びおりると、ジョーは強風に横っ面を張られた。

地元の医師たちがエミリーを寝かせたストレッチャーを運んできた。小さな体は保温毛布にしっかりとくるまれていた。小走りにやってくる彼らの上に看護師が傘を差しかけている。エミリーの母親も並んで走りながら、娘の手を握っていた。全員が身をかがめて、ヘリに近づいた。

医師たちはエミリーを機内に運びこみながら、大声でバイタルサインを読みあげた。ダニエルがそれをクリップボードに書き留め、ジョーはストレッチャーを固定して点滴の袋を吊るした。エミリーは蒼白で、痛みがひどくならないようにじっと身を硬くしていた。少女は大きな目でジョーを見あげた。泣きださないよう下唇を噛んでいた。

ジョーは喉になにかがつかえるのを感じて、ごくりと呑みこんだ。エミリーの目が澄んでいて、痛みと闘っているのはいいことだった。意識が明瞭な証であり、まだ感染症が起きていないことを意味するからだ。その状態を維持しなければならない。腹膜炎が起きたら、少女は一時間ともちこたえられそうになかった。

母親が機内をのぞきこんで、叫んだ。「付き添っていいですか？」

ダニエルが首を振った。「これ以上乗れません。申し訳ない」

母親の顔にショックの色が浮かんだ。ジョーは言った。「お嬢さんはわたしたちがお世話します」

ドアがするりと閉じ、エンジンの回転数があがった。ヘリは地面を離れ、吹きおろしが青草に白っぽい輪をいくつも描いた。ヘリが南に向きを変えるとき最後にジョーが目にしたものは、エミリーの母親の顔だった。彼女は胸の前で十字を切り、両手で娘にキスを送った。

人が死ぬのを見るのはつらすぎた？

いいえ。つらいのは、そのあとも毎日息をしつづけることのほう。ジョーは窓から顔をそむけた。

ダーティ・シークレット・クラブのメンバーが死んでいる。その恋人や子供たち、それに無関係な人々までもが。ジョーは聖フランシス病院のＩＣＵに電話をかけて、担当の看護師と話した。

「ミズ・メイヤーの意識はまだ戻りません」看護師が言った。

「だれか彼女に会いにこなかった？」ジョーはたずねた。

「検事局から実習生の方がふたり。カードと花を置いていきました」

「家族は？」

「どなたからも連絡はありません」

不安で胃がむかむかしている。「ミズ・メイヤーが負傷した事故には不審な点があるの。彼女のことをいろいろたずねたり、ＩＣＵへ面会にくる人がいたら気をつけるよう、スタッフに言っておいて」

看護師はすこしのあいだ沈黙した。「わかりました。警察が警備についてくれたりはしないんでしょうか」

「いまのところそれはない。頼んでみるけど、保証はできないわ」

「警備員に話しておきます」

「ありがとう」

電話を切ると、息苦しさに耐えられなくなった。トレーニングウェアに着替え、バックパックをつかんで、ボルダリング（フリークライミングの一種）をしに坂の下の小さな公園へ行った。

車を路肩に駐めるころには、夕闇が迫っていた。ジョーは徒歩で公園を突っ切り、人がうようよしている市街地からは見えない、草と岩に覆われた小渓谷へ向かった。ベイ・エリアでボルダリングができる場所のほとんどは人工的な壁だ。本物の岩場にはめったにお目にかかれない。だがそこの常緑のオークの林を過ぎると、巨岩がごろごろ見えてくる。ジョーはクライミングシューズを履いてマジックテープで固定し、チョークパウダーのはいった小袋をクリップでベルト穴に留めて、岩に近づいた。

街の灯、車の騒音、すべてが背景に消えていく。大気がぴりっと清々しい。来るべき愉しい時間の期待に満ち満ちた、ハロウィーンの空気。西の空は輝く黄金色に染まりつつある。ジョーは両手にすべり止めのチョークパウダーをつけて、最初の岩に向かった。

それは優に十二フィートの高さがあり、その小渓谷には巨人が癇癪を起こしてばらまいたかのごとく同じような岩がひしめき合っていた。手をふれると、岩肌はひんやり冷たかった。ざらっとした感触の砂岩だ。表面は基本的に凹凸がない。ジョーはボルダラーが〝課題〟と呼ぶ、てっぺんまで登るルートを考えた。十二フィート——落ちたときクッションになってくれるクラッシュパッドは持ってこなかった。そうした岩のことなら知っている。口をきかず、譲歩せず、信頼できる、長いつき合いの友。ボルダリングでは危険なこともあるけれど、それは岩が悪いのではない。リスクが生じるのはあくまでもこちらの不手際のせいだ。

ジョーは課題に取りかかった。右足を岩のごくわずかな縁にのせる。体にこわばりを感じた。筋肉が硬くなっている。感情が影響しているのだとわかっていた。体を押しあげ、頭上に腕をのばして手がかりとするところをつかみ、岩に身を押しつけた。

忘れなさい、ジョー。あきらめて、腕をのばして、目下の課題に頭を切り替えて。岩は嘘をつかない。あなたを傷つけない。どこへも行かない。百万年経ってもまだここにいる。

グリップと足場をチェックする。身を乗りだして、左手を岩の割れ目に引っかける。そこで頭上を見あげた。

空は魅惑的な銀色を帯びたブルーで、ゆらめくように光っている。ダニエルは一日のこの時刻を愛していた。二十四時間勤務のあと、あるいはヨセミテで岩壁を登ったあと、くたびれ果てているときでも。ストレスのありったけを岩に吐きだし、嬉々として挑み、純粋に岩登りを楽しんだ。あの最後のとき、トゥオルミ・メドウズで、ふたりは岩を登ったあと、キャンプファイヤーで夕食をこしらえた。ダニエルは褪せた茶色のTシャツを着ていた。いまジョーの両手がつかんでいる岩の色だ。こんがり陽に灼け、高揚していて、その場にしっくり調和していた。ダニエルは物静かな性質ではなかった。言わば裏返しのサイクロンで、世界の混沌に対しては冷静だったが、内には嵐が吹き荒れていた。でもあの夜のダニエルは静かな水面のようだった。ジョーのほかにはなにも求めさえしなかった。水晶のような時間。

割れ目に指を差しこむと、奥行きは二インチあった。一瞬おいてから、両脚を使ってぐいと体を押しあげた。

ジョーはまたあの目を見てしまった。これが最期だと全身全霊で悟っている目。スコット・サザンが橋の欄干まであとずさるのが見えた。

つぎの手がかりに向けて、手を突きだす。狙いがはずれる。体が岩から剝がれ、落ちかかるのを感じた。

岩を押しやるように離れ、向きを変えて、冷たい土に着地する。

スコット・サザンはみずから死を選び、自分を苛む相手を道連れにしようとした。家族が危険にさらされることを恐れ、自暴自棄になっていた。

スコット・サザンはダーティ・シークレット・クラブのメンバーだった。

彼の秘密とはなんだったのか。なぜスカンクなどというあの貧相な男に操られることになったのか。あれほどまでの孤独感に、すべてに終止符を打つほどの決意にサザンを至らしめたのはなんなのか。

止めるため。

ジョーは手にチョークパウダーをまぶし、ふたたび取りかかった。地面を離れ、岩に貼りつき、一方の腕を上に這わせて岩の襞《ひだ》に指をかける。思いきってのびあがるように飛びつくと、今度は確実に手がかりをつかむことができた。

スカンクはダーティ・シークレット・クラブを侵食しているらしい。最初はデイヴィッド・ヨシダが、息子の死の二日後に薬物過量摂取で死亡。つぎにマキ・プリチンゴが恋人を殺害後、自分のあごの下にショットガンの銃口を当てた。キャリー・ハーディングはストックトン・ストリート陸橋から車でダイブした。全員がエリートで、彼らをつないでいるのは奇妙な排他的集団、ＤＳＣと呼ばれる妖しい蛇の穴だ。

冷たい岩肌に体を添わせるようにしてしがみつく。〝両脚を使えば、地上五フィートで体力を使い果たさないですむわ〟――初めて一緒にボルダリングしたとき、笑いながらダニーに言った自分の声が聞こえる。ジョーはふうっと息を吐きだし、足がかりを確かめてからのびあがった。岩のてっぺんの、面が平らになりはじめる部分に手が届く。

ダーティ・シークレット・クラブのメンバーがひとりずつ消されている。しかもそのペースはしだいに速まっている。だがメンバーたちは殺されているのではない。何者かによって自殺するよう仕向けられているのだ。

勢いをつけて飛びあがり、岩の頂上によじのぼった。

そして腰かけた。腕と脚が燃えている。心臓はまるで競走馬だ。体が膨張したように感じられた。

スカンク――それにたぶんべつのだれか――が、人々に死への道を選ばせている。ということは、死のほうがまだしも害が少ないと思うほどの酷な選択を突きつけているのだろう。どんな？　それを知るには、キャリーの死のダイブから生還した女性と話す必要がある。なにがキャリーを追いやったか、ジェリ・メイヤーは知っている。でもジェリ・メイヤーはこの岩と変わらないくらい動かず沈黙したままだ。ジョーは岩のてっぺんに坐って、西の空に光る宵の明星を見つめた。

犠牲者たちにとって死よりも悪いこととはなんだろう。

20

ジョーは家から坂を一ブロック下ったところにトラックを駐めた。西の空のブラッドオレンジ色の太陽が公園のモントレーパインに金箔をまぶしている。木々は燃えているように見えた。ジョーは歩道を歩いてのぼりながら、手さぐりで鍵をさがした。熱いお茶、熱いシャワー、一杯のうどん――いま必要なのはそれだけ。それから準備すれば、UCSFで開くことになっている遺族の会にぎりぎり間に合う。そのあとはティナが迎えにきて、女友だちとの夜遊び。愉しくなかったら承知しないわよ。

通り沿いの家々から明かりが漏れる。アパートメントの窓に弱々しい陽の光が反射する。煌々と明るい賃貸の豪邸に、ファード・ビスマスのシルエットが浮かびあがる――気づくのが遅すぎた。玄関のドアが勢いよく開き、ファードが手を振りながら小走りに出てきた。

「ジョー、見にきて」

ジョーの気力は数時間前に干上がっていた。「ファード、ごめんなさい、いまはだめなの」

ファードはドアを大きく押しあけた。「薬を処方してもらったんです」

いったいなんの話？　処方薬を見にきてって――踊る錠剤《ピル》ケースかなにか？　ファードは

首を傾け、よい魔女グリンダからたったいま家への帰りかたを教わったみたいな笑みを浮かべた。

興奮で足を踏み鳴らさんばかりだ。「想像もつかないでしょ」

ええ、おっしゃるとおり。ファードはアレルギー専門医と、鍼治療医と、アンチエイジング専門医にかかっているけれど、数えあげたらきりがない。除湿機だろうか？　電動カート？　睡眠中に彼の鼻中隔彎曲症状を軽くする電動式のマットレス？

「効果があるといいわね」ジョーは言った。

ファードは戸口に立っている。ジョーは心ならずも足を止めて、隣人のうしろの薄暗い玄関ホールをのぞいた。暗がりでなにかがすばやく動いた。ジョーははっと息を呑んだ。

「ファード、いったい……」

彼はにやりと笑って、うしろを振り向いた。「ミスター・ピーブルズ？　出ておいで」

ふたたび蜘蛛を思わせる動きがあった。ジョーは一歩あとずさった。

戸口にふたつの目があらわれた。その生きものは小さくて落ち着きがなく、黒くて顔と胸は白く、ごく小さな両手でドアの側柱にしがみついた。

ジョーは驚きを隠しきれなかった。「ファード、あなた、猿を処方してもらったの？」

「オマキザルですよ」ファードは猿に向かって手招きした。「ミスター・ピーブルズ。こっちへ来てご挨拶しなさい」

名前を呼ばれて、猿はびくんと顔を仰向けた。それからドアの奥のほうへ身を縮めた。

「ミスター・ピーブルズ、失礼じゃないか。こっちへおいで」

ファードは小さな子供に話しかけるような口調だった。彼が働いているコンピュータ・ショップで電子機器をいじくりまわす、小さい反抗的な子供に対するように。

ファードはジョーのほうを指してみせた。「この人は友だちのジョアナ。お医者さんだよ。精神科医なんだ」ゆっくり発音する。「だからこの人の前ではお行儀よくしたほうがいいぞ、さもないと病院に入れられちゃうからね」

「ねえ、ファードったら」ジョーはポーチへの段をあがった。「この子はどうしたの？」

「ぼくのコンパニオン・アニマルですよ」

なんですって。「ヘルスケアのプロがこの猿をあなたに処方したの？」

「催眠療法士が」

ジョーは額をこすった。「どうして？」

「ミスター・ピーブルズはぼくのそばにいて精神的にサポートしてくれるんです。パニックを起こしたらなだめてくれる。動物が神経を落ち着かせることは医学的に証明されてるんですよ」

「知ってるわ。だけど……」

「かわいくないですか？」身をかがめて、チッチッと舌を鳴らしてみせた。「おいで、坊や」

猿は小さな顔に警戒のしわを寄せて、縮こまった。

ファードはかがんで、猿を抱きあげた。「わかったよ。気長にいこう」

猿はファードのシャツの襟をつかみ、腕の上にうずくまって、コウモリの群れが攻撃してくるとでもいうかのように周囲をおどおどと見まわした。

「薬やセラピーよりこのほうがずっと健康的でしょ。それにめちゃめちゃ便利なんです――ぼくのためになんでもやってくれるんで」またしても厳格な父親の声色を使った。「ミスター・ピープルズ、ｉＰｏｄを取ってこい」

猿は身をかがめて尻をかいた。

「いいんだ。ミスター・ピープルズ、ハグして」

猿は四方八方へ視線を走らせた。幻覚のコウモリ軍団が急降下爆撃をしかけてくるかのように。ついで熱く興奮した目をジョーに向けた。小さな唇がすぼまった。

隣人はにこやかに微笑んだ。「こいつ、ミニ・ファードみたいだな」

ジョーはごくりとつばを呑んだ。「もしこの子があなたのイド（精神分析学において「本能の衝動的原泉」をさす。エス。）だとしたら、わたしはいまセラピストが知りたがらないようなことまで目にしてるわけね」

「これからはこいつが精神を安定させてくれると思います。もうレストランやベイ・ブリッジでパニックの発作に襲われることもないでしょうね」

コンパニオン・アニマルがほんとうに人の役に立てることはジョーも知っている。でもこのちっちゃな生きものがレストランで食べ物を投げたりするどころか、ファードが時速六十マイルで運転中に車内を好き勝手に飛びまわるかと思うと、頭がくらくらした。

「チャイルドシートを買ってやって」ジョーは言った。「五点式ハーネスのを」

ミスター・ピーブルズが真っ黒な目でジョーをにらみ、歯をむきだして、キーッと鳴いた。

歩道を歩いて家に向かった。家の前の、一番《ヌメロ・ウーノ》の駐車スペースが黒のトヨタ・4ランナーに陣取られていた。そちらへ行きかけると、運転席のドアが開いた。ゲイブ・キンタナが降りてきた。

こちらへ歩いてくる彼の姿を西陽が燃え立たせる光景は、わが目を疑うばかりだった。ジョーは両手をスウェットシャツのポケットに入れた。4ランナーの室内灯が点っている。前の助手席に小さな女の子が坐っているのが見えた。

「どうも」ジョーは言った。

ゲイブがぶらぶらと近づいてきた。「これを忘れただろ」

タケリアに置いてきたノートとペン、それにアルミホイルで覆われた紙皿。食べなかった昼食だ。

ジョーは受けとった。「ありがとう、軍曹」

「もうそうじゃないと言っただろう？」

「なるほど反逆児だわ。わたしの食事を持ってきてくれるなんて」ジョーは微笑んだ。「好きなだけ反抗してよ、わたしは気に入った。わたしが指をぱちんと鳴らしたらどうなるの？」

「知りたい？」

ゲイブの顔にじわじわと、わかっているよと言いたげな笑みが浮かび、ジョーは目をしばたたいて顔の火照りをごまかした。気まずさに目を落とす。ゲイブが苦い表情になった。

「ソフィと軽くなにか食べにいって、そのあとあの子を送っていくんだ。母親のほうに泊まる日だから」

ジョーは車を見た。ソフィはひとりで歌いながら人形で遊んでいた。

「いつブラッツ人形が世界を征服したの？」

「母親が一式買い与えたんだ。ヤスミン、ジェイド、プーティ（ふくれっ面）、ギミー（おねだり）さ」

「親たちに嫌われるアンチ・ブラッツの付属品を売りだそうかしら。小さなアセチレン灯とか」

「おれはそんな小物、気にしないね」

「じゃあ人形工場を襲撃する？」

「C‐4（プラスチック爆弾）で足りるだろう」にやにや笑いだしている。「一緒に来る？」

夕暮れの光のなかで見るゲイブは文句なしにハンサムだった。ハリウッド的な意味においてではなく——彼は美形ではない、そういうのとはまるで別物。微笑むと口の端がゆがむ。濃い茶色の瞳がジョーをじっと見ている。その目で見つめられると、帯電した場所に足を踏み入れたような気がした。

それがジョーをとまどわせた。だから距離をおいた。口を開くと、他人行儀な声になっていた。

「悪いけど、行けないわ。ＵＣＳＦで会合があるの。でもソフィに会わせてもらえる？」

「もちろん」落胆したとしても、ゲイブはさらりと流した。娘に手を振った。「おいで、お《ク》ちびちゃ《リケット》ん」

ソフィ・キンタナは4ランナーから飛びおり、こちらへやってきた。ブラッツ人形をスーパーガールよろしくつかんでいる。仏頂面の人形は髪をなびかせ、ヒロインの相棒としてソフィの傍らを飛んできた。

「こちらはジョー」ゲイブが紹介した。

「こんにちは、ソフィ」

ソフィが恥ずかしそうににっこりした。ゲイブの茶色の目だ。その目は深い輝きを放っていて、ジョーが子供の目のなかに見たいと思う以上の気遣いが見てとれた。少女はディズニー・プリンセスのＴシャツを着ていた。白雪姫、アリエル、ジャスミン。

「忘れものを届けてくれてありがとう」ジョーは言った。

「ええ」ソフィはゲイブの脇にもたれるように身を寄せ、スーパーブラッツ人形を胸に抱きしめた。

ジョーの電話が鳴った。失礼と断って電話に出ながら、ゲイブに連れられて車に戻っていくソフィに手を振った。自分の心臓のどくどく打つ音が聞こえる。

エイミー・タングがジョーを現実に引き戻した。

「マリン郡へ行って。彼が見つかった」

沿岸警備隊のカッターボートはフォート・ベイカーの桟橋に横付けされていた。海峡の水は日没後の菫色《すみれいろ》に染まっていた。前方にゴールデンゲート・ブリッジがそびえ、タワーが鮮やかにライトアップされている。湾の反対側には燦然《さんぜん》と輝く街の灯。ジョーはドックのほうへ歩いていった。ゲイブが三フィートうしろからついてきた。

マリン郡検視局の捜査官が待っていた。煙草の火をもみ消して、握手の手を差しだした。

「ウォルト・チェルニーです」

「ジョー・ベケットです。こちらは第一二九救難航空団のゲイブ・キンタナ」

チェルニーは海のほうをあごで指した。「こっちです」

あきらめのにじむ重苦しい口調。ジョーの気分がまたすこし沈んだ。小声《ソット・ヴォーチェ》でゲイブに言った。「ほんとうにありがとう」

ゲイブは一緒に行くと言ってきかなかったのだ。〝悪い報せ〟とジョーが口にするなり、ひとりで行ってはだめだと言った。ふたりでソフィを母親のアパートメントに送りとどけて、ジョーは遺族の会を仕切る代役を見つけ、ティナたちと夜遊びに出かける約束をキャンセルした。いまこうして来てみると、ゲイブの付き添いを自分がどれだけありがたく感じているかわかった。この二十四時間に破損した遺体はもうたっぷり見せられたというのに、埠頭の先には新たに死にたてほやほやの生々しい骸が待っているのだ。

「後方はまかせろ」ゲイブが言った。応援してくれている。

ジョーは捜査官とボートのほうへ近づいた。「身元は？」

「運転免許証がありました。スコット・グレイスン・サザンです」

大海に仰向けで浮いている遺体を沿岸警備隊が発見したのだった。マリン郡検視局は免許証の住所がサンフランシスコなのを見て、ＳＦＰＤに連絡した。それからエイミー・タングがジョーに電話してきたのだ。

「近親者には知らせたんですか？」ジョーはたずねた。

「これからです」

「急いだほうがよさそうですね。飛びおりるところを大勢が目撃したので。だれかがメディアに通報するでしょう」まだしていなければの話だが。

カッターは水面でゆらゆら揺れていた。そのすぐそばの木の桟橋に、プラスチックの長いトレイに寝かされ、黄色い防水シートで覆われた遺体があった。チェルニーはトレイの脇にしゃがむと、シートの端をつかみ、ジョーを見た。

「いいですか？」

ジョーはうなずいた。チェルニーがシートを引いてどけた。

心の準備はしていたものの、横隔膜が動きを止めた。複数の鈍的外傷。検視官なら死亡証明書にそう書くだろう。生きることへの絶望。それはリストに載らない。けれどもスコット・サザンをこの壊れた物体に変えてしまったのは、まさにそれなのだった。ポロシャツは脇の下で丸まり、ジーンズはずたずたに破け、靴と靴下は脱げていた。開いたままの目はどんより濁っている。

彼の痛み、愚かさ、われを忘れるほどの無分別さが、一気にジョーを打ちのめした。この若さでどうして死が出口だなどと思いこんでしまったのか。

死の誘いならジョーにもおぼえがある。ダニエルを喪《うしな》ったあと、もう彼を生きかえらせることも、悲しみを克服することもできないのだという現実が、何週間もとめどなく降り注いだ。体に鉄釘を打ちこまれるかのような喪失感に苦しみ、なにかがそれを止めてくれることを切に願っていた。

死。てっとり早くて、永続的な治療法。

ジョーは悲しみをこめてスコット・サザンを見おろした。この人は重荷を担う術を見いだせなかったのだ。

ゴールデンゲート・ブリッジから身を投げる人たちは、ベイショア・フリーウェイで十八輪トレーラーの正面に踏みだしたりはしないだろう。あの橋を選ぶのはすぱっときれいに死ねるから、ロマンティックでドラマティックな退場を望むから、それに自殺関連ウェブサイトが流しているでたらめ――あの橋から飛びこめば穏やかに苦しまずに死ねる――を信じているからだ。

だが時速七十五マイルで水面に叩きつけられるのは、大型トレーラーに撥ねられるのと大差ない。飛びこんだらするりと静かに潜れるわけではないのだ。その衝撃は胸骨を押しつぶし、心臓を大動脈からもぎとりかねない。肋骨が砕け、肺や肝臓に刺さる。たいがいそうするように、もがいて水面に浮かびあがろうとすれば、骨盤や大腿骨、あるいは首が折れていることに気づく。取りもどすには遅すぎる命にすがり、波間を漂う姿が人目にふれることは少なくない。最期は海水もしくは自分の血液で溺れ死ぬ。

「彼が飛びおりたとき、橋の上にいらしたというのはほんとうなんですか?」チェルニーがたずねた。

「近くまでは行けませんでしたが」ジョーは答えた。

警官や沿岸警備隊員たちは押し黙っていた。気のめいるひとときだった。携帯電話が鳴りだしたとき、その音は無作法なほどやかましく聞こえた。ジョーは栈橋を引きかえしながら電話に出た。

エイミー・タングは疲れた声だった。「ケリー・サザンに未亡人になったと伝えなきゃならない?」

「彼だったわ」

「ちっ。事態はいよいよ悪くなったね」

「ダーティ・シークレット・クラブのメンバー全員が危険にさらされていると思わなければ。あなたの四十八時間周期も縮まってるし」

「つかめるものはひとつ残らずつかんで」

「いまやってる」

ジョーは栈橋の先へ戻った。つかめるものはひとつ残らず——あとなにが残っているだろう。混乱は深まるばかりだ。これは死、冷たい終着点。手がかりにできるものはなにひとつない——割れ目も、ひびも、指をかける場所さえも。ゲイブのそばで立ち止まった。彼は感情の読みとれない顔で、手を両脇に垂らしていた。ジョーを警護するかのように、音もなく背後に近づく。ふたりはマリン郡の捜査員たちが順序よくサザンのポケットを調べるのを見つめた。

チェルニーがぐっしょり濡れたスタジャンを開いた。内ポケットからジップロックの袋が突き出ていた。ジョーは近くへ寄った。

「わたしの思っているものだと言って」

チェルニーが袋を取りだし、開いて、なかから慎重に三枚の紙を抜き取った。手書きの文字でびっしり覆われていた。海水が染みこみ、ところどころインクがにじんでいたが、読めないことはなかった。

ゲイブがジョーの肩ごしにのぞきこむ。「遺書だ」

ペリーは夕食をとったが、飢えも渇きも満たされなかった。欲しいのはニュースだ。結果だ。机の前の窮屈なスペースを往ったり来たりし、いまかいまかと連絡を待った。とうとう電話が振動した。

彼は応答した。「どうなった？」

「サザンはくたばりました」スカンクが言った。

「どんなふうにだ？　手短に」

「翼なしで飛び立ったんです、ボス。水に叩きつけられておさらば。ゴールデンゲート・ブリッジから」

ホラー・ショー。ほとばしる赤い血のように、生あたたかい戦慄がペリーの全身を駆けめぐった。サザンはみずから見せしめとなったのだ。それも公衆の面前で。

「完璧だ。やつは炎を消そうとしていたか？」

「悩めるちっこい頭のなかだけで」

「おまえに情報はよこしたか？」

「まだです」

ペリーはくるりと向きを変え、散らかった机のほうへ戻った。音声合成器は音量を落としてある。「あきらめるな。もうじきだ。このチャンスを逃すな」

「もうくたくたでケツが眠っちまいそうですよ」

「おまえの腕がもげ落ちようが知ったことか。手がかりを見失うなよ」時計を見る。「以上だ。一時間後にまた電話しろ」

スカンクは携帯電話をしまい、丘の斜面を見おろした。展望台の下のスロープは枯れ草の茶色。双眼鏡を支えている両腕が疲れてだるい。ホースシュー・コーブの先、フォート・ベイカーでは、沿岸警備隊のいる桟橋だけが薄闇のなかで白い光を放っている。

沿岸警備隊が投身自殺者をフォート・ベイカーに運ぶことを、スカンクは知っていた。ずっと昔、コントラ・コスタ郡の検視局で働いていたから。遺体から所持品を失敬してとっつかまる以前のことだ。くそ、死んでもまだ腕時計が要るってわけじゃあるまいに。だが逮捕される前に、死者たちがどこで処理されるかを学んだ。交通事故、薬の過量摂取――それに身投げ。沿岸警備隊が湾から引き揚げた遺体はフォート・ベイカーに運ばれる。だからスカンクはその丘で待ち、沿岸警備隊の銀色のカッターボートが海に出るのを監視していたのだった。

ボートはトレイに紐で縛りつけた遺体を載せて帰ってきた。

サザンにつかまれた手首がひりひりする。歯が食いこむような強い憎しみに、視界の隅がぼやけた。あのめめしい野郎はおれを殺そうとしたのだ。サザンが欄干を乗り越えたときに身をよじって逃れなかったら、やつと一緒にはるか下の海面へ落ちていくところだった。ふざけやがって。

ボートは桟橋の横でぷかぷか上下していた。死んだカブトムシに地虫が群がるように、プラスチックのトレイのまわりに人が集まっている。シートを引きはがしても、だれひとり肝をつぶす様子はなかった。

指が疼いた。あそこへおりていって、死体から服を引っぺがし、ポケットをさぐりたい。まあ、待て。双眼鏡を目にあてる。両腕の毛がいっせいに逆立った。

黒っぽい髪のあの女がそこにいた。

何者なんだ、あいつは。最初はキャリー・ハーディングのＢＭＷが衝突した現場にいた。今日の午後おれが橋から逃げるときは、毒矢かなにかみたいに追っかけてきた。蜘蛛のごとく速くて身軽で、危うくつかまるところだった。なにが目的なのか。

双眼鏡の焦点を合わせた。蜘蛛女《スパイダー》、おまえはだれなんだ。肌は白いが、白人じゃないかもしれない。日本人《ジャップ》かメキシコ人が混じってるとか。運動選手みたいな体つきだ。ぴったりしたＴシャツにジーンズ。警察の人間じゃなさそうだが、警官たちとつるんでいる。それに今夜は男が一緒だ。軍関係者と見てまちがいない。

彼らは桟橋に立って検視局の人間と話しながら、遺体を見ていた。捜査員のひとりがしゃがみこみ、サザンの上着を開いた。ジップロックの袋を取りだした。スカンクはほくそ笑んだ。

きさまの負けだ、サザン。

あれに名前が載っている。こちらはそれを手に入れさえすればいい。

21

橋を市街方面へ向かうゲイブの顔を、対向車のヘッドライトがつぎつぎにストロボのごとく照らした。ジョーは4ランナーの助手席に無言で坐っていた。ゲイブは片手をハンドルにかけ、もう一方の手でシフトレバーをこつこつ叩いていた。表情は冷静そのもの。ラジオではロス・ロボスの《ザ・レック・オブ・ザ・カルロス・レイ》がかかっている。

難破した船と海の底へ沈んでゆく男が、恋人に呼びかける。

ジョーはラジオをひっぱたいて局を替えた。「聴きたくない。これ以外なら空襲警報でもいいわ。ジョージ・ブッシュの演説でもなんでも」

「ごめん」

「あなたはこんな夜を過ごすはずじゃなかったのに」

「ひとりぼっちよりましだ」

手がシフトレバーを握りしめる。脇目もふらずに道路を見据えている。

「ソフィが元奥さんと一緒なのが気になる?」

「結婚はしてなかった。それに、答えはイエス。おれたちはいい関係じゃなかった。ドーンは……いろいろ問題があって」

ジョーは待ったが、ゲイブはそこまでで口をつぐんだ。「ソフィはあなたのもとですくすく育っているように見える」

「ありがとう」ちらりとジョーを見、その目が和らいだ。「あの子はおれの人生の太陽だよ」

しばらくどちらも黙った。ジョーの右手で橋の吊りケーブルが坑垣のように見えた。その向こうに暗くひろがる海。優しく、力づけてくれる存在。ジョーは窓をあけて、頬を風に当てた。

「空気は足りた?」ゲイブが言う。

「まだ全然」

車はサウスタワーの下を通過した。高さ七百フィートの美しい鉄塔。「だからクライミングが好きなの。ほかのだれよりも上まで行くと、まわりじゅう空気しかない。この橋のてっぺんまでひと呼吸で登れるわ」

「パラシュートで降りてくるほうがいいな」

「ハーキュリーズの後部からHALO降下（高高度降下低高度開傘）する男の科白ね。そんなのだめ。ロープに、ベルトに、カラビナ。チョークバッグに、いいクライミングシューズ。ぞくぞくするわよ」

「きみは十月の寒い夜にいつも窓をあけておくの?」

「ごめんなさい」ジョーは窓を閉めた。「閉ざされた空間は苦手で」

「そうらしいね」

鋭く彼を見た。「あなたが考えているのとはちがうから」

「なにも考えてやしないよ」

「そうじゃないのよ、ゲイブ。この閉所恐怖症はずっと昔にさかのぼるの、ロマ・プリータ地震に。わたしは父と小さい弟、妹と、車でオークランドへ向かってた。サイプレス高架橋にいたの」

ゲイブが顔を向けた。「マジで？」

「マジで」

「どうなったんだ？」

「ずしんと来て、亀裂がはいって、支柱がばらばらになって、フリーウェイの最上段がパンケーキみたいにぺしゃんと落ちてきた。わたしたちは閉じこめられた」

「ひどいな。みんな抜けだせたのか？」

「父はストレスからその夜心臓発作を起こしたわ」

「気の毒に」

「命は助かったんだけど、でも怖かった」耳の上に髪をかきあげた。「信じられないくらい運がよかったのよ。わたしたちの前後の車に乗ってた人たちは押しつぶされて亡くなったのに」

ゲイブは数秒おいてからたずねた。「どのくらいのあいだ？」

「閉じこめられてたか?」

一世紀。

あそこに戻ってはだめ、とジョーは自分に言いきかせた。思いだすのはいいけど、再現しちゃだめ。「四時間」

セメント粉塵のにおいがふたたびよみがえった。ガソリン、燃えるタイヤの悪臭。車のルーフがジョーの胸を圧迫していた。息をしようと必死だったが、肺をひろげることができなかった。車のドアを蹴飛ばして開き、這いだそうともがきながら、理性を失って泣きわめいていると、父が大声で〝じっとしてろ、ジョー〟と言った。それでも逃げだしたいという衝動は消えなかった。でも父が正しかった。車内に閉じこめられているのは危険だ。けれど外に出るのは命取りになりかねない。逃げだしていたら、崩壊するコンクリートの下敷きになっていただろう。

息をつまらせる黒煙が窓の隙間から流れこむ。顔をそむけることすらできなかった。弟のレイフはその息を首に感じることができるほどそばにいた。ティナは泣いていて、やがて咳きこみだした。見通しは暗かった。

「父は歌を歌ってくれたの。テレビのテーマソングを。わたしたちがこらえつづけられるように」

「いい人みたいだね」

「すばらしい人よ」ジョーは窓の外の夜を、この世の果てまで永遠に星明かりで照らす広大な夜空を見つめた。「第一二九救難航空団がわたしたちを引っぱりだしてくれたの」

「驚いたよ。そいつらはその晩地獄だったんだな」

サイプレス高架橋の崩壊した部分では何十人もの死者が出た。車が燃え、閉じこめられた人々が助けを求めて叫ぶ声が何時間も続いた。高架橋は不安定で、崩壊した部分にもぐりこんで生存者を救おうとする者はほんのわずかだった。第一二九救難航空団はためらわず、まばたきしたり、胸の前で十字を切ったりする間さえ惜しんだ。

ジョーはゲイブに顔を向けた。「あなたの仲間たち、医師、消防士、近くの住人――みんな危険を冒して助けにきてくれた――わたしが医者になったのはそれが大きな理由よ」

「いい話だ」

ゲイブはなぜ司法精神医学に転向したかはたずねなかった。残骸から救いだせない人々と向き合うため。でも彼はわかっているのだとジョーは思った。

車は橋を渡りきり、プレシディオを通って市街へ向かった。モントレーパインの森の奥に、軍人墓地が見えた。何列も連なる白い墓石は、声を発することなく多くを語りかけてきた。

タイヤが単調な音を立てる。ゲイブが言った。「サザンはある意味で家族を救っているつもりだったのかな」

「ええ。破滅がスカンクを止める唯一の方法だと思ったんでしょうね」

ジョーはルームライトを点けて、チェルニーがコピーしてくれた遺書を取りだした。海水に洗い流されずに残ったのは、ところどころ欠けた沈痛な文章だった。

ケリー、監督、みん
すまない。なにもかも悪いほうへ
脅迫されている、でもこの手で決着をつけるつもり

その後しばらくは、ただの青い染みだった。それから、

このクラブで心の重荷をおろせるだろう、全員が過ちを犯しているので理解してもらえるだろうと思った。

おかげで正気を保てたけれど、無罪放免とはならなかった。ぼくは破滅させられた。

ぼくはここでゆすられていたんだ。金を出せ、もっと人を連れてこい――クラブはそうして成り立っている。しまいには楽しみもなく、ただ金を払うだけになった。

いまぼくは脅されている。やつらに協力しなければ、タイラーがそうはさせない。キャデラックの男
悪い。なにもかも

ゲイブがラジオの音量をあげた。車はパレス・オブ・ファイン・アーツを通過した。スポットライトでライトアップされた似非《えせ》ローマ様式のドームが黄褐色に輝いている。左手に見える湾は黒いサテンのごとくなめらかだった。

メロディ・カートライトはぼくのせいで入水自殺

サザンの手紙は絶望的に悲しく、珍しいことに正気だった。たいていの遺書にあらわれる慢性的な精神障害の徴候がひとつとして見られない。スコット・サザンは長年うつ状態にあったらしい。が、妄想にとらわれてはいなかった。心は病んでいなかった。苦悩の源ははらわたを引っこ抜かれるような罪悪感だった。

ジョーは続く数段落をゲイブのために要約した。「サザンと男子学生社交クラブのメンバーはある女子学生をパーティの性的な余興のように扱った。その娘《こ》は精神的問題を抱えてしまった。ついにはマリブの海に泳ぎ出ていき、溺死した。その娘と家族ぐるみのつき合いだったサザンは、彼女の両親に会うたびに自分が殺したんだという思いを強くしていったの」

ページをめくった。手紙のおしまいの部分は判読可能だった。

クラブはゲームをし、はめをはずしている。メンバーはうなるほど金を持っているから、賞金が目的ではない。スリルがすべてなんだ。そしてなかに

は度を越している連中もいる。

クラブはよくない男とかかわったのだと思う。だれかがメンバーをさがしだそうとしている。そいつは名前を知りたがっている。何者なのかも、だれを狙っているのかもわからない。ぼくには見つけだせないし、もしできたとしても、だれかの死刑執行令状にサインすることになってしまう。

ケリー、そいつに手出しをさせないためにぼくにできるのは、そいつがよこしている男、タイラーの安全を脅かしている男を止めることしかない。いまここで、ぼくとともに手がかりを葬ることによって。

その方法はひとつしかない。ぼくをゆるしてほしい。


なんという痛み。ジョーは目を閉じた。

〝わたしをおいていかないで〟

〝一緒にうちへ帰るのよ〟

気がつくと、エンジンはすでに停止していた。ジョーは目をあけた。車はジョーの自宅前に駐まっていた。ゲイブがドアをあけて降りた。

「いいの」ジョーは言った。「玄関まで送ってくれなくても――」

でも彼はもう助手席側へまわっていた。ドアをあけてくれた。ジョーは車を降りて、冷たい空気を顔に受けながらゲイブと玄関のステップまで歩いていった。脚が重い。手のなかで鍵がかちゃりと鳴った。隣にいるゲイブが熱を発しているように感じられた。錠前に鍵を三度差し損ねたとき、彼が言った。「どうかした？」

ジョーは手をおろした。「蹴飛ばしてやりたかった」

「だれを？」

「スコット・サザン。ありったけの力で蹴飛ばして、首を絞めあげて、顔をひっぱたいてやりたかった」

「なぜ？」

「目を覚ませって言いたかったの。自殺はなんの解決にもならない。死んでも苦しみは終わらない。家族に丸投げするだけじゃない」ポーチの灯りは消えていて、夜の闇が顔を隠してくれた。「二度と戻れなくなるのよって、怒鳴りつけたかった」

「なにをそんなにかっかしてるんだ」

「してない」

「いまにも噴火しそうじゃないか」

ジョーは通りを見やり、ついで星を見あげた。「彼は自分が死ぬんだとわかってた。みずから死を選んだのよ、ゲイブ。あの最期の数秒間に。生き抜くという選択肢があったのに、それを放棄したの」

「どういう意味だい、わかってたって？」

「生きようと思えば生きられた。なのに自分からすべてを棄てたのよ」声がわななないた。「サザンはわたしを見たの。しぐさに見てとれた。わかっているんだって」

「きみはなぜそれがわかるの？」

「あの目つきは前にも見たから」

ゲイブに言いたくない。自分の内側をさらしたくない。けれど止められなかった。それは大鎌で身を切り裂くようなものだった。

「ダニエルの顔に同じものを見たから」

こみあげる涙をこらえた。「最期のとき、ダニエルはどうなるか悟ったの。わたしを見たわ。ほとんど口もきけなかったけど、わたしを見た。彼はわかってた」

自分の弱さに驚き、手首の内側を両目に押しあてた。「選択の余地がないことも知っていた。望みはなかった。あの目は大嫌い、もう二度と見たくなかったのに」

鍵で錠前を突いたが、ドアさえよく見えなかった。乱暴に目を拭った。「泣いてなんかいないわよ」

ゲイブの手がジョーの手を包んだ。両腕がまわされ、つぎの瞬間ジョーは胸に抱き寄せられていた。握りこぶしのごとく身をこわばらせて、抗ったけれど、彼の指が髪に差しこまれ、頭をそっと肩にのせた。

シャツに顔を埋めて、目を閉じる。ゲイブはなにも言わなかったが、ジョーが落下しそうになっても決して手を離さないだろうとわかった。がっちり支えてくれている。

ジョーの喉からしゃくりあげるような声が漏れた。ゲイブの指が髪をなでた。ジョーはわななきを止めて、体の力を抜いた。熱い涙が頬を伝う。全身のシナプスが帯電したような感覚。ゲイブの抱擁は酸素、水、光だった。

ジョーは彼に身をあずけて、胸の鼓動に耳をすませた。やがて、顔をあげ、離れた。手のひらで目をこすった。

「ばかみたい。このことは忘れてね。いい？」

「そんなことないさ。きみはダニエルを愛してたんだ。腹が立たなかったとしたら、人間じゃないよ」

ゲイブはジョーの手から鍵を取り、ドアをあけた。彼の腕が腰にあてられている。ジョーはそのまま動かなかった。まだそういう気持ちにはなれない。まだ全然。

冷たい夜気のなかで、彼の手にふれた。「ありがとう、キンタナ」

ゲイブは目と目を合わせ、手と手をふれ合わせたまま、じっとしていた。「もうだいじょうぶ？」

「堅固な岩のごとしよ」

「代わりにおれを殴ってもいいんだぜ、その必要があるなら」

ジョーはつい微笑んでしまった。ゲイブはようやく手を離した。人差し指を自分の額にあてて敬礼し、帰っていった。

　ジョーはドアを閉めて、背中をあずけた。家は暗く、空虚だった。空虚で、ひっそりと静かだった。

〝わたしをおいていかないで〟

　ボデガ・ベイを発って十五分もすると、天候はいっそう荒れだした。救急ヘリの操縦席で、パイロットたちがロデオのカウボーイふたり組よろしく制御機器と格闘していた。彼らの切迫したやりとりが、ヘッドセットを通してジョーとダニエルに聞こえた。ヘリコプターは安全に航行できる性能限界ぎりぎりに達していた。

　機長は煉瓦の壁並みにごつい顔の黒人だった。表情には一分の変化もなかったが、声は厳しいモノトーンに変わった。抑揚をつけるだけの余分なエネルギーや感情が残っていないのだった。

「これ以上風が強まるようなら、引きかえさなくては」彼が言った。

　ジョーとダニエルは視線をかわした。ダニエルの目には緊張があらわれていた。緑色の眸《ひとみ》に怒りがよぎる。待機している外科チームのもとへこの子供を送りとどけられないという現実を、受け入れるつもりはないのだ。

　けれども彼は点滴をチェックして、エミリーの肩に手をおいた。その声は穏やかだった。

「ハリー・ポッターは好きかい、エミリー？」

　少女はこっくりうなずいた。

「ハリーが嵐のなかクィディッチをしたのをおぼえてる？」にっこり笑うと、陽が射したように明るい顔になった。「これって、あれみたいだろう?」

ヘリはエアポケットにはいり、がくんという衝撃とともに十フィート余りも下降した。ジョーはすばやく天井に手を突っぱって、頭がぶつかるのを防いだ。窓の外には海をつかんでいるぼろぼろの鉤爪のような陸地が見えた。樅《もみ》の木立がいまにも崩れ落ちそうな崖にしがみついている。ガンメタル・グレイの海が獣のように身を震わす。岩に砕けた波の白い飛沫は、白燐手榴弾の白煙を思わせた。

ダニエルはエミリーの肩から手を離さなかった。「病院に着いたら、玩具のヘリコプターを買ってきてあげよう。ハリー・ポッターのヘリは売ってないけどね。いつもなにで遊ぶの? バービー?」

エミリーは答えなかった。苦痛の色を浮かべて、硬直していた。ジョーは少女の手をとった。

「GIジョー?」声に微笑をふくませた。「くまのプーさん?」

エミリーが大きく見開いた目で見あげた。「くすぐりエルモ」

ヘリがぶるんと震え、上昇気流に乗って舞いあがった。ジョーのヘッドセットから機長の声が聞こえた。「いよいよ撤退だな」

パイロットたちは引きかえす相談を始めているのだった。ジョーは眼下を高速で流れていく風景を見つめた。緑の丘を背に舞っている、白い鳥の群れ。

ダニエルはふたりの会話に耳を傾けてから、言った。「ペタルマまで行けるか?」

その意味するところはわかった。ボデガ・ベイに戻って、天候の回復を待ち、エミリーを病院に運ぶのが遅れれば遅れるほど、少女が助かる可能性は低くなる。

「だめだ」機長が答えた。「山を越えるだけのパワーがない」

ジョーはエミリーの手を握りつづけた。少女に会話のすべては聞こえないとしても、ヘリコプター内の緊張は感じとれるだろう。ポイント・レイズ・ナショナル・シーショアのずっと先、ボリナスまで行けるだろうかと、副操縦士がたずねた。

機長は言った。「ボリナスには病院がない。引きかえそう」

ダニエルはヘッドセットをむしりとり、よろけつつ足を踏みしめながらコクピットに向かっていった。

風とエンジンの怒号のなかで、三人の議論する声が聞こえた。ジョーはそっと親指でエミリーの手をなでた。ヘリは水平飛行すべく苦闘している。ボリナスまでは三十マイル。ダニエルはなんとかサンフランシスコを目指してほしいとパイロットたちに懇願していた。彼らはダニエルを席に戻らせようとしていた。

ダニエルは言った。「ボリナスまで行けるなら、シティまで行けるだろう」

「それに命を賭けたいのか?」機長が言いかえした。

コクピットからハンマーでなにか叩き割ったようなすさまじい音がした。ヘリ内部の騒音が爆音まで高まり、温度が急激に下がった。

ヘッドセットから「バードストライク」という声がした。

ジョーは弾かれたように首をめぐらした。風防が目にとまった。ガラスは丸い大きなひびがはいり、白い羽毛と鳥の赤い内臓で汚れていた。

「カモメだ、ちくしょう」副操縦士が言った。

「着陸《L》ゾーン《Z》をさがしてくれ」機長の声。「坐れ、ベケット。いますぐ。なんとかもちこたえて降りられるだろう。なにも吸いこまれなければ――」

悪を呼ぶ呪《まじな》い。

天井の上からバキッといういやな音がした。文字どおりそんな音だった。エンジンに鳥が吸いこまれたのだ。

エンジンが咳きこみ、悲鳴をあげた。機長が言った。「着陸するぞ、すぐに。空き地、丘、林、どこでもいいが切り立った山腹だけはだめだ」

その声はエンジンと同じくらい苦しげで、ジョーはその日初めて恐怖を感じた。

新たな音が轟いた。制御盤のアラームだった。赤いライトが点滅するのが見えた。エンジンがくがく震え、その震動がヘリの胴体からジョーの背中に伝わった。雨が激しく吹きつける。ジョーの耳にパイロットならだれも口にしたくない言葉が聞こえた。

「メーデー、メーデー」


キャデラックはのろのろと這うようにロシアン・ヒルをのぼった。スカンクは下唇を噛みしめながら、脇道をくまなく見ていった。黒のトヨタ・4ランナーはこのあたりのどこかにあるはずだ。フォート・ベイカーからあとを尾けて、ゴールデンゲート・ブリッジを渡り、マリーナを通過するときにあの軍人らしい男に見つからないよう速度を落とした。それからトヨタがマリーナ・ブールヴァードをおりて、フィッシャーマンズ・ワーフの上のこの界隈にはいったところで、見失ってしまったのだ。

スカンクは赤いレザーのシートに深々と身を沈めた。スパイダーはあの4ランナーに乗っていた。名前のリストを持って。

フロントガラスごしに通りを透かし見た。だんだん高級そうな住宅街になってきた。アパートメントのリビングルームにはしゃれたレール式可動照明や本棚が見える。タートルネックを着た人々が赤ワインを飲んでいる。本物のワイングラスで。スカンクはこそこそとキャデラックを進めた。丘のてっぺんの小さな公園では木々が暗く影を落とし、モントレーパインの老木が風にそよいでいた。バルコニーのある煉瓦の大邸宅がほのかな明かりに照らされている。

スカンクはそのまま通過した。無駄足だった。

坂を下り、ギラデリ・スクエアの近くに車を駐めた。観光客がどっと繰りだしていて、ギラデリの文字看板がライトアップされ、ケーブルカーが警笛を鳴らし、だれもがチョコレートやクラムチャウダーを買っていた。スカンクはペリー〝ミスター・プレイ＆ペイ〟に電話をかけた。

呼出し音が鳴りだす前に彼が出た。「聞かせろ」

いつものように、ペリーの音声合成器のブーンという機械音を聞くと、鳥肌が立った。スカンクはルールにしたがって早口にしゃべった。制限時間はきっかり三十秒。でかい情報——ボスは〝めぼしい点〟と呼ぶ——はすべて、一、二、三、カチッ、ドカーンという具合にしゃべらなくちゃいけない。

「サザンは名前リストを持ってました。海から引き揚げられた遺体のポケットにあったんです。いまそれをだれが持ってるかもわかってます」

スパイダーがリストを持っている。何者なのかも、なぜDSCのだれかが死ぬ現場にきまってあらわれるのかも不明だが、それでも……。

「蜘蛛みたいな女で。いつもそいつがあらわれるんです」

電話の向こう側の沈黙が不気味だった。スカンクは待った。ロボットの声がつぎになにを言いだすか、びくびくしながら。

ペリーは明かりを消していた。暗闇のほうが安心できる。視力はすばらしくいいのだ。夜の闇のなかから電気的な声がしたら、びびって失禁するやつもいる。だがいまは音量をさげてある。

「その女はどこにいるんだ」

「尾行中に逃げられました。でもどの界隈に消えたかはわかってます」

「見つけられなかったら、また誘いださなきゃならんぞ」

「リストを奪いとれるほど近づいたんですよ、ボス。まさかサザンがポケットに入れて欄干を乗り越えるとは」

「後悔してもはじまらんよ、スカンク。肝腎なのはこれをおっぱじめた連中の名前を手に入れることだけだ」

「もうそいつらを追いつめたも同然で」

「やつらは本来手にするはずでないものを手に入れた」

「そしておれらがそれを取りかえす。利子をつけて、ですよね、ボス」

　やつらは金銭ばかりか、それよりはるかに大きなものを奪った。ペリーが二度と取りもどせないものを。尊厳、まともな人生、声。ダーティ・シークレット・クラブによって自立そのものを盗みとられてしまった気がするときもある。しかもそれはたんなる金持ちのゲームだったのだ。

　見せしめ。やつらは現ナマを持ち逃げした。倉庫の床に横たわりながら、ペリーは彼らが言うのを聞いた。〝こいつはしゃべらない〟と。始末したと思ったのだ。不正な商売に手を染めている下種野郎は警察に駆けこんで訴えたりしないだろうし、二度としゃべれないようにしてやったとも思っていた。ふたりがかりで、鉄パイプとチェーンでペリーを痛めつけた。だがコンクリートの床に倒れ、ドアのほうへ這いずっていき、近づいてくるサイレンを聞いたときでさえ、あのふたりが下っ端にすぎないことはわかっていた。あれはお遊びで、裏でペリーを罠にかけただれかのためにやったのだ。クラブの幹部メンバーたちが、ペリーを裏切るのに小物の下っ端をよこせば自分たちは疑われずにすむと考えたのだろう。

それはちがう。

なぜならペリーはしゃべらなかったから。だが彼らはしゃべった。どうやってペリーをカモにし、見殺しにしたかを吹聴しはじめた。二年前は逃げたが、今度はミスを犯した。もう安全だと思うと口を閉じていられなくなったのだ。そして噂は広まった。

あとすこしで、だれにはめられたか突き止められる。

そいつらはペリーから五十万ドルだまし取った。五十万だ。それを元手にますます金持ちになった。あの金を取りもどしたい。それは仕返しの一部だ。ペリーの代行者であるスカンクも分け前にあずかることになっている。黒幕を突きとめたら、一五パーセント。

むろん、そいつらが生きているうちにだ。

「明日だ、スカンク。わたしは午後三時にダウンタウンへ行く。それまでに名前を用意しておけ」

スカンクは警戒する声になった。「三時？」

「わたしの弁護士はやり手でな。相手方が話を先に進めることに同意したのだ」

「二十四時間もないんですよ」

「七万五千の取り分のことを考えろ。それでやる気が起きるはずだ。獲物のリストだけの話じゃないぞ。おまえがつぎに買うヴィンテージ・キャデラックのためだ」

「そうでした。ただ消化不良が起きそうで。それだけです」

「その女、スパイダーか――毎回あらわれるんだな?」ペリーは言った。「ならば出てくる理由を与えてやればいい」

22

ジョーは昔ながらの疼きとともに目覚めた。今朝も太陽と霧笛がぶつかり合い、目をあけると白い天井が見えた。赤い掛け布団が体をくるみ、オレンジ色の枕が膝の横に積みあがり、ベッドはあたたかくて、なにもかも揃っていた。夫をのぞけば。ばか。時計の表示は午前六時四十分。十月三十一日、ハロウィーン。寝返りを打つと、ゲイブ・キンタナに抱き寄せられる生々しい感触がよみがえった。

当惑し、上掛けをはねのけて、起きあがった。いまはそのときではない。今朝キンタナのことを考えても悩みがひとつ増すだけだ。手早くシャワーを浴びる。それからジーンズと白い長袖のTシャツを着た。鎧戸をあけると、通りに並ぶ家々の壁を朝陽がそろそろと這いのぼっていくのが見えた。ゴールドとブルーの朝。隣のファードの家ではバルコニーへのドアが開いていて、カーテンが内から外、外から内へとはためいていた。ジョーはよそを向きかけたが、バルコニーでの動きが視界にはいった。

ローマ風彫像の一体の頭に、ファードの猿が坐っていた。ノートルダム大聖堂のガーゴイルのようにうずくまり、オレンジに爪を立てている。小さな指が神経外科医のごとき几帳面さで皮をむいていた。覚醒剤をやっている神経外科医の。

　ファードがバスローブのベルトを結びながら、飛びだしてきた。「ミスター・ピーブルズ、どうやってドアをあけたんだい？」顔はシェイビングクリームで覆われ、眼鏡が鼻までずり落ちている。ファードは猿をつかまえた。「心臓が縮まるじゃないか。こんなことしちゃだめだよ」

　熱い石炭の上を通るかのように、冷たいバルコニーを用心深い足取りでひょいひょいと横切り、すばやく屋内に戻ってドアを閉めた。

　ジョーはコーヒーを淹れて、メールと電話の伝言メッセージをチェックした。母、ティナ、姉のモモ、父、レイフ――親きょうだい、親戚一同から各々の手段で連絡がはいっていた。すべてのメールに返信し、コーヒーのおかわりを注ぎ、エイミー・タングに電話をかけた。

「最新情報は？」

「ドクター・デイヴィッド・ヨシダの死因はやはりバルビツールの過量摂取だった」

「息子のほうは？」

「フェンタニル。父親の二日前に」

　フェンタニルは合成アヘン剤で、処方箋がないと入手できない、ヘロインよりも強力なドラッグだ。「常用者だったの？」

「ヘロインはやってないけど、ほかのドラッグのね。二年前に更生施設にはいって、家族はもうクリーンだと思ってた。彼らの死の状況を調べてどうするの？」

「疑わしいと思って。スカンクがスコット・サザンの息子を狙っていたことはわかってるし」

「連中が脅しを実行するためにヨシダの息子を殺したとすると——ったく、血も涙もないいんだね」

「どこをとっても冷酷きわまりない事件よ」

タングが鉛筆でデスクをコツコツ叩きはじめた。「あんたが昨日アクアティック・パークで会った女だけど——」

「ソシ・サパタ。警告してあげなくちゃ」

「会いにいってみるよ」とタング。

「あなたを見たら、弁護士を呼ぶか逃げるかだわ。わたしに行かせて。どっちにしろ逃げるかもしれないけど、試す価値はある。彼女にあなたの名刺を渡すから。それで文句なしでしょう?」

「インタビューを録音してよ」

ジョーはテーブルの上でコーヒーマグをまわした。「また電話する」

電話を切って、マグをまわしつづけながら時計を見た。サンタバーバラの弁護士は出勤時刻が早い。ジョーには自分のやりたいことが職権の範囲内かどうか率直に教えてくれる弁護士が必要だった。それに、場合によっては境界線ぎりぎりでダンスするのに手を貸してくれる弁護士が。ふたたび受話器を取った。

ジェシー・ブラックバーンはジョーからの連絡に驚いた声だった。「ジョー。なにかあったのか？」

「あなたに貸しがあるので電話させてもらったの。情報開示と医師の守秘義務について質問があって」

「話してみて」

ジェシーはＵＣＬＡの学生時代からの友人だ。鋭くて頭脳明断、じつに回転が速い。ジェシーは前年、彼の手がけている事件でジョーの司法精神医学の専門知識を利用した。今度はこっちが頼る番だ。

「いま心理学的剖検をやってるんだけど」

事件のあらましをざっと説明した。ジェシーは言った。「奇妙だな」

「問題はここ。わたしはインタビューをするとかならず記録に残すの。それが報告書の裏付けになり、裁判で証拠として使われる場合もある」

「だけど今回はちがう？」

「情報が欲しいんだけど、記録に残さないという条件でないと聞きだせそうにない」

「当局には知らせたくないと？　どこに線を引きたいんだ？」

「情報提供者の身元は明かしたくないの。どんな内容かはまだわからない。いうまでもなく、タラソフの指針にはしたがうわ」

患者が第三者の生命を脅かしている場合、臨床医はそれが守秘義務に反するとしても潜在的被害者に警告する義務がある。今度の場合は医師と患者の関係にはあてはまらないが、その類の情報を隠そうとはジョーも考えていない。

「警察にどんな約束をしたんだい?」ジェシーがたずねた。

「キャリー・ハーディングの死の真相を突きとめると」

「だれにも嘘はついてない?」

「今日のところは」

ジェシーが笑った。「必要ならどんな情報もさぐっていいというゴーサインを警察にもらったと言ったね。どんどんやればいい。つかめるものはなんでもつかめ。聞いたところ、なにかもっと悪いことが起きるのを阻止しようとしてるらしいじゃないか」

「まさしく図星よ」

「がんばれ。どこもうしろめたくないぞ」

ジョーは息を吐きだした。「ありがとう」

「でも気がかりなのはそれだけじゃないんだろ」

「ええ。警察はわたしに情報提供者の身元を明かすよう強制できるのかしら」

「できるよ。それは医師と患者の守秘義務にはあてはまらないだろ、ジョー?」

「あなたが言ってるのはロープなしで岩に登れということよ」

「言ってみれば、そうだな。きみにとっても、きみの情報提供者にとっても、そこがリスクとなる。その点は相手にちゃんと話しておくんだ」

リスクのことならジェシーは熟知している。彼はある犯罪を目撃する日まで、世界に通用するレベルの水泳選手だった。その犯罪の黒幕に殺されかけ、いまでは車椅子の弁護士として法に携わっている。

ジョーは額をこすった。「あなたならわたしの顔にバケツで冷たい現実の水をぶっかけてくれるって、わかってた」

「きみは現実を把握しているよ、ジョー。すでに自分で考えていたことをぼくに確認させたかっただけさ。幸運を祈ってる」

ジョーは電話を切った。コーヒーを飲み干した。テレビ局に電話をかけて、つないでもらった。

「ソシ。取引しましょう」

ジョーはアクアティック・パークを海沿いに歩いていった。空はできたての打ち身を思わせる青。寒さよけにピーコートと赤いスカーフを身に着け、ドクターマーチンを履いてきた。一方の手に〈ジャヴァ・ジョーンズ〉のステンレスのコーヒーマグを持ち、反対の手で持っていたテイクアウト用のカップをソシ・サパタに渡した。

サパタは頭を振った。「スコット、死んだなんて――どうかしてる」顔がゆがむ。「それにビッグ・ニュースだわ。驚いた」

サパタは色褪せたグレイのスウェットの上下に、ランニングシューズというでたちだった。サンフランシスコ・ジャイアンツのベースボールキャップを額が隠れるほど引きおろして被っている。茶色の髪が風にばさばさと煽られている。ノーメイクだと肌はところどころ赤く斑になっていた。ソシ・サパタの亡霊みたいだ。

「ひどく心細く感じていらっしゃるでしょうね。でもそれにはおよびませんから」ジョーは言った。

「この件で警察に行くことはできないの——その点は理解してもらわないと。この話は他言されちゃ困るのよ」

「約束します。あなたが殺人を犯すつもりだと告白すればべつですが」

「ほんとうに?」

「ええ」

サパタの肩ががくんと落ちた。降伏のしぐさ。

「ダーティ・シークレット・クラブのことを教えてください」ジョーは言った。

サパタはコーヒーを見つめた。「昨日も言ったように、それは告解の場なの。罪を告白するひとつの方法」

ジョーはサパタのスウェットシャツを見た。胸の谷間がのぞく位置までファスナーをおろしている。この女性にとって〝胸の内を明かす〟ことは心理学的な意味があるのだとジョーは感じた。サパタは告白マニアなのだろう。告白はサイクルの一部らしい。よからぬ行為、恥、告白、安堵、そしてまた抑えがたい衝動によってよからぬ行為をはたらくというくりかえし。サパタのブラック・ダイヤモンドのペンダントが陽光を反射してきらめいた。

「クラブの目的はそれだけじゃありませんね」ジョーは言った。「輪のなかに坐って、お友だちから道徳的罪の赦しを受けるわけじゃないでしょう」

「ええ」顔の斑がひときわ濃くなった。「自分がどんなことをやらかしたか自慢する人もいるわ。そういう人たちにとっては自己満足を得る場所なの。ゲームととらえている人もいるし」

「具体的に言って、どんなゲームなんです？　ルールはあるんでしょうか。競争は？　賞品は？」

コーヒーを両手で包みながら、サパタは肩をすくめた。「あるわよ、賞品は。最高の秘密、もっともダーティな秘密とか、いちばん大きかったリスクとか、そういったものに対して。たわいないお遊びよ」

ジョーはブラック・ダイヤのペンダントをあごで指した。「それはどうするともらえるんです？」

サパタはカップを唇に近づけたが、飲まなかった。まるで飲もうとしても飲みこめないかのように。紙をくしゃっと丸めたような表情になった。

「どうしたらいいの、つぎはわたしだったら」言葉につまる。

「なぜそう思うんでしょう？」

「マキ」嚙んだ親指の爪で目の縁を拭った。「クラブに入れたのはわたしなの。そのせいでつぎはわたしになったりしない?」

「わかりません。彼をどうやって入会させたんですか?」

「番組のパッケージ——リポートのためにインタビューしたの、デザイナー・ブランドの偽造品について。マキと恋人の両方に会ったわ」

「そしてクラブにはいらないかと誘った?」

「あのふたりは火と氷だった。つねに牙をむき合うか、甘くささやき合ってるかのどっちかで。マキはすごくクールな人に思えたから、さぐりを入れてみた。わたしの若くてやんちゃなころの話をしたら、がっつり食いついてきた。そこでやっと、もし興味があるなら紹介してあげてもいいと言ったの」

「マキには打ち明けたがってることがあると、あなたにはわかったんですか?」

「そうよ」サパタはジョーを見た。「彼のボートはなぜ燃えたの? 知ってる?」

「いいえ」

「なんてひどい死にかた。焼け死ぬなんて——それ以上恐ろしいことがあるかしら」ふたたび目を拭った。

ジョーはひと息つく間を与えてから続けた。「昨日、クラブは絶対安全のはずだと強調していらっしゃいましたね。なぜですか?」

「わたしたちはふたり、もしくは三人でしか集まらないから。メンバーのリストみたいな記録もないし。だれも全会員の名簿は持ってない。デイジー・チェーン式というか——クラブのメンバーとは三人までしか会うことがないの。そうして秘密が守られてるというわけよ」

どちらもわざわざ口にするまでもなかった。クラブの細胞構造は穴だらけだと。

ジョーはコーヒーを飲んだ。「あなたの若くてやんちゃなころ、とは？」

サパタが頭をつんとそらせた。「わかるでしょ。ジャーナリズムの世界にはいる前は、いろいろとやったの。映画で」

「ずっと革命兵士の女王だったんじゃないんですね？」

「サパタは別れた夫の姓よ。ソシは、スーザンよりキャッチーだからそうしたまで。名前のもたらす印象についてはよくご存じのはずよ、先生」

「おっしゃるとおりです」

「それがポルノだったから気にしてるんじゃないわ。そんなの、だれもがやってることだもの。でもこれはちょっとちがったの」大きく息を吸った。

「どうぞ続けて」

「ありきたりのアダルト映画じゃない。ニッチな作品だった」

ジョーは興味を惹かれて、片方の眉をつりあげた。

サパタの微笑が皮肉っぽくゆがんだ。「こういえば言いかしら――わたしは宗教的過激派だったと」

「なんですって？」

「尼さん物だったの。みんな聖職者の格好をするのよ」

ことをもなげな表情になった。「いえ、ほんとの話。その種の映画には固定客がいるの。かなり熱心なファンが」

「そうなんですか」

「ジャンルはフュージョンね。ボンデージ、カトリシズム、修道女に司祭。サン・フェルナンド・ヴァレーの旧いお屋敷で撮影したわ」またしても首まで赤く斑に染まった。堕落を最小限に見せたいかのように、つけ加えた。「わたしは黒いキャットウーマンのラバーマスクを着けてたけど」

「では顔は出なかったんですね?」

「顔で知られてたんじゃないのよ」

「ええ」ジョーは反応をあらわさないように意識をコーヒーに集めた。

「マスクの上から尼さんのヴェールを被ったわ。それに四インチのピンヒールを履いて。Gストリングの代わりにロザリオをつけた」

ジョーは物事に動じないほうだと思っている。カリフォルニア人の精神的露出症にも慣れっこだ。ここの人たちはパック包装されたシーザーサラダ・ミックスのように、お手軽に感情をぶちまける。レタス、クルトン、コルセット・フェチ、パルメザンチーズ。けれど変態ポルノのスターダムにのしあがったというソシ・サパタの明け透けな告白には、さしものジョーも赤面させられた。

「冗談でしょう?」

「運の悪いことに、そのうち何作かがカルト・クラシックになってしまって」サパタが続けた。「《降下の洗礼》、これはパイロットの男が主人公。《聖職》では〝痛みの聖母〟が枢機卿会を調教するの、彼女のジミー・チュウを舐めるようになるまで。大ヒットしたのは《性体拝領》」

　ジョーは鼻からコーヒーを噴きだした。

　サパタは慎み深くも恥ずかしそうな顔をした。「そう、伝説的ヒット作よ」

　ジョーは顔を拭った。「すみません」

「いまでも陰でそうした映画の人気を支えているおたくファンがいてね。わたしの正体がわかったらどんなによろこぶか」

　ジョーはポケットからティッシュをかき集めた。プロの態度をこれほどぶざまに崩したことは過去にいっぺんもない。「ファンは知らないんですか?」

「いつもそのマスクを着けてたから。それがわたしのトレードマークだもの」

「クラブにはいったのはその秘密のせい?」

「これでわかったでしょ、なぜ記録に残されちゃ困るか」

　サパタが言っていたのを思いだした。入会希望者は自分がどんなことをしたか示す証拠を提出しなければならないと。ジョーの頭のなかで、エフェクターのかかった七〇年代のちゃちなサウンドトラックが鳴りだした。そのメロディは、おぞましいことに、シューベルトの《アヴェ・マリア》だった。

「顔が隠れてるなら、どうして……」

「タトゥーよ」

「めずらしくはないでしょう」

「それは作品のどこかにかならず映ってるわ。わたしってすごく柔軟な考えかたの持ち主だから、クラブには履歴書と一緒に映画のクリップを提出して、面接ではそのタトゥーも見せたの」目を伏せる。「蛇のタトゥーよ。自分では〝原罪〟と呼んでる」

恥と感じているのに、白状せずにはいられないのだ。これほど自己顕示欲の強い人間にはジョーもかつて出会ったことがなかった。

「当時はたんなるおふざけに思えた。シスター・メアリ・エロティカやマザー・イグナチオ・ロロヴァになって、言うことをきかない侍者の男の子たちをロザリオで折檻したり。鞭で叩いたり、縛りあげたりしてね」地面を見つめつづける。「吊るしたり。ときには首を絞めたり」

「演技ではない、自己発情窒息ですか?」ジョーは言った。

サパタがうなずいて、目をそらした。口をへの字に結ぶ。

「ソシ?」

まだ言うべきことがあるのだとジョーは感じたが、サパタはようやく露出はここまでと判断したようだった。

ジョーの髪を風が吹き抜けた。「DSCがどのように運営されているかを知りたいんです」

「言ったでしょ、仮想告解室だって」

「何人かで輪になっておしゃべりするんですか？　ナイフで彫刻したり、キルトを縫ったりしながら告白するんですか？」

「ちがうわ。システムは何年もかけて進化してきたの」硬い表情を保っていたが、やがて恐怖が警戒に打ち勝った。ふたたび防御の壁が崩れた。「メンバーは真実の告白、あるいは挑戦でプレイする。なにか人をあっと言わせる大胆なことをやってのけると、ポイントがもらえて、つぎのレベルに昇格できるの」

ハンドバッグをあけて、小さなジュエリーケースを取りだした。それをジョーに手渡した。なかには非の打ちどころのないブラック・ダイヤモンドが収まっていた。

「スコットのものになるはずだった。合格したのに」

それは美しかった。陽の光は屈折するけれど、その深い奥底までは届かない。

「スコットは先週ある挑戦を実行した。彼とキャリーで……ポーズをとったの……ダウンタウンの高層ビルの最上階で。あの地震の直後に」せつなそうな顔になった。「うちのニュース取材ヘリが実際に映像を入手したのよ。すごかったわ。わたしのアダルト映画のキャリアが安っぽく見えるくらい」

まあ、そうでしょうね。

「ソシ、クラブはなぜ脅迫を受けてるんですか？」

「挑戦に手違いがあったんじゃないかしら。だれかを傷つけたのよ。よくないだれかを」

「その人物が復讐している？」

「そう」

「それはだれなんです？」

「知らない」

サパタの携帯電話が鳴った。横を向き、電話に出て、「すぐ行くわ」と言った。電話を切ると、ジョーに言った。「前から追っているニュースなの。行かなくちゃ」

「クラブのほかのメンバーの名前を教えてもらえませんか。危険だと警告してあげられるように」

「わたしは知らない。さっきも言ったように、デイジー・チェーン式だから」

「警察と話をしていただけませんか？」

「だめ。警察をよこしたら、なにもかも否定するわよ。でも危険を知らせてくれたことにはお礼を言うわ」ダイヤモンドを引き取った。「これをどうすればいいのかしら。お葬式でスコットの棺に入れる？　なんてもったいない」


トラックに歩いてもどるとき、ジョーの電話が鳴った。

「ドクター・ベケット、グレゴリー・ハーディングです」

ジョーは歩調をゆるめた。「なにかご用でしょうか」

「まず、謝罪を受け入れていただきたい。昨日のわたしの振る舞いは赦しがたいものでした」

振り絞ったような声だった。朝の空を背に、芝生の上を白いカモメたちが旋回している。

「打ちのめされていたんです。でも自制を失ったことについては弁解のしようがありません」

「もういいですよ。よくわかりました」

「あなたにお話があります。キャリーの家で気がかりなものを見つけまして」

「聞かせてください」

「お会いできますか？　フェアモント・ホテルで会合があって、いま市内にいるんです――ルーフトップ・テラスにレストランがあります。まじめな話、これはぜひご覧になるべきですよ」

ジョーはためらった。が、ほどなく答えた。「すぐ行きます」

23

ドクターマーチンとジーンズのジョーが凹んだピックアップ・トラックで乗りつけても、ドアマンはまばたきひとつしなかった。

フェアモント・ホテルはノブ・ヒルの北側一帯を占めている。造幣局と言っても通りそうな、壮麗な白い石造りの建物だ。大理石、金箔、それにおそらくは厚かましさから、一九〇六年の大地震後に建てられた。装飾は〝泥棒男爵〟様式。鉄道王やダンスホールの踊り子たちの亡霊がいまもいて、円天井のロビーにその声がこだましている。ジョーは階段に向かった。グレゴリー・ハーディングの気性は信用しないが、ホテルが手際よく、情け容赦なく礼儀を強要してくれると信じて。

階上のレストランで、ハーディングは街を一望するテーブルについていた。陽射しのなかで金髪が白く光っている。表情は読めない。左手がナプキンを握りしめていた。

彼は立ちあがって、手を差しだした。「ご不便をおかけしなかったといいんですが」

「全然」

息を呑む眺望だった。空はセラックニスを塗ったようにシャープな青。金融街の摩天楼が丘の斜面に整然と並び、その先に朝陽を浴びた湾がきらめいている。

ハーディングの目は冷ややかだった。「キャリーはある異常なことに首を突っこんでいました」

「異常とおっしゃいますと？」

ハーディングはシャツのポケットから小さな革綴じの手帳を取りだして、掲げてみせた。

「ダーティ・シークレット・クラブ」

反応を窺うように、ジョーの顔をじろりと見た。ジョーは無表情を保った。ハーディングは手帳の背を手のひらに打ちつけた。

「でもこんなことはありえない。ダーティ・シークレット・クラブなど実在するはずがないんですから」

「そうおっしゃる根拠は？」

「よしてください」もういっぺん、先ほどより強く手帳を打ちつけた。「ゲームはやめましょう。キャリーだけでうんざりだ」

ジョーは冷静な表情を崩さなかった。「わたしがダーティ・シークレット・クラブについて聞いたことがあるかとおたずねなら、答えはイエスです」

ハーディングはまた手帳で手のひらをぴしゃりと打った。「だから昨日訊いたんでしょう、キャリーが自分を穢れて《ダーティ》いると感じていたかどうか」

ジョーを試しているのだった。不実な恋人をひっかけようとする、疑り深い男のように。

気に入らない。「ゲームをしているのはわたしじゃありません。そちらです。クラブは存在するし、あなたはそれをご存じです。なにが起きているのか、話してくださったらどうですか?」

ハーディングは目をそらした。テーブルに両肘をつく。一瞬おいて、額をこすった。「キャリーのやつ。なにをやっていたんだ」

「最初から話してください、グレッグ」

彼は額をこすりつづけた。「クラブはジョークでした。ただのジョークなんです。ロースクールのばかげた議論にすぎなかった。法科の学生がどんなふうだか、おわかりでしょう?」

「はい」医学生と似たようなものだ。情熱的で、知的で、競争好き。不安。発情している。

「彼らはばかをやることと、人を出し抜くことの達人です。法律はソクラテス・メソッドで教えられる——教師が学生に仮説や事例研究《ケーススタディ》や質問を投げかけるんです。授業では〝もし〜だったら〟という仮定で話し合い、その筋書きはしだいに極端になる」手帳を握る手に力がこもる。「論争し、思索する。人をこきおろして、知性をひけらかしたい誘惑にかられる。そういう熱に浮かされたような雰囲気が夜中まで続いて……おかしくなってくる」

ウェイターがやってきて、コーヒーを注いだ。ハーディングは彼が去るまで待った。

「あれは土曜の夜でした。パーティが遅くまで続いて。わたしたちはテキーラを続けざまにあおり、コカインもやっていた。刺激的な空気になっていたんです、わかります?」

「なんとなくは」

「話題は秘密に関してだった。隠蔽、嘘、権力者たちは保身のためにどこまでやるか」

「キャリーもそこに参加してたんですか？」

「ええ。でもコカインはやらなかった。いい子ぶりっこでしたから」ハーディングはあくまでも率直で、その顔はやつれて見えた。「わたしたちは法廷での自白について話しました。逮捕された容疑者が自分を抑えられなくなり、黙秘権があるにもかかわらず警官に洗いざらい白状してしまうこととか」

「ずいぶんはっきりおぼえているんですね」

ハーディングは手帳を掲げた。「こいつを見つけて以来、ずっとこのことばかり考えていましたからね」

「続けてください」

「犯罪事件なら、自白すれば刑に服さなければならない。なのに秘密を警察に打ち明けてしまう人間がいる。なぜか」両手をあげた。「ひとつには、重荷を肩からおろさずにいられなくなるから。あるいは、自慢したいからです」

「不快ですけど、事実ですね」

「そこで秘密の話になりました。人は秘密が大好きです。秘密は身の毛のよだつものだったり、愉快なものだったり、致命的なものだったりする。良心に重くのしかかることもある。なによりも、貴重なものになりうる。でもそれは秘密を秘密にしておく場合にかぎられます」

「当然ながら」

「シリコン・ヴァレーは情報を抑えることで成り立っている――秘密の売買で。情報を制限することが市場での力につながるのです」

「もしくは、他人におよぼす力に」

ハーディングは人差し指をジョーに向けた。「そのとおり」

「そうでないと強請や恐喝も成り立ちませんね」

「確かに」彼はうなずいた。「でも人は秘密をばらしたがるものです。《ジェリー・スプリンガー・ショー》をご覧なさい」コーヒースプーンをいじる。「自分の秘密をしゃべる人間は気づいていない――しゃべることで大切なものをぶちこわしていることに。全部ばらしてしまえば、パワーも支配力もそっくり失うんです。秘密は広い世間の知るところとなり、だれでもそれを好きなようにできる。

しゃべってしまえば、謎めいていた秘密は陳腐になりさがる。人が秘密をしゃべった場合、その九割は安っぽく、くだらなく、結局のところ……退屈だからです」

ジョーは首を振った。「特定社会で秘密を暴露すると、一族の争いや、名誉殺人に発展することもありますよ。カリフォルニアでは離婚やヒステリーや依存症の原因になったりしますし」

「退屈ですよ。〝あなたの暗い秘密〟ドットコムをのぞいてごらんなさい。〝妹と性的関係をもちました〞だの、〝ボビーを愛しているけど、打ち明けないつもりです〞だの、〝エレベーターのなかでおしっこしました〞だの。言いあらわすのに唯一ぴったりくる言葉は〝卑俗〞ですね」

「そういう人たちは匿名で告白しているんです」

「腰抜けですよ」

「興味深い評価ですね。匿名性は安全を与えてくれる。だからためらいなく本心を打ち明けられるんでしょう」

ハーディングは両手をひろげてみせた。「ネットで告白ですか？　ハンドルネームに隠れて？　つまらん。自分がだれかもわかってもらえないのに？　秘密だと言っていることが作り話かどうかもわからないのに？　あの晩わたしたちが下した結論は、秘密を匿名でネットに流すやつはマスかき野郎だってことでした。ジェリー・スプリンガーの番組でしゃべるなら、そいつはメディアに体を売る下層階級です。秘密と己の評判、どっちもだいなしだ。パワーを失うんです」

「要するになにがおっしゃりたいんですか？」ジョーは言った。

つかの間、彼はばつの悪そうな顔をした。「つい熱くなってしまった。あの夜どんな状況だったか説明したかったんです。わたしたちはガキだった。愚かで、思いあがっていた。全部ただのジョークなんです。あれは本物のクラブでさえなかった。集まってでたらめな討論をしただけです」

「でも、いまはちがう」

「いいですか。人は告白したがる。それは自分の荷をおろすため、恋人を傷つけるため、ひけらかすためです。人を助けるためだったりもする」

「それは認めますが」

「確かに、プライベートな告白は可能です。精神科医に話せば、医者と患者の守秘義務によって秘密は口外されない。弁護士に話すこともできる。彼らは秘密を漏らせば刑務所に放りこまれます。あるいは司祭にしゃべってもいい。命にかけて他言しませんから。その代わり要求もしてきますよ。悔い改めよ、とね。そして赦しを与えてくれる。そんなもの、だれが欲しがりますか?」

スコット・サザン。

「大勢の人が」ジョーは言った。

「話を聴いてましたか? ええ、そうしたプロフェッショナルたちにはたいがいなんでも話せますよ、ばらされるとか報復されるとかいった心配なしに。でも彼らはあなたの求めているものを与えてはくれないんです」

「なんですか?」

「栄誉《クードス》」

ハーディングはひとこと言い放ち、間をおいた。

両手をひろげた。「賞賛。承認。なにかを成し遂げて手にする栄光です」

「言葉の意味は知ってます」

「いま話題にしている秘密とは、受け身の隠しごとじゃないんです。〝ジョンおじさんにさわられて、だれにもしゃべるなと言われた〟みたいな。そうでなく、人が起こした行動のことを言ってるんです。大きな決断とか。リスクとか。社会的に受け入れられない事柄」

「犯罪？」

「言うまでもなく」張りつめた表情になる。「キャリーはそうした願望を抱き、それを実現したんでしょう」

「キャリーがダーティ・シークレット・クラブの創始者だと思われるんですね」

ハーディングはジョーに手帳を渡した。

ジョーが開くと、手帳の背がきゅっときしんだ。最初のページに、黒インクで〝DSC〟と書いてあった。

ぱらぱらめくってみた。どのページにも、紙面に食いこむほど力強い細かな文字で、きちんと整った書きこみがされている。

〝DSCの理念。秘密はかけがえのないもの。無駄にしてはならない〟

腕をざわざわと冷たいものが這いおりた。

〝p・5。ダーティ・シークレット・クラブの階級。(1)入門・白　(2)一般・銀　(3)プレミア・赤　(4)エリート・ブラック・ダイヤモンド〟

航空会社のマイレージ・サービスに匹敵する陳腐さ。ジョーは先を読み進めた。六ページ目は急いで書きなぐったような筆跡だった。

〝心の荷をおろすことはクラブの利点のひとつだが、告白は大きな満足を与えてくれるにすぎない。さらなる満足を得られるのは競争である。逮捕されることなく犯罪現場を再訪した場合、そのメンバーは特別ポイントを授与される。またはなにか恥知らずな行為を捕まらずにやってのけた場合。微笑みながら、もしくは哀しげに頭を振って偽証した場合。社会的に注目される職業、もしくは政治的立場を危うくするリスクを冒した場合。やると吹聴したことを現場に指紋ひとつ残さずやり遂げた場合〟

なんということか。この街を自分のゲームボード扱いしている。

「キャリーはなぜロースクールの雑談を現実にしようと思ったんでしょうか」ジョーは言った。

「わかりませんね」

「キャリーの穢《ダーティ》れた秘密とはなんだったんでしょう」

「彼女はわたしの妻だった。五年間、夢を見ている彼女の隣で眠っていました。だけどまったくわかりません」氷のまなざしがとけかけた。「このゲームがキャリーを殺したんですね？」

ジョーはハーディングを見た。なにかを渇望している顔つきだった。

「あなたにはわかりますか？　彼女がなにをやっていたのか教えてもらえませんか？」床に置いてあったブリーフケースに手をのばす。野球のボールを取りだして、テーブルに載せた。

「キャリーがこれをいったいどこで手に入れたのか、教えてください」

古いけれど保存状態のいい、ウィリー・メイズのサインボールだった。ハーディングは頭を振った。苦々しげな表情になった。

「野球のグッズは買わなかったのに。これをテーブルの下に隠していたんです、なにかばかばかしいゲームの一環として。話してください、キャリーがなにをやっていたのか」

ジョーは視線を受け止め、その目に怒りと痛みを見てとった。「あなたもメンバーなんですか?」

「ならよかったのに。だったら彼女を止められたかもしれません」

つかの間、彼は若く、途方にくれているように見えた。こんなことをしていたキャリーに裏切られたと感じているのだろうか。それとも、誘われなかったことで拒絶されたと感じているのか。

「キャリーとはまだ続いていたんですか?」ジョーはたずねた。

「ファックしていたか、ってことですね」

顔に出さないで、ベケット。餌に食いついてはだめ。「彼女との関係をそういうふうに考えているんですか?」

「彼女がそう呼んでいたんです。わたしにそうするのが好きだった」唇を引き結ぶ。「いまもわたしをもてあそ《ファック》んでいるんでしょう。わたしたちみんなを」

飢餓と憎しみと切望をこれほど雄々しく隠そうとし、かつ失敗しているケースには、ジョーもめったに出会ったことがなかった。ハーディングは限界ぎりぎりで踏んばっている。

「なによりもいまここにキャリーがいてくれたら、と思っていらっしゃるのでは？」

ハーディングの唇が白くなった。目が氷点の冷たさに戻った。こぶしを固め、口に押し当てた。

ジョーは目をそらして、彼に落ち着く間を与え、キャリーの手帳をまた一ページめくった。

〝アクセス、ｉＰｏｄのサブメニュー。パスワード、Ｐｌａｔｉｎｕｍ（プラチナ）〟

24

ジョーは玄関のドアを閉めて、廊下のテーブルに鍵を落とした。キッチンにはいり、パティオに通じるドアをあけ、涼しい風とライラックの香りを屋内に取りこむ。キャリーのiPodをパソコンにつないで、画面にメニューを呼びだした。

亡き検事補の私的なファイルは〝Extras〟サブメニューの奥深くに〝資料〟という名前で隠されていた。開くにはパスワードが必要だった。ジョーは〝Platinum〟と入力した。

ゲームボードがあらわれた。

画面に表示されたのは、ダーティ・シークレット・クラブの十人を超えるメンバーのデータだった。彼らの真の姿がここにある。履歴書はスキャナーで取りこまれ、アップロードされていた。あらゆる個人情報、吐き気をもよおさせる習慣、行動の詳細と、自分のしたことだと裏づける証拠のすべて。

「嘘でしょ」

ファイル番号1は市議会議員で、地震後の改修工事計画で談合をおこなったと告白していた。番号2は著名な法律学者。ラスヴェガスで警官をしていた時代にカジノから賄賂を受け取っていたことを自慢しており、履歴書に添えられた写真には〝娼婦の泉で泳ぐ〟なるタイトルがついていた。番号3は大物ロビイストで、上院下院の女性議員二十三人と寝たと主張していた。おまけに、彼女たちは〝満足した〟と。その男のファイルには〝デュース・ビガロー、激安ジゴロ〟と副題がつけられていた。

ファイル番号4はスコット・サザンだった。

ジョーはラップトップとｉＰｏｄを屋外へ持ちだし、マグノリアの木の下に腰かけて、新鮮な空気を吸った。厚顔無恥な、なんでもありの競争に圧倒される思いだった。

これらの人々を強請れるだけのネタがここに揃っている。それがキャリーの秘密なのだろうか？　クラブは、メンバーの秘密をわずか数人にしか知られないという組織構造ゆえに安全とされている。すべての情報にアクセスできる人間はいないはずだった。それなのにキャリーはヘドロを集められるだけ集めていた。

法の番人で野心家のキャリーはさながら旧東ドイツの国家保安省《シュタージ》職員のごとく、メンバーたちの資料を蓄えていた。なにをするつもりだったのだろう。

ほかのメンバーを破滅に追いやることで、クラブのなにか秘められた競争に勝つ計画だったのか。メンバーを脅迫するつもりだったのか。それとも幹部メンバー向けの、ブラック・ダイヤモンドよりさらに上を行くエリート・レベルが存在する？

ジェリ・メイヤーはこの最高機密に気づいてしまったのか。その結果命を失いかけたのだろうか。

　ジョーはファイルに目を通しつづけた。何枚もの写真だけでなく、ビデオもあった。〝プレイ〟をクリックしてみた。ジグソー・パズルのように、目の前でピースが動きだし、ぴたりとはまった。

「たいへんだわ」


　ソシ・サパタはホテルの部屋のドアを再度ノックした。やはり返事がない。書きとめてきた部屋番号をもういっぺん確認する。１７６８。マリオットの高層階のこの部屋にまちがいなかった。テレビ局に電話してきたタレコミ屋から直接聞いたのだ。

　ソシは苛立って、手すりから階下を見おろした。十七階下は賑わっていた。このホテルは吹き抜けの巨大なアトリウムをぐるりと囲むように建築されている。眺めを楽しめるガラス張りのエレベーターが取りすました客たちを上へ下へと運ぶ。一階ではレストランで百人もの人々が食事をしていた。ハロウィーンのカボチャが趣味よく飾られている。

　ソシは電話をかけた。同行のカメラマンは一階でタレコミ屋をさがしている。局のバンは外の駐車禁止ゾーンに駐めてあった。

「もういいわ、ボビー。だれもいない。どこかのだれかに一杯食わされたのよ」

「ちくしょう。ならとっとと引き揚げましょう。疵でもつけられないうちにバンを動かさないと」

廊下の向こうで、ドアが開いた。ソシは振り向いた。宿泊客の老夫婦が散歩のいでたちで出かけるところだった。

「いま降りていくわ」

間の抜けた気分だった。いけそうな情報だったのに――アジアから輸入される偽造医薬品が偽のラベルを貼られ、チェックの甘いドラッグストア・チェーンに売りつけられているという、夢のような特ダネだった。働き盛りの男女が不良医薬品に毒される。カルバンクライン・ジーンズのコピー商品よりもいいニュースだ。エミー賞のローカル部門を狙えたのに。ネットワーク局への切符にさえなったかもしれない。ソシはぴしゃりと携帯電話を閉じて、老夫婦のあとからエレベーターに向かった。

なのに無駄足に終わったのだ。「ばか」と小声で毒づいた。

夫婦のうしろでエレベーターが来るのを待った。ふたりはガイドブックを熟読している。妻が夫の手をとり、ぎゅっと握って、軽い笑い声を立てた。すてきなカップル。

ちがう、とソシは思った。ルアーに食いついたわたしはばかじゃない。スクープを物にするには賭けも必要だ。エレベーターが降りてきた。下降しながら陽を浴びてきらりと光る。メイドが清掃のカートを押して通過した。その向こうでべつのドアが開く音がした。防火扉だ。ソシは顔を向けた。男が、ジャケットのポケットに両手を突っこんで、こちらへ歩いてくる。

ソシはふんと鼻を鳴らさないよう自分を抑えた。メンバーズオンリーのジャケット――流行遅れになってからどのくらい経つかしら。

ジョーはビデオを一時停止させた。そのまま呆然とコンピュータの画面を見つめた。挑戦に手違いがあったのだ、とサパタはほのめかしていた。冗談じゃない。〝手違い〟どころではなかった。吐き気がする。この一件がよそへ漏れたのはまちがいなかった。その情報がスカンクの耳にはいり、ほかのだれか――スカンクの背後にいる人物――にも伝わったのだ。

ジョーはテレビ局に電話した。「ジョー・ベケットです。ソシ・サパタへ緊急の用件で」サパタは外出中で、つないでもらえなかった。

「わたしにかけなおしてくださるよう伝えてください」

電話を切り、つぎにエイミー・タングにかけた。

メンバーズオンリーのジャケットを着た男は廊下をエレベーターのほうへ向かってきた。小柄で猫背、灰色の筋がはいった髪。その目がすばやくソシをとらえ、すぐにそらされた。チャイムが鳴って、エレベーターが到着した。老夫婦が乗りこんだ。ソシもあとに続き、ドアが閉じかけた。

「あ、眼鏡」と夫人が言った。「ヘンリー。ドアを押さえて」

閉じる前に夫がドアをつかんだ。ドアは重そうにふたたび開き、夫婦は降りていった。

「ごめんなさい、あなた」夫と部屋のほうへ戻りながら、老婦人が言った。「今朝は頭をどこへ置き忘れてきたんだか」

ソシは夫婦のうしろ姿を見送った。気がつくと、メンバーズオンリーのジャケットの男がすぐ外に立っていた。

「ちょっと待った」男が言った。

ソシは〝開〟のボタンを押した。男はそこに立ったまま、じっとこちらを見ている。ソシはぞくりとする興奮をおぼえた。

「わたしがさがしているのはあなた？」男にたずねた。


エイミー・タングの携帯電話はボイスメールにつながった。ジョーはいったん切って、警察署のタングの直通電話にかけなおしたが、呼出し音が鳴るばかりだった。

パソコンの画面に目を凝らす。ビデオは一時停止にしてあるが、音のない静止画像でもそのイメージは強烈だった。

〝よくない男とかかわったのだ〟とスコット・サザンは書いていた。そしていま、その男が復讐のためにダーティ・シークレット・クラブを破壊しようとしている。この男が追ってくることをソシ・サパタに知らせなければ。

サパタはもっと早くに気づいているべきだった。自分が狙われると思わなかったのだろうか。ジョーはアクアティック・パークでの会話を思いかえした。サパタは秘密にしておきたい気持ちと露出衝動とに引き裂かれていた。ジョーが公表することを無意識に望んでいたのだろうか。わざと危険に身をさらしていたのだろうか。

そうだ。いま手元にキャリーのファイルがある。電話を切ると、メニューからファイルをスクロールして、ソシ・サパタの名前を見つけだした。彼女の真実。《ユア・ニュース・ライブ》。あった――携帯電話の番号。ジョーはダイヤルボタンを押した。


ソシは〝開〟ボタンを親指で押していた。ミスター・メンバーズオンリーが廊下の一方に目をやり、ついで反対側も見た。

「電話をしたのはおれだ。ボタンを放せ」

ソシは指を離した。男は動かない。携帯電話が鳴ったが、彼女は放っておいた。

「乗るの？」と訊いた。

男がこちらを見た。

彼がポケットから両手を出したとき、変だと気づいた。男の顔と、不意に空気を満たしたにおいでわかった。恐怖が湧きあがり、頭の内側で瞬時に悲鳴があがった。

逃げるには遅すぎた。男が出口をふさいでいる。エレベーターのドアは閉じはじめていた。

ソシはあとずさり、ガラスの壁に背中を押しつけた。閉じて、ああ、もう、さっさと閉じてったら――

男は右手にライターを持っていた。点火すると、その炎を瓶の口につめたぼろ布に近づけた。瓶の中身は透明な液体で、ソシはそれが水ではないと悟った。オレンジ色の炎があがった。「おれだよ。悪いな、ねえちゃん」男が瓶を放りこんだ直後に、ドアは閉じた。

25

　ボビーはマリオット・ホテルのロビーで踊る妖精《ニンフ》たちの彫刻のそばに立って、スーザンが降りてくるのをいらいらと待っていた。ソシと呼ぶのは拒否している。向こうがこっちをカメラマンのボビーと呼ぶかぎり、ただのスーザン・デイリーと呼びつづけるつもりだ。

　駐車禁止ゾーンからバンを移動したくて気が急いていたので、自分がずっとエレベーターを見ていたか、それとも閃光で目が上に惹きつけられたのかわからなかった。けれど日ごろの訓練とカメラマンの本能から無意識にカメラを構え、シャッターを切っていた。反射的にレンズの焦点を合わせた。エレベーターにズームインすると、脳の動きが鈍った。目に映っている光景を理解しようとしたが、心が拒絶した。

　体がとけていくような感覚。自分の喉から漏れだした音が聞こえた。意味をなさないうめき声が。写真はなおも撮りつづけた。ガラス張りのエレベーターがこちらへ向かって降りてくる。内部の地獄は各階ごとにすさまじくなった。そして一階に着いた。ボビーは石になって立ちすくみ、レンズを通してスーザンを凝視した。その顔はガラスに押しつけられ、苦悶で口が開いていた。業火がエレベーターを満たしていた。赤く凶暴な炎が生贄の捧げ物を焼き尽くす。エレベーターのドアが開き、あちこちで悲鳴があがった。火焔がロビーに噴出する。ボビーがつぎに思いだせるのは、ひざまずいて大理石の床に胃の中身をぶちまけていたことだった。

ジョーはポスト・ストリートをユニオン・スクエア方向に歩きながら、既視感《デジャヴュ》にとらわれた。パトカー、消防車、救急車にテレビ局のバンがマリオット・ホテルを取り囲んでいる。不安で手がちくちくした。狭い道路を風が吹き抜けていく。ホテルのドアマンたちは幽霊でも見たように蒼ざめている。ジョーがロビーにはいると、警官のパブロ・クルスがエレベーターの前から物見高い人々を急きたてているのが見えた。フルメンバーが揃った。

ホテルのアトリウムははるか上の天井までのびている。大理石の床を半分横切ったとき、エレベーターのガラスが煤けているのに気づいた。よく見ると、割れていた。煙のにおい、それにあの独特な、いつまでも消えずにまとわりつく、人間の肉の焼けるにおいがした。

ジョーは足を止めた。喉がふさがり、こみあげる吐き気と闘った。

クルス巡査がすぐうしろにあらわれた。「ドクター？」

ジョーはエレベーターを見つめた。「サパタは死んだの？」

「はい」やさしい声だった。「だいじょうぶですか？」

青い制服の存在が頼もしかった。ジョーはそのアステカ族の面立ちに目を移した。「そうでもない」視界が異常に明るく感じられる。「そちらは？」

クルスがうなずいた。あごが緊張で引き締まっている。

「これを自殺だと言う人はいないでしょうね」

「ええ」

「だれに殺《や》られたの？」

「白人です。五フィート七インチぐらい、四十代前半で、灰色の筋がはいった脂ぎった髪。赤いジャケットです」

「名前はスカンクよ」

「目撃者がふたりいます」大きな暖炉の前のソファに坐っている七十代の男女を指した。女がハンカチを目に押しあてている。男は彼女の膝に手をのせて、慰めている。

「タング警部補は？」

クルスはフロントのほうを指差した。「被害者《ガイシャ》に同行していたカメラマンと話しています」

黒いVネックのセーターに黒のスラックス、黒髪をあらゆる方向に突っ立たせているタングは、ごく小さな嵐雲みたいだった。胸の前で腕組みしている。ジョーは近づいていった。カメラマンがたどたどしく、けれど一気にまくしたてていた。

「……匿名のタレコミ屋が局に電話してきて、偽造の処方薬に関するネタがあると」彼が言った。「ビッグ・ニュースになるはずだったんです」

皮膚の表面をこそげ落としたいかのように、両腕をひっかいている。たぶん目玉もえぐりだしたいのだろう。目にしたものの記憶を一掃するために。

タングが言った。「しばらくこのへんにいてください。まだお訊きしたいことがあるかもしれませんので」

「いま運転しようと思ってもできませんよ」カメラマンが言った。

彼はバーへ直行して、水を一杯頼んだ。タングはあごをあげてジョーに合図し、群衆からずっと離れたほうへ導いた。それ以上きつく腕組みしたら、自分を床にねじ伏せてしまいそうだった。

「スカンクがエレベーターに火炎瓶を投げこんだの。あの年輩の夫婦も巻き添えになるところだったけど、直前に降りたんだって」鼻梁をつまむ。「くそがつくほど卑劣だよ」

「ええ」

「あんたの考えでは、やつらは被害者を自殺するよう仕向けてるって話だったけど」

「そう。でも今日からは苦しめる方法を殺人に切り替えた」

「なぜ？」

「考えられる理由のひとつは、これがテロ計画の頂点だから」

「どういうこと？」

「秘密はソシ・サパタから漏れたの」

「なんだって？」

「キャリー・ハーディングのｉＰｏｄのファイルを調べたんだけど。彼女はダーティ・シークレット・クラブの資格審査の記録を保存していたわ」

「そいつらは自分の汚点をべらべらしゃべって、記録に残してるの？」

「細部に至るまで、証拠を添えて。ソシ・サパタは鍵を握っていた」

「なにがあったの？」

「クラブはある新規の入会希望者を食い物にしたの。ＤＳＣのだれかが罠にかけて、五十万ドルをだまし取った」

タングは髪をなでつけた。「五十万って――ただ盗んだわけ？」

「取引すると見せかけて。その入会希望者はポーカー賭博を計画して、クラブにはいりこめると考えていた。高額を賭ける、違法賭博」

「金持ちのお遊びか」とタング。

「大物ギャンブラーたちの。その男は彼らのカジノ兼銀行家になるはずだった。そのための法外な資金として現金を持参した」

「でもその金を奪われたんだ」

「それだけじゃない。抵抗して、襲われたの」

「殺されたの？」

「いいえ。暴行されたのよ、おそらく遊び半分に」考えるだけでも汚らわしく感じた。「入会希望者の男はバールで叩きのめされた。命乞いしたけれど、かえって煽る結果となって、襲撃者たちは聞く耳をもたなかったの」

タングは小さく縮んでしまったように見えた。「ひどすぎる。それがクラブのだれかの思いつきなの？　暴力で金を奪いとることが？」

「メンバーのだれもがスコット・サザンのように罪の赦しを求めていたわけじゃない。その点は明らかね」

「病んでるよ。そのこととサパタの死にどんな関係があるの？　報復？」

「まちがいなく」ジョーはショルダーバッグからハーディングのｉＰｏｄを取りだした。目的のファイルをさがす。「サパタは男の名前を言っていない。知らなかったんだわ」

ファイルをスクロールしていった。「これよ」ＰＬＡＹボタンを押した。

タングが眉をひそめた。「音楽ファイル？」

「ビデオ」ジョーはエレベーターのほうを見ないようにした。「先に言っておくことがあるの。今朝サパタと話したわ。会話はオフレコにすると約束した、彼女が人を殺すつもりだと言いださないかぎりは」

「ベケット――」

ジョーは手をあげた。「サパタはポルノ映画に出ていたと打ち明けてくれたけど、なにか隠していることがあるみたいだった。キャリーのｉＰｏｄでサパタのファイルを読んで、それがなんだったかわかったの。撮影中にＳＭがエスカレートして、セットで男優が窒息死したのよ」

「ああ、やだ」タングはエレベーターのほうへ目をやった。「スナッフ・フィルムね。ったたくもう」

ジョーはｉＰｏｄのコントローラーを操作した。「この強盗の映像を観るとき、それを頭に入れておいて」スクロールダウンする。「サパタにはいろいろな顔があって、そのいくつかは相当問題ありだった。でもそうしたほかの面はさておき、彼女はリポーターだった。クラブの最高レベルに加わることを願っていたみたい。ブラック・ダイヤモンド・メンバーになることを」

ジョーは自分のヘッドフォンを差しこみ、イヤーピースの片方をタングに渡して、もう片方を耳にはめた。そしてビデオをスタートさせた。

ソシ・サパタが自宅アパートメントのあたたかな照明の下に坐っていた。完璧なメイクをほどこし、髪は両肩にたらしている。身を乗りだしているので、黒っぽい目は陰になっている。カメラに向かって話していた。声にみだらな響きがあった。あさましい暴力行為を描写することで興奮したかのように。

「やめてくれと懇願するたびに、あの入会希望者はいっそう激しく殴られたわ。最初はブーツで、つぎにバールで」サパタがため息をつく。「人けのない倉庫の床に、あの男は仰向けに倒れた。血まみれの残骸となって、もう抵抗することもやめて、ただ這って逃げようとしてた」

ショットグラスでなにか飲んだ。「わたしにこの挑戦を受けさせたのがだれかは知らないけど。もうこれっきりやらないわよ。わたしにあいつの気をそらさせて、油断させたかったんでしょ。そのとおりにしたわ。彼はわたしのファンというわけじゃなかったけど、うまくいった」

サパタはおかわりを注いだ。見たところクエルボらしい。「あなたにロザリオの話なんかするんじゃなかったわ」テキーラを飲む。「オーケイ。始めましょう」

ジョーはビデオを一時停止させた。「サパタはわたしに、挑戦に手違いがあったと言ってた。そのとき自分も現場にいたとは言わなかったけど」

ふたたびPLAYボタンを押す。ソシがフェードアウトして、新たな映像が始まった。倉庫の静止画像だった。木箱が高さ十フィートまで積みあげられている。視界は悪かった。カメラは隅に据えられ、覆いをかけてあるらしい。隠し撮りなのは明らかだ。入会希望者の男は木箱の向こうの陰のなかに立っている。正体はわからない。

画面に女がひとりはいってきた。

タングはiPodに顔を近づけて、口をあけた。「冗談でしょ」

「サパタよ」ジョーは言った。

黒いラバーマスクとジミー・チュウのほか、身に着けているものはごくわずかだった。シスター・メアリ・エロティカ。その隣で、ひょろりと痩せた男が身振りでなにか伝えている。コカインでハイになった『華麗なるギャツビー』と言ったところか。

「これはだれ？」とタング。

「わからない」

観ているうちに、タングの顔が土色になった。

いきなり爆発のように殴打が始まった。痩せた男が襲いかかる。入会希望者の男はがむしゃらに反撃した。ブリーフケースが床をすべっていく。ポーカーチップがあたり一面に飛び散る。サパタは檻に閉じこめられた犬のように、画面の隅を小走りで往ったり来たりしている。

殴打がひときわ激しくなった。殴られている男は抵抗したが、頭に一撃をくらって倒れた。ひとたび倒れれば、終わったも同然だ。ジョーは無理やり画面を見つづけていたが、目が痛かった。一生忘れられなくなるとわかっている場面がもうじき来る。

痩せた男はバールで殴りつけていたが、息の根は止められなかった。倒れている男は手をのばし、襲撃者の足首をつかんだ。

サパタが指さした。「チェーン。チェーンを取って」

痩せた男はチェーンを手にした。それを鞭のごとく相手の背中に振りおろした。

「それじゃだめ」サパタが叫ぶ。「殺られるわよ。それを――首に巻くの。そいつの首に巻きつけて」

「かんべんして」タングが言った。

ふたりは男の首を絞めあげた。

ジョーとタングは微動だにせず、小さな画面でその映像を見つめた。チェーン、床を引きずられる男、ばたつく脚。サパタがコヨーテの鳴き声に似た声を発しながら、周囲を駆けまわる。

画面はしだいに暗くなり、三杯目のテキーラを手にした完璧なメイクのサパタが戻ってきた。

「もうすこしで殺すところだった。あいつは横たわったまま首に爪を立てて、息をしようとあえいでいた。わたしたちは彼を置き去りにしたの」一瞬おいてから、背を起こした。「あれは手違いよ。あの男はクラブに近づかせるべきじゃなかった。ああして自分で身を護らなかったら、わたしたちは彼に殺されてたわ」

心からそう思っているようには見えなかった。

「あいつの名前は知らない。でもあとでなんて呼ばれてたかは知ってる。入会希望者。見せしめ」いったん顔をそむけ、またカメラに向きなおった。「わたしたちはあいつを〝プレイ〟と呼んでた。それが攻撃されたときに彼のしたことだから。あいつは懇願《プレイ》したの」

26

タングは画面に顔を近づけた。「〝プレイ〟？」

「〝祈れ《プレイ》〟という命令形じゃなくて、人のあだ名だった」ジョーは言った。「この残忍な殺しすべてを指揮している男のニックネーム。ダーティ・シークレット・クラブをつぶそうとしている男の」

タングは画面を凝視した。「サパタはそいつの名前を言わなかった？」

「ええ。ビデオを最初から最後まで観たけど。彼女は知らなかったのよ」

「でもサパタはこの襲撃のビデオをクラブに提出した」タングは髪に手を突っこんだ。「なにがあったの？　情報が漏れたの？」

「そうじゃないかとわたしは思ってる。だれかがしゃべった。それが彼の耳にはいったんだわ」

「〝プレイ〟か。ようやくつながってきたね。ビデオにははっきり顔が映ってないけど。わたしたちが〝スカンク〟と呼んでいる男とはほんとうに別人？」

「ビデオのほかの部分で、サパタが彼を長身で痩せていると言ってる——悪霊みたいだと。

スカンクを指しているようには思えない」

「ありがとう、ベケット。大きな進展だよ」

ジョーはエレベーターに目をやった。鑑識がはいりはじめている。カメラのフラッシュでキャリーの事故現場の光景が脳裡によみがえった。つかの間、すべてが不気味にゆがんで見えた。

目をしばたたいて、気分が静まるのを待った。「さっき言ったように、〝プレイ〟がずっとサパタをさがしていた可能性はあるわ。スカンクとともに、クラブのほかのメンバーを脅して彼女の身元を白状させ、今日ついに本人を見つけだしたのかも」

「だけど」タングがきっと顔をあげた。「なんでこんな人目の多い場所へ誘いだしたんだろ」

ジョーは喉になにかひっかかるものを感じた。「炎に包まれて落下するところが見たかったのか」

「あるいは？」

「さあ。でもまだ全体が見えていないように思うの。底の砂をかきまわしているだけみたいな」

サパタのカメラマンが水のはいったグラスを置き、テレビカメラを肩にかけて、バーを出た。ジョーはタングに断って、あとを追った。

外に出ると、大気が清々しかった。汚れていない空気を深々と吸いこむ。カメラマンもべつの方法で、同じことをした。煙草に火をつけて。煙草の先にライターを近づけたとき、風よけに丸めた手が震えていた。

　ジョーは歩いて近づいた。「すこしおたずねしてもいいでしょうか、ソシのことで」

「スーザン」カメラマンは言った。「彼女はスーザンでした」

「匿名で電話をしてきた男を見ましたか？」

「いいえ。到着すると、スーザンはまずコンシェルジュ・デスクに行きました──タレコミ屋が伝言を残すと言っていたので。メッセージは〝1768〟だけでした。部屋番号です。そこにはだれもいなかった。ぼくはロビーにおりてさがすことにし、彼女は──」目をすがめて、煙草をひと吸いした。「ぼくらをべつべつにして、スーザンをひとりにさせる計画だったんでしょう」

　ジョーも同じ意見だった。スカンクは臆病な捕食者だ。健康な肉体をもった男性の連れからサパタを引き離したかったのだろう。

「その人物はここへ先に来て、あなたがたを見張っていたと思います？」

「もちろん。たっぷり時間をかけたんです。思いどおりの場所までぼくらをそれぞれ誘導したんですよ。車はこっちに駐めてあります」

　煙草を唇にはさんで、カメラを脇の下に抱えあげた。何台もの消防車のあいだを縫って歩き、テレビ局のバンの後部にたどり着いた。ジョーは煙草の煙を避けるため、距離をおいてうしろからついていった。もはや煙草に嫌悪感を抱いてはいないけれど。家族の四十歳以上の男全員が喫煙者なので、慣れるように自分を訓練したのだ。友人の医者たち──ほとんどがサンフランシスコの人間――が聞いたら、ジョーの我慢強さにショックを受けるだろう。今夜はハロウィーン。街には吸血鬼や狼男、ドラッグクイーン、突飛な装いの得意げな人々があふれ、通りという通りを邪気のない放縦さで埋め尽くす。けれど、もしも群衆のなかでだれかがウィンストンに一本でも火をつけたら、この街の虹色の集団は非難をこめて人差し指を振り、抗議のデモ行進さえしかねない。

「スーザンは真摯なリポーターでしたよ。ハングリーで、取りつかれてて、テレビに映っている自分を見るのが大好きだったけど、ネタはものにしていました。それにハートがあったし」カメラマンは言った。

彼がバンの後部ドアを引きあけた。ジョーはふと新たなにおいに気づいた。バンのなかから流れだしてくる。カメラマンは無反応だった。

「ガソリンのにおいが」ジョーは言った。

「どこで?」

この男は感じないのだ。おそらく、なんのにおいもわからないのだろう――愛煙家なのだから。

ジョーはあとずさりながら、手招きした。「そこから離れて」

だが遅すぎた。シューッという音が聞こえた。バンの後部から、まばゆいオレンジの炎が噴きだした。

救急車のドアが閉じられた。カメラマンはもうわめいてはいなかった。モルヒネが一時的に苦痛を抑えたのだ。でも焼けただれた皮膚は元には戻らない。回転灯がまわり、哀しげなサイレンが鳴りだして、救急車が発進した。エイミー・タングはクルス巡査のパトロールカーのボンネットにもたれ、そのあとを目で追った。

「助かるかな」タングが言った。

「わめくのは、痛みを感じないよりもいい徴候よ。火傷が神経の末端を破壊するほど深くはなかったということだから。第三度でなく、二度ですむかもしれない」

救急車は路上の車を押しのけるようにして遠ざかっていった。ジョーの手足はそれぞれ半トンの重りがついているように感じられた。

「あいつの仕業だね?」とタング。

「まずまちがいなく」声が不安定だった。

「運がよかったね、ベケット。ほんとうに」

「ええ」バンをちらりと見た。内部は焼け焦げて骨組みだけになっている。〝プレイ〟はダーティ・シークレット・クラブによって、火あぶり同然の目にあった。今度は彼らを文字どおり火あぶりにしてるんだわ」

タングは厳しい顔になった。「その男たち、こっちが思っていたよりもかなり悪知恵が働くじゃない」

「どうやって爆発させたのかしら」

「ローテクだけど効率のいい爆弾だよ。サパタとカメラマンがホテルにはいると、犯人はバンのロックをかなてこでこじあけた。なかで室内灯のカバーを割って、電球を取りはずし、ソケットに電線を差しこんだ。電線のもう一端はガソリンを入れた瓶に差した。瓶に紐を結びつけて、だれかが後部ドアをあけたら倒れて割れるようにセットした。そこでカメラマンがドアをあけ、室内灯が点いて、電線が熱くなり、ガソリンが発火する……あっという間に地獄絵図」

タングは赤くむけた擦り傷のように怒っていた。「万全の手を打ってたんだよ。サパタをホテル内で殺れなかったら、車に戻ったときに吹っ飛ばそうと」

ジョーはテレビ局のバンを見て眉をひそめた。タングほどすっきりとは割りきれなかった。

「なぜ危険を冒したのかしら」

「どんな?」

「テレビ局の車に細工するところを目撃される危険。磁石みたいに視線を吸いつけるのに。この車を見た人の半分はテレビに映りたくてこのあたりをうろうろするはずよ」

タフな妖精を思わせるタングの表情がいっそう厳しくなった。

「いまやだれもが注目してる。だから疑い深くなっちゃうんだけど」ジョーは言った。風が音を立ててビルの谷間を吹き抜けていく。「まだ終わってないわね」

「うん、まだだね。やつらは頭の切れる冷血漢で、なにがあろうと止まらない。わたしたちが止めるまでは」

マリオットの一ブロック上のメイスン・ストリートに駐めたキャデラックから、スカンクは双眼鏡で坂の下の動きを観察していた。

計画どおりだ。あの若いメキシコ人の制服警官がいる。いつも黒ずくめのちっこくて色気のない私服警官も。仕掛けが爆発したとき、やつらがもっと近くにいなかったのがつくづく惜しまれる。こんがり焼けたマシュマロ警官。ハロウィーンにもってこいのお菓子《トリート》じゃないか。

スカンクは声をあげて笑った。おれはおもしろくなろうと思えばなれるんだ。

それにやつらと話しているのはスパイダーだ。カールした黒っぽい髪が風で乱れて、頭のまわりに蜘蛛の巣が張っているみたいに見える。いろいろな考えが蜘蛛の巣状にひとつの目的を取り巻いているんだろう。スカンクをつかまえろ、と。

メスの蜘蛛をなんと呼ぶんだったか？　ビッチ？

スカンクは時刻をチェックした。そろそろいいころだった。そして〝プレイ〟に携帯メールを送信した。

ペリーはメールを読んだ。

〝終了。カリカリに焼けた家畜二匹〟

全身に安堵がひろがった。カリカリ？　正義とはときに残酷なものだ。すぐさま返信した。

〝メイヤーから目を離すな〟

スカンクから〝なぜです？〟との返信。

ばかなやつめ。スカンクがなぜかを理解する必要などない。ただ命令にしたがえばいいのだ。〝警察に尋問させるわけにいかんだろうが。あの女はこちら側だからだ――わかったか？〟

〝わかりました〟

スカンクが書いてきた。〝スパイダーが見えます〟

ペリーは返信した。〝尾行して監視しろ。正午すぎに共同弁護士と会う。それまでにスパイダーの身元をつかめ〟

いいだろう。スパイダーに追われるのはもううんざりだ。あの女はだれがペリーへの襲撃を命じたか知っている。いまスカンクがするべきなのは、スパイダーにそれを吐かせることだけだった。

だが坂の下では、色気ゼロの女警官がメキシコ人の制服警官を連れて道路に出てきた。周囲のビルを指差している。まずは角の銀行。防犯カメラの映像を入手するよう指示しているのだ。くそ。

彼女は振り向いて、メイスン・ストリートのスカンクのいる方向を見あげ、制服警官にこの通りを調べろと言っている。

スカンクは首をひっこめ、ベンチシートに平べったく寝そべった。

しばらくして上体を起こすと、警官たちはすでにいなかった。

ちくしょう。スパイダーもだ。

スカンクは周囲を見た。警官たちも消防車も引きあげはじめ、メイスン・ストリートは閑散としつつあった。ペリーはまだメールを送ってくる。

〝スパイダーを見張れ。知っているのは名前だけではないかもしれない。やつらの居場所もつかんでいるかもしれない。尾行すればたどり着けるかもしれない〟

かもしれないが多すぎるぜ。スカンクは思った。それに向こうがおれを追ってくるかもしれない。

〝その女をどうこらしめるかはこれから決める。近いうちに知らせる。プレイ〟

メールは終わった。スカンクはエンジンをかけ、車を出して、スパイダーをさがしに坂を下っていった。

27

ジョーは廊下の堅木《ハードウッド》の床にショルダーバッグを落とし、キッチンへ直行した。ポットでコーヒーを淹れ、パティオのドアをあけ放ち、ニュースを観るためテレビをつけた。炎が見え、悲鳴が聞こえると、テレビを消して、キッチンを歩きまわった。リビングに行って、出窓の前に立ち、通りごしに公園のモントレーパインを見つめた。磨きあげたような青空を背に、濃い緑が映えている。

〝プレイ〟はなぜ人々を殺すのでなく、自殺に追いやってきたのか。

楽しむため？　もしかしたらひどくゆがんだ性格のために、ありきたりな仕返しでは物足りなかったのかもしれない。自分が受けたのと同じ苦しみを与えるだけでは不満だったのか。みずから死を選ばせることに病んだ満足感を求めたのだろうか。しかも彼は死に至らしめるための力を見いだした——秘密を抱えた人々はそれが世間の目にさらされることを見るのに耐えられないのだ。ＤＳＣのメンバーたちは己のしてきたことを知られるよりは、破滅を選ぶだろう。

ジョーはジーンズのうしろポケットに両手を突っこんだ。外の通りは静かだ。角を通過するケーブルカーの音が聞こえる。運転士がベルを鳴らす。ジャズのリフのように。

どうにもすっきりしない。〝プレイ〟の行動は心理学的に納得がいかなかった。

火をつけたのは、おぞましいながらも理解できる。あれはいかにも〝プレイ〟らしい。自分を苦しめた者たちを文字どおりの生贄として捧げたのだ。あれは要求、怒り、ナルシシズムのなせる業だった。

でもその戦略がわからない。なぜ汚れ仕事にスカンクをよこすのか。

作戦としては成功しているかもしれない――自分は黒幕に徹し、共謀者を送りこんで人々を脅す。顔をさらし、逮捕されることから身を護っているのだろうか。

でも暴行されたのに。

復讐とはきわめて個人的な行為で、たいがいは直接手を下すものだ。みずからの手で恨みを晴らし、その様子を自分の目で見たがる。だが、拷問を恥じるのはかけた側でなく、かけられた側だ。〝プレイ〟は暴行を受けたことを恥じて隠れつづけているのだろうか。

彼は今日まで、薄気味悪い手先を使い、人々を自殺に追いやってきた。用心深すぎるし、冷静すぎる。距離をおきすぎている。

なにか見落としていることがあるのだ。

原点に戻ってみるべきだろう。キャリー・ハーディング、ダーティ・シークレット・クラブの創設者に。そこがすべての発端だ。

キッチンでガラスの砕ける音がした。ジョーはすばやく振り向いた。

リビングの先、キッチンのドアの向こうに、割れて床に転がっているコーヒーポットが見えた。石の床に黒くコーヒーが流れだし、光るガラスの破片から湯気が立ちのぼっている。なにかがすばやく床を横切り、視界から消えた。

どうしよう。

ジョーは窓のほうへあとずさった。コーヒーテーブルとして使っている大型トランクにぶつかった。目はキッチンに向けたまま、窓の掛け金に手をかける。すばやく外に出なければ。けれど掛け金を手さぐりしているあいだでさえ、怒りが恐怖を追い越しつつあった。よくもこんなことを。ここはわたしの家よ。

掛け金は動かなかった。木と窓枠のあいだにペンキが流れこんで、くっついてしまったのだ。ああ、いまいましい。

肘で窓を割れば、乗り越える前に窓枠から破片をはらいのける時間が無駄になる。かんべんしてよ。携帯電話は二十フィート離れた玄関ホールのショルダーバッグのなか。一階の固定電話はキッチンにしかない。

キッチンにはそれっきり動きも人影も見えなかったが、そのときなにやら不気味な物音がした。それで覚悟が決まった。

キッチンのドアに近い北側の窓から脱出しよう。そこまでは十五フィート。瀟洒で小ぢんまりとしたこの家が突然スタジアムのように感じられた。

家から出なくては。だけど手ぶらで逃げだすつもりはない。

ジョーは音もなくトランクをあけた。祖母キョウコから譲り受けた遺産、日本の博物館に所蔵されるような逸品を取りだした。徳川時代の日本刀だ。

ずっしり重く、刃は鋭く、バランスは完璧だった。およそ四百年前の品で、木造船が太平洋を航行していたころから紙切れより硬いものを切ったことはない。ゆっくり、静かに、柄を握り、黒い漆塗りの鞘から引き抜く。死の天使がささやくように鋼《はがね》がそっと歌った。

刀を両手で握り、垂直に構えて、キッチンのほうへ一歩踏みだす。最後にこんなにしっかりと構えたときは、ダニエルの手が一緒に柄を握っていた。最後にこの刀が切ったものは、ふたりの結婚式のケーキだった。

ふたたびあの不気味な音がした。うなじの毛が瞬時に逆立った。ジョーはまた一歩踏みだした。窓まではあと十二フィート。ドアの奥のキッチンに目を凝らした。

キーッと甲高い声をあげて、キッチンカウンターからミスター・ピーブルズが飛びあがり、さっと戸口を抜けてジョーのほうへ向かってきた。

「ちょっと。やめて」

ジョーは壁のペンキがはがれんばかりの悲鳴をあげた。その声に、ミスター・ピーブルズは床で静止し、ぽかんと口をあけてジョーを見あげた。つかんでいたブドウがぽとりと落ちた。両眼が二十五セント硬貨のように丸くなった。

「ばかな、むかつく、チビ猿――」

「イイイイイイイイ！」

ジョーは刀で威嚇した。猿は金切り声をあげながら、階段に突進した。逆上したかのように絶叫したまま、段を駆けあがる。ジョーは猛然と追いかけた。

「おいで。やめなさい。ちょっと、よしてったら――」

つかまえようと手をのばす。猿はひらりとかわした。階段をのぼりきると、プロのハーフバックさながらにすばやく身を翻し、ジョーのベッドルームに消えていった。ジョーは刀を壁にぶつけながら、全速力であとを追った。

「これは見せかけじゃないんだから。あんたなんかパテにされちゃうのよ」

角をまわって部屋にはいると、猿がベッドで跳ねていた。ジョーは襲いかかった。「じっとして。この毛玉――」

猿は上掛けから発射されたかのごとき勢いでジャンプし、バスルームに飛びこんだ。

「ふん――脳みその小さいほうが負けよ！」

ジョーも続いて駆けこみ、ぴしゃりとドアを閉めた。ゆっくり振り向くと、敵はシャワー横の壁の棚で砲丸のように丸まっていた。興奮した目はなにも見ていない。ジョーは刀を低く構えて、近づいた。

トラックをぶっ飛ばし、ギアリー・ブールヴァードの車の流れを断ち切ってUターンし、〈コンピュラマ〉の駐車場に突っこんで急停止した。曲がっていたが気にもとめずにエンジンを切った。

車を降りて、すたすたと助手席側にまわり、ミスター・ピーブルズを引っぱりだす。コンピュータ・ショップのドアは開いていた。ジョーは呼ばわった。「ファード」

猿はいまや反撃しようにもできないけれど、念のため顔が向かい合わないように抱いた。憤然として店のドアのほうへ歩きだした。

全従業員がガラス窓の内側にずらりと並び、呆然と彼女を見ていた。

ジョーは店内にはいった。「なにか？」

だれひとり見つめるのをやめなかったが、みな首を横に振った。

「そう。ビスマスを呼んで」ジョーは言った。

ミーアキャットの目をした若い男があとずさって離れ、方向転換すると、倉庫室のほうへ小走りに向かった。「ファード、こっちへ来てくれ、いますぐにだ」

ミスター・ピーブルズは赤いバスタオルでくるんできた。タオルは止血帯よりきつく巻きつけたし、そのうえから手荒くちぎったダクトテープをべたべたと全面に貼りつけてある。外から見えるのは目だけだった。

従業員のひとりが真顔でのぞきこんだ。「繭がこんなに大きくなる前に地下室をちゃんと調べなきゃ」

ジョーは死神の目で一瞥した。男はまばたきして、カウンターの奥に引っこんだ。

べつの若い男がこほんと咳ばらいし、漠然とジョーの方向を指差した。「髪にダクトテープがからまってるって気づいてました？」

「それがどうかしたの？」

彼はあわてて手をひっこめた。「べつに。すてきだなって」

ファードが倉庫室から飛びだしてきた。「ジョー。ああ、なんてこった」手を額にあてる。

「ミスター・ピーブルズ、おいおい、なにがあったんだ？」

ジョーは両腕をまっすぐ突きだし、猿をドロップキックする体勢をとった。ファードはあわててそばまで来た。ジョーをまじまじと見つめながら。

ジョーは歯を食いしばった。「シャンプーよ。ほとんどボトル一本分。この子、信じられないほど器用なのね」

「すごい泡」

「この子が足でシャワーの水を出してくれたから」

ファードは目をぱちぱちさせ、くしゃみが出そうだとでもいうように鼻にしわを寄せ、両手の指先を頬に押しあてた。

「ファード、よして。あなたの鼻はなんともない。くしゃみはわたしが禁じる。肉体的に不可能だし、もしやろうとしたら、このダクトテープをはがして、ミスター・ピーブルズを新品のパソコンの上に放すから」タオルの塊をファードに突きつけた。「頼むから引き取って」

ファードは猿を受け取った。「うちでおとなしくしてると思ったのに」

「それはまちがい」

ファードはきらきら光る黒い目でミスター・ピーブルズを見た。「おまえとはきちんと話をしなきゃいけないね」

ジョーは背を向けて去りかけた。ささやくような声がしたので、振り向いた。

「なに？」

ミーアキャットの目がまばたきし、ごくんと息を吞みこむ音がした。「あの、ぼく——ぼくたち……ハロウィーン・パーティには来ていただけるのかなと思って」

ジョーは彼のほうへ数歩踏みだした。「濡れて透け透けのTシャツは今夜のわたしの仮装に含まれてない。この先あなたの夢にも出てこない。夢にも空想にも妄想にもよ。わかった？　もしも出てきたら、そのつぎはばかでかい植木ばさみを振りまわすわたしが夢にあらわれるから。だからこうしてしゃべってるあいだにも、いまこの瞬間の記憶を頭から消したほうがいいわ」

ひとりひとり順番に見据えた。全員がうなずきながら、身を縮めるまで。それから隣人に向きなおった。「ファード、あなたの猿のせいで人格が変わっちゃいそう。お願いだからそいつを拘束しておいて」

家まで半分戻りかけたころ、ようやくブラジャーから石鹼を取りだせた。

シャンプーでべたつく両手でドアの鍵をあけた。廊下のテーブルに鍵を放る。シャワーを浴びたくてたまらなかった。びしょびしょのTシャツをはがし、湿ったジーンズを苦労して脱ぎながら、二階へ直行する。シャワーの湯は思いきり熱くした。

洗いたての白いノースリーブTシャツと茶色のコンバットパンツに着替えて階下に戻ったとき、床の上の手紙が目にはいった。郵便物の投入口から入れられて、床板をすべってきたのだ。

小さな白い封筒を手に取り、前面に手書きされた自分の名前を見た。〝ＵＣＳＦメディカル・センター　ドクター・ジョー・ベケット〟。それだけだ。下のほうに、心理学科から転送されたことを示す、タイプで打ったラベルが貼ってある。

封筒を爪で裂いて開き、なかから一枚の紙を取りだした。メッセージはごく短かった。それを読むと、手足から血液が一滴残らず流れ出たような気がした。

インクを見た。文字は針のように細く尖っている。頭のなかでホワイトノイズがしだいにふくらみ、ブーンと鳴りだした。

玄関のドアを叩きつけるようにあけて、ステップを駆けおりた。どこにいるの？　通りの左右を見渡した。うちの郵便受けにこんな手紙を差しこんだやつはどこ？

スウェットの上下とニットの防寒帽の男がジョギングで通過しながら、不思議そうにジョーを見た。外は摂氏十度もないのに、薄いTシャツに裸足でそこに立っているのだから無理もない。ばかみたい。手紙は転送されてきたんだから、ここにだれかが隠れてわたしをあざ笑っているわけじゃないのに。目がひりひりした。顔が熱したアイロン並みに火照っている。

こんちくしょう。こんちくしょう。往復びんたのように、心のなかで何度もくりかえし唱え、頬に平手打ちを食らったのは自分だという思いを抑えつけた。手紙の言葉がつばを吐きかけてきた。

おまえは夫を殺した。ダーティ・シークレット・クラブへようこそ。

28

ジョーは歩道にたたずんでいた。スタンガンを当てられた気分だった。ケーブルカーが角を曲がり、やかましく坂を下っていく。レールをこする車輪の金属音が、飛行機のエンジン音に聞こえた。徐々に回転数があがり、やがて金属は悲鳴をあげ、引き裂かれる。ジョーは手紙をくしゃっと握りつぶした。

家に駆けもどって、勢いよくドアを閉めた。手紙のしわをのばし、取りつかれたようにメッセージを凝視した。涙で文字がかすんできても、目をそらすことができなかった。

これはいったいなんのジョーク？　だれが送ってきたの？

「ろくでなしども」

ダニエルの死のことをどうやって知ったのだろう。

キッチンに行って、電話の受話器をつかんだ。手が震えている。数字がほとんど見えないけれど、ダイヤルボタンを押した。エイミー・タングの携帯電話はボイスメールに切り替わった。いったん電話を切り、涙を拭って、警察署にかけなおした。タングは外出中だった。

「ジョー・ベケットに電話をくれるよう伝えてください。緊急なんです」

電話を切った。受話器を片手でぎゅっと握ると、速球を投げるように放り投げた。それはレンジにぶつかって、ばらばらに壊れた。

ダニエルの死についてしゃべったのはどこのどいつ？　こんなふうにわたしの心臓を切り裂く感情のナイフを、どこかの病んだろくでなしに渡したのはだれ？　キッチンに立ちつくす。大声でわめきたかった。記憶のうねりが大波のごとく押し寄せ、いまにも砕けて襲いかかってくる気がする。

「いいえ。だいじょうぶ」そうはさせない。いまはまだ。

携帯電話をさがして、べつの番号をダイヤルした。相手が出ると、〝やあ〟という間も与えずに切りだした。

「キンタナ。いま、どこ？」

「ジョー」声が微笑を含んでいた。ジョーはそれをひねりつぶした。

「会って話すことがあるの、これからすぐに」

ゲイブはサンフランシスコ大学《USF》の聖イグナチオ教会の外で待っていた。ジーンズのポケットに両手を入れて、肩にバックパックをひっかけている。サングラスをかけていると、警戒しているように見えた。大学生には見えない。大学生になりすました特殊部隊の殺し屋といったところだ。ジョーは早足で広場を横切った。

ゲイブも芝生を越えて近づいてきた。「どうかした？」

ジョーは手紙を入れて口を閉じたビニール袋を掲げた。「だれかがわたしを玩具にしてる。これを送ってきたの……」袋を振ってみせた。「この……」

「震えてるじゃないか」ゲイブが袋を取りあげた。手紙を読むと、口が一文字になった。

「やつらはどうやってダニエルのことを知ったの？」ジョーは言った。

ゲイブがきっと目をあげた。「おれがしゃべったと思ってるのか？」

ジョーは身じろぎもせず、じっと彼を見つめた。ゲイブはサングラスをはずした。その視線は一面に張った黒い薄氷を思わせた。

「おれじゃない」

ジョーは動かなかった。ゲイブが腕にふれてきても、反応しなかった。彼の手が力なく体の脇に落ちた。

「ダニエルの死については部隊の外のだれにも話したことはないよ」ふたたび手紙を見た。「それにおれなら絶対こんな嘘はつかない」

ジョーは視線を受け止めた。晴れた寒い日なのに、くらくらするほど暑く感じられた。

ゲイブはほんとうのことを言っている。だけど彼を信じられない。

口を開くと、自分の声がトンネルの向こう側でしゃべっているように聞こえた。「あなたが嘘を言ってないのはわかる。でも事実だから」

「なんの話だ？」

「手紙よ、ゲイブ。あれは事実。わたしがダニエルを殺したの」

「きみは妄想癖でもあるのか？」ゲイブが言った。

「ダーティ・シークレット・クラブは過去に大きな過ちを犯した人間を求めてる。わたしを見いだしたのよ」

ゲイブはジョーの手をとり、芝生の隅のベンチに連れていった。ふたりで腰かけても、手を離さなかった。椰子の木々と教会の白い尖塔を背景に、大まじめな表情を浮かべていた。

彼が顔を近づけて、声を落とした。「なぜこんな嘘を信じるんだ」

ジョーの両手をしっかりと握っている。手をひっこめようとしても、できなかった。自分も握りかえした。彼だけが残された手がかりで、離したら深い岩穴へまっさかさまに転落してしまうかのように。


「メーデー。メーデー」

副操縦士がヘッドセットに叫ぶ。ジョーの視界はアドレナリンで明るくなった。吸いこんだ鳥がつかえて、エンジンが咳ばらいする。羽毛やカモメの残骸が雨に打たれて風防ガラスにひろがっていた。

機長は切羽つまって首をめぐらし、岩だらけの岬のどこかにおりられそうな開けた場所がないかさがしていた。どれほどの衝撃になろうとも、着水よりは着陸のほうがましにちがいない。

副操縦士が「メーデー、メーデー」とくりかえす。座標を知らせ、操縦桿にしがみつき、ヘリのパワーを最後の一滴まで絞りださせようとしている。眼下に樅の木々と、崩れだしそうな丘の斜面があらわれた。

ダニエルがあちこちにつかまりつつジョーの隣へ戻ってきた。エミリーを見たが、その顔は変わらず穏やかだった。けれどジョーは彼の発している緊張を感じとった。

ダニエルは少女の手をとった。「着陸しなきゃならないんだ。鳥がエンジンに飛びこんじゃったから、ここから先はべつのヘリコプターに乗りつがないと。乗り換えるあいだがんばれるかい？」

「ええ」とエミリー。

「よし」

副操縦士が言った。「場所がある、二百メートル先だ。こらえてくれ」

風防にはいまや直径二フィートの丸いひびが走っていて、ジョーにはなにも見えなかった。と言うことは、機長も同じだろう。操縦桿を引いて、高度を保とうとしている。太陽のない空の下、後方へ飛び去る木々の梢はほとんど真っ黒に見えた。ヘリの床から木のてっぺんまではほんの数フィートに感じられた。

ジョーとダニエルはエミリーのストレッチャーを両側からはさみ、荒っぽい着地になっても少女を動かさないよう身構えていた。点滴で鎮痛薬が投与されてはいるが、着陸の衝撃が大きかったら少女の苦痛は薬でも抑えきれない。しかも、これでつぎのヘリが来るのを何時間か待たなければならなくなった。一分一分がものをいうときに。ジョーは胸の奥に刺すような痛みを感じた。

エンジンが咳きこみ、過剰回転した。風が咆哮し、雨が上向きにヘリの窓を叩く。眼下を木々の梢が飛びすさる。しっかり、がんばって。傷ついたヘリが森を越えて開けた大地にたどり着いてくれるよう、ジョーは祈った。

そのとき忽然と、草に覆われた丘があらわれた。胸が高鳴った。パイロットたちはがむしゃらにヘリの速度を落とし、ホバリングさせた。痛々しく風と闘いながら、ヘリは降下を始めた。

副操縦士が現在の高度を叫ぶ。全力疾走しながらしゃべろうとしているみたいな声。

「七十フィート」

窓の外を見たジョーの額に冷たい汗が浮きだした。斜面は急勾配だった。着陸するには、高さ五十フィートのベイマツの林と、岩場と波を見おろす絶壁にはさまれた、崩れやすそうな細い帯状の地面を目指さなければならない。

「五十フィート」

エンジンが激しく震動した。風がヘリをとらえて、ぐいと横方向に押した。ジョーは一方の腕でエミリーの胸の上を抱くように押さえつけ、もう一方の腕をダニエルのほうへのばした。彼が手を握ってくれた。その手のひらは熱かった。

ジョーは力をこめて握りかえした。「今日はあなたとバイトに出かけてよかった」

「最高だな、犬っころ《マット》」

「三十フィート」

一陣の風がヘリをまた横に押し流した。脚《スキッド》の先端が斜面の草にぶつかった。エミリーが苦痛の悲鳴をあげた。エンジンが絶叫する。ジョーはダニエルの手を折ってしまいそうだと気づき、息を吐きだした。心のなかで訴えた。しっかり、さあ、エンジンを切って、わたしたちをまっすぐ降ろして。

ヘリはぐらりと傾いた。

「くそっ」副操縦士の声。

彼らは力まかせにパワーをあげた。

ダニエルが言った。「傾斜がきつすぎる」

ジョーは見た。地面はつるつるで固く、ヘリを支えるには傾きすぎていた。ここでエンジンを切れば、ヘリはバランスを失い、丘を転げ落ちるだろう。

機長は即座に決断した。「降りろ。きみらが患者を降ろすあいだ、ローターはまわしつづけなきゃならない。でないと落っこちるからな」

「あなたたちはどうなるの?」ジョーは叫んだ。

「不時着水だ。おれたちは泳げる。その女の子は泳げない。エンジンを切って、オートローテーションにするぞ。さあ、行ってくれ」

ジョーはすでにドアをあけていた。冷気と風に頬をひっぱたかれた。エンジンの異常音に身の毛がよだつ。地面までは六フィートあった。

こんなこと、できっこない。

でもやらなければ。

ぐずぐずしてはいられなかった。風がヘリを斜面に叩きつけ、ローターブレードが土にめりこむ前に、ストレッチャーを機外へ運びだすのだ。

ダニエルは点滴袋をスタンドからはずして、エミリーの胸の上に置いていた。ついでストレッチャーのロックをはずした。ジョーはどうにか開いたドアの前に立った。ダニエルは外を指差した。

「降りろ」

「いやよ、一緒に両側から引っぱりだしましょう」

「だめだ、ジョー。きみが先に行け、ぼくが上からエミリーを降ろす」

「いまだ」機長の声。「降りて」

ヘリは風で横揺れし、スキッドが地面をかすめた。ジョーは足をスキッドにおろして、その上に立った。最悪だわ。そのまま待つと、信じられないことに、奇跡的にもパイロットたちがヘリをなだめた。風ともエンジンの損傷とも折り合いをつけ、丘の斜面の上で静止させたのだ。ジョーは感謝して地面に飛びおりた。

ダニエルがストレッチャーをまわす。「がんばれ、エミリー」

なにもかもほんの数秒間のできごとだった。副操縦士の声がした。「もうもちこたえられない」

「パワー」機長が叫んだ。

ジョーは手をのばしたが、そこにストレッチャーはなかった。

両手が虚空をつかむ。エンジンがごぼごぼと咳きこんだ。ヘリは不意に傾ぎ、ジョーから離れはじめた。ダニエルがストレッチャーを引っぱり、エミリーをドアから落下させまいと全身の力を振り絞るのが見えた。そして恐ろしいことに、ヘリコプターはスキッドの片側で土を引っかきながら斜面をずり落ちていった。パワーを、高さを、取りもどそうとあがきながら。

ふとエンジンが黙りこんだ。

ジョーはドアに飛びついた。ダニエルが叫んだ。「ジョー、伏せろ」濡れた地面に身を投げだすと、メインローターブレードがひゅんと音を立てて頭のすぐ上を通過した。あわてて膝をつき、立ちあがって、雨に打たれながら斜面をすべりおり、必死に手をのばす。心の底では、落ちていくヘリコプターを止められるわけがないとわかっていた。ダニエルは小さなエミリーを護るように覆いかぶさっていて、ジョーの手は彼に届かず、急斜面を加速しつつ落ちていくヘリを止められるものなどないと。ブレードはまだ悲鳴をあげながら回転しつづけている。だったらなんで地面に突っかかって、このいまいましいヘリを止めてくれないの、ああ、そんな――

ブレードが大地をとらえた。ヘリは動物のようにくるりとまわった。巨大な緑の塊となった草が宙を飛んだ。ジョーはよろけながらあとを追い、つるつるすべる草の斜面をすべりおりた。悲鳴をあげることすらできないジョーの目の前で、ヘリはらせん状に回転し、崖っぷちに達すると、突如海側に消えていった。

風が顔に叩きつける雨のせいで、目がよく見えなかった。波に浸食された絶壁は崩れやすかった。足の下から岩が転がり落ち、木の根がからみつこうとし、手が泥ですべった。だけどおりられるとジョーにはわかった。焦る心を抑えつけ、すべりやすい泥のなかで跳んだり危険を冒したりせずに、ゆっくり慎重におりていった。彼らにとってはジョーだけが残された頼みの綱なのだ。

ヘリは崖下の岩場にひっくりかえっていた。航空燃料のにおいが嗅ぎとれた。あたり一面残骸だらけだった。ボルトやねじや金属片、医療器具、包帯、注射器、機内のみんなを助けるのに必要ななにもかも。ジョーはパニックと闘いながら、手さぐりで崖を下った。

ようやく崖下に達すると、足場を選びながらヘリに近づいた。波が岩に衝突して砕ける。飛沫は氷のように冷たかった。

「ダニー」大声で呼んだ。

手さぐりで大破した機体をまわりこむ。ＵＣＳＦで搭乗したときはあんなになめらかで光り輝いていた機体が、ぐしゃりとつぶれ、泥にまみれ、岩で抉られていた。メインローターブレードの一本が岩にひっかかってねじ曲がり、折れた大鎌のように見えた。純然たる恐怖がせりあがってきて、ジョーを打ちのめした。歯を食いしばっても、肺から嗚咽がこみあげた。

コクピットでは、副操縦士が風防に叩きつけられた恰好で倒れ、こと切れていた。機長は生きていた。どうにか自力で安全ベルトをはずして、コクピットのドアから這いだしていた。機体にもたれかかっていて、血まみれだが意識はあった。

ジョーは濡れた岩の上を越えて、かたわらにたどり着いた。「だいじょうぶ?」

機長が苦痛に顔をゆがめた。「脚をやられた。ふたりを助けにいけない」

ジョーはすべる岩場を苦心して歩き、ヘリの後部へまわった。髪が長い数本の紐状になって首に貼りついている。両手は冷えきって真っ赤、指はまともに動かせなかった。開いたドアは海のほうを向いていた。幅二フィートに押しつぶされ、そこから内部に波がはいりこんでいた。

「ダニエル」

機体につかまり、かがんで、なかをのぞきこんだ。残骸のほかはなにも見えなかった。

そのとき子犬が鳴くような声がした。薄暗い機内で、棄てられた玩具のように奥の壁に投げだされているエミリー・リーが見えた。波がジョーの足をとらえ、嚙みつくような冷たさにはっと息が止まった。

波が引き、燃料の悪臭と医療器具が出口に押し寄せてきた。ドアは生きものの口のようで、内部は暗く、ジョーの脳は声なき警告を発していた。狭い場所は崩れる。

荒く息をしながら、なかの闇に目を凝らし、夫の姿をさがした。

狭い場所はおまえを食らう。

「ダニエル」

両手と膝をついて、なかにはいった。天井までは十八インチしかない。腹這いになって匍匐前進した。耳のなかを血液が駆けめぐる。鳥肌が立ち、呼吸が速まる。このままでは過呼吸に陥るとわかっていた。

エミリーがまた泣き声を発した。苦しさや恐怖で泣いているのではない。それは動物のうめき声だった。断末魔の声だ。

「いま行くわ」ジョーは混乱と水と冷たさと臭気のなかを這っていった。「ダニエル。どこにいるの?」

するとはが見えた。ストレッチャーと、ヘリが積んでいた医療器具や薬品半分近くの下から。ジョーは残骸をどけて、夫を掘りだしはじめた。

「ダニー」ほかの言葉が出てこない。

腕の片方を掘りだし、壊れた器具をいくつか取りのぞいたところで、振り向くとエミリーが目にはいった。少女のまぶたは閉じかかっていた。

「ジョー」

ささやき程度の声だったけれど、それまでジョーが聞いた音のなかで最高に胸躍る響きだった。

「ここよ」ジョーは言った。「動ける?」

「ぼろぼろだけど、なんとか」

彼はヘリの壁に叩きつけられたかたちで、がらくたに覆われ、うつぶせに倒れていた。顔を横に向けてジョーを見ると、手をぎゅっと握ってきた。

「あの子は」ダニエルが言った。

「よくない。見てくるわ」

複数の負傷者や病人がいる状況で治療の優先順位を決めるためのシステムをトリアージという。負傷者数が医師の数を上回っているときは、ひとりでも多くの命を救うべく、トリアージの基準にしたがって患者を分類する。

ジョーは残骸のなかをエミリーのほうへ這っていきながら、頭のなかでトリアージの基準を復唱した。

患者を最優先治療、待機可能、蘇生不可能の三グループに分ける。赤いタグであらわされる最優先治療グループは、すぐに処置をほどこさないと死亡するおそれのある患者。黄色いタグの待機可能グループは、手当てをしなくても生存できそうな患者――負傷しているが歩ける、血圧や心拍数が安定している、意識があって状況を理解できるといった場合だ。そして黒いタグの蘇生不可能とは、医師が手を尽くしても助からない状態を指す。

ダニエルはしゃべっていたし、動いていた。意識があって、頭ははっきりしていた。頭部や脊椎に明らかな損傷は認められなかった。でもエミリーが赤いタグなのは五フィート手前から見てもわかった。黒になるまで放置してはおけなかった。

「エミリー、もうすぐよ」手が冷たくてずきずき痛んだ。さらにがらくたをかき分ける。燃料のにおいに吐き気をもよおしそうだった。「ダニー、まだ意識はある？」

「ベイビー。無線を」

「崖を下る前に携帯電話で九一一にかけた。いまごろ救助が向かってるわ」

副操縦士を救うには間に合わなかった。けれどもすでに二十五分経過していたから、救助は出動しているはずだった。

ひしゃげたヘリのなかを腹這いでじりじり進み、あと二フィートのところまで近づいた。少女の手をつかんだ。皮膚は冷たく、柔らかな髪が顔にかぶさっていた。脈が見つかったが、か細くて弱々しかった。

口のなかに血液が見え、青白い脚に切り傷がいくつもあった。子供の失血は、血液量が大人より少ないので深刻な症状に陥りやすい。エミリーは冷えきっていた。まちがいなく出血性ショック状態だ。内臓出血も考えられる。救出が来るまで、安定させておかなければならなかった。

ふたたび手負いの動物の恐ろしいうめき声が漏れた。

「しっかり」ジョーは励ました。「がんばって、エミリー」

機内にまた勢いよく波がはいりこんだ。冷水がみだらな手のように脚を這いのぼる。機体が縮んだように思われた。ジョーは深く呼吸しようとして、胸が収縮しているのを感じた。

エミリーをあたためようと、急いで保温ブランケットをつかんだ。頭と首を固定するものがないかさがした。

そのとき砕ける波のざわめきの向こうに聞こえた。重々しくリズミカルな、ヘリコプターのローターの音が。こらえていた涙がわっとこみあげた。

「ダニエル、いま助けが来るわ。わかる？」

燃料と冷たく塩辛い水が、脚のまわりでぴしゃぴしゃと跳ねた。ジョーは少女の目をチェックした。瞳孔が反応しない。

エミリーは息をしていなかった。最悪だ。

〝お嬢さんはわたしたちがお世話します〟とエミリーの母親に約束したのに。誓ったのに。

こんなことは許さない、とジョーは思った。このまま死なせはしないわよ。子供の首に指を二本あてて、頸動脈波を調べた。

外のヘリコプターの音が大きくなった。近くて、大きな音。ジョーはエミリーを壁から引き離し、心肺蘇生法《CPR》をほどこせる位置まで動かそうとした。ひしゃげた機内では、少女のうえにひざまずいて両腕をのばし、心臓マッサージをおこなうだけのスペースがない。

お願い、死なないで。死んじゃだめ。少女の顔色は紙ほど白く、皮膚の下の静脈が青く透けて見えた。目はどんよりと生気がなかった。

だめ。「行かないで、エミリー」

子供を仰向けに寝かせ、気道が確保されているか調べて、ＣＰＲを始めた。口のなかに息を吹きこむ。狭いスペースで精一杯角度を保ちながら胸部を圧迫する。外でホバリングしている大型ヘリの音が聞こえた。ブーンとうなるエンジン。輝かしい、救出の音。

小さなやわらかい口にさらに二度息を吹きこむ。胸骨圧迫を三十回。息を二度。

もういっぺん。

がんばって、エミリー。

外で救急ヘリの機長が叫んだ。「ここだ」

ジョーは息を吹きこんだ。くりかえし、何度も。反応がない。外で男たちの声がした。ジョーはそちらへ顔を向け、大声を出した。「機内《なか》よ」

心臓マッサージに戻る。さあ、ベイビー、起きて。いくらだって続けてあげる。だから死なないで、エミリー。

「くすぐりエルモのヘリコプターを買ってあげるわ、エミリー。がんばって、ハニー」

圧迫を二十五回。三十回。エミリーの冷たい口に息を吹きこむ。外で足音がし、だれかが機体を叩いて呼びかけた。「無事ですか?」

「こっちへ来て」マッサージの手は休めずにいった。「負傷者二名。子供のほうは心停止。手伝って」

背後で男たちの指示が飛び交う。ヘリが揺れたかと思うと、救急隊員のひとりが機内にはいってきた。がらくたをぴしゃぴしゃとかき分けながら、這ってくる音がした。男がジョーの隣にあらわれた。

「始めてからどのくらい？」

「二分間」

男は緑色のフライトスーツを着ていた。マッサージを続けているジョーの横から手をのばし、エミリーの脈をとる。

「あなたも怪我を？」

「いいえ」

「かわりましょう」

ジョーは脇にずれた。男は這ってジョーのいた場所に進み出た。空軍のバッジと袖章をつけている。

「ＰＪ?」ジョーは訊いた。

彼はうなずいて、エミリーの処置を続けた。ジョーは天にも昇る心地だった。これはエミリーにとって唯一最大のチャンスだ。この男は真剣だし、見るからに有能そうで、冷静かつ集中している。

つかの間、安堵の涙で視界がぼやけた。泣きださないように、もうしばらく落ち着きを保てるように、ジョーはそっとうしろへさがった。第一二九救難航空団の到着が意味するのは、訓練されたプロフェッショナルと、医療機器と、全員をこの地獄から救いだしてくれる装備が届いたということで、確実に言えるのはあの美しくてやばいペイヴホークが上空で待機しているということだ。

ジョーは向きを変え、ダニエルのもとへ這っていった。「PJよ。ここから脱出できるわ」彼の手をとり、つぶれたドアから外を見やった。打ち寄せる波が目の高さに見えた。ふたり目のPJが空からロープを引っぱりおろしている。

「ジョー」ダニエルが言った。

手が氷のようだった。ジョーは自分のぬくもりであたためようと、彼に体を押しつけた。

「ここを出るの、もうじきよ。がんばって」

ダニエルがジョーを見た。呼吸にヒューヒューと雑音が混じっている。アドレナリンがひと滴《しずく》、ジョーの胸を流れ落ちた。さっきまで喘鳴はなかったのに。

「ダニエル、呼吸できる？」

彼がなにかささやいた。ジョーは顔を近づけた。黒くて巨大な、悪い狼のような恐怖が、一気に戻ってきた。

唇が動いた。声は出ない。彼は口の形で伝えた。「ジョー。愛してる」

「ダニー」

彼が息をしようとあえぐ。胸がつかえるのが見てとれた。爪に目を移すと、爪床が青かった。まずい。ジョーは体を起こして、ドアの外にいるもうひとりのPJに叫んだ。

「呼吸ができないの」

ダニエルは手を握ってきた。

「しっかりして、ダニー。もちこたえて」

彼が苦しげに空気を呑みこんだ。ジョーは手を握りかえした。「よして、ベケット、もうちょっとで出られるのに」

ダニエルはジョーの顔にふれ、緑の目で見つめた。

「うちに帰るのよ、ベケット。一緒に」ジョーは言った。

ダニエルが手に力をこめた。その目は語っていた。行先は家ではないと。

ジョーは凍りついた。みじんも疑いなくはっきりと、理解した。ダニエルの澄んだまなざしが、一瞬苦痛をこらえて、自分はその事実を悟っていると、ジョーもそれを悟らねばならないのだと伝えた。彼は医者だ。自分の死がわかっていた。人生最期の数秒間、魂が踏みとどまって肉体の残骸からジョーを見つめ、さよならと言っているのだった。

それから、彼は向こう側へ渡った。

その後のすべては、いまぱっくりと口をあけたばかりの、越えることのできない深い溝のなかに呑みこまれていった。あらゆる音、すべての光。波、ペイヴホークのローター音、ジョーの悲しみ。ジョーのなにかがぷつりと切れた。泣きわめくのではなく、夫に向かって叫び、その後ヘリから引っぱりだされた。その間ずっと、びしょびしょで震えながら抵抗した。

わたしをダニーから引き離そうとしてるこいつはどこのだれ？

「ドクター、ヘリは沈みかけてます。溺れますよ」その男が言った。

「放して。放してよ。機内《なか》に夫がいるの。行かせて。あの人を連れださなくちゃ」

力強い両腕がジョーをきつく抱いていた。ジョーはフライトスーツのにおいを嗅ぎ、〝キンタナ〟と書かれたネームタグを見たが、彼の言葉を聞くのは拒んだ。

彼は腕に力をこめ、放そうとしなかった。ジョーの耳に唇を近づけたとき、その声はやさしかった。

「残念です。もう亡くなりました」

29

十月の青い空が目にしみる。教会の鐘が鳴っている。それは胸のなかで鳴り響いているようにも思えた。

ゲイブは前かがみに坐り、膝のあいだで両手を組み合わせていた。「ジョー、きみがダニエルを殺したわけじゃないよ」

「気休めはよして。陰で人がなんて言ってたか知ってるのよ」

とまどいの表情。「なんのことだい？」

喉がつまった。「あの日。モフェットに帰ってから」

第一二九救難航空団はペイヴホークでジョーをモフェット連邦飛行場に搬送した。飛行中、ジョーの隣にはキンタナが坐っていた。だれひとり口をきかなかった。着陸すると、ジョーは呆然自失状態でヘリから降りた。二度と航空機には近づきたくなかった。ヘリコプターも、旅客機も、紙飛行機でさえも。蛇が脱皮するようにペイヴホークから抜けだし、そこから離れた。

すでにショック状態が始まっていたのだと、いまはわかる。配偶者の死とともに、悲しみが襲い、世界は曇りガラスを通して見るようなものに変わる。そのことは遺族の会で学んだ。見かねたティナがジョーを文字どおり引きずっていき、最初の集まりにおしまいまで付き添ってくれたときに。

ジョーはＰＪたちと歩いて、彼らの本部棟へ行った。彼らはジョーを毛布でくるみ、コーヒーを持ってきてくれて、蛍光灯の下のプラスチック椅子に坐らせた。それから指揮官と話しに廊下へ出ていった。ジョーは壁を見つめていた。押し殺した声が聞こえた。〝生存者〟と言っていた。〝犠牲者の妻〟と。

〝トリアージ〟という単語が聞こえた。べつのＰＪが声をひそめて、ダニエルのことをしゃべっていた。

いまハロウィーンのきらめく陽射しのなかで、ジョーはゲイブ・キンタナの目をまっすぐに見た。「その男が言ったの、『救命士でも気づいたでしょうに』って」

ゲイブは長いあいだ、息もつがずにジョーを見つめた。ジョーも目をそらさなかった。体がばらばらに裂けてしまいそうな気がした。

「わたしがミスを犯した。そのせいであの人は死んだ」

ゲイブはなおも見つめつづけている。ジョーの手をつかんで、立ちあがり、広場を横切りはじめた。「ダニエルが死にかけていたことはきみとなんの関係もない」

「どこへ連れていくの？」

「わからない。きみがその突拍子もない考えを頭から追いだせるどこかだ」

頬がかっと熱くなった。「聞こえたのよ、ゲイブ。そのPJがあなたたちの指揮官に言ってたわ。エミリーは黒いタグだったたって」

蘇生不可能。それが監察医の出した結論だった。エミリー・リーは重病で、肉体的に虚弱であり、ヘリの墜落による身体的損傷は深刻で手のほどこしようがなかった。ジョーが救おうとしても救える状態ではなかったのだ。

しかしダニエルは黒いタグではなかった。重傷を負っていたものの、迅速に行動していれば助かったかもしれない。彼は内出血、肺の虚脱、心タンポナーデを起こしていた。心臓を取り巻いている心嚢《しんのう》という袋が墜落の衝撃で損傷を受け、そこに血液がたまって心臓の拍動を妨げた。それが死因だった。

ゲイブはジョーを広場の外へ連れだした。「手紙はきみの自宅に届いたんだね？」

「UCSF経由で。まずわたしのオフィスに届けられて、メディカル・センターが転送してきたの。だから送り主はわたしがどこに住んでいるか知らないのかも」

「よかった」彼の手は熱かった。「だれに話す？」

「手紙のことを？」考えようとしたが、思考は止まったままだった。信じがたい失敗の前で、ジョーの人生や計画、自分に対する理解、世のなかにおける役割が急停止してしまった、あの瞬間からずっと。

「なんてことだ」ゲイブはまっすぐ前方をにらんでいた。「きみは二年もこのことを抱えこんでたのか？」

ジョーは答えなかった。言葉にできそうになかった。自分では森から出たつもりだった。家族や友だちのおかげで、それに遺族の会に支えられ、苦労してふたたび陽光の下に戻ることができたと思っていた。だから会のまとめ役を引き継いだのだ——恩返しの意味で。もう闇から抜けだしたと思っていた。

なのにこのざま。

「救急医療とすっぱり縁を切ったのはこういうことだったのか？　だから法医学のほうへ鞍替えしたのか？」

「そうよ」彼がわかっていないようなので、腹が立った。「なにより、患者に害をおよぼさないから」

ゲイブが遠くを見るまなざしになった。相変わらずジョーの手をつかんだまま歩いていく。

「ヒポクラテスの誓いの陰に引きこもってきたわけだ」

「引きこもってなんかいない。医者はだれでもその誓いを立てるのよ、すべての医師にとって重要な義務なの。患者を助けるけれど、死に導くような治療はしない。わたしはそれを指針にしてるだけ」

「そして生きることから距離をおいてきた？」

「卑怯よ、キンタナ」

ゲイブが憤っているのか悲しんでいるのか、ジョーにはわからなかった。自分の感情はもっとわからなかった。腹立たしいのか、悲しいのか。

生きることから距離をおく？　ゲイブは理解していない。彼を見るたびに、こっちはあのときの声が聞こえるのだ。ダニエルは亡くなったとジョーに告げる彼の声が。

「なぜきみがこんな目にあわなきゃならないんだ」ゲイブはジョーを立ち止まらせた。目が怒りに燃えている。両手でジョーの顔を包んだ。「聞こえてる？」

耳のなかがどくどく脈打っている。〝よお、犬っころ《マット》〟という声がした。ダニエルの声のおもしろがっているような響きが聞きとれるようだった。

しゃんとして、ベケット。自己憐憫に浸ってるときじゃないでしょ。

いまは猛犬になるときだ。

ゲイブを見あげた。「聞こえてるわよ」

「よし」

彼は手をおろした。ジョーは手紙を見た。ジョーをダーティ・シークレット・クラブへ迎えるという手紙。

「秘密はもうこれまで。汚れくさった秘密をひとつ残らず明るみに引きずりだしてやるわ」

「同感だね。なにをしたい？」

ジョーは陽の光をじっと見た。風が顔から髪をかきあげた。「調べる」

「どこを？」

「この調査の中心にいる人物を、徹底的に。キャリー・ハーディングを」

この手紙への鍵、すべての死への鍵、〝プレイ〟を見つけだす鍵を握っているのは死んだ検事補だ。そして〝プレイ〟の正体はハーディングの頭のなかだけでなく、手がけた事件の記録にある。

「検事局へ行って話しましょう。この手紙をハーディングの上司に突きつけて、今度こそ中身のある返事をもらうわ」

30

ジョーのトラックはヴァン・ネス・アヴェニューの車の流れに乗り、ダウンタウンのシヴィック・センターを目指した。レオ・フォンセカは連邦裁判所にいた。助手席でゲイブが押し黙り、頭から湯気を立てている。

彼はぴしゃりと電話を閉じた。「あの救急ヘリの事故のことを訊かれたやつは、部隊にひとりもいない。情報はおれたちから漏れたんじゃなかった」

「ありがとう。そう聞いてほっとした」そんな気がする。ゲイブはたぶんこれを名誉にかかわる問題と見なしているから。「実際のところ、あの事故のことを知るのはそうむずかしくなかったと思う。新聞に載ったんだもの。その気になればだれでもかなりの情報をさぐりだせたはずよ」

「目的があるやつはだれでも、ってことだな。あと金があれば」匿名の手紙に目を落とす。

通りを行く人々はすでにハロウィーンのいでたちだった。サン・ピエトロ大聖堂のドームを金ぴかにできそうなほど大量のラメを塗りたくったグラム・ロッカーがふたり、ローラースケートですいすいと歩道をすべっている。

前方の信号が赤になった。ジョーは車の群れに交じってブレーキを踏んだ。「ありがとう、ゲイブ。つき合ってくれて」

「こいつはおれたちの手で止めなければ」

彼はもう一本電話をかけ、午後に教える予定だったセミナーで代わりをつとめてくれる学生を見つけた。信号は青に変わった。

ゲイブは窓の外をにらんでいた。「これはきみひとりの問題じゃない。だれかがきみのことで嘘をついている。その目的はきみを操作して傷つけやすい状態にもっていくことだ」

オペラハウス前を通過する。ファサードに吊るされた赤色の長い垂れ幕が、そよ風に翻っていた。

ジョーはギアチェンジした。「変に聞こえるでしょうけど、キャリー・ハーディングの死にはわたしが心理学的剖検をおこなったべつの事件と類似点があるの。ネイジェル事件」

「どんな事件?」

「一見すると、性的妄想が致命的なミスに至ったケース。でもなにひとつ最初に見えたとおりじゃなかった。プロとしてずっとさせられたわ」車線を変更する。「この件も同じにおいがするの」

「どんなふうに?」

「ジェフリー・ネイジェルは二十九歳のコンピュータ・プログラマー、独身、孤独で、ガレージを改装したアパートに住んでいた。月曜に出勤しなかったので、上司が訪ねてきて部屋のドアをノックした。その上司と大家の女性がネイジェルを発見したの」

「縛られて、猿ぐつわを嚙まされてた？」

「首を吊ってた」

ミラーに目をやった。「ネイジェルは壁にボルトで固定した金属製の本棚からぶらさがっていた。縄と首のあいだに当て布がはさんであった。下半身は裸。コンピュータのモニターにはスウェーデンのビキニ女性のわいせつ画像が表示されていて、床には《ハスラー》誌が散らばっていた。彼の足の近く、ぎりぎり届かないあたりにスツールが蹴り倒されていた。見たところは自己発情窒息のようだった」

「でも警察は自殺と考えた？」

「警察は事故と見なしたの。それはまちがっていた。実際は殺人だったのよ」

ゲイブは好奇心にかられた目でジョーを見た。「どうしてわかったんだ？」

「ネイジェルの過去一週間をさかのぼってみたの。彼はコンピュータのコンヴェンションで知り合ったゲイの男と戯れに関係をもった。ネイジェルのメールとネットでの活動を洗ってみたら、その相手はネイジェルのオンラインの友人たちに病的に嫉妬していた。彼を独占したかったのよ。ネイジェルがしりごみすると、そいつは彼を殺した」ゲイブを見た。「なにごとも見た目どおりじゃない。ひとりの人間が死んだだけに見えても、背後でだれかが動いていたり。この件でも似たようなことが起きている気がする。陰に隠れたなにかがあるの。それを照らしださないと」

「〝プレイ〟やダーティ・シークレット・クラブがきみをつかまえる前に」

「そのつもりよ」


ジョーとゲイブは連邦裁判所前の広場を歩いていった。裁判所の建物は青いガラスと石でできている。木々が風に震えていた。レオ・フォンセカは裁判所正面の石段の前でいらいらと往ったり来たりしていた。その姿は小さく、服はしわくちゃに見える。広場の市松模様の舗装をにらんでいるさまは、等身大のチェスボードで自分をどこに置くか思案しているかのようだ。ジョーが手を振ると、フォンセカは乏しくなっている灰色の髪を手のひらでさっとなで、すばやく腕時計を見た。

「十分後に予備審問が始まるんだが」

見たところは人畜無害な老人だ。大きな青い目、額にかかったマシュマロ色の前髪、こけた頬、縁なし眼鏡。年寄りのリスを思わせる。でもジョーはこの男がすご腕の検事で、気弱そうな外見の下に傲慢な策士が潜んでいることを知っていた。

ジョーはうしろのポケットに両手を突っこんだ。「長くお邪魔はしません、ミスター・フォンセカ。ダーティ・シークレット・クラブについてなにをご存じか話していただきたいだけなんです」

「話すことはなにもない」

「でもクラブについて警察には話されましたよね？」

「協力はしている。きみはここへなにをしにきたのだ」

「キャリー・ハーディングはこのオフィスの有能な検事補でしたが、胡散臭い、犯罪的でさえある行為を楽しむクラブにのめりこんでいました。それに対しておっしゃることはありませんか？　なにかご意見は？」

「きみの心理学的剖検の仕上げとして、わたしが不名誉に感じているかを知りたいのかね？」

フォンセカは苛立っていたが、キャリー個人に対する嫌悪は感じられないし、彼女が検察全体の信用を傷つけたことを危惧している様子もない。ポーカーの達人か、なにひとつ心配していないかのどちらかだ。

「ダーティ・シークレット・クラブは個々人が他のメンバーに関する情報を保持しないという原則のもとに成り立っています。メンバー同士は少人数のグループで会うんです。細分化された組織みたいなもので」ゲイブに顔を向けた。「そうよね？」

「破壊分子グループにありがちだな」

フォンセカは冷ややかにゲイブを見た。「きみはなんだ？」

ジョーが言った。「降下救難隊員、空軍州兵の元軍曹、同胞をタリバーンから救出しにヘリで激しい砲火のアフガニスタンへ行っていました。破壊分子には詳しいんです」

フォンセカが唇をすぼめた。

「そういうこと」とゲイブ。

ジョーは顔にかかった髪をはらった。「このクラブは信用がベースです。メンバー同士は電子メールのやりとりもしなければ、複写したメモを送り合うこともない」

「それで？」

「でもキャリーはメンバーの行為すべてを記録していました。かなり几帳面に。彼女のiPodに記録のほとんどが見つかりました」

「わたしを突っついて調査を始めさせようとか、うちのオフィスにキャリーのしたことの責任を負わせようと思っているなら、やめたほうがいい」

上等だわ。まだ見せずにいる手札があるのかどうか、さぐってやろうじゃないの。「だったら、クラブの存在を公にするまでですね。《クロニクル》紙に電話します」

「警察がきみにそんなことをさせるとは思えないが」

「この七日間でクラブのメンバー五人が死んだんですよ。ほかの人を道連れにしたメンバーもいる。残るメンバーに屋根のてっぺんから大声で警告するつもりです、自分も家族も危険にさらされるかもしれないって」

「よしなさい」

「なぜですか？　《ユア・ニュース・ライブ》に電話してみましょうか。番組のリポーターのひとりが今朝殺されたんですよ。きっとわたしを出演させたがるでしょうね」

フォンセカの大きな目が潤んでいる。唇を白くなるほど嚙みしめていた。

ジョーは去りかけた。「帰りましょ、キンタナ。むなしいだけだわ」

ゲイブはサングラスをかけた。「オーケイ、先生《ドク》」

フォンセカを残して歩きだし、ふたりとも振り向かなかった。ジョーはお尻のポケットから携帯電話を抜いて、テレビ局の番号を押しはじめた。

「ミス・ベケット、待ちなさい」

ジョーは振りかえった。フォンセカが髪をなでつけながら、こちらへ歩いてくる。ジョーはぴしゃりと電話を閉じ、彼がチェスボードの広場を横切って近づくのを待った。

「報道には知らせるな」フォンセカはゲイブに言った。「すまないが、はずしてくれ」

ゲイブがちらりとジョーを見た。ジョーがうなずくと、会話の聞こえないほうまでのんびり歩いていった。フォンセカは声を落とした。

「ダーティ・シークレット・クラブの存在を公表してはいかん。より多くの人間を危機に追いやるだけだ」

「なぜです?」

フォンセカはジョーの決意にほころびをさがすかのように、まじまじと顔を見た。縁なしの眼鏡をはずし、シルクのハンカチでレンズを拭いて、かけなおした。背中をまっすぐにして、あごをあげた。

「なぜなら、ダーティ・シークレット・クラブは心のゆがんだ金持ちの娯楽ではないからだ。おとり捜査なんだよ」

31

つかの間、聞きちがえたのだとジョーは思った。風は強いし、背後で車の行き交う音もする。でもフォンセカの青い目は鋭く、不機嫌そうだ。

「ダーティ・シークレット・クラブがおとり捜査？」ジョーは言った。

「信じられんようだな。ＤＳＣは犯罪の告白を誘いだすためにキャリーが立てた作戦なのだ。政府、州および市警察との協調のもとに進められ、目覚ましい成果をあげている」

「これが全部ペテンですって？」

「落ち着きたまえ、ミス・ベケット」

「ミセス・ベケット、もしくはドクター・ベケットと呼んでください。いったいどういうことなんですか？」

フォンセカの首筋にさっと赤みがさした。淡々とした口調は崩さなかった。「これは考え抜かれたおとり捜査で、仕込むのに何年もかかっているんだ。クラブの存在を公にすれば重要な捜査が妨げられかねない」

「どうぞ続けて」

「クラブは犯罪者をおびきだすための口実だ。抽選で車が当たったと思いこませて、カーディーラーにあらわれたところを待ち伏せしていた警察が逮捕するという、あの方法に近い」

おとり捜査ですって。ぶったまげた。「そしてキャリーはおあつらえ向きな計画を隠しもっていた、と。なぜならロースクール時代に友だちとダーティ・シークレット・クラブを作る話をしたことがあるから」

「彼女は頭のいい策略家だったんだ、ドクター・ベケット」

「キャリーは自分を中心に据えたクラブを設立し、秘密の調査に乗りだした」

「頭がよくて、仕事にすべてを捧げていた。だれもがきみにそう言わなかったかね？」

「そうでした」キャリーとクラブとのかかわりがどうにも奇妙に思われたのは、こういうわけだったのだ。ジョーは考えてから、言った。「これがキャリーの秘密だったんですね」

フォンセカがうなずいた。

「彼女は告白する側じゃなかった。罠をかける側だった。餌をまいて、待っていたんですね、大物が寄ってきて食いつくのを」

「このクラブのメンバーを気の毒だなどと思うな」

「なにが彼女を駆り立てたんでしょう」キャリーの元夫の言葉がよみがえった。〝執念深いタイプだと思われることもあった〟。「粘り強さ、執念深さ？　だれか特定の人物を追っていたんでしょうか」

「具体的な情報は明かせない。進行中の捜査を危うくする可能性がある」

「クラブの規模はどのくらいなんです?」

フォンセカは目をそらした。ゲイブは広場の向こう側に立って、腕組みしている。リラックスしているものの、その姿は見るからに恐ろしげだ。ふだんのジョーなら顔をほころばせるところだが、いまは胃けいれんを起こしそうだった。

「ご存じですか?」

「そういった情報は、きみの権限をはるかに超えると思うが」

「驚いた。あなたは知らないんですね?」頭が熱くなった。「ほかにはだれがクラブの実態を知っているんです?　タング警部補は?」

「知らない」

タングに黙っていてくれと、フォンセカは頼まなかった。もはや情報が自分の手を離れつつあると知っているのだ。だが彼の手を離れてしまったのはそれだけではない。

「制御できなくなったんですね?」

もはや無害な人物には見えなかった。憂慮しているように見えた。「成功には犠牲がつきものだと言っておこう」

喉元に怒りの塊がこみあげた。クラブは犠牲ではない。メンバーが犠牲者なのだ。彼らの家族や愛する者たちが。

おとり捜査がどんなものか考えた。「警察はメンバーの逮捕を控えていたんですね、より多くの告白を引きだせるように?」

フォンセカはうなずきこそしなかったが、視線がジョーのほうへ泳いだ。

「でも長く待ちすぎた、ちがいますか？　もうだれがクラブにいるかも、なにをやっているかもわからない、そうなんですね？」

「キャリーが管理していると思っていた」

責任転嫁するわけね。ジョーは思った。

「不幸にして、それは突然変異するウイルスのようなものなんだ」フォンセカは言った。

「仕組みはわかってます。だれかが最悪の秘密を話したら、それがほかのプレイヤーたちへの挑戦になる。ほかのメンバーたちは新たに穢れた秘密となる行為をする」胸がむかむかした。「クラブは連鎖反応を起こした。罠でなく、発生源となった」

「時代のせいだ。絶え間なく自己を公に露出したがる時代。肉体も、精神も、事実上はらわたまでも」

「社会論はけっこうです。クラブのメンバーはスリルを求めている。危険をべつにすれば、競争ほどこの種の人々を燃えあがらせるものはない。そのために、だんだん大きなリスクを冒すようになる」

「当然ながら、われわれには好都合だった。肥大したエゴが連中を見境なくさせた。いずれだれかが秘密をばらすか仲間を売らずにいられなくなるということが、目にはいらなくなってしまったんだよ」

ジョーは頭蓋骨が破裂しないよう額に手を押しあてた。「ええ、でも情報は検事局にはいってくるだけじゃなかった。彼らが痛めつけた犯罪者の耳にもはいったんです。キャリーがつけた火は手のつけられない火事になってしまった」

フォンセカは片手をあげた。「わかっている。わかってるとも」

ジョーは裁判所の建物を見やると、携帯電話を取りだした。「エイミー・タングにはこのことを伝えなければなりません」

彼が腕をつかんできた。「いかん」

視界の端で、ゲイブが背をのばし、こちらへ歩きだした。ジョーは手首からフォンセカの手をはらいのけた。

「あなたがたがクラブからあとどれだけ汚泥をすくえるかなんて、どうでもいいんです。決定的な証拠を入手して訴追で世間の注目を浴びるために、このまま人命を危険にさらしつづけるつもりですか？　ご冗談でしょう」

「幕をおろすにはしかるべき手続きを踏む必要がある。大きな調査がひとつ、まもなく実を結ぼうとしているのだ」

ジョーはショルダーバッグから匿名の手紙を出して、フォンセカに手渡した。「無理ですね。この件はもう爆発寸前で、調べを進めているわたしたちに対し、すでに何者かが形勢逆転を謀っているんです」

フォンセカはしかつめらしく手紙を凝視した。「わからんな」

ふと、ジョーの頭にひらめいた。キャリー・ハーディングにはダーティな秘密などなかった。おとり捜査が彼女の秘密だったのだ。ではなぜ脚に口紅で〝dirty《ダーティ》〟と書いたのか。

フォンセカはあの文字のことを知らない。ジョーはエイミー・タングの携帯電話の番号を押した。「キャリーの遺体に関して、お知らせしておくことがあります。いまはっきりさせますから」

頭の奥に新たな絵が生まれかけていた。おぼろげな影のようで、まだところどころ欠けてはいるものの、これまでになかったかたちで完成しつつある。あの衝突事故について、これまで思いこんでいたすべてを裏返しにしてみなければ。

ゲイブは物理的な存在感が伝わるほど近づいていた。ジョーは手招きした。

エイミーが電話に出た。「タング」

「いまここにレオ・フォンセカがいる。彼と情報を交換してもらいたいの」

「待って――まず、いいニュース。マリオットの放火の目撃者、あの老夫婦がモンタージュ作成キットで火炎瓶を投げた男の似顔絵を作った」

「それで?」

「犯罪者のデータベースで、〝スカンク〟というニックネームもしくは別名をもつ人物と照合した。さてどうなったでしょう」

「見つかったの?」

「興奮するのはまだ早い。身元は判明したけどね。名前はリーヴォン・スカトレク。二度食らいこんでる小物の詐欺師、最後にわかっている住所はアヴェニューズ地区。捜索指令を出した」

「でもまだ捕まえていないのね」

「うん。だけど陸運局の記録によると、白の一九五九年型キャデラック・エルドラドに乗ってるらしい」

「スコット・サザンが遺書にキャデラックと書いてたわ」

「そのクジラ並みの車に目を光らせといて。見かけたら、九一一番にお電話を」

「即知らせる」ほぼ反射的に広場の周辺に目をやり、シヴィック・センター一帯を取り囲む混雑した通りにキャデラックをさがした。「フォンセカに替わる。キャリーの死の状況を詳しく説明してあげて。彼はダーティ・シークレット・クラブのことを話すわ」

「いいよ、でもあんたは聖フランシスス病院へ行かなきゃだめ」

胃がかっと燃えあがる。「ジェリ・メイヤー?」

インターンの名前を聞きつけて、フォンセカが不安そうに振り向いた。

「悪いニュース?」

「意識が戻った」

ジョーは聖フランシスに車を走らせながら、もつれた糸をたぐっていた。キャリーの人生最後の五分間にBMWで起きたことについてはこれまでの仮説をいったんばらして、新たに事実を組み立てなおそうとした。それでもまだ水面下で物を見ているような気がする。斜めに射しこむ光と、ゆらめく影を通して見る不思議な眺めのようだ。

キャリーの脚にはなぜ赤い口紅なんかで文字が書きなぐってあったのか。

〝dirty《ダーティ》〟。あれは加害者が書いた非難の言葉ではない。告白でもなければ、自己嫌悪の表明でもない。メッセージ。キャリーはメッセージを送りたかったのだ、なぜなら――

信号が赤に変わった。ブレーキをかけ、がくんとシフトダウンした。「失礼」

ゲイブは無反応だった。ジョーはちらりと盗み見た。「やけにおとなしいのね」

「きみに逆らうなと肝に銘じてるところさ」

「なによ、それ?」

「きみはついさっきこの州の超大物検事を絞りあげて、汗をぽたぽた滴らせたままあの場に置き去りにしたんだぜ。肝が冷えたよ」

ジョーはめんくらって、彼をまじまじと見た。表情は読めなかった。「ふだんはCIAの心理作戦的尋問法にしたがうんだけど。今日は順序はどうでもいいかと思って」

ゲイブが両手をあげた。「そういう意味では――」

「明日は三択式のクイズを出すかも。〝この情報はどこから入手しましたか? A‐電話帳《イエローページ》。B‐広告の看板。C‐頭のなかの声〟」

「きみのやりかたに文句をつけてるわけじゃないよ」

「もっとやさしくするべきだと思ったんでしょ?」

「見事だと思ったんだ」

ジョーの顔が火照った。信号が青に変わった。

ゲイブがにやりと笑う。「ジョー・ベケット、〝サムライ〟精神科医《シュリンク》」

ジョーは心を打たれると同時に照れくさく、アクセルを吹かして交差点を突っきった。

「フォンセカなんてちょろいものよ。わたしが体重四ポンドの猿相手になにをやれるか見せてあげたいわ」

ゲイブは飛び去る通りを見つめた。地中海料理のレストランの前で、ぼろぼろの服を着た男が壁を背にして坐り、ボール紙の札を掲げている。〝小銭と引き換えにわたしを罵ってください〟

彼の微笑が薄れて消えた。「ヘリの墜落のあと、本部で漏れ聞いたというその発言だけど。きみは誤解してる」

「ゲイブ、自分がなにを聞いたかはわかってるの」ガラスのごとく曇りのない、決して消えることのない記憶。

聖フランシス病院の正面に車を停めた。エンジンを切って、ゲイブにキーを手渡した。

「このトラックを使って。わたしはしばらくここにいることになるから。あなたはクラスを教えにいって」

車を降りた。病院の自動ドアに向かって歩きだすと、ゲイブが追いついた。

「待って」彼の手が腕にふれた。具合が悪そうに見え、顔は緊張で引きつっている。

「慰めようとしてくれなくてもいいのよ」ジョーはそっと言った。「ダニエルに起きたことは現実に起きたんだから。わたしは背負っていかなきゃならないの」

「ちがうんだ」

「わたしの聞きちがいだったと言いたいの？」

「聞きちがいじゃない」

痛みが黒い刃となって体を切り裂いた。ジョーはゲイブの目から視線をそらし、代わりに胸を見つめた。

彼がジョーの肩に手をおく。「それを言ったやつはばか野郎だ。最初に言っておくけど」

「ゲイブ――」

「聞いてくれ。救命士でも心タンポナーデに気づいてたかもしれない。だけど、ジョー」手がジョーの肩をつかむ。「きみは救急隊員でさえなかった」

刃が戻ってきた。今度は明るく輝く刃が。ジョーは顔をあげた。

「救命士は現場で負傷者に救命処置をほどこす訓練を受けている。薬や医療器具一式、それに本部と通信する無線も備えて到着する。彼らの仕事は現場での救急治療だ」手はまだ肩をつかんでいる。「きみはアルバイトで、病人を搬送するヘリに乗っていた、司法精神医学の研修医だった」

声が低くなった。「きみはダニエルの妻だった。自分だってぎりぎりで生き延びたばかりだった。救命士でもない」

滝のように光が降り注ぐ。電流に打たれたような衝撃。押さえこんでいた涙がどっとあふれ出た。ゲイブの胸に手をおいた。

手のひらの下で彼の胸が上下する。茶色の目は底知れない痛みをたたえていた。

「おれは救命士だったのに」

目に見えない刃が百八十度振りおろされ、一撃を加えたように思えた。ああ、そんな。

「ゲイブ、だめよ、あなたの責任だなんて考えないで――」

「頼むからやめてくれ」指でジョーの唇にふれた。「いまはよそう」キーを返した。「帰り途は自分でなんとかする」

32

ペリーは肩をすぼめてスーツの上着を着ると、襟を直し、ネクタイの結び目を整えた。タイは青で、安物のポリエステルだが、首を取り巻くでこぼこした瘢痕組織を隠してくれる。肩から繊維くずをはらい、鏡で全身をチェックした。髪のカットも安っぽい。少々ツキに見放されているようだ。見たところは無害で、善意の、前向きな市民だ。首を絞められた傷痕が襟の下に隠れていれば、リンチから生還した男とは思えない。ふつうの男に見える。

ノックの音がして、ドアが開いた。「あと五分」

ペリーは喉に音声合成器をあてた。「もうちょっとです」

男はうなずいて、笑みを浮かべた。あの媚びるような、〝おれを見ろ。おまえがバケモノじゃないみたいにふるまってるぞ。すごくないか?〟の笑み。それからドアを閉じた。

〝プレイ〟はドアをにらんだ。あの恩着せがましい男は彼を怖がっていない。スーツを着ると、恐ろしげには見えないからだ。ふつうの外見はペリーが隠しもっている強力な感情の武器を無力化する。つかのま去勢された気分になり、怒りが赤く燃えながら体内を渦巻いた。

それからペリーは自分を抑えた。

もういっぺん鏡を見て、指で髪をなでつけ、極力まじめな田舎者っぽい顔をつくった。人に不快感を与えない外見。傷つけられた声帯。人は誤った憐れみを抱くだろう。心の武装解除——今日はそれがよりいっそう強力な武器となるかもしれない。

木製のドアに近づいて耳を押しあてると、廊下に物音はしなかった。上着のポケットには携帯電話がはいっている。まもなく法廷で顔を合わせる弁護士のひとりから借りてきたのだ。音声合成器のカバーをはずし、ＳＩＭカードを抜き取った。それを電話機に差しこんで、電源がはいるのを待つ。

ペリーが相手にしているのは法だ。つまり、なんでもありだということだった。嘘もつくし、賄賂も使うし、ごまかしもやる、やむをえなければ逃げもする。懇願《プレイ》する以外はどんなことでもやるだろう。

メールを送信した。〝どこにいる？　メイヤーを黙らせる必要はあるか？　電話しろ〟

もうまもなくだ。

ジョーは聖フランシス病院のＩＤカードを首にかけ、ＩＣＵへの階段を駆けあがった。足音がコンクリートにこだまする。階段は奇妙ならせん状にゆがんで感じられた。心臓もそんな感じだ。

この二年で初めて、舌で混じりけのない酸素を味わい、肺の底から呼吸している気がする。背中の重荷が軽くなり、久方ぶりに海底から水面に浮かびあがったような気持ちだ。でもそれは重荷がべつの人の背中に移ったからにすぎない。

深い憂いがジョーを包んだ。けれども今回にかぎり、心の目に見えるのはダニエルや彼のまばゆいばかりの笑顔ではなかった。救急ヘリのなかでジョーに手を差しのべてきたとき、彼の目のなかで消えていった光でもなかった。

目に浮かぶのは、ゲイブリエル・キンタナ。

荒々しく、誇り高く、注意深くて自信に満ちた、患者を死なせる前に敵を殺すよう訓練された男。鋭さを隠す、おおらかな微笑。聖職者に学び、神をさがし求める兵士。

なぜこれまで考えたこともなかったのだろう。第一二九救難航空団の男たちが毎回の救出をどれほど大事に思っているか。人々を生きたまま連れ帰ることに、彼らがどれだけ期待をかけられているか。

「最低ね、ベケット。それでも精神科医のつもり？」

階段をのぼりきると、防火扉を押しあけて、ＩＣＵにはいっていった。自分の心の動揺には努力して蓋をし、ナース・ステーションに向かった。ピンクの手術着姿の、母親らしい雰囲気の看護師が担当だった。

「アンジェリカ・メイヤー。カルテを見せてもらえる？」

看護師が見つけてくれた。「若い女の警官がいますよ。五分だけと言ったのに。追いだしてくれません？」

病室に行くと、メイヤーのベッド脇にエイミー・タングがいた。ベッドのなかのメイヤーは小さくて青白く、毛布の下の体は骨ばっていた。ブロンドの髪はもつれ、茶色がかって見える。目の下はくまで黒ずんでいる。けれども目は鮮やかなブルーで、油断なく光っていた。その目が即座にジョーをとらえた。驚きからか、口が開いた。

ジョーは微笑みかけた。「こんにちは。すこし待ってね」

タングに合図して、一緒に廊下へ出た。

「彼女、あまりおぼえてないよ」とタング。

「一時的な記憶喪失かもしれない。頭部外傷後によくあることよ」

「オフィスでハーディングと残業したんだって。裁判の証拠書類をまとめる手伝いをしていたとか。それで中華料理のレシートの説明がつく」

「カーチェイスについては？　事故のことはおぼえてた？」

「すごく曖昧。怖かったことはおぼえてるって。BMWのドアをあけたことも。だけど事故そのものは思いだせないの」辛辣な笑み。「あんたのことは思いだしたのにね」

「ふたりきりで話させて」タングの顔が引きつったので、つけくわえた。「看護師がよろこぶし、そのほうが彼女も心を開いてくれるかも」

タングのメール着信音が鳴り、警部補が背を向けて読みはじめたので、ジョーは病室に戻った。

メイヤーはジョーがベッドに近づくまでじっと目で追った。点滴やモニターに囲まれている彼女はほっそりと弱々しく見える。だが枕元のトレイにはセブンアップの缶が載っていた。

メイヤーが口から液体を飲めたのだとしたら、回復の著しい徴候だ。

ジョーはメイヤーの手に自分の手をのせて、やさしく言った。「目を覚ましてくれてよかった」

「あのときの方ね。あの事故の現場にいた」驚くほどはっきりとした声だった。「わたしを見つけてくれた」

廊下でタングの声がした。「いま聖フランシス病院。なにか情報はある?」ジョーはタングの視線をとらえ、唇に人差し指をあてて、追いはらうしぐさをした。タングはサボテンのようにつんつんして、ナース・ステーションに歩いていった。

ジョーは親指でメイヤーの手をなでた。「すこし話したいんだけど」

「事故のことは思いだせないわ」

「それじゃ、あなたがわたしに言ったことについて話しましょうか」

「あなたになにか言ったのかしら」

その目には熱い光が灯っていた。健康なときのメイヤーは、ロースクールの多くの学生たち同様、頑張り屋で、すっきりと切れ味のいい活力を発散しているにちがいない。ピンクのアンサンブルが似合いそうなかわいらしさの下に、貪欲な野心を兼ね備えているのだろう。そのおかげで生き延びたのかもしれない。

「あの夜、あなたはキャリーと遅くまでオフィスで仕事をした。〈ジェネラル・リー〉から餃子を注文したわね」

「ええ」

ジョーは気軽な会話口調のまま、メイヤーを導いた。メイヤーとキャリーは午前一時近くまで残業していた。裁判の前にはめずらしいことではない、とジェリは言った。その後、キャリーが家まで車で送ってあげると申し出た。とうにバスには間に合わない時刻だった。

「それでキャリーのBMWに乗ったのね」ジョーは言った。

ジェリがまばたきした。目に恐怖がよぎった。「そのあとはなにが起きたかわからない。おぼえているのはただ、ほんとうに、ほんとうに怖かったということだけ」唇を嚙む。「この話はしたくない」毛布の下に体をすべりこませた。「すごく疲れてるの」

「わかった」ジョーはメイヤーの手をなでた。「でもまた様子を見にくるわ。いいわね？」

蒼ざめた微笑。「ええ」

ジョーは出ていきかけて、足を止めた。「ひとつだけ、ジェリ。あのCDのアルバム・ジャケットを見つけたんだけど。オール・アメリカン・リジェクツの」

メイヤーの動きがぴたりと止まった。

ジョーは気さくな調子を保って続けた。「《ダーティ・リトル・シークレット》よ。あなたがキャリーにあげたことはわかってるの、ダーティ・シークレット・クラブに関するなんらかのメッセージとして」

メイヤーの顔は面をかぶったようになった。「なんの話かわからない」

「キャリーはあなたに返したのね。取り乱した、んじゃない？」

「ああ、あれ?」唇を舐める。「あれはジョークよ」

「あなたはクラブにはいるつもりじゃなかった。ありえないことよね」

メイヤーのまばたきが速くなった。「気分がよくないの。もう帰って」

「警察に話すより、わたしに話すほうがずっと楽だとあとでわかるわ」

ジョーは言った。

メイヤーは顔をそむけた。「やめて。もうそこで止めて」

「ここへ来たのはそのためよ。わたしになにを止めてほしいの?」

メイヤーはコールボタンをつかんで、押した。枕に頬を埋めて、目をつむった。

ジョーは静かに言った。「考えておいて。また話しましょう」

メイヤーの口調には憎悪がこもっていた。「ほっといてよ」

若い看護師が飛びこんできた。親指で肩のうしろを指し、ジョーに出ていけと無言で命じた。廊下に出ると、そわそわと歩きまわっていたタングが興味津々の目を向けてきた。ジョーはナース・ステーションのほうを指して、歩きだした。

「どうだった?」タングがたずねた。

「なにとくらべて? 調停にくらべたら、ホームランだったけど。メイヤーはダーティ・シークレット・クラブについてかなりよく知ってる。あとは彼女にどんな球を投げるか考えるだけよ」

「ビーンボールは?」

ジョーはメイヤーのカルテをナース・ステーションのデスクに置いた。タングはジョーをロビーのほうへ急きたてた。

「こっち」

ジョーはエレベーターに向かうものと思ったが、タングはそうはしないで防火扉を押しあけ、階段に出た。背後でドアがガチャンと閉じると、タングはＰＤＡを掲げてみせた。

「さっき受信したメール。〝プレイ〟に関してだった」

「情報？」

タングはジョーを見た。「そう呼んでもいい」


小さくピンとチャイムが鳴ってエレベーターは停止し、ドアが開いた。スカンクはすこし待って、あたりに目をはしらせた。案内プレートに〈集中治療室《ＩＣＵ》〉と書いてある。ひっそりとして、不安にさせる場所だ。スカンクはモップとバケツを押してエレベーターを降りた。看護師のデスクにはだれもいなかった。壁の大きなホワイトボードに患者の名前と病室が記されている。足を止めて、それを読んだ。

アンジェリカ・メイヤー。心拍数が跳ねあがった。

周囲を見まわす。いまのところだれもこちらに気づいていない。だが遠からず気づくだろう。スカンクは清掃員の作業着姿で、首からＩＤバッジをさげていた。本物の清掃員に百ドル払って借りてきたのだ。清掃業務は外注だから、見慣れない顔もとりあえずは目を惹かないだろう。清掃員は年がら年じゅう入れ替わっているのだ。

もしこれをうまくやってのければ、一石二鳥だ。メイヤーの口を封じ、スパイダーを見つける。昨日マリオット・ホテルでテレビ局のバンがカメラマンをバーベキューにしたあと、スパイダーを見失ってしまった。だからここへ誘いださなければならない。あの女が名前を握っているのだ。

モップとバケツのカートを押して、スカンクはメイヤーの病室へと廊下を歩きだした。

タングは階段の上下をチェックして、ジョーとふたりきりなのを確認した。それから階段を降りはじめた。声がコンクリートの壁に反響した。

「〝プレイ〟というニックネームをもつ人物に関する情報をリクエストしたの。逮捕者や関係者のデータベースを検索するとか、そういったこと」

タングはPDAを見ていた。階段のどぎつい照明の下で見る彼女は固めたこぶしのようだ。

「ソシ・サパタのビデオで見たものについて考えたんだけど——チェーンで首を絞められたあの男。あれは傷痕が残る。それで検索パラメータに際立った特徴として首のひどい傷痕を設定してみた」

「冴えてる。うまくいった?」

「それらしいのがひとつ。これ。さっきFBIから写真が送られてきた」ジョーにPDAを手渡した。「見て」

ジョーはその小さなカラー画面で、望遠レンズで撮影された写真を見た。暑くて埃っぽいどこかで、アロハシャツの縁を汗で湿らせている三人の男。小声《ソットヴォーチェ》で会話できるほど近づいているが、雰囲気はよそよそしい。目的はビジネスだが、あまり信用しあっていないことが見てとれる。ふたりは初めて見る男だった。もうひとりは頬も目も落ちくぼんだ、くたびれた険しい顔で、おぞましい傷痕が切れ目なくぐるりと首を取り巻いている。赤く盛りあがった組織は透きとおった筋に変わりかけている。身の毛もよだつ、リンチの置き土産だ。

汗で毛穴がちくちくした。ジョーは写真をにらんだまま、タングをよけて階段を引きかえした。

「ちょっと！」警部補が追いかけてきた。

「早く」ジョーは弾むように階段をのぼった。「その顔は見たことがある」

「どこで？」

ジョーは答えを叫んだが、言葉はけたたましい火災警報ベルにかき消された。

防火扉を押しあけた。ジョーとタングはＩＣＵに駆けこんだ。火災警報ベルが金切り声でわめいている。壁の非常灯が赤く脈打つように点滅している。看護師たちがジェリ・メイヤーの病室付近に集まっていた。

あの母親風の看護師が病室の戸口に立って消火器を噴射していた。炭酸ガスの白い雲が空気を満たしている。ジョーは全速力で駆け寄りながら、煙とガソリンのにおいに気づいた。

「たいへん――」

「どうなってるの？」とタングが叫ぶ。

若い看護師が両手を突きだした。「さがって」

ジョーは病院のＩＤがぶらさがったストラップを持ちあげた。タングは警察バッジを引っぱりだした。それを見ると、看護師は廊下の先を指差した。「あっちです。あっちに逃げました」

「だれが？」タングが訊いた。

「清掃員です。火炎瓶を投げこんだんです」

「くそ」タングは銃を引き抜いた。「出口は？」

「いくらでもあります。廊下はほかの科につながってますし、階段も……」

タングは走りだした。「警備員を呼んで。わたしは応援を頼む」

ジョーは人ごみをかき分けた。消火器を持った看護師が、燃える病室のなかへじりじりと前進している。廊下に放りだされた清掃用モップとバケツが目にとまった。

「患者は？」ジョーはたずねた。

「負傷者はいません。部屋は無人でしたから」

煙はメイヤーの病室の隣室から流れこんでいた。ほっとして、頭がずきずきした。メイヤーのドアに駆けていくと、ベッドは空っぽだった。

「ジェリはどこ？」

「待合室です。危険のないところへわたしたちが移しました」

消火器を持った看護師が全体に向かって大声で言った。「消えたよ」消火器を片手でぶらさげ、咳きこみながら出てきた。

若い看護師がジョーに顔を向けた。「その男、どうやってここまではいりこんだんだか」

見かけない顔だったので、IDを見せるように言いました。「あの男、ジェリの部屋の外をうろうろしてたんです。そうしたら瓶をつかんで火をつけて、無人の部屋に投げこんで、逃げてったんです」

ジョーはメイヤーの部屋にはいり、戸棚から彼女のバッグを出した。廊下を戻ってエレベーターの前を通過し、角を曲がって待合室へ行った。ジェリは点滴のスタンドを隣に置いて、ソファの上で縮こまっていた。毛布にくるまれ、膝を抱えている両手は関節が白くなっている。ジョーを見ると、安堵と恐怖の表情が同時に浮かんだ。

ジョーは腰をおろし、メイヤーのバッグを開いて、中身をソファの上にぶちまけた。

「ちょっと」ジェリが言う。

「話さなきゃだめよ。いますぐ」口紅、ライター、こまごました品々を脇にどけると、財布があったので、なかを検めた。

一枚のスナップ写真を抜きだした。《レザボア・ドッグス》風の笑みと、ポーカーチップを模《かたど》った銀のベルト・バックルの、カンザスの農場労働者。ミスター・タランティーノ・ゴシック。

望遠で撮ったタングのPDAの写真とくらべてみた。まるでビフォー&アフターだ。

それは〝プレイ〟だった。

ハンマーで釘を打ちこむように、火災警報ベルはしつこく鳴りつづけている。ジョーはスナップ写真を持ちあげた。「ジェリ、彼の名前は?」

「彼って?」

「お願いだから、写真は財布のおまけだったなんて言わないでね」タングのPDAを見せた。「これが撮られたのは彼が首を絞められたあと。《GQ》誌のグラビアじゃないわよ」

メイヤーは毛布をあごの下まで引っぱりあげた。「あなたに話す義務はない」

「そうよ。わたしは警官じゃない。あなたの母親でさえない。ただの精神科医よ。そしてあなたが助けを求めた相手。『止めて』って」

メイヤーは視線をそらすまいと努力したが、だめだった。

「ジェリ、スカンクは今日またべつの女性を殺したの。火炎瓶で。恐ろしかったわ」

メイヤーが自分の膝を見つめる。スカンクの名前には反応しなかったが、目はきょときょと動いている。

「スカンクが〝プレイ〟の下で働いてるのはわかってる。考えてみて、ハニー。あれとこれとを足してみると、お友だちはあなたに死んでもらいたがってるってことになるわよね」

ジェリの顔から血の気が引いた。ジョーはそういう目つきを見たことがあった。現実を断乎として認めたがらない人々に——やめたければいつでも飲むのをやめられると主張するアルコール依存症患者に。

「それともわたしの思いちがい？」ジョーは言った。

　危険を愛する人間もそんな目をしている――高い絶壁に単独で立ち向かえると思っているクライマーたちとか。ＤＶの被害にあっている女たちも。彼女たちはよくこんなふうに言う。〝あなたにはわからないのよ〟〝そういうのとはちがうの。彼はほんとうにわたしを愛してるんだから〟

「トンチンカンもいいところ」メイヤーが言った。

　ジョーは彼女に見えるようにＰＤＡを向けた。「警察は〝プレイ〟の写真を持ってる。あなたも彼の写真を持ってる。彼の仲間のスカンクはこのＩＣＵをダンテの『地獄篇』にするところだった。納得できないのはどの部分？」

　メイヤーは手で膝を締めつけた。汚れた髪が顔の上に垂れかかっている。追いつめられてふてくされたような表情だった。

　病院の警備員がふたり、廊下にあらわれた。鳴り響く火災警報ベルの下で、彼らが看護師たちと早口に言葉をかわすのが聞こえた。

「〝プレイ〟はスカンクを送りこんでこのＩＣＵを火の海にしようとした。それなのに、あなたを殺したがってることにはならないの？」

「あの人のことをそんなふうに言わないで。わかってないくせに」

「じゃ、わかるように教えて」

　メイヤーはＰＤＡの写真を盗み見た。魅入られたような目になった。頬に赤い斑点が浮かんだ。

「彼は絶対にわたしを傷つけない。たとえそうしようとしても、できないの。だれにも危害はおよぼせないのよ」

「なるほど」そしてあなたのお茶にはポロニウムの塊がはいっている。それはちょうど砂糖みたいな味がする。「名前は？」

「あなたは天才なんでしょ、自分で突きとめなさいよ」

「タング警部補に教わるまでわたしを待たせておきたいなら、けっこうよ。それまでは〝プレイ〟、もしくは〝見せしめ〟と呼ばせてもらうから」

「やめて」怒気を含んだ声が警報ベルの音量を上回った。

「どうやって連絡をとっていたの？　ここへも電話してくるの？　それも調べればわかることだけど」

メイヤーがついにジョーを見た。その表情は〝こっちのほうが一枚上手ね〟と言っていた。

「彼には電話がないんだから無理よ」

ジョーは驚きをあらわさないように努めた。「ほんとに？　住所はどう？」

メイヤーの目に不可思議な色がよぎった。いたずらっぽくもあり、悲しそうでもあった。

「あの人がだれかを傷つけるのは物理的に不可能なんだったら」

ジョーは相手を凝視した。なぜ不可能なのか。

「なんにもわかってないのね。彼は二度見棄てられたの。最初は襲われたとき。やつらはあの人から強奪し、放置して死なせようとした。なにもかも奪って、一生残る傷を負わせた」

電話もない、住所もない。なぜ〝プレイ〟と連絡がとれないのか。

メイヤーの青白い顔が怒りで土色になった。「つぎは制度から見棄てられた。彼が正義を勝ち取るのに手を貸そうとする人はいなかった。強奪されて、めちゃめちゃにされたのに、だれも気にもとめなかったの、彼が街のリッチなセレブじゃなかったから。世間の人たちにとって彼はただのカスなのよ」

頭のなかで小さくカチッと音がして、レオ・フォンセカの言葉がよみがえった。アンジェリカ・メイヤーはか弱い花ではない。ストリートファイターだ。学生時代に刑事司法制度のなかで働いていた。彼女はタフだ。

ジョーは体がすうっと冷えていくのを感じた。「刑務所」

メイヤーの目は熱を帯びていた。

「〝プレイ〟は刑務所にいるのね？　受刑者なのね」

メイヤーの唇が引き結ばれた。凶暴化した手負いの動物のようだ。「これでわかったでしょ。サン・クエンティンに閉じこめられているのに、どうやって人に危害をおよぼせるの？」

33

ガソリンの臭気が廊下に漂っている。火災警報ベルはまだ鳴りつづけている。ジョーはジェリ・メイヤーを見つめていた。手のひらが熱い。

メイヤーの目も熱っぽかった。「あの人はだれも攻撃できなかった。この間ずっとサン・クエンティンにいたんだもの。外の世界で接触できるのは弁護士と……」言葉がとぎれた。

「スカンク。それにあなた」ジョーは言った。

受刑者。つじつまが合いはじめた。

「自分に傷を負わせた相手をさがすこともできないのよ。だれが手伝ってくれる？　警察？　検察？　彼はただの詐欺師にすぎない。詐欺師が不当な目にあっても、だれも気にしちゃくれないの」

「なぜ刑務所に？」

「あなたの大事なダーティ・シークレット・クラブに訊きなさいよ。あの人をだました大物のくそばかどもに。彼をたんなるキャラクターみたいに扱って、ゲームを楽しんだ連中に」

毛布の下でまっすぐ背を起こす。「でも彼は耐えてる。ちゃんとまともに刑期をつとめてる。

関心があるのは、自分の人生を引き裂いた連中をさがしだすことだけよ」

　メイヤーの話していることは聞こえていたが、ジョーの思考はめまぐるしく駆けめぐっていた。これで説明がつく。〝プレイ〟が第二の自己としてスカンクを使っていたのは、こういうわけだったのだ。彼自身は人に接触できない。使者を送るほかなかったのだ。メッセージを伝える、臭いネズミを。

「あの人はまったくの孤独なの、ぞっとする環境のなかで。刑務所がどんなところか想像できる？」メイヤーが言った。

　ヒエロニムス・ボッシュの絵のようなものだ。堕落、絶望。塀の外よりもずっとずっと危ない。

「わたしもサン・クエンティンで働いたことがあるの。どんなふうかは知ってるわ」ジョーは言った。

　エレベーターのチャイムが鳴り、消防隊が到着した。青い消防服に黄色のコートの彼らが歩いてくると、壁に護られているような安心感だった。

「彼の名前は？」ジョーはたずねた。

　メイヤーはさらに数秒抵抗した。それから、静かに言った。「ペリー・エイムズ」

「サン・クエンティンでボランティアをしたとき知り合ったの？」

　メイヤーは〝まだわからないのね〟と言いたげに、薄笑いを浮かべて首を振った。

猛々しい怒りがジョーの全身を渦巻くように突き抜けた。なんて愚かな女。メイヤーは

〝プレイ〟の写真を財布にしまっていた。きっと毎晩ベッドにはいる前に見ているのだ。愛しげに指でなでて、彼の夢を見られるよう願いながら横になるにちがいない。

「彼との関係をどうとらえてる？」

「わたしは彼の支持者」

ジョーは息を吐きだした。そういう説明が法廷でどれだけ自分に不利となるかわからないのだろうか。

ジョーの頭のなかでさまざまな疑問が解けはじめた。〝プレイ〟がスカンクを――それにたぶんメイヤーを――派兵した理由ばかりでなく、ダーティ・シークレット・クラブを操って人々を自殺に追いこんでいた理由も。物理的に彼らを手にかけることができないゆえの、直接手を下さない方法だったのだ。

おそらくそれだけではない。〝プレイ〟はとんまな手下には殺させたくなかったのだ――人々を脅し、完全なる破滅よりも暴力的にみずからを破壊するほうを選ばせて、満足を得ていたのだろう。

メイヤーは熱に浮かされた顔で、毛布にすっぽりくるまっていた。まるでペリー・エイムズの弁護でヒートアップし、彼を護るためならその身を燃やし尽くすつもりだというように。いま自分自身を護ろうとしているのはまちがいないにせよ、感情の資本はすべて〝プレイ〟と呼ばれる男に投じられているのだった。

火災警報ベルが止まった。沈黙がＩＣＵを包みこんだ。ジョーの耳に足音と荒い呼吸が聞こえ、くたびれはてたエイミー・タングがあらわれた。首を横に振る。スカンクは捕まらなかったのだ。

ジョーは立ちあがり、タングに近づいて、メイヤーの持っていた〝プレイ〟のスナップ写真を差しだした。「息を整えて。何本か電話をかけてもらうから」

タングは写真をつかんだ。「なにこれ――」

ジョーはタングを引っぱって角を曲がり、メイヤーに聞こえないところまで連れていって、三十秒で報告した。

「受刑者か。まいったね」とタング。

「よかったでしょ。彼がスカンクに指令を出してるんだから。サン・クエンティンに連絡をとって、通信手段を断ち切ればいいじゃない。彼を黙らせるの」

タングは視線をあちこちに走らせて考えながら、うなずいた。「でもスカンクはまだ自由の身だよ」

「〝プレイ〟を利用して、追跡できるかも。〝プレイ〟の連絡手段を調べて、スカンクに午後五時にどこそこへ行けという指令を出すの。罠にかけるのよ」

タングの目が輝いた。その顔に一瞬だけ微笑がよぎった。

ふたりで角を曲がって待合室に戻ると、あの母親風の看護師が車椅子にメイヤーを乗せてドアから出ていくところだった。ジョーはうしろをついていった。車椅子の上から、メイヤーが不機嫌にジョーをにらみつけた。

「まだわかってないのね。彼はわたしを頼ってるの。助けてあげなきゃならないのよ」

「すこし休んで。警察の聴取を受けるには体力が要るわよ」ジョーは言った。

「そんなことにはならない」

「ジェリ、もう終わったの。ペリーは指令を出せなくなる。あなたは逃げられない。写真があなたとペリーを結びつけているから。彼とダーティ・シークレット・クラブのメンバーたちの死も。終わったのよ。あなたもね」

「わたしに証言はさせられないわよ」

「グルーピーは訴追免除を受けられない」ジョーは言った。

メイヤーの顔が嫌悪感でゆがんだ。その無意識の本能的反応を見て、ジョーはまったく見当はずれだったことを悟った。メイヤーはペリーのグルーピーではなかった。愛人でもない。

顔から髪をかきあげた。まだなにかがしっくりこない。なぜスカンクはメイヤーの病室の隣に火炎瓶を投げこんだのか。部屋のなかを見まわした。モニター、おまる、乱れたベッド。ドアの近くにもうひとつ、使われていない車椅子があった。これはいったいどこから来たの？

突然、稲妻のように閃いた。スカンクはここへジェリを殺しにきたのではない。さらいにきたのだ。救出するためではなく、彼女の知っていることを警察に訊きださせないためだ。

恐怖があふれだしそうになった。ジョーは振り向いた。「ジェリ、彼はなんなの？」

ジェリは毛布の下でなにかいじっていた。看護師が彼女にまた酸素カニューラを取りつけ、流れを調節して、ベッドに寝かせる用意をしている。

「ああ、嘘でしょ」ジョーは言った。

ジェリがこちらを見た。「あの人に不利な証言は絶対にしない。わたしの父親だもの」

ジェリは酸素チューブをつかんだ。もう一方の手が毛布の下から出た。そこにはライターが握られていた。


鍵束をがちゃがちゃ鳴らして、廷吏が待機房のドアをあけた。保安官事務所のグリーンの制服を着た大柄な黒人の廷吏は、身ぶりをつけて〝プレイ〟に言った。

「出番だ。行くぞ」

ペリー・エイムズは立ちあがり、安物の青いネクタイをまっすぐのばすと、音声合成器を喉にあてた。「どうか手と足をつながないでください。そうすると、音声合成器を首まで持ちあげられなくなってしまいます。しゃべれなくなってしまうんです」

電気の喉頭から出るロボット的な音声に、相手はたいがいの人と同じ反応をし、嫌悪の身震いを押さえつけた。

「両手を前に」廷吏は言った。

〝プレイ〟は器械をポケットにしまった。ＳＩＭカードは元に戻してある。両手を前に突きだした。

廷吏が手錠をかけた。「だいじょうぶだ。検察官からの指示で、入廷する前に手錠ははずすることになっている」ペリーを待機房から連れだす。「堕落した詐欺師どもに不利な証言をするんだから、信用できる人物に見せないとな」

堕落した詐欺師ども。たしかに。だがやつらは盗んだクレジットカードを用いて人をだまし、品物をよその州へ出荷して、刑事告発されたのだ。ペリーはおとなしくうなずき、廷吏に連れられて通路を歩きだした。なのにこのおれが証言するとはな。減刑および早期釈放と引き換えに。ペリーは無表情のまま、法廷に向かって歩いていった。サンフランシスコのシヴィック・センターの、ここ連邦裁判所で。

ジョーは聖フランシス病院のカフェテリアに坐り、五十五ガロンのドラム缶サイズのコーヒーをちびちび飲んでいた。カフェテリアの装飾はハロウィーン一色、どこもかしこもカボチャや作り物の蜘蛛の巣だらけだ。カウンターの奥では、ドラキュラや《ザ・シンプソンズ》のマージがミートローフを皿に盛りつけている。

岩塩坑で一日重労働したノームといった風情のエイミー・タングがはいってきた。ジョーのテーブルにやってくると、どさりと腰かけ、あごでコーヒーを指した。

「おいしいの？」

「コーヒーは好き？」

タングはにやりと笑って席を立ち、さらに大きなカップを手に戻ってきた。「アンジェリカ・メイヤーは精神科に移された。自殺予防の監視と、警備がつけられる」ジョーを見ながら、コーヒーをごくごく飲んだ。「あんた、すばやかったね」

　ジョーは肩をすくめた。

「あと一瞬でも遅れたら、メイヤーは自分も看護師もあんたも丸焼けにするところだった。あの酸素チューブがどんだけ燃えまくったか」

「闘争か、逃走よ」ジョーは言った。「飛びつかなきゃならないときは、思いきってやらないと」

「うん、でもあんた、おまるで彼女の頭をぶん殴ったよね」

「手近にあったから」コーヒーをまたひと口飲んだ。「ほかになにかわかった?」

　タングが極小サイズの手帳を取りだした。「ペリー・エイムズ、詐欺と恐喝で八年の服役中。違法賭博の胴元をやってた。賭け金は高額。浪費家のギャンブラーたちに融資して、彼らが返済できなくなると、ビジネスのほうから融通させた。車や航空券、なにもかも。被害者たちは当然首がまわらなくなり、廃業」手帳を閉じる。「エイムズの刑期はあと六年残ってる」

「それより前の犯罪については?」

「彼が襲われた件? 法的記録はない。あるのは噂だけ。または、ジェリ・メイヤーの言うところの、伝説」

「彼はどうやってジェリと連絡をとってたの? 囚人は相手払いでしか電話をかけられないのよね」

「刑務所に連絡してみた。エイムズが独房にこっそり電話を持ちこんでないか調べてくれるよ。スタッフのだれかから借りてた可能性もあるし。料理人、清掃員。もしくは弁護士から。メイヤーは〝プレイ〟が塀のなかから人を傷つけられないというご高説を披露した？」

「認知的不協和ね。そのうち精神的にこたえてくるかも。そのときはもっとしゃべってくれるでしょ」

「まだ相当弱ってるからね」タングが顔をあげた。「キャリー・ハーディングが死んだ夜、なにがあったと思う？」

「よくわからない。なんとか考えをまとめて筋を通そうとしているんだけど」

シヨルダーバッグに手を入れて、ダーティ・シークレット・クラブに歓迎すると書かれた匿名の手紙を出した。それをタングに手渡すと、警部補は手紙をまじまじと見た。さらに見つめるうちに驚きが心配に変わった。鋭く目をあげてジョーを見る。

「これ、あんたの自宅に届いたんじゃないよね？」

「UCSFに。わたしの電話と住所は公開してないから」

タングはうなずいた。「よかった。〝プレイ〟が送ってきたんだと思う？」

「またはダーティ・シークレット・クラブが例のゲームをわたし相手にやっているのか」

タングは手紙のはいったビニール袋をつかんだまま、注意深く言葉を選んだ。「この申し立てについて有罪の証拠はないはずだけど」

「夫は――」うつろな熱がふわっとジョーを取り巻いた。「――救急ヘリの墜落事故で死んだの。この手紙の狙いはわたしを動揺させることよ」

「くそったれども」

「これで終わることを願いましょう」

「手紙の指紋を取って、封筒をDNA鑑定にまわすよ」タングはちらりとジョーを窺った。その顔はやつれて見え、目に思いやりがこもっていた。「ごめん。知らなかった」

タングがビニール袋を置くと、それはテーブルの上をすべりだした。手紙はジョーに向かって動きだし、光がねじれたように思え、テーブル板が震えた。ジョーは両手を板の上にひろげて押さえた。建物がぎしぎしきしむ。タングが天井を見あげた。

「なに、これ？」

ジョーは周囲に目をやった。カフェテリアのほかのだれもがきょろきょろ見まわしている。ジョーとタングがランチのカウンターを見ると、保温用ランプが揺れていた。

「余震だ」とタング。

「または前兆かも」

揺れは止まった。会話が再開された。人々は食事に戻った。

タングが腰をあげた。「早いとこ出よう。カボチャのランタンは薄気味悪い」

ジャック・ランタンはどれも満面の笑みだった。「たったマグニチュード3じゃない」ジョーは言った。

「じゃなくて、このいやなカボチャのせい。筋だらけの中身と、あのでっかい種。鳥肌が立つの」

「ハッピー・ハロウィーン」

「そして今夜は遅くなると悪ガキがいっせいに卵を投げだすんだよね」

ジョーは横目でタングを一瞥した。「卵も怖いの？」

「ぞっとする。あの粘っこい黄色の液体……それに卵ってどこにも穴がないんだよ、気づいてた？　不自然でしょ」わざとらしく身震いしてみせる。「一年で最悪の祝日」

ジョーは微笑まないようにつとめた。

タングは匿名の手紙を手に取った。「こんなの気にしちゃだめ。くそ野郎どもは終わったも同然。メイヤーも体力が戻りしだい逮捕されるんだし。リーヴォン・スカトレク、われらが友人スカンクには逮捕状が出てる。〝プレイ〟は鉄格子のなか」手紙をポケットにしまう。「ダーティ・シークレット・クラブのほうは、目立ちたがり屋の集まりでしょ。検察がいろいろな面から刑事告発するんじゃないの。検察がやらなきゃ、わたしがやる。うちに帰んなよ、ジョー。報告書を書きあげて。この事件は解決したんだから」

「ありがとう、エイミー」

病院を出ると、ジョーは肩にバッグを引っかけた。太陽はまぶしく、そよ風が清々しい。

それなのに重苦しい影につきまとわれているみたいな気がするのはなぜだろう。

34

ジョーは午後遅い陽射しのなか家路についた。通りをゆく人々は忙《せわ》しげに見える。てきぱき用事をすませて、〝お菓子をくれなきゃいたずらするぞ《トリック・オア・トリート》〟や仮装、あるいはカストロ地区でのストリート・パーティといった重要な仕事に移ろうとしているみたいに。白い厚底のゴーゴーブーツにボラット風のマンキニ、背丈が『指輪物語』のエント族ほどもある巨大なドラッグクイーンが、クリーニング店から出てきた。衣装なのか普段着なのか、ジョーにはなんとも言えなかった。

街の神経網のごとく通りに張り巡らされた電線が、風にそっと揺れていた。ジョーは家に帰りたくなく、帰りたくない理由を分析したくなかった。疲れはて、気が立っていた。

〈ジャヴァ・ジョーンズ〉に寄り道する。ティナはカウンターの奥にいた。ステレオで《ゲット・イット・オン》ががんがん鳴っている。妹はにこやかに微笑んだ。

「ジョー。パンプキン・シナモン・ラテを試してみない？」

「コーヒー、ブラックで」手のひらで小銭をより分ける。「その衣装は気に入った。頭蓋骨に突き刺さっている手斧、似合ってるわ」

ティナは膝を曲げておじぎすると、ジョーのコーヒーを出した。「今夜はどこかのパーティに行くの？」

ジョーはカウンターに代金を置いた。「わたしがパーティよ。ひとりきりの音楽隊《ワン・マン・バンド》。ありがと」

ティナが片眉を吊りあげるのが見えた。

「笑ってよ。男《マン》の話でしょ」ジョーは言った。

店の外に一歩踏みだしたときにはもうゲイブの番号を押しはじめていた。呼出し音の鳴るのを聞きながら、こちらの番号を登録しているだろうかと思った。ディスプレイに表示された名前を見て、出るのをためらっているだろうか。胸が締めつけられた。

あきらめて切ろうとしたとき、彼が出た。「キンタナ」

「話せる？」

緊張をはらんだ沈黙。「ソフィを迎えにいくところなんだ」

ジョーはベビーカーを押して坂をのぼっていく母親を目で追った。無理強いはやめようか。

「ゲイブ……」

いや、考えすぎはよそう。それにこのまま放置してはだめ。

「スープを作るわ。それに今夜お隣さんがハロウィーン・パーティをやるの。わたしはディップを持っていくんだけど、もしもチーズ・ウィズを持っていったらきっとあなたとソフィも歓迎されると思う。彼に訊いてみてもいいし」

さらに沈黙。

「わたし、彼の新しい猿と二ラウンド交えるつもりよ。目隠しして」

ゲイブが笑った。その声にジョーも自然と笑みがこぼれ、脈が跳ねあがった。

「三十分後、でいいかな？　そのあと帰ってトリック・オア・トリートに出かけなきゃならない、もしそれでよかったら――」

「じゃ、家で待ってる」

「ジョー……無理に話す必要はないよ。でも、とにかく行く」

「あるわ。それに、ありがとう」


十月末のサンフランシスコは日が短く、終業時刻より前に黄昏が訪れる。青い宵闇が百万もの灯を呼びだし、空気をぴりりと冷やし、街のごつごつした輪郭を和らげる。街路はきらめきだす。ダウンタウンが光り輝く。ベイ・エリアは光のボウルで、その中心にゴールドで縁取られたなめらかな水をたたえている。沈む夕陽は水平線を筋状に染め、空は青からしだいに赤へと変わり、まばゆく強烈な光が人々の目を否応なくとらえて、これぞ美なりと主張する。

ジョーは自宅から一ブロック下に車を駐めた。買い物袋をがさごそ鳴らして抱えあげ、トラックをロックした。通りから見える家々の窓には、もうジャック・ランタンが明るく輝いている。ファードのバルコニーにも一対、掛け値なしによくできた気味の悪いカボチャ・ランタンが点り、ゆがんだ口からちろちろとオレンジ色が瞬いていた。
玄関の鍵をあけ、明かりを点けて、景気づけの音楽をかけた——ジプシー・キングスを。ダニーが買った古いアルバムも引っぱりだした。《スプーキー・フェイヴァリッツ》。幽霊のうめき声に、じゃらじゃら鳴る鎖、《モンスター・マッシュ》——ソフィ・キンタナが気に入ってくれますように。キッチンにはいり、抱えてきた食料品をおろす。不安感はまだつきまとっていた。

心の奥の部屋のどれかひとつに狼が潜んでいる。檻から出てきてほしくない。今日の午後あの匿名の手紙やゲイブ・キンタナがかき立てた騒がしい感情を避けていたかった。

冷蔵庫をばたんと閉める。回避。それはうまい作戦ね、と自分に言う。否認に負けず劣らずいい。魔法のように効果がある。人生が内部崩壊するまでは。

大きな木のボウルを出して、ハロウィーン・キャンディを注ぎ入れた。パティオのドアから庭を見やる。黄昏のなかでライラックが藍色《インディゴ》に染まりかけていた。心の底で不安の蛇が身をくねらせている。それが〝プレイ〟、あるいは匿名の手紙のせいなのか、それとも迫りくる夜のせいなのか、ジョーにはわからなかった。

暗い気分を振りはらった。今夜はハロウィーン・ナイト。必要なのは陰鬱な気分じゃなくて、悪霊のようなルックスだ。ジョーは衣装をさがしに二階へあがった。

玄関ベルが鳴った。階段を駆けおりながら、廊下の鏡をちらりと見て、もういっぺん髪を引っぱってから、ドアをあけた。

「お菓子をくれなきゃいたずらする……」ゲイブの声が尻すぼみに消えた。

ジョーはさっと腕を振った。「どうぞ屋内《なか》へ、キンタナさんたち」

ソフィがジョーを見あげた。「あなたはゾンビ？」

ジョーは頭を片側へがくんと垂らしていた。「ゾンビ・ドクターよ」

「かっこいい」

ジョーは舌を口のなかに引っこめた。「ありがとう」

親子は家にはいった。ソフィの茶色の目が好奇心で丸くなった。「その偽物の腕、背中のまんなかからぶらさがってるみたいなのはどうして？」

「古い白衣の袖に靴下を詰めたの。それから先っぽに手術用手袋をピンで留めたのよ」

ゲイブがにやっと笑った。「それで三本半しか指がないのか。そのメイクは似合ってるよ」

「ディオールで〝壊疽《ガングリーン》〟をイメージしてみました」

彼はプラカードを受け取った。「脳みそ食べていい？《アイ・キャン・ハズ・ブレイン》」

「精神科医の望みは人の頭をあけてみることだけよ」

ゲイブの笑みがひろがった。

ソフィが言った。「あたしもゾンビになれる？」

「もちろん」ジョーはキッチンのほうを指さした。「レンジにスープがあるわ」

ソフィはいきなり小妖精と化して、先にスキップしていった。

「ありがとう」とゲイブ。「あの子の母親が用意したのは〝反大量消費文化〟の衣装でね。ナスかなにかの。おかげで助かったよ」

ふたりはキッチンにはいった。ジョーはゲイブの不機嫌の意味を読みとろうとしたが、彼は小声で言った。「いいんだ。少なくともナスは合法の植物だから」

ジョーはボウルにヌードルスープをよそった。ソフィがテーブルにつくと、ジョーは言った。「パパとちょっとだけお話ししてきていいかしら」

喉がからからだった。ゾンビ・メイクとアイシャドウの下で、顔が火照っているのがわかる。ふたりは裏庭に出て、マグノリアの木の下に立った。

枝が夜風にそよぐ。ジョーは寒さを寄せつけまいと腕組みした。

「どう切りだしたらいいかわからないから、ずばり言うわね。今日の午後、わたしの思いこみは尽《ことごと》くひっくりかえされた」

「動揺させるつもりじゃなかった」

「キンタナ。あなたはわたしを持ちあげて、叩きつけて、しっかりつかまえていてくれる」

本心を伝えなければと、まっすぐ彼を見た。「釘は打たれると傷つくこともある。ヒポクラテスの誓いについてあなたが言ったこと、あれはまるで平手打ちだったわ」

「ジョー、あんなことを言うべきじゃなかったんだ」

「いいえ、あれは正しかった。わたしは隠れてた。あのヘリの事故以来、罪の意識と恥に苛まれていたの」

「ただでさえ傷ついてるのに、なぜ自分から傷を加えたりするんだ？　だれもダニエルが死んだことできみを責めていないのに。ジョー、もしもきみがあの崖の上にとどまって、おりてこなかったとしても、だれも責めたりはしなかっただろう。でもきみは自分の命を危険にさらした。勇気の最後の一滴まで捧げて、彼らを生かそうとしたんだ」

ジョーの喉がつまった。うつむいて、涙があふれださないようにこらえた。

「それまで描いていた自画像がまちがいだらけに思えてきた。だから思いこみなしに、曇りのない目で自分を見ようとしたわ」それは耐えがたいほど苦しいときもある。「まず、人に危害をおよぼさないこと。いまはそれを仕事の信条にしてる」

「きみが生きることから隠れてると言ったのは、傷つけるつもりじゃなかった」

「心理学的剖検はかけがえのない奉仕よ。死者について調べ、愛する人にほんとうはなにが起きたかを残された人たちが知る手助けをする——それは特権であり、責任なの」

「それじゃ人生から隠れているようにきみ自身が感じてるのはなぜだ？　そうでなければ、わざわざこんな話をおれにしていないだろう」

ジョーが黙っていると、ゲイブは言った。「なぜなら司法精神医学には生死を分ける決断がないからだよ。そこには過去しかないからだ」

あなたはわたしの過去の一部、とジョーは思った。ふたりの距離は近かった。たがいのあいだで脈打っている熱が感じられる。胸の奥深くに痛みを感じ、それを吐きだす術が欲しかった。だいじょうぶ、逆らわずに楽になりなさいと、自分に言いたかった。

「ゲイブ、あなたは苦しみを和らげようとしてくれてる。でも、だから話したかったわけじゃないの。あなたに謝らなきゃいけない。心の底から」

「それはきみにいちばん必要ないことだよ、ミセス・ベケット」

もう。わたしをダニエルの妻だと思わないで、今夜は。お願いだから、そこまでややこしくしないでよ。ジョーが口を開いて、なにか、なんでもいいから言葉をかけようとしたそのとき、電話が鳴った。

「出たほうがよさそう」家にはいって、受話器を取った。

エイミー・タングのきびきびした声。「知らせといたほうがいいと思って。メイヤーはもう危険を脱したから、明日の朝尋問に取りかかるつもり。同席して」

「行くわ」

「メイヤーが検事局のインターンに志願したのは、キャリー・ハーディングがダーティ・シークレット・クラブにいることを〝プレイ〟が知ったあとだと思う。キャリーに近づいて、情報を引きだせると期待してたんだよ」

「べつに意外じゃないわ。メイヤーがあそこで働くようになったのは偶然ではないでしょ」

「もうひとつ。〝プレイ〟――ペリー・エイムズだけど。じっとしてないやつだね。連邦裁判所管轄事件で証言台に立つらしい。減刑か、仮出所をあてにしてるんだよ」

「なんですって？」

「法廷で証言するの」

「ここの？」

ゲイブがジョーのほうをちらりと見た。

「そう、連邦裁判所」

「〝プレイ〟はそんな模範囚じゃないと、判事に知らせにいくんでしょ？」

「決まってるじゃない」

「レオ・フォンセカに電話して。二時間前に裁判所で会ったから」

「それならもっと好都合。フォンセカに見せてやる、わたしとうちの警官たちがくそ野郎にもういっぺん手錠をかけるところを」

「スカンクのほうは？」

タングが一瞬黙った。「ボスの顔を見に、のこのこ裁判所にあらわれるほどアホだと思う？」

「ボスの娘を連れだしに病院にあらわれたじゃない」

「ちっくしょう」

ジョーはそのことについて考えた。「〝プレイ〟が逃亡を試みたりするかどうか、でも――」

「でももし試みた場合、そこにはわたしたちがいる。やれるもんならやってみろって」

「エイミー。スカンクが聖フランシスに行ったとき、持っていったのは――」ソフィを見た。

「ガソリンよ」

「こっちは武装隊を組織する。武器を持った廷吏、執行官、金属探知機に手枷足枷――スカンクのことは心配してない」声がつんつんとんがっている。「すぐ取りかからなきゃ」

「オーケイ」

「ベケット、こっちは敵の正体をつかんでる。〝プレイ〟がどこにいるかも、スカンクがどこに行きたがってるかも。もう終わったも同然だよ」

ジョーはカウンターに寄りかかった。一万ボルトものストレスが指先から流れ出て、消えていくようだ。

「取りかかって」電話を切って、カウンターに背中をあずけ、ひとり微笑んだ。「やつらをとっつかまえて、とんがりヘア《スパイキー》」

ゲイブがキッチンのテーブルのそばに立ち、腕組みしてこちらを見ていた。「たったいま〝ゾンビがよろこぶどでかい脳みそ懸賞〟に当たったって顔だな」

「もっといい話」

クールな興奮が体を駆けめぐった。警察は〝プレイ〟を檻に監禁している。もうこれ以上だれも傷つかない。感謝の念がこみあげ、しだいに心が軽くなり、息をついた。ようやくこの重荷をおろして、前を見られるようになるかもしれない。

ソフィに手招きした。「いらっしゃい、あなたをゾンビにしてあげる」

階段を半分のぼったところで、足の下で大地が口をあけた。

35

　貨物列車のような音が地下から轟いた。家ががくんと横揺れした。ジョーは壁に顔を叩かれた。そして、バン。反対側へ突き飛ばされた。巨人が家にチェーンをかけて揺すっているかのように。ジョーはバランスを崩して、手すりをつかみ、階段の上で足をすべらせてひざまずいた。

「パパ――」ソフィの声。

「クリケット」ゲイブが娘の腰に腕をまわし、階段を駆けおりた。

　地鳴りが深くなり、凶暴さを増した。ジョーは懸命に立ちあがり、壁に両手を押しつけて転げ落ちないよう体を支えながら、父子のあとに続いた。二階で廊下のテーブルがひっくりかえる。真鍮の壺がすさまじい音をたてて落下し、壁に跳ねかえって階段を弾みながら向かってきた。

　揺れがひときわ激しくなった。

　ソフィが泣き声をあげる。「パパ……」

　ゲイブは娘を抱きかかえて廊下を駆け抜け、玄関ドアをあけ放って、ドアフレームの下にはいった。

こちらを振り向いて、腕をのばした。「ジョー」

ジョーはよろけながらも階段をおりきった。目の前の廊下で、前面ガラス張りのキャビネットが壁に倒れかかり、堅木の床に磁器を吐きだした。ガラスが盛大な音を立てて破片と化す。ジョーはキャビネットの裏側を必死で乗り越え、戸口に駆け寄って、ゲイブとソフィに加わった。柱に背中を押しつけて、反対側に足を突っぱった。下から地響きが伝わってきた。

ソフィはゲイブのシャツに爪を立ててしがみついていた。「パパ、外へ行こうよ。お願い、ここから出たいの」

わたしもよ。ジョーには通りが見えた。駐車車両が不規則なリズムで跳ねている。公園にそびえるモントレーパインが前後にゆさゆさと揺れる。街灯も一緒になって波打っている。古い核実験の映像みたいだ——建物、乗り物、木々、地面がぐにゃりと曲がり、引っぱられるように戻る。音はジョーの骨の髄まで響いた。

頭をそらせてドアフレームに押しつける。ソフィはゲイブの胸に顔を埋めていた。彼が手を差しのべた。ジョーはその手をつかんだ。

通りのいたるところで車の盗難防止用ライトが点灯していた。甲高いアラームに家々の防犯ベル音が加わった。キッチンでガラスの砕ける音。本棚が床に叩きつけられる。家の木造の枠組みがきしみ、ついで悲鳴を漏らした。屋根の上のどこかで枝の折れる音がした。木や葉がざわめいたかと思うと、折れた枝が二階の窓を突き破った。

地鳴りが消えた。

大地も動きを止めた。周辺の家々や通りはまだ絶叫している。街全体にこだまするパニックの不協和音が聞こえた。

「もうだいじょうぶ」ジョーは言った。

ソフィの肩がしゃくりあげるように動いた。ゲイブのシャツに顔を埋めたまま、大声でわっと泣きだす。彼は娘の髪をなでた。

「シーッ、クリケット、もう心配いらないよ」ジョーに目を向ける。「そっちはなんともない？」

ジョーはうなずいたが、ドアフレームから離れなかった。「ベケット航空のご利用ありがとうございました。着陸に備えてお座席を起こし、テーブルを元にお戻しください」

ゲイブがにやっと笑った。ジョーがまだ彼の手を握っている間に、明かりが瞬き、そして消えた。


連邦裁判所では、レオ・フォンセカが意を決して男子トイレから足を踏みだすと、漆喰が落ちてきたらすぐ頭を引っこめられる体勢で廊下を見渡し、被害状況を調べた。見たところ無事のようだった。黒に近い色の鏡板は光っている。大理石の床も静かな光沢を取りもどしている。頭上の電灯はカトリックのミサの香立てのようにゆらゆら揺れて、黄昏の薄闇に光と影を交互に投げかけていた。フォンセカは携帯電話を耳にあてた。

「警部補、まだ聞こえているかね？」

「ええ」エイミー・タングのそっけない声。「でもこの電話はもう切らなきゃなりません。いいですか、ミスター・フォンセカ、なにをお伝えしたかったかというと——ああ、ちくしょう」

「警部補？」

「停電です」つかの間、タングの声が電話を離れ、同僚に呼びかけているのが小さく聞こえた。「すみません。〝プレイ〟。ダーティ・シークレット・クラブのメンバー狩りを指示している男のことなんです。本名はペリー・エイムズ。サン・クエンティンで服役中ですが、いまあなたがいらっしゃるそこの裁判所にいるんです、ある事件で証言するために」

「なんだって？」フォンセカは周囲に目をやった。廊下の向こうの法廷からふたりほど顔を出していて、警備員が被害を調べに階段を駆けあがってきた。フォンセカは手を振って異常なしと合図した。「判事はだれだね？」

「さあ。ただ、くれぐれもご注意を。エイムズの共犯者は野放しで、なにを企んでいるかわかりませんし」

「了解した、警部補、執行官に伝えておく」

揺れていた電灯が発作に襲われたように瞬き、電力が落ちた。廊下は突如として闇に包まれた。

タングはまだしゃべっていた。「よかった。エイムズが監禁状態に戻ったら知らせてくださ――」

電話も切れた。フォンセカはかけなおそうとしたが、回線が混雑していてつながらなかった。廊下を見まわした。遠くの端の窓から外のほのかな明かりが射しこんでいる。ふだんは煌々と明るいシヴィック・センターが、まるで廃屋のように灰色の影と暗い窓のみになっている。階段の下から人の声が聞こえた。長い廊下に立っていると、自分の手もろくに見えなかった。

フォンセカは歩きだし、執行官をさがしにいった。

法廷はさながら真っ暗闇の洞窟だった。部屋に窓はなく、吸いとられたように明かりが消えてしまうと、全員が盲目状態に陥った。動揺がひろがり、室内のレミングたちは残らず浮足立った。

判事が小槌を叩いたが、闇のなかでは間の抜けた音でしかなく、ざわめきの上を素通りした。「落ち着いて。じきに非常灯が点きますから」

ペリーは証言台に立っていた。ついさっきまで検事に質問されていたところだった。いま彼の両手は木の手すりを握っていた。

神経は爆発寸前だった。そこに腰かけて明かりが点くのを待ち、証言を続けて、検察がペリー・エイムズの釈放期日に関して仮釈放監査委員会に影響をおよぼすことを期待してもいい。感じよくふるまって、サン・クエンティン刑務所北棟《ノースブロック》の幅六フィートの独房に帰り、法制度も彼に感じよくしてくれるか結果を待ってもいい。

または、そうしなくても。ペリーは目を閉じて、室内を脳裡に思い描いた。ベンチ、法廷記者の椅子。陪審員席。検事席、弁護人席。ゲートに、傍聴人席をまっすぐ後方まで突っきっている通路。

そしてドア。

目を開いた。証言台から前を向いたまますするりと抜けだし、蛇のごとく法廷を横切った。女性判事がふたたび小槌を鳴らした。「全員席を離れないように。廷吏、被告人を保護してください」

だれひとり耳を貸さなかった。ペリーは弁護士たちの背後から出ていった。

「一、二の、三」

ジョーとゲイブはかけ声とともに、廊下に倒れたキャビネットを起こした。ソフィが懐中電灯で照らしてくれた。ジョーはガムテープを長く引きだして、歯で嚙みちぎり、キャビネットの扉を開かないよう固定した。外でコヨーテが吠えているようなアラーム音が神経にさわる。出窓からのぞくと、近所は元の状態に戻っていた。家々の窓の奥にはキャンドルが灯り、アナクロな琥珀色の光を投げかけている。

ジョーは箒を出してきて、割れたガラスや磁器を掃きはじめた。ゲイブは火のついたロウソクの周囲を歩きまわりながら、耳に携帯電話を押しあてて、第一二九救難航空団に連絡をとろうと再度試みた。そしてあきらめた。

「回線がひどいことになってる」

ジョーは固定電話を指差した。「そっちでやってみたら」

ソフィはキッチンの戸口に立ち、途方にくれた表情で懐中電灯を握っていた。ジョーは箒をおろした。

「あなたの衣装をさがしにいくところだったんじゃない？」少女に言った。

ソフィはこわばった肩をぎこちなくすくめた。大きく見開かれ、暗く翳った茶色の目のなかで、ロウソクの火が揺らめいた。顔には極度の緊張が浮かんでいる。強風から世界を護るため、ぴんと張りすぎたスチールケーブルのようだ。ジョーはふと悲しくなった。幼い子供が明らかな不安を抑えつけているのを見るのはいやだった。

ジョーは肩をひょいと持ちあげて、ゾンビの腕を揺らした。「こっちへ来て。昔風の動きがのろいゾンビと、いまどきの速いゾンビ、どっちになりたい？」

「わかんない」

ジョーは階段をのぼりだした。ソフィはしぶしぶついてきた。

二階の廊下の窓は突き破られていた。隣家のオークの枝が廊下の突き当たりをふさいでいて、屋内に土埃とオークのにおいがした。歩くと足の下でガラスのつぶれる音がする。ソフィはおそるおそる足を忍ばせながら、ジョーの部屋にはいった。

「スポンジボブ・ゾンビはどう？」ソフィのお気に入りの人形はなんだっけ。「ブラッツ・

ゾンビは?」

「いいかも」ほのかな微笑。「パパはブラッツが嫌いなの」

「じゃあパパはますます怖がるんじゃない?」

十分後に階下へおりていくと、ゲイブはガスコンロで湯を沸かしていた。キッチン・カウンターに身をかがめて固定電話で話しながら、ロウソクの明かりを頼りにメモをとっていた。ジョーはうめき声で呼びかけた。「キンタナ軍曹」

彼が顔をあげた。ソフィは人形のように両腕を前に突きだし、頭を横に傾けた。「パパ、お買い物に連れてって」

不気味に甲高い、キーキー声のゾンビ。ゲイブは微笑を押し隠し、怖気づいたように両手をあげた。

「頼む——やめてくれ。そばへ来るな」

ソフィは脚をぴんとのばしたまま、よろよろとキッチンを横切って父親に近づいた。その衣装はジョーがクローゼットから掘り起こした大失敗ファッションの寄せ集めで、なかでもスパンデックスのラメ入りトップは上から下まで手でびりびり引き裂いてあった。髪はぶっ飛んだときのヘレナ・ボナム・カーター風に逆毛を立ててふくらませ、目のまわり全体に黒いアイシャドウをすりこんだ。

ティナが何年も前に置いていった青いラメ入りアイシャドウは、ソフィの口の端からあごまで垂れている。ミス・ティーンエイジ・アメリカの夜会服をかじっていたかのように。

「あたしに化粧品を買って、パパ」左右に揺れながら父親に迫っていく。「いますぐ」

ゲイブはカウンターに背中がつくまであとずさり、両手で顔を覆った。「やめろ——熱い、熱い！」

ソフィが笑った。ゲイブは娘を抱きしめ、ジョーに向かって微笑んだ。けれども声は深刻だった。

「行かなきゃならない。部隊に人手が足りなくて」

「地震の被害？」ジョーは言った。

「まだ状況ははっきりつかめてないが、来てくれと言われてる」ソフィのかたわらにひざまずく。「ソフィ、クリケット。トリック・オア・トリートに連れてってあげられないんだ」

ジョーに言った。「道路閉鎖の速報が出ている」

ジョーのトランジスタラジオはマーケット・ストリート南で火災やビルの倒壊があったと報じていた。倒れた電柱で数か所の道路が通行止めになり、近隣でもあちこちで電線が落下しているとのことだった。

ゲイブにちらりと心配そうな表情がよぎった。「ミセス・モンテロに電話がつながらないんだ。ベビーシッターの」

「ソフィはうちにいてくれていいのよ」ジョーは言った。「もしよければ」

ゲイブはうなずいた。娘の手をとり、キッチンテーブルの椅子に腰かけた。

「ここのご近所を怖がらせてやるんだぞ、いいかい？」

「うん」ソフィは気乗りしない声で返事した。

「ごめんよ、クリケット。これがパパの仕事なんだ」ゲイブは娘の頭にキスして、立ちあがった。

少女は目を伏せて、こっくりとうなずいた。

ジョーは玄関まで歩いて見送った。「こっちはだいじょうぶだから」

「感謝してる。ぼくらを招いてくれて、それにあの子を元気づけてくれて」手をのばし、ジョーの額から人差し指で髪をかきあげた。「ジョー、おれは――」

ジョーは彼の唇に指をあてた。「話はまたあとで。いまは、仕事があるでしょ」

キャンドルの灯りのなかで、ゲイブはつかの間ジョーのまなざしを受けとめた。ジョーの手をとって、手のひらに口づけした。それからドアを出て、ステップを駆けおりていった。


秋の黄昏どきの裁判所はほの暗い迷路だった。ペリーは廊下を急ぎ、すばやく防火扉を通り抜けて、階段を一階分駆けおり、またべつの廊下に出た。依然としてどこもかしこも暗い。非常用発電機が作動するまであとどのくらいだろう?

人々が建物内をさまよっていた。ここから抜けださなければ。この停電に乗じて脱出すれば、姿を消せる。遠くへ、確実に、永久に消えるのだ。

出口をさがして、廊下の突き当たりまで走った。刑務所に戻るつもりはなかった。一歩走るごとに新鮮な空気が肺を満たし、頭がはっきりしてきた。湾のそばの、あの鍵のかかった独房へなど戻るものか。騒音と暴力の場所、声をもたず檻に閉じこめられ、ほかの男たちの絶え間ない怒号に囲まれて暮らす場所へなど。

　この建物から出られれば、スカンクが拾ってくれる。それからふたりでさがしあてるのだ。強奪し、責め苦を与え、この身をずたずたにしたやつらを。ついに裁きを下してやれる。それにはただこのくそ裁判所から逃げだしさえすればいい。

　裏階段を見つけて、防火扉を押しあけた。階段は漆黒の闇だった。闇のどこか下のほうから、おずおずと手さぐりで進んでいるような足音が聞こえた。ペリーは手すりをつかみ、小走りにおりていった。

　半分ほどおりたところでぱっと非常灯が点った。強烈なハロゲン照明があたり一面を白黒の世界に変えた。

　下の足音が自信を得たように速くなった。階段を男がのぼってきた。〝プレイ〟は重々しい表情をよそおい、そのまま軽い駆け足でおりていった。のぼってくる男は小柄で髪は灰色、喪服のようなスーツを着ていた。不安そうなシマリス、といったところだ。そいつはペリーをちらりと見あげたが、足は止めなかった。

「どうも」と男が言った。

　ペリーも立ち止まることなくすれちがった。一瞬あとに、今度は階段をおりてくる足音が聞こえた。〝灰色の男〟が引きかえしてきたのだ。

「すみません、ちょっとよろしいですか」男が呼びかけた。

　返事をするには音声合成器を使わなければならない。ペリーは気づかないふりをした。

「すみませんが」足音が速まった。「執行官を見ませんでしたか?」

執行官だと? ペリーは足を止めて振り向き、〝灰色の男〟をまともに見た。顔を赤くし、息を切らしている。ふうふうあえぎながら、階段をおりてきた。

「ウィルマー判事の法廷にいらっしゃいましたか?」男がたずねた。

逃げるか、それとも?

相手はペリーより五インチは背が低く、十歳は年上だった。臆病なネズミみたいだが、どことなく意地の悪そうな目をしている。男はペリーを上から下までじろりと見た。たとえその目に映るのが安っぽいスーツを着た一市民にすぎないとしても、ペリーは気にくわなかった。

廊下で警報ベルが鳴りだした。〝灰色の男〟の目に動揺が浮かんだ。彼はペリーを見た。ペリーの襟、そして首を。その顔全体が変化した。

肌が血のように赤くなった。気づいたのだ。

〝灰色の男〟はきびすを返して走りだしたが、〝プレイ〟のほうがすばやかった。ペリーは男の両脚を抱えるようにしてとらえ、相手が足を踏みはずして落下するのを見守った。

〝灰色の男〟は顔から先にコンクリートの階段に倒れこんだ。落ちた男に向かって階段を駆けおりながら、ペリーの両手はすでにブルーの安いネクタイを握っていた。

首を絞めあげるとどうなるかは熟知している。

36

　ジョーとソフィは冷えきった頬と指で家にはいった。ソフィは自分のトリック・オア・トリートの袋に手を突っこみ、ちくちく毛羽立った果実を取りだした。

「ハロウィーンになんでキウイをくれるの？」

「食べないで。ミスター・キウイヘッドを作りましょ」

「なにそれ？」

「ミスター・ポテトヘッドみたいなもの」

　ソフィがとまどいの表情でまじまじと見ている。ジョーは時代遅れのおばさんになった気がした。

　ハロウィーンはさんざんだった。近所の住人たちはジョーがつかんでいる情報を訊きだしたがった。お宅の電話は使える？　ラジオは持ってる？　どのくらいの被害だったの？　といった具合に。死者は出たのか、橋は無事なのか。マリーナはどうなの？　今回はもちこたえたのか、だれか知ってる？　人々は躁と鬱のあいだを右往左往し、大空襲時のロンドン市民を目指しつつも神経衰弱に陥っていた。

アラームはまだ鳴りやまない。駐車車両の何台かは相変わらずライトを点滅させ、通りを奇妙な色合いに染めあげている。

電力は落ちていた。街は孤立状態だった。

ジョーは玄関のドアに鍵をかけると、出窓から外をのぞいた。「ちょっと待ってて。階上《うえ》を見てくる」

暗い階段を駆けあがった。廊下の巨大な枝がドラゴンの突きだした舌に見える。寝室にはいり、窓をあけた。街が泣き叫んでいるみたいだった。気が昂っているような、あっちからもこっちからも聞こえてくる、常ならぬ音。フィッシャーマンズ・ワーフのほうからサイレンが聞こえた。

ソフィが寝室の戸口にあらわれた。「どうかしたの?」

「ここで待っててね」ジョーは言った。

ゾンビ・ドクターの白衣を脱いだ。サッシをできるだけ大きくあけ、片方の脚を振って窓敷居をまたぎ、雨樋をつかんだ。

「どこへ行くの?」とソフィ。

「屋根の上よ。どうなっているか見に」

はめ込みの窓枠に手を押しあてて、敷居に立ちあがり、慎重にバランスをとりながら屋根の先端に手をのばした。

三つ数えて、片足を上のサッシにひっかけ、体を押しあげた。脚を振って軒にのせ、屋根の上によじのぼった。

ここからの眺めはこの界隈で最高だ。家々の屋根ごしに、ゴールデンゲートからベイ・ブリッジまでが全部丸ごと見渡せる。

「たいへんだわ」

湾全体が真っ暗だった。


〝プレイ〟は裁判所のドアを押しあけ、闇に包まれた広場に向かって石段をおりた。シヴィック・センターは戦後のベルリン並みに暗かった。街は薄気味悪く見えた。西の空にはまだ紺色の薄闇が居座り、街灯はひとつ残らず消え、電気の通わなくなったケーブルカーが交差点で好き勝手に停止している。道路だけが明るく照らされていた——車のヘッドライトで。交通は大混乱だった。信号は全滅、ドライバーたちはじわじわと車を進めていっそうの渋滞を招いている。そのまわりで歩行者たちが亡霊のような黒いシルエットを浮かびあがらせていた。

ペリーは歩いて裁判所から遠ざかった。半ブロック行ったところで角を曲がり、ヴァン・ネス・アヴェニューに向かいながら、うまく逃げられたと思った。すばやくうしろを一瞥する。街路は人でごったがえしていたが、だれもがわが身の心配をしていた。ペリーを追って突き進んでくる者はいない。

自信に満ちた足取りで、ペースをあげてアヴェニューを歩きだした。冷気を胸に吸いこむ。

排気ガス、街の埃、犬の糞。なんとすばらしい芳香だろう。彼は顔をあげた。それは自由のにおいだった。

信じられないほどの好機だった。運命の女神《フォーチュナ》がペリーに微笑んだのだ。停電があとどのくらい続くかわからないが、この街が孤立する時間が一分延びれば、彼が必要なものを手に入れたあと逃走するために使える時間は一分増す。

音声合成器を取りだし、なかから電話のＳＩＭカードを抜きとった。つぎにポケットから携帯電話を出した。とうとう、ずっと手元に置ける電話を持てたのだ。もう弁護士や刑務所の厨房スタッフから借りて返さなくてもいい。階段の下に〝灰色の男〟の死体を捨て置いてくるとき、携帯電話を失敬してきたのだった。ペリーはハイテク製品が大好きだった。

周囲に目をはしらせる。最後に街の通りを闊歩したのは一年以上も昔のことだ。気分が高揚し、たまらなく幸福で、いますぐ世界を食らえそうに思えた。

急がなくては。ほどなくまた明かりが点くだろう。この州全体が巨大な災害指定地になっていなければ。知事が州兵を出動させて外出禁止令を敷いていなければ。数千名もの死者が出ていなければ――その場合はだれかの身分証を盗める。だがこれは集団埋葬が必要な大災害には見えなかった。そこまで運に恵まれるとは、ペリーも思っていなかった。それでも今夜ひどい混乱状態が続くことはわかっている。そのなかではだれにでもなれるし、なんでもできるだろう。

スカンクと連絡をとらなければ。

スカンクは名前リストの在りかを知っている。なにをおいてもまず名前を入手しなければならない。ひとつには、その者どもに地獄を見せるため。当然だとも。正義は報われるのだ。もうひとつは、そいつらがペリーの金の行方を知っているからだ。

連中を相手にビジネスをするのは、最初からまずい思いつきだった。ダーティ・シークレット・クラブを信用できないことは知っておくべきだった。金持ちの恥ずべき利己主義野郎どもは、ゲームにしか興味がなかった。エグゼクティブ向けのポーカーに罠をしかけるゲーム。そういうことだ。ハ、ハ。やつらは会合に恥ずべき連中を送りこんできた。あいつらのそわそわした様子、びくつき加減を見ればわかったはずなのに。とりわけ、あのラバーマスクを着けたポルノ女優を見れば。

だまされると気づくべきだった。

いまではそう思っているが、悔やんでも時間は巻きもどせない。あのときやつらの名前を聞いておけばいまこうして突きとめる苦労をしなくてすんだなどと、考えるだけ無駄だ。

言うまでもなく、興行主はペリーを暴行したごろつきどもではない。仕切っていたのは、高級ビジネスやダミー会社という見せかけに隠れている輩だった。社会的にはノーマルと見なされている人々だ。

彼らはビジネスに、新設企業に、株式市場に、不動産に金を投資する。ギャンブルでせしめた金さえも。現金のつまったブリーフケースを足元に転がしておくタイプではない。財産は債券かMMFか現金勘定に入れておく。だが資金の流動性には関心があるはずだ。だからペリーに借りている金にはいつでもすぐアクセスできるだろう。

彼らはファンドを持っていて、ペリーが指定する口座に一夜で電子振替決済する手段があるにちがいない。ことに、ペリーが彼らの家族を人質にとり、フェンタニルを注射しはじめるとか、水を張ったバスタブに子供の顔を突っこむとかした場合には。

借りを返させる方法を考えるのにこちらがどれだけの時間を注ぎこんだか、やつらには見当もつくまい。報復？　そんな甘っちょろいもんじゃない。こっちは金も声も自由も奪われたのだ。そのひとつひとつに代償を払わせてやる。

それから高跳びする。

ペリーは〝灰色の男〟の電話の電源を入れた。大地震のあとに音声通話のつながる可能性がかぎりなく低いことはわかっているが、メールなら届くかもしれなかった。電話を握りしめて、待った。

クラクションを鳴らす車と先を急ぐ人々に埋めつくされた通りを、ペリーは歩きつづけた。自由に好きなところへ行けるのは自分の足で歩いている者だけだ。こんな状況だとジェリには無理だろう。残念だ、ある意味では。あれはじつに献身的で、ペリーのためならどんなことでもする。それはすなわち、幸いにも、もしも危険にさらされたらなにをすべきか理解しているということだ。自分の身には自分で始末をつけるだろう。ペリーを護るために。

電話が震えた。

ペリーは画面を見て、にんまりした。名前とアドレスが表示されていた。

いいぞ。じつにいい。

すると、これが女の正体か。ジョアナ・ベケット、医師。

無秩序な暗い通りを足早に歩きながら、メールを送信した。ジョアナ。出てこい、姿をあらわせ、いまいる場所から。


停電はベイエリア全体におよんでいた。

ジョーは胸を締めつけられる思いだった。ベイ・ブリッジはまったく見えない。ふだんはテレグラフ・ヒルのてっぺんに明るく輝いているコイト・タワーも、使用済みの発煙筒のような黒ずんだシルエットでしかない。無数のヘッドライトが市街の道路を照らしだし、リボンのような細い光の帯が何本も丘の斜面を流れていたが、明かりの灯った家や街灯はひとつとして見当たらない。街は屍衣をかけられたかのようだった。

その向こう、湾をぐるりと囲む広大な海岸もまた、どこを見渡しても黒一色だった。いつもなら黄金のボウルのように明かりが湾を縁取っているのに、いまは岸全体が闇をたたえた巨大なシンクと化している。暗い海、暗い陸地、暗い空、すべてが境目なく融け合ってひとつになっていた。バークリーの丘は消失していた。ほんのいくつか小さな明かりの密集した箇所があり、南のサンノゼ方面に光を投げかけていたが、それらははかない約束のようなものので、コロンブス以前の時代に引きもどされた土地のなかで孤立した二十一世紀の一画だった。おびただしい電力が停止し、百マイルもの海岸線が闇に閉ざされている。一五七九年に帆船でこの湾を訪れたフランシス・ドレイクが目にした風景は、いまジョーの目に映っているこれに近かったかもしれない。

車のクラクションが夜風に乗って運ばれてくる。ケーブルカーのベルの音は聞こえず、それが暮らしに寄り添う音だったことに消えてみて初めて気づいた。まるで街の瞼がぷつんと切れてしまったみたいだ。

さらにサイレンの音。数マイル西の、ヴィクトリア様式の木造アパートメントが低く密集しているあたりに、火災による濁ったオレンジ色の光が見えた。

火は収まっているものの、消えてはいなかった。その地域は打撃を受けたが、少なくともいまのところもちこたえている。けれども病状にたとえるなら、いずれ脳卒中後の症状を呈するだろう。シナプスは破壊されている。電線は文字どおり落ちている。通信も交通も、なにもかもが混乱に陥っている。どれだけ続くか知らないが、ソーサリートからオークランドまでの全域もまた暗いことから考えて、数分後にぱちんと明かりが点く可能性はまずなさそうだった。

寝室からソフィが呼びかけた。「ジョー？　なにが見える？」

「明かりは消えてるけど、カリフォルニアはまだちゃんと立ってる。心配しなくてもだいじょうぶよ」

安心するべきところなのに、胸騒ぎがした。

ジョーは屋根からおりて部屋に戻り、窓を閉めた。ソフィは一風変わった憧れのまなざしでジョーを見た。

「どうしたらそんなことができるの？」

「たっぷり練習したから、ロッククライミングで」

「あたしものぼっていい？」

「屋根はだめ。わたしのクライミング・ジムならいいかも」

「ほんと？」

ジョーはソフィの手をとって、階下へ向かった。「ほんと。でも、言っておくけど、わたしのことをクレイジーだと思ってる人もいるのよ」

「ゾンビはみんなクレイジー、でしょ？」

ジョーはにっこりした。「ソフィ、あなたとはすごくウマが合いそう」

キッチンにはいっていった。ラジオがぶんぶん鳴っている。「マリーナで数軒の建物が崩壊したという報告がはいっています。未確認ですが、視聴者の方々からの情報によりますと、ベイ・ブリッジ入口で十二台の玉突き事故があった模様です」紙のこすれる音。「つい先ほどSFPDから発表がありました、市民のみなさんには車での外出を控えていただきたいとのことです。どうしても必要な場合以外は出かけないでください。緊急車両のために道路を空けておかなければなりません」

ジョーは隙間風を感じた。懐中電灯で周囲を照らした。パティオへ出るフレンチドアがあいている。引っぱって閉めようとしたけれど、閉まらなかった。

ドアフレームが、腹立たしいことに、地震でゆがんでしまっていた。より力をこめて引っぱった。木がひっかかる。片足を壁に突っぱって、力まかせに引いた。木がぎしぎし音を立てたが、どうにか隙間風をさえぎる程度には閉まった。

でも鍵はかけられなかった。フレームはほんの二ミリほどずれているだけなのに、鍵穴がどうしても合わなかった。

ドアを蝶番からはずし、鉋《かんな》をかけて合わせなければならない。けれども家に鉋はなかった。

「さてと、お隣さんを訪ねてみましょうか」ジョーは言った。


スカンクはヴァン・ネスのショッピング・モール前にキャデラックを駐め、運転席に坐っていた。照明は落ち、店舗は暗いのに、人々はまだ出たりはいったりしている――ドアから。信じられなかった。だれも窓を叩き割っていない。どこも放火されていない。テレビを抱えて〈サーキット・シティ〉から駆けだしてくるやつはひとりもいない。こいつらどうかしてるんじゃないのか？

回転灯の光とサイレンをまき散らしながら、一台の消防車が騒々しく通過した。

スカンクはビデオ店を見た。指先がむずむずする。《ザ・ソプラノズ　哀愁のマフィア》シーズン3のボックスセットがぜひ欲しいんだが。それに電子レンジで作れるポップコーンも。

電話のメール着信音がした。

メッセージを見た。ほかの一切が頭から消えた。

〝例の女はジョアナ・ベケット、医師だ〟

「待ってろ、スパイダー」スカンクはひとりごちた。

いよいよだ。スクロールして続きを読む。

〝拳銃は使うな。事故に見せかけろ〟

はあ？　ペリー、なにをほざいてやがる？

〝やつらに借りを返させる時間が必要だ。それから逃げる時間も。街は混乱状態だ。事故なら警察もわれわれを追ってこない〟

スカンクは最後まで読み、電話をベンチシートに落として、エンジンをかけた。キャディの重々しいエンジン音が響く。暗くてイカレた通りへ車を出した。消防車がまた一台、咆哮とともに走り去った。スカンクの頭も吼《ほ》えていた。事故か、まあいい、やれないことはない。タイヤを鳴らして車を飛ばしながら、口のなかでメールの最後のフレーズをくりかえす。あれは斬新だった。いつものペリー以上に冴えている。事故に見せかけた、曖昧な死。なんだろうとかまわない。要するにスパイダーもこれまでってことだ。

外へ出ると、空気はいちだんと冷えていた。懐中電灯の光のなかで、ソフィの息が霜のように白く見えた。

「お隣さんとその友だちを呼んできて、ドアを元のかたちに戻すのを手伝ってもらうわ」ジョーは言った。

それとも、ファードと彼の《ワールド・オブ・ウォークラフト》仲間たちに錠前とチェーンを持ってきてもらおうか。または家の警備をしてもらってもいい。ジョーはソフィの小さな手を握り、隣家へ向かった。

ファードの邸宅ではジャック・ランタンが赤らんだ光を放っていた。玄関のドアは開いていた。ジョーはドアをノックし、大声でこんばんはと言いながら、屋内へ足を踏み入れた。奥の部屋から会話が聞こえた。

「幽霊が出そう」とソフィ。

ジョーがファードの家にはいるのは初めてだった。玄関ホールはニス塗装の、踏むとギーッと鳴る堅木の床。キャンドルの弱々しい光が唯一の明かりで、天井は闇に消えていた。なるほど幽霊が出そうだ。少女の手をしっかり握る。トリック・オア・トリートのときはあんなに冷たかったソフィの手のひらが、いまはじっとり湿っていた。

「ファード?」

廊下の突き当たりの戸口にファードがあらわれた。「ジョー!」彼は手をぱちぱち叩き、廊下を転がるように走ってきた。「来てくれたんですね。すごいや」

手作りっぽい中世風の衣装に、プラスチックの剣を手にしている。頭から生えているのは角らしい。

ファードが自分の胸にふれた。「ぼくはブラッド・エルフ。ふたりとも、すてきじゃないですか。ゾンビになって来てくれたんだ。ありがとう」

「この子はソフィ・キンタナ」ジョーは言った。

「あたしはブラッツ・ゾンビなの」とソフィ。

ジョーは隣人にアーティチョークのディップのボウルを手渡した。ファードはボウルのラップをはぎとり、どろりとしたディップを人差し指ですくった。

〝おいしい〟のしるしに舌を鳴らす。「こっちです。ああ、助かりましたよ。ほとんどだれも来られなくて。街のシステムがクラッシュしちゃったので。元どおり作動させるのはたいへんだと思いますよ」

キッチンでは三人の先客がポップコーンの大鍋を囲んで立っていた。部屋を照らしているのはキャンドルと風防付きのランプで、目が慣れるにしたがって各々の衣装がはっきり見えてきた。ジョーが思っていたよりクリンゴンは少なく、女性は多かった。実際、ジョーが来たことで、女性の人数は予想した数の二倍になった。

テーブルの上にミスター・ピーブルズがちょこんとのっていた。人間のよちよち歩きの幼児のようにハーネスを着けている。あるいは小さな囚人か。ごく小さなブラッド・エルフの衣装も着ていた。部屋の反対側からでも〈フォレスト・フレッシュ〉シャンプー、ボトル一本分のにおいが鼻をついた。

猿はすばやく顔を向けて、ジョーを凝視した。両目はまるで爛々と輝く二個の黒いボタンだ。気分の悪いことに、猿の頭のなかは読めなかった。〝逃げろ、ダクトテープの女だ〟なのか〝コーヒーに排水管クリーナーを入れろ〟なのか。

ファードが手で胸をさすった。「浴槽に水をためて、食べ物は全部保冷バッグに入れて密封しました。この先どんな災難が待ってるかわかりませんからね。どのくらいでコレラが流行りだすでしょう？」

「少なくとも一週間は安全よ。とりあえずいまはあなたとお友だちの手を借りたいの、うちのキッチンのドアを閉めて鍵をかけないと」

「いいですよ」ファードはキッチンを見まわした。「ベトールが手伝ってくれます」

クリンゴンがのっそりと進み出た。「どうした？」

ソプラノの鬨《とき》の声があがり、女性の数はジョーの予想の三倍だったとわかった。

「ありがとう」ジョーは言った。

廊下のほうを振りかえった。開いた玄関ドアの向こうに、通りのほのかな明かりを背にポーチにたたずむ男のシルエットが見えた気がした。ジョーは凍りついた。頭のなかを声とイメージが駆け抜けた。

〝助けて〟

〝止めて〟

体を貫く恐怖の冷たい息を感じた。長い廊下の先に目をこらす。ジャック・ランタンの灯りが壁にふわふわとした亡霊のごとき影を投げかけている。玄関の外はすべてが夜陰に包まれていた。

　通りを一台の車が通過した。ヘッドライトがふくらみ、ポーチを象牙の彫刻のように照らしだして、消えていった。ポーチは無人だった。

「胃薬が切れそうなんです」ファードが言っている。「薬局に在庫がなかったら、ぼくどうしましょう？　それとも略奪が始まって……」

「略奪が起きても、先に狙われるのは制酸剤じゃなく麻酔薬よ」ジョーは言った。「過呼吸を起こさないようにね」

「わかってる、わかってますって」ファードは手の甲を額に押しつけた。

「精神的サポートを利用するといいわ」

「そうでした」急ぎ足でテーブルに近づき、ハーネスのフックをはずして、ミスター・ピーブルズを抱きあげた。猿は足でファードのシャツをつかみ、両手をのばしてブラッド・エルフの角にぶらさがった。

　ジョーのメール着信音が鳴った。ミスター・ピーブルズはファードの胸からポップコーンの鍋を狙ってコンロに飛び移った。ジョーは受信メールを開いた。

〝送信者：レオ・フォンセカ〟

　不安にかられながら本文を読む。

〝緊急事態。重罪犯が逃亡中。そちらの住所を知られたかもしれない。即刻中央署へ向かうように〟

ジョーはしばらく画面をにらみ、それからフォンセカの番号にかけなおした。回線の混雑でつながらなかった。

中央署にもかけてみた。同じく不通。つぎはエイミー・タング――空振り三振。やりとりできるのはメールのみだ。フォンセカのメールに返信した。〝すぐ行きます〟

「ソフィ、一緒に来てちょうだい」

ファードが胸をさする。「なにかあったんですか？　声がぴりぴりしてますね。家を密閉したほうがいいですか？」

「きみにわがトラックまで付き添いを頼みたいのだが」ジョーは言った。

ファードは息を吸いこんだ。五インチほど背が伸びたようだった。「わが名誉にかけてお護りいたします」

眼鏡の下で双眸を輝かせ、プラスチックの剣を構えて、ファードはゆっくりとジョーの隣を歩きだした。

ソフィはタコマに飛び乗り、ジョーの横に坐った。

「ドアをロックして、シートベルトを締めて」ジョーはエンジンをかけた。

光る角の騎士ファードは、車の外に立っていた。「向こうに着いたら電話してください」

「電話がつながったらね」

ドアを閉じた。ファードはあとずさり、剣で敬礼した。それから自分の家に目をやった。

「いけない、玄関が。あけっぱなしで来ちゃいました――」足早に戻っていった。「ミスター・ピーブルズ……」

ジョーの心臓は早鐘を打っていた。「警察署に着いたらすぐ、あなたのママに電話をかけるわね」

「ママはパーティよ。どこだかわからない。ママはケータイを持ってないし」

ソフィの熱意のない口調で、どの程度頼れる母親なのかはそれ以上聞くまでもなかった。

「そういうことなら、今夜はわたしの見習いゾンビになってもらわなくちゃ」

「いいわよ」少女の声に不安げな響きが戻ってきた。

ジョーは車を出した。「もしすごく優秀だったら、頭蓋骨をこじあけさせてあげる」

トラックのシートに坐ったソフィは小さく見えた。「パパはだいじょうぶだと思う?」

「ええ」声にあえて説得力をもたせる必要はなかった。

「ソフィ、今度の地震は災害じゃなくて、ちょっとした混乱よ。ファードは心配性なの。あの人が言ってたことは気にしちゃだめ。パパは無事だから。ただ、ほかのみんなも無事かどうか確認しているの。そういうお仕事なのよ」

「わかってる」

「それにパパはすごく仕事ができるの」

ソフィが〝ほんと?〟と言うように顔をあげてジョーを見た。この子が母親の口からそう聞かされることはめったにないのだと思い、哀しかった。

ジョーは角を曲がり、警察署に向かう急な坂道を下っていった。坂の上のほうは車もまばらで、通りはほとんど人影がない。警察署はほんの一マイル先、コロンバス・アヴェニューのそばのヴァレーオ・ストリートに面していたが、そこへ行きつくには大渋滞ほぼまちがいなしのダウンタウンを通り抜けなければならない。ジョーはふたたび電話をチェックした。メールは届いていなかった。着信のメッセージも。

角で停止して、生霊やゾンビ、もしくは前科者がいないか周囲に目を光らせた。左側の一ブロック向こうで、一台の車がジョーのトラックと平行するように交差点を突っ切った。ジョーも直進した。道路は急傾斜で下っており、ギアはローに入れておいた。全市民は屋内待機を呼びかけられているものの、警告を無視してトリック・オア・トリートに出かけている勇者を轢きたくない。たとえファードの胃薬を盗って逃げていく略奪者であっても。ラジオをニュースの局に合わせた。街にひろがりかけているパニックと歩調を合わせるようなおしゃべりが、だらだらと垂れ流された。

ジョーは左折の合図を出し、曲がったとたんにブレーキを踏んで急停止した。ボルボがPG&Eのトラックと衝突していた。二台は道のどまんなかで、飛び散ったガラスに囲まれ、放置されていた。ジョーはバックで戻り、ふたたび直進した。バックミラーにどぎついほど明るいヘッドライトがひと組あらわれた。ジョーはミラーの角度を調整し、後続車が近づきすぎていないか確認した。不安にかられて、つぎの角を左折した。もう一度すばやくミラーをのぞいた。

うしろの車は直進し、坂を下って視界の外へ消えた。ジョーはほっと息をつき、アクセルを踏んだ。

エンジンを吹かす音が一瞬耳をよぎった。つぎの瞬間、左から、クジラのごとく巨大な無灯火の車が迫ってきた。それはすべるように曲がりこんでくると、交差点でジョーのタコマの横っ腹に突っこんだ。

37

騒音と衝撃がすべてを呑みこんだ。重く、すさまじい音だった。二トンの塊がトラックの腹に噛みつき、ジョーの頭はフレームに激突した。ソフィが絶叫した。

激痛に襲われても、ジョーはハンドルを放さなかった。なんなの、いったい。

頭がずきずきしたが、ブレーキを踏み、両手でしっかりハンドルを支えた。アイスホッケーのパックをボードにスラップショットする勢いで右前方へ叩きつけられたのだ。相手は真横からT字状に突っこんだのではなく、大鎌を振ったように角をまわって、すれちがいざまに斜めにぶつかってきたのだとわかった。

そしてまだその体勢のままだった。ジョーのタコマを縁石のほうへ押しだそうとしていた。

こいつ、なにをやってるつもり？

「ソフィ、だいじょうぶ？」

「怖い」少女が泣き声で言う。

ジョーは窓の外を見た。敵はタイヤをきしませて、トラックを歩道のほうへ押していた。

アドレナリンが洪水のごとく放出され、その激しさに視界が白く輝いた。

敵は白のヴィンテージ・キャデラックだった。

縁石沿いには駐車車両が並んでおり、トラックはそちらへ押されていた。キャデラックの重量はこっちを一トンは上回っている。

それは美しく復元された、光る鮫だった。月明かりの下でそのルーフの輝きを見ればわかる。ドライバーがこんな車をわざわざ破壊したがっているとすれば、その理由はひとつしかない。ジョーに対してなにかそれ以上にひどいことをしたいと願っているからだ。腹の底から。

「ソフィ、しっかりつかまって」

敵に屈してトラックを停めるわけにいかなかった。アクセルをめいっぱい踏みこんだ。キャデラックも負けずにアクセルを吹かした。ジョーは全身の力をこめてハンドルを握った。ソフィは恐怖であえぎながら甲高い泣き声をあげている。がんばって、トラック、しっかりもちこたえてよ、このタフなポンコツ。ジョーの目も涙でちくちくした。

金属が金属を抉る音が耳を焼いた。視界の隅で、車と車のあいだに火花が飛んでいるのが見えた。がんばれ……。

キャデラックが縁石のほうへ力ずくで押してくる。じりじりと。

「がんばれ」ジョーは叫んだ。

だが遅すぎた。ジョーの二十フィート前方に電柱があった。ブレーキを踏んだが止まれなかった。キャデラックに縁石へ押しやられ、タコマは電柱に突進した。

そして衝突と同時に停止した。シートベルトとエアバッグがジョーの胸にパンチをくらわせ、エアバッグの灰色のガスが車内に充満した。ジョーとソフィはがくんと激しく前方に突き飛ばされ、また引きもどされた。

頰をひっぱたかれたようなショック。ジョーの頭がヘッドレストで弾んだ。

タコマのヘッドライトはまだ点いていた。エンジンもかかったままだった。キャデラックは十フィート離れて停まっていた。

ここにぼーっと坐ってちゃだめよ。ギアをリバースに放りこむ。がりがりと音がした。クラッチをつないで、アクセルを踏みこむと、タイヤの空転する音が聞こえた。トラックはキーッと叫び、うしろ向きによろめいた。がくがく弾みながら、一フィート、二フィート。前部でなにか大きなものが壊れている。ラジエーターから蒸気が噴きだしていた。

クラクションを鳴らしてみた。なにも起こらない。

キャデラックは路上でアイドリングしていた。タコマのヘッドライトの光のなかに、テールパイプから流れだしている排気ガスが見えた。

運転席のドアが開いた。ジョーの全身を戦慄が走った。

ソフィは手がつけられないほど泣きわめいている。

「そっちのドアにさわらないで。ロックをあけちゃだめよ。がんばって。ここから出るからね」

スカンクと呼ばれている男がキャデラックを降りて、こちらへ歩きだした。

通りのずっと端から、べつの車のヘッドライトが向かってきた。助かった。ありがとう、神様。車は破損したトラックに近づくと、ひと目見るために速度をゆるめたが、止まらずに走り去った。ジョーは泣きだすまいとこらえた。

アクセルペダルは踏みこんだままだった。エンジンはぶんぶん騒ぎたてている。後輪からゴムの焼けるにおいがする。車は一フィート動いただけだった。

スカンクが近づいてきた。ヘッドライトに照らされた顔にはなんの懸念も浮かんでいない。猫背で、首は肩に埋もれている。その目がライトを受けてぎらりと光った。

「つかまって、ソフィ」

ジョーはギアレバーをどうにかファーストに入れ、クラッチをつないだ。トラックはいきなり前進した。スカンクはジョーを凝視した。

フロントガラスで彼の姿が大きくなり、ジョーの心臓がぎゅっと縮んだ。スカンクはただそこに、ジョーの真正面に突っ立っていた。怯えてはいなかった。トラックに彼を撥ねるほどのスピードはなかった。

スカンクの右腕があがった。ああ、嘘でしょ――

ジョーは荒々しくソフィの肩をつかんで、伏せさせた。だがスカンクの手に握られていたのは拳銃ではなかった。キャデラックのタイヤ交換用バールだ。彼はタコマの進路から身をかわし、バールをフロントガラスに振りおろした。

ばりっと音がして、フロントガラスに穴があいた。ジョーは泣きださないよう唇を嚙みしめた。

うまくいきっこない。キャデラックが進路をふさいでいる。歩道には折れ曲がった、いまにも倒れそうな電柱。ラジエーターからは蒸気がシューシュー噴き出ている。どこにも逃げ場がなかった。

ジョーはおぼつかない手でポケットから携帯電話を取りだし、ソフィの手に押しつけた。

「九一一に電話して」

スカンクがトラックの運転席側にまわってきた。今度はバールが振りおろされるとガラス一面にひびがはいった。

もう一発。窓は割れた。


砕けたガラスは無数の石ころとなって、ジョーの膝に飛び散った。

「ソフィ、逃げて。走るの。大声で叫んで」

ソフィはジョーの肩ごしにスカンクを見ていた。身動きできずに固まっている。

「いまよ！」ジョーはみずから限界まで声を振り絞って叫んでいた。「行って！」

ソフィがドアのレバーを手さぐりする。シートベルトを締めたままだ。ジョーはバックルを叩いてはずした。そしてわめきつづけた。

ソフィが飛びおり、歩道へあがって駆けだした。ソフィもいまや大声でわめいていた。

スカンクは砕けた窓から手を突っこみ、ジョーの髪をつかんで、頭を引っぱった。

「黙れ」

ジョーは叫んだ。頭の横をひっぱたかれた。ジョーはシートベルトを手さぐりした。

「黙れ。名前はどこだ。名前をよこしやがれ」

なんの話？「名前って？」

スカンクがまた殴った。目の前に白い花火があがった。どうしよう。助手席の上の携帯電話が目にはいる。やった……。スカンクと争いながら手をのばし、電話をつかんだ。

九一一。市がパニックに陥って全電話網が役立たずになっているときでも、この番号にだけはつながるはずだ。ソフィがそこへかけてくれていた。

ジョーは叫んだ。「警察ですか。助けて。襲われてるんです」

スカンクが聞きつけて、電話を奪おうとした。ジョーは奪われまいと、相手の届かないほうへ腕をのばした。

あまりに恐ろしくて気づくのが遅れたが、狼狽しているのは向こうも同じだった。スカンクは割れた窓から腕を突っこんでいる。ソフィは外でわめいている。トラックそのものも悲鳴をあげているように思えた。

ジョーはうしろ手にドアをさぐり、レバーをさがした。

「とっとと名前をよこせ。持ってるだろう。おまえがスコット・サザンの死体から取るのを見たんだぞ」

震える手でドアレバーをさがす。なんの名前？　サザンの死体ですって？

ついに指がさぐりあてた。足をギアレバーに押しつける——カップホルダーが目にはいった。ドアレバーを引き、背中で体重をかけると、ドアはぽんと開いた。すばやく両脚を引きつけ、押しだすようにドアを蹴った。

ドアが大きく開き、ジョーは反動で倒れ、スカンクはバランスを崩してジョーの髪を放した。

ジョーはあわてて体を起こした。スカンクはすでに立ちなおって襲いかかってきた。ジョーは〈ジャヴァ・ジョーンズ〉のステンレスのコーヒーマグをつかむと、力いっぱい腕を振った。マグはスカンクの顔面を直撃した。

電話に向かって叫ぶ。「攻撃されてるの。子供がひとり一緒です」通りの名前を告げ、ハンドブレーキとギアレバーを乗り越えて、助手席へ移った。ドアの外からジョーを見たスカンクが人殺しの形相になった。

ジョーはいまのいままでその言い回しの意味するところを知らなかった。けれどスカンクの顔にそれを見て、はっきりと理解した。あとは自分にかかっている。このときを逃したら、もう二度と生き延びるチャンスは来ない。

スカンクが運転席のドアを全開にした。ジョーはいったん膝を引き寄せてから、敵の顔を両足で蹴った。

あごが割れるような音を立てて閉じ、歯ががちゃんと鳴った。スカンクは頭をのけぞらせ、ふらつきながらトラックから離れた。

ああ、これで向こうも完全に火がついたわね。ジョーは転げ落ちるように助手席から飛びだした。ソフィは十ヤードほど先にいた。ジョーは少女のもとへ駆けだした。

「助けて」と叫んだ。「だれか助けて！」

通りは無人だった。聞こえるのはソフィの泣き声と、なんの反応もない周囲のビルの壁に少女の声が跳ねかえる不気味なこだまだけだった。アパートメントの窓でカーテンがわななくように引きあげられ、人のシルエットが浮かびあがった。カーテンは元どおりおろされた。

ジョーはトラックのほうを振りかえった。「名前はグローブボックスのなかよ。持っていって。かまわないから」

それから走って、ソフィに追いついた。スカンクはあごをさすりながら、どうにか立っていた。警察はメッセージを受け取っただろうか。ジョーの声は聞こえたのだろうか。聞こえたのなら、あとどのくらいで来てくれるだろう。

ソフィを近くのアパートメントに引っぱりこんだ。玄関のドアはロックされていた。ジョーはベルを押した。

無反応。電気が通じていないのだ。だれもオートロックを解除して入れてはくれない。

もう一度振りかえってトラックを見た。スカンクはグローブボックスをごそごそ漁っていた。やがて背を起こし、まわりを見た。目当てのものがそこにはないと気づいたのだ。

するとタコマの荷台からルーフへ、黒くぼやけた影がすばやく飛び乗った。スカンクは見あげた。

「なんだこりゃ?」

視線の先にはミスター・ピーブルズがいた。

猿はキーッと甲高く鳴いた。スカンクになにか投げつけるのが見えた。スカンクはわめきながら飛びすさった。「くそ!」

猿はルーフからフードに飛び移り、トラックから飛びおりて、キャデラックの開いたドアのほうへ走っていった。スカンクは咆哮をあげ、両手で顔を拭いながら、路上でくるくるまわっていた。

ジョーはソフィの手を握った。

そこは真っ暗で、ほかにはだれもいなかった。ふたりがいるのは壊れた街だった。

警察署はまだ半マイル先。

でもここはジョーの縄張りだ。

ジョーの隣近所だ。頼りない逃亡計画かもしれないけれど、あきらめるにはまだ早い。ヴィクトリア様式のアパートメント、ケーブルカーの線路、絞り染めのTシャツを着たフラワーチルドレンが非常階段から〈水がめ座の時代《アクエリアス》〉の垂れ幕をぶらさげている風変わりな路地。

暗闇にそっとまぎれこめる場所。

それは割れ目や手がかりの連続する巨岩を登るのに等しかった。キャデラックの男には無理だが、自分の足で歩いている女ならやり遂げられるかもしれない。

ジョーはソフィをぎゅっと抱きしめた。「いまよ。走りましょう」

ソフィの手をつかんで、飛ぶように通りを走った。うしろでキャデラックがもがきながらUターンし、あとを追ってきた。

歩道の五十ヤード前方に、ビルにはさまれた歩行者用の小路があった。ジョーはそこへ飛びこみ、ソフィを引っぱりながら暗がりを進んだ。足元もよく見えず、だれか、あるいはなにかがそばにいるのかどうかもわからなかった。

ミスター・ピーブルズはどこからあらわれたのだろう？　きっとファードの玄関からあとをついてきて、トラックが動きだす前に荷台に飛び乗ったのだ。

どこかで犬の吠える声がした。ふたりは小路を抜けて、またべつの通りに出た。見棄てられたケーブルカーが道路の中央にでんと居座っていた。ソフィを連れて、それをよけた。

そのとき角にキャデラックが出現した。

ちっ。小路にはいるところを見られたのだ。ジョーは反対側の歩道を走りだした。夜の闇に明かりがふくれあがった。キャデラックのヘッドライトが追ってくる。二軒の住宅のあいだに通路が見えた。そちらへソフィを引っぱろうとしたとき、うなり声が聞こえて足を止めた。ヘッドライトを浴びて、通路でごみ容器の食べものを奪い合っている四匹の犬の目が光った。

ジョーは踵を返した。あっちだ。そのブロックの途中に階段があった。駆け寄って手すりをつかみ、下りはじめた。背後でキャデラックの走り去る音がした。

「ソフィ、あとすこしだけがんばってね。警察は——」あと何ブロック? 一光年? 「こっちのほうだから」

「あの男が追いかけてくるわよ」

「見つからないように隠れましょう。向こうはこういう狭い道にははいれないから」

ふたりは五十段の階段を駆けおりた。下までおりきったときには、ジョーの脚はがくがくだった。よろよろと通りに出ると、真正面にキャデラックがアイドリングしていた。

警察署を目指しているのはスカンクにばれていた。ジョーはまわりに目をやった。闇のなかでつかの間方向がわからなくなった。明かりの消えたビルは薄気味悪く、見おぼえのない建物に思えた。やがて〈ジャヴァ・ジョーンズ〉からほんの二ブロックのところにいるのだと気づいた。半ブロック先は再開発の現場で、古いアパートメントが改築されている最中だ。その裏を通り抜ければ、スカンクの目を盗んでつぎのブロックまでたどり着けるかもしれない。

「来て。こっちよ」

ジョーはソフィを陰のなかへ引っぱり、来た道を引きかえした。脚が燃え、肺が痛む。ソフィは負けずにがんばっているものの、足がもつれている。ふたりは通りの角に出た。

ジョーの心臓が飛びはねた。通りを渡ったところにドラム缶のたき火が見えた。男たちが火を囲んで立ち、手をあたためている。

「あの」ジョーは通りに走り出た。「助けてもらえませんか」

無視された。ジョーはよく見えるところまで近づいた。まずい。

彼らはホームレスで、酒を飲んでいて、燃やしたごみであたたまるのにだれがいい位置に立つかでいまにも喧嘩をおっぱじめそうだった。荒々しい性質と角材を振りまわす類の男たちだ。ひとりがジョーを見た。たき火の明かりのなかで、その目は〝これ以上近づくとおまえを取り囲むぞ、ただし助けるためじゃない〟と言っていた。ジョーはふたたび迂回した。

ソフィはジョーにしがみついていた。「もう走れない」

「じゃあ速歩きして」

とにかく警察署に向かって進みつづけるしかない。またべつの路地を見つけて、ソフィを導いた。つぎのブロックに出ると、ジョーは左右を見渡した。スカンクのいる気配はない。通りを渡った向かい側にも路地が続いているのが見えた。ダッシュで通りに飛びだした。

一ブロック先で、キャデラックのヘッドライトがぱっと点り、道路のまんなかでジョーをとらえた。キャデラックは轟音をあげて向かってきた。ジョーは悲鳴をこらえて、ソフィを引っぱり、目指す路地に飛びこんだ。

背後でタイヤが急停止した。振り向くと、スカンクが車から飛びおりるところだった。すぐ近くで。たいへん、このままじゃ見つかる。ジョーは路地で身をかがめ、並んだごみ容器の裏へソフィを引っぱりこんで隠れた。低くしゃがんだ姿勢で容器の隙間から通りをのぞいた。スカンクは通りに立ってジョーをさがしていた。

路地は暗かった。向こうにはこちらが見えていなかった。車からじわじわと離れ、闇のなかを透かし見ている。

ジョーの頭にふとアイデアが浮かんだ。ソフィの耳に顔を寄せて、ささやいた。「静かにね」

地面を手さぐりし、石ころを見つけた。どうか神様、メジャーリーグ級のボールを投げさせてください。石を拾いあげ、手首をひねり、路地のずっと奥へ向けて投げた。なにかに当たる音。ガラスが地面でがしゃんと鳴った。

スカンクがくるりと振り向き、音のしたほうへ駆けだした。ごみ容器の陰にしゃがんでいるジョーの目の高さを、スカンクの足が通り過ぎていった。

ジョーはソフィを立ちあがらせた。「さ、急いで」

道のまんなかにエンジンをかけっぱなしのキャデラックが停まっていた。

キャデラックは急勾配の坂の下り方向をむき、運転席のドアは開いていた。ジョーはソフィを押しこんでから、自分も飛び乗った。

車はボーイング747並みに巨大だった。インテリアは一九五〇年代のグロテスクな模倣。ソーダ・ショップ、ワイヤーカップ・ブラジャー、ぴかぴかのクロムめっきの世界だ。深紅のレザーがダッシュボードのライトを受けて光る。赤くぬらぬらした口のなかに坐ったような気がした。ジョーはコラムシフト式のギアレバーを握った。

ちょっと、このクジラはどうしたらギアがはいるの？

ひっぱったりねじったりして、レバーの動きを確かめる。アクセルペダルを踏みつけた。車はがくんと前に飛びだした。

まっすぐ縁石めがけて。ジョーはハンドルを切って、向きを修正した。うしろでスカンクが怒鳴っている。ついで後部ドアが開く音。ソフィが泣きだした。

スカンクが車に乗りこんできた。というか、スカンクの半身が。車を操るジョーのうしろで、振り落とされまいとふんばるスカンクの息遣い、ベンチシートの背にぴしゃりと手をかける音がした。エンジンのうなりの下で、ドアから両脚が出ているスカンクの、ブーツがアスファルトをこする音が聞こえたように思った。

オイルタンカーを思わせる車が、ぐんと加速した。ジョーはペダルを踏みこんだ。

スカンクはひと声大きくうめいて、車内に体を引っぱりあげた。続いてフロントシートへ乗り移ろうとした。ソフィが激しく泣きだした。

ジョーは叫んだ。「ソフィ、一、二の三で、飛びおりて、逃げて」

ふたたびどこかでキーッと叫ぶ声がした。集合的無意識の小さな爆発、ジョーの〝イド〟が感情を抑圧から解き放って叫んでいるのだ。バックミラーに、スカンクに飛びつく猿が映った。ごく小さな両手が男の髪に爪を立ててしがみついた。

「一、二の――」ブレーキを踏み、タイヤをきしませて急停止した。「三」

車はスピンしながら停まった。スカンクがベンチシートの背に叩きつけられ、跳ねかえった。ソフィが飛びおりる。ジョーはまたアクセルペダルを踏んだ。バックミラーでスカンクが起きあがり、つかみかかってくるのが見えた。

ミスター・ピーブルズはまだスカンクの頭に貼りついている。小さな手の片方は彼の目に、もう片方は鼻の穴にひっかかっていた。スカンクは猿をつかんではがそうとしていた。ジョーはアクセルをめいっぱい踏みこみ、運転席のドアをあけて、思った。どこか折ったら、それでおしまい……。

そして転がり出た。

たとえ時速三十マイルだろうと、転がって衝撃をかわそうと、アスファルトに落ちるのはめちゃくちゃ痛かった。ドアがまともにぶつかったみたいに、体から空気が叩きだされた。ごろごろと転がって、うつぶせになったところで止まり、一瞬気を失った。それから息を吸った。

猛犬だな、犬っころ《マット》。こんなの、巨岩で手をすべらせて地面に転落するのにくらべればちょろいわよ。ほら、起きて。

腕で体を起こす。腰が死ぬほど痛い。膝も。左腕全体が赤くすりむけ、細かい砂利が埋まっているのがわかった。苦心して立ちあがった。

キャデラックは帆船のように通りを進んでいく。ルームライトが点っていて、まだシートを乗り越えようともがいているスカンクが見えた。

車は急な坂の入口にさしかかり、ジャンプした。だれにも止められない白鯨のように。ジェット噴射の炎を思わせるテールランプが視界からふっと消えた。

ジョーは胸をあえがせながら、ふらつく足で坂のてっぺんまで行ってみた。キャデラックは坂の下の交差点に向かって疾走していた。前方で待ちうけている光景をヘッドライトが照らしだした。送電線が垂れている。倒れかかった電柱が数本の電線で支えられていた。その先端は地面からおよそ四フィートの高さで、こちら側を向いていた。砲身のように。

うわ。つぎにどうなるかはわかったが、ジョーは目をそらせなかった。

スカンクの絶叫が聞こえた。

二トンのキャデラックが全速力で電柱に突っこんだ。電柱がバーベキューの焙り串のようにフロントガラスを貫いた。不協和音の衝突音とともに、キャデラックは急停止した。テールが宙に浮きあがり、また路面に叩きつけられた。

静寂。

ジョーはしばし呆然と、身じろぎもせず立ちつくしていた。開いた運転席のドアから、スカンクの腕が力なく垂れさがった。首と頭は後部座席のどこかに固定されていると思わせる角度で。よく見るには距離が離れすぎていたが、なにやら黒っぽいものが路面に滴り落ちはじめた。

ジョーはあとずさった。振り向くと、縁石の近くに立って、握った両手を口に押しあてているソフィが見えた。ゾンビの衣装が月明かりのなかで光っている。少女は震えていた。ジョーは足を引きずりながら縁石に近づき、ソフィの体に腕をまわした。

「もうだいじょうぶよ」

ソフィは身を硬くしたままだった。ジョーは恐怖で凍りついた体をあたため、動けるまで和らげてあげられたらと、少女を抱擁した。

わななく声でソフィが言った。「お猿さんが」

ジョーは坂のてっぺんに目をやった。「わかってる」

「だいじょうぶ？」

「だといいけど」

口にあてている握りこぶしがぴくんと震えた。「かわいそうな子」

ジョーはソフィの背中を上下にさすった。「そうね。さ、元気出して。警察署にたどり着かなくちゃ」

そっと向きを変えさせて、ソフィを歩かせた。ジョーの左半身はずきずきと脈打っていた。クラッシュパッドなしで土に落下するよりも、これはちょっとばかりひどかったかもしれない。明日の朝には生焼けのステーキみたいになりそうだ。

だけどいまのところはまだ動ける。「行くわよ」

ソフィの手をしっかり握り、足を引きながら歩道を歩いた。周囲の建物は相変わらず寒々として暗い。建設現場に近づくと、このときばかりはジョーも日ごろ女性をからかう建設作業員たちが恋しく、重たい七つ道具を積んだ大きなF‐150ピックアップで坂の下まで送ってくれたらと願わずにいられなかった。建物の足場の多くは地震で崩壊していた。現場は惨憺たるありさまだった。

「ここからたったの六ブロックよ」ジョーは言った。「それにコロンバス・アヴェニューまで行けば、きっと人がいる。タクシーがつかまるかも」

ソフィは無言だった。このハロウィーンはお楽しみ《トリート》でもなんでもなかった。子供にとっては意地悪ないたずら《トリック》でしかない。

「警察が無線でパパに連絡をとってくれるわ。そうしたらパパと話しましょうね」

異様な物音に、全神経の末端に火がついた。ソフィは飛びあがった。背後の暗闇からふたたびその音がした。ジョーの髪が逆立った。それはブーンという電子音だった。甲高く、発音の不明瞭な、猿の声に似た音。人工的なロボットの声。

ジョーは振り向いた。

うしろの建物の戸口から、ミスター・ピープルズが二本肢でよたよたと歩み出てきた。両手でなにか装置を持っている。それを振り、ひっくりかえし、口にあてた。猿が叫ぶと、装置も叫んだ。

それは電子の声帯だった。音声合成器だ。

ジョーとソフィは麻痺したように固まって、猿を凝視した。ジョーはのろのろと首をねじ曲げて振りかえった。五十フィートうしろの歩道に〝プレイ〟が立っていた。

38

ジョーは自分の背中側にソフィを押しやり、あとずさりはじめた。〝プレイ〟はじっとこちらを見ている。

目の前の歩道に立つ暗い人影にすぎないのに、〝プレイ〟だとわかった。背の高さ、ひょろりと痩せた体つき、肩のさがり具合。どうやってわたしたちを見つけたの？　きっとスカンクとあの車に同乗していたのだ。ジョーの家からずっと尾けてきたのだろう。スカンクが車をぶつけてくる前に、降りていたにちがいない。そのあとは、自分の足で、そっと静かに追ってきたのだ。

人影がこちらに向かって歩きだした。

ジョーのうしろで、音声合成器がキーンと鳴った。ミスター・ピーブルズが猿の惑星かなにかの母船とコンタクトをとっているような音だ。ジョーはさらにあとずさった。

声をひそめてソフィに言った。「見えないところへ行かなきゃ。隠れるの。あいつをまくのよ」

ソフィはぎこちない歩きかただった。もしも手を離したら、この場でアスファルトに坐りこんでしまうかもしれない。ジョーは可能性を見積もった。

もしソフィと別れてあの通りに駆けこんだら、〝プレイ〟は追ってくるだろうか。それともソフィのほうをつかまえようとする?

ヴィクトリア様式の建物の角を過ぎた。その建物と建設現場にはさまれた細い路地が視界にはいった。ジョーの目と鼻の先から真っ暗闇の奥へとのびている。

ジョーはささやいた。「走るわよ」

ソフィを前に押しやるようにしながら、路地に駆けこんだ。道幅は狭く、雑草がのび放題だった。腰と膝がずきずき痛む。ソフィも走った。いやはや、なんてすごい子だろう。ジョーはそのうしろから両手を突きだし、手さぐりしながら進んだ。後方を走る足音が聞こえた。振りかえると、通りに男のシルエットが見えた。

つかみ合うような物音と、猿の甲高い声。

ジョーは走りつづけた。

ソフィが怯えた声でささやいた。「あそこに隠れていいでしょ。お願い」

ジョーにはどこだか見えなかった。「どこ?」

ソフィは説明もなく、建設現場を囲っている金網フェンスの破れ目にもぐりこんだ。

「速く、隠れて。ジョー、隠れなきゃ。こっちに来て」

「ソフィ、だめよ――」

少女は闇のなかに消えた。

路地の入口に〝プレイ〟があらわれた。ごくかすかな光で黒よりは青灰色に見える背景に、彼の輪郭が浮かびあがった。両手を前方にのばし、闇を手さぐりしながら、ジョーたちをさがしている。

しばらくは近づいてくる〝プレイ〟を観察した。距離はまだ五十ヤードほど離れている。ソフィがフェンスにもぐりこむのは目撃されていないだろう。向こうから見えたはずはない。いまのところは疑ってもいないし、金網の向こうの漆黒の闇のなかにソフィを見つけられるとも思えなかった。

ジョーももぐりこむことはできる。でもいまそうすれば、〝プレイ〟は見えなくても音を聞きつけて、追ってくるだろう。このまま雑草の茂る路地を反対側の通りまで走りつづけることもできる。けれどもそれは危険地帯にソフィをひとり置き去りにすることを意味する。ああ、もう、八方ふさがりじゃない。

呼吸がどんどん速くなっている。

〝プレイ〟をこちらに惹きつけて、ソフィから遠ざけるか。そうして彼を阻止できるかもしれない。でももしもつかまったら、ソフィはひとりきりになってしまう。警察署がどこにあるかも知らないのに。この通りは危険だ。この建設現場も。

ジョーは息苦しさを感じた。

〝プレイ〟はどんどん近づいてくる。

見つからずにフェンスをくぐり抜けることはできそうにない。敵にソフィの居場所を知らせるわけにはいかない。ジョーは身を縮めて影のなかに隠れながら、路地の出口のほうへあとずさっていった。

〝プレイ〟がフェンスの破れ目の横を通過した。

彼はジョーが反対側の通りに駆けだすのを待っているのだった。いまのところはこちらが見えていない。でもジョーがこのまま路地にとどまれば、いずれはぶつかってしまう。

フェンスの向こうの建設現場から音がした。滝のごとくつぎからつぎへと、金属棒がぶつかり合い、木がめりめりと裂ける音。まるでなにかが崩壊したような音だった。雪崩のようにな。

それに混じって、小さな女の子の悲鳴が聞こえた。

ジョーの心臓がぎゅっと収縮した。〝プレイ〟はとっさに音のしたほうを向いた。彼はジョーとフェンスの穴のちょうど中間にいた。

その路地でジョーにかろうじて見えるのは、影の動きだけだった。再開発中の半ば解体されたビルのどこか奥深くで、恐怖に満ちたうめき声があがった。

電子の声が言った。「情報を渡せば、子供をさがしにいかせてやろう」

ミスター・ピープルズから音声合成器を奪いかえしたのだ。向こうにはこちらが見えるのだろうか。それともジョーがまだ路地にいると推測しているだけなのか。

「名前だ。リストを渡せ。渡さなければ、力ずくで奪って、おまえを殺し、子供を放置して死なせるまでだ」

ジョーは動かなかった。

「そうか」

彼がこちらへ走りだした。

ジョーは立ちあがった。

フェンスをつかんでよじのぼる。六フィートの高さでくるりと向きを変え、細い路地をはさんで反対側に建っているアパートメントの軒樋をつかんだ。お願い、どうかもちこたえて。

樋は冷たく、錆と剝げかけたペンキで覆われていた。ジョーはそれにテープのごとく貼りつき、じりじりとよじのぼった。脚は耐えがたい痛さだった。

〝プレイ〟が下で立ち止まり、荒い呼吸をしている。ジョーは古い金具で支えられた樋がきしむのを感じながら、さらに三フィート上までのぼった。それからフェンスのてっぺんごしに建設現場のほうを見た。ダイナミックに。自分に言いきかせる。

大きく息を吸いこむと、樋を蹴って、フェンスの上を越え、建設現場に飛びおりた。


地面への着地は激しく、両手両足をついた。脚に走った痛みは筒型花火が発射されたかのようで、火薬が空にのぼっていくひゅるひゅるという音が聞こえてきそうだった。目のなかで星が瞬いた。ジョーは歯を食いしばり、ふらつきながら立ちあがった。

目の前にそびえる建物は空洞の頭蓋骨で、窓は暗く、戸口はぽっかり開いた口だった。玄関ホールは廊下の喉へつながっている。ジョーの肌がちくちくした。暗くてなにひとつ見えない。

でもソフィの泣き声は聞きとれた。建物のずっと奥から聞こえてくる。

金網フェンスの外に、機械の声が響いた。「クソあま」

ジョーは玄関のステップを駆けあがり、建物に足を踏み入れた。目の前にベルベットのカーテンが引かれたような暗さだ。足がおが屑やなにかの破片を踏む。釘かボルトを蹴飛ばし、それが壁に当たってチリンと明るい音を立てた。

外で金網ががちゃがちゃ鳴っていた。〝プレイ〟が来ようとしている。

名前、名前……。〝プレイ〟もスカンクも、追跡している人々の名前をジョーが握っていると固く信じこんでいる。ジョーがリストを持っていると。

橋。スカンクが手を突きだして――

遺書だ。

あれが彼らの求めているものなのか。サザンの残した手紙に〝プレイ〟の暗殺リストが含まれていたと思っている?

ジョーは壁沿いに手さぐりで進んだ。〝プレイ〟はジョーが最終的なターゲットだと思っているかもしれない。ふとそう感じて、息が止まりかけた。

ソフィの泣き声が近くなった。罠にかかったような、外界から切り離されたような心細さを感じていることだろう――けれどいま大声で呼びかけたら〝プレイ〟に居場所を知られてしまう。あごがぎりぎりと痛むほど歯を食いしばった。

汗ばんだ両手をジーンズで拭った。心臓の一拍ごとに視界が弾む。暗闇で廊下全体が脈打っているような幻覚にとらわれた。波打ち、いまにもジョーを呑みこもうとしているような。顔をあげた。天井はしっかりしている。だがその建物の半分は壊され、地震で足場も崩壊していた。

ソフィ、いったいなにをしたの？

戸口に手をのばし、枠に手をすべらせた。その壁の向こう側から、泣き声がひときわ大きく聞こえた。ジョーはそっと角をまわり、壁の裾板に沿って足をすべらせた。埃の積もった窓から弱々しい月明かりが射し、いくつもの影が見えた。

声は下からのぼってくる。

ジョーは一インチずつ前進した。足が床板の割れ目を見つけた。

ソフィは地下貯蔵庫のなかだ。床は抜け落ちたばかりのようだった。穴のあいた部屋――ソフィはここから落ちたのだろうか。

玄関ホールで足音がした。〝プレイ〟が建物にはいったのだ。ジョーは壁までさがって背中を押しつけ、向こう側を通りすぎる足音に耳をすませた。

視界は脈打ちつづけている。建物が呼吸しているかのようだ。息をするものはおまえを呑みこめる。

両手をこぶしに握りしめた。だめ、よしなさい、ベケット。いまはだめよ。

ひざまずき、穴の端までにじり寄る。

「ソフィ」とささやいた。「なにも言わないで。わたしはここよ」

泣き声に一瞬の間があいた。お願い、わたしの名前を叫ばないで、ここにいることをばらさないで……。

「しゃべっちゃだめよ」ジョーは言った。「泣いてていいから。わたしがここにいるのをあいつに知らせないでね」目から汗を拭う。「いま助けにいくわ」

それにはどうすればいいやら皆目わからずに、暗い虚空をじっと見おろした。

足の下の闇に目の焦点を合わせ、精神の焦点も合わせようとしたが、ジョーを呑みこまんとする口が見えるばかりだった。梯子をさがすつもりはなかった。深い奥底からソフィを空中浮揚させるつもりもない。

ソフィのいるのが地下室なら、どこかに階段があるはずだ。階段があるなら、いまおりても、またのぼってこられるはず。

そう願おう。

ゆっくり、できるだけ音を立てずに、すばやく穴の横の床に腹這いになった。両脚を穴のなかへ振りおろし、両手で縁にぶらさがった。下の床がどのくらい遠いのか、そもそも着地できそうななにかが下にあるのかどうかもわからない。

「ソフィ」と小声で呼びかけた。「わたしが見える？　見えたら泣いて」

ソフィは泣いた。

「おりても平気?」

ソフィが泣いた。

三フィート、せいぜい五フィートだろうと踏んだ。そう願った。信じて跳ぶしかない。ジョーは手を離した。

落下の勢いで、膝が折れ曲がり、くずおれて、床に転がった。しばらくじっとして、静けさを取りもどそうとした。脚が悲鳴をあげている。それからのろのろと立ちあがった。

「ソフィ?」

身を低くして、両手を前に突きだしながら、泣き声のするほうへ進んだ。板をX字形に釘で打ちつけた戸口が見つかった。板の下を這ってくぐると、そこは寒くて湿っぽいにおいのする石敷きの部屋だった。

「ジョー……」

ジョーは手さぐりで進んでいった。鼻がぐすぐす鳴る音、おぼろげな人影。ソフィがいた。ソフィはジョーの胸に顔を埋め、シャツをつかみ、わっと号泣するのを懸命にこらえた。

ジョーは少女をしっかり抱きしめて、耳に口を寄せ、ささやいた。「とっても勇敢だったわね。えらいわ」

かすかにひくひく震えながら、ソフィがささやき声で話しだした。「すべり台で落っこちちゃったの。はいるつもりじゃなかったのに。こういう建物は危ないって知ってるもの」

賭けてもいい、ゲイブは愛娘に安全に関する講義をしているはずだ。でも、すべり台?

黒インクを流したような部屋を見まわした。わずかばかりではあるが、壁のずっと高いところから数条の光が射しこんでいた。

　そこは石炭置き場だった。これはヴィクトリア様式の古い建物だ。ソフィは石炭シュートをすべり落ちたのだった。

「隠れようとして建物のまわりを歩いてたら、いろいろな物が置いてあって、大きな板があったけど、壁から離れたくないから板の上を通ろうとしたの。そうしたら板が変なふうに動いて、すべり台から落っこちちゃった……」

「運が悪かったの。怒ってなんかいないから。パパだって怒らないわよ」

　ややあって、ソフィが大きく息を吐きだし、こわばっていた肩がやわらかくなった。

「だいじょうぶ？　怪我してない？」

「切っちゃった。すごく、すごく痛い」

「どこ？」

「腕」

　ソフィの袖にふれてみた。布が破れているけれど、それはゾンビの衣装を作るときに破ったのだった。ところが前とはちがって、湿っていた。ジョーがさわると、ソフィは反射的に腕を引っこめた。

　ジョーはできるかぎりやさしくふれて、傷口を分析した。それは長さおよそ五インチの、ぎざぎざの切り傷だった。まだかなり出血している。金属片か錆びた釘で切れたのかもしれなかった。

ジョーは呼吸を整えた。見えないままではいられない。賭けに出るしかないだろう。地震で電話網は役に立たないが、携帯電話はまだ使えた。ディスプレイを明かりの代わりにできる。それで〝プレイ〟に居場所を知られてしまうかもしれないが、地下室じゅう手さぐりしてまわるのだって同じことだ。それに明かりがあれば、武器や道具として利用可能なものが見つかるかもしれない。ソフィの傷がどの程度悪いのかもわかる。

電話を握って、ディスプレイを点灯させた。

床の上でがらくたに囲まれて丸くなり、唇を噛んでいる、埃まみれのひどく青白いソフィが見えた。ディスプレイの青い光のなかで目が潤んでいる。

ジョーは腕の傷を見て、まずいと思った。傷口は長くて深く、汚れていた。ソフィのうしろに折れた角材があり、そこから血のついた釘が突き出ていた。

手を丸めてディスプレイを覆い、明かりがひろがらないよう調節しながら、電話をひと振りして室内を見渡した。そこはたしかに石炭貯蔵庫で、ソフィと同じく石炭シュートから落ちてきた建設廃材が散乱していた。ジョーはディスプレイを閉じた。

シャツを脱ぎ、裾に歯を立てて、細長く引き裂いた。極力音を立てずに、圧迫包帯を作る。それがじゅうぶんな処置なのか、それとも生命を脅かす怪我にただ当て布をしただけなのか、なんとも言えなかった。

じっと静止して、耳をすました。〝プレイ〟の気配はしないけれど、建物を出たとは思えない。より集中して耳をそばだてると、上の階のどこかで床板がきしんだ。

「すぐ戻るわ」

急いで戸口に戻り、X字形に打ちつけられた板から隣の部屋のほうへ身を乗りだした。天井の穴を見あげた。黒と灰色の影、それに一階の窓を通してうっすらとはいりこむ星明かりしか見えない。

穴の縁には長い厚板が立てかけてあった。ジョーが来たときからそこにあったのだ——穴を渡る橋として使われていたのが、地震で落下したのかもしれない。

それを使えば上の階にのぼれるかもしれなかった。ソフィを下から押しあげるか、あるいはおんぶしてのぼるか。ソフィのほうを振りかえった。は
「げんこつを作れる？」と訊いてみた。

ソフィは自分の手を見た。指を閉じようとがんばったが、やがて顔がくしゃくしゃになった。できないのだ。

ほかの出口を見つけなくては。

X形の板の下から這いだして、爪先立ちで部屋を横切り、地下の廊下に通じる戸口まで行った。ドアはなく、代わりに廃材が戸口をブロックしていた。ジョーはその上から身を乗りだして、一瞬廊下を照らした。建物の正面側に階段があった。木の枠組み、断熱材、引きだされた電線、半ば剝がされた壁が見えた。それから……ああ、だめだ。

廊下の天井は崩れ落ちる寸前だった。上のキッチンらしき部分を不安定に支えているのは

4×4の角材、一本の支持梁だけだ。冷蔵庫の角がきらりと光るのが見えた気がした。

ジョーは頭を引っこめた。

目を閉じて、ディスプレイを閉じ、こそこそと石炭置き場に戻った。

そのときどこか上から〝プレイ〟の機械の声がした。「地下室にいるのはわかっている。こちらの知りたいことをいましゃべったほうがいいぞ。そうすればおまえたちが屋内《なか》にいるのに建物に火をつけたりはしないかもしれない」

ジョーは答えなかった。ソフィがごくりと息を呑んだ。

「いまは亡きわが知人のスカンク、あいつのキャデラックはすごい車だった。なんでも揃っていて、ミニバーまでついていた。ガソリン、ボトルにぼろ布、たちまちモロトフ・カクテルのできあがりだ。じつを言うと、ここにも一本持ってきているんだよ」

ジョーは空気を呑みこもうとしたが、喉が拒絶した。闇に周囲から押しつぶされそうな気がする。建物全体が収縮して、ジョーたちを吐きだそうとしているみたいだ。パニックが体内を震わせはじめた。熱、煙、息苦しい暗闇。建物が崩壊し、燃える材木の下敷きになって火葬されるジョーとソフィ。それにはマッチ一本擦るだけでいいのだ。

逃げなきゃ。叫んで、殴って、いますぐとっととここから抜けださなきゃ。全身のシナプスひとつひとつが細かく震動していた。

「ジョアナ」〝プレイ〟が呼びかけた。

単調な機械音声で名前を呼ばれて、ジョーは危うく失禁しそうになった。

ソフィの脇の下を抱えて立ちあがらせた。「行くわよ」

ふたりは板をくぐって石炭置き場を抜けだし、隣室の戸口まですばやく移動した。ソフィはふらついていた。ジョーは少女を抱きあげて廃材の向こうの廊下におろし、自分もあとに続いた。

階段のてっぺんで木がきしむ音。機械の声。「ジョアナ・ベケット」

ジョーは息をしようとしたが、胸がひろがらなかった。どろどろのセメントに閉じこめられている感じだ。腕の汗が凍りそうに冷たい。

〝プレイ〟が階段をふさいでいた。だがソフィに石炭シュートをのぼらせるのは無理だ。ジョーは背後の廊下を見た。行き止まりになっていた。

〝プレイ〟にジョーを生かしておくつもりがないことはわかった。この男は体の一部を奪われた者の激烈な怒りを感じている。責め苦を与えられた者の恥辱。復讐への抑えきれぬ欲望。だけどジョーから与えられるものはなにもなかった。苦痛を与えたいという彼の渇きを癒せるような、名前のリストも、情報も。

廊下の前後を見た。そして壁を。

呼吸が速まった。一瞬だけ携帯電話を明るくし、壁にあけられた穴を見た。壁の向こう側には空間があった。

小さな空間。かがまないとはいれないほどの、おそらくはセントラルヒーティングの導管《ダクト》を設置するためのスペース。棺桶の幅ほどのトンネルだ。涙で目がひりひりした。

階段がみしっと鳴った。「そうやってライトをつけてばかりいるが。こっちは火をつけられるんだぞ。地獄の業火はさぞ熱いだろう」階段がまたきしむ。「名前を教えろ」

「〝プレイ〟」ささやき声しか出なかった。

だめだ。こうなったらあるものすべてを動員して逃げなければ。まわりにある蜘蛛の巣でも崩れかけた漆喰でもなんでも使って。〝プレイ〟の渇きを癒すことなんてできない。でも煽ることならできる。

ジョーは咳ばらいし、落ち着いた声が出ることを願った。「〝プレイ〟、ここを燃やしたら、だれがあなたを襲うよう命じたかは永遠にわからずじまいよ」

「なぜだ」

「その追跡はわたしでストップするから。わたしがそれを知っている最後のひとりだから」

身をかがめてソフィの耳にささやいた。「しゃべってる間に、その壁の穴にはいって。壁の奥へもぐるの。できるだけ奥まで逃げて」

ソフィは震えていた。ジョーも同じだ。

「〝プレイ〟、わたしを殺したら、名前も灰になるのよ」

ソフィは震えながら壁にもぐりこみ、暗いトンネルに消えていった。ジョーは長さ三フィートほどの2×4の角材を手に取った。

ふたたび階段のきしむ音。胸が押しつぶされそうで、目の縁に涙がにじんだ。

「わたしたちを見逃して。名前は渡すから。このまま外へ行かせて」

しゃがんで、半分剝がされた壁の穴の横に背中をあずけた。穴、抜け道、真っ暗な、石棺《サルコファガス》サイズの。ああ。頭がずきずきする。わめきだしたい衝動を嚙み殺した。

「取引するかね?」〝プレイ〟が言う。

階段を降りてくる。一段ずつゆっくり。こちらの居場所がわかっているつもりでいる。会話に耳をそばだてていて、どこへも逃げ場がないのだと判断したのだろう。

「ええ、そうしましょう。そっちが退がってくれたら、名前のリストはここに置いていくわ」

「そしてわたしは目を覆って、十数えるのかな?」

カスみたいなジョーク。「ゲームはやめて」

ジョーは自分の声にわななきを聞きとった。壁に背中を押しつけた。猛スピードで行動し、頭をぶつけないよう注意しなくては。脚はなくても生きていける。頭をなくしたらそうはいかない。

それに彼を接近させなくては。近すぎて、心中するつもりがないかぎり火炎瓶を投げられない位置まで。〝プレイ〟は死にたがっていない。至近距離までおびき寄せるのだ。つかみかかれるくらい。

似たようなことを試みたスコット・サザンがどうなったか、ジョーは目撃していた。

「あなたから盗めとわたしたちに命令したのがだれだか知りたい?」

足音が止まった。「〝わたしたちに〟?」

「あらあら。ほんとうになんにもわかってないのね」ジョーは笑った。自分の声にヒステリックな響きが聞こえる。「あの日マスクを着けていたのはわたしよ」

沈黙。彼が流れるように近づいてきたら聞きとれるだろうか？　風に乗ってくる噂のように。呪いのように。祈り《プレア》のように。

「懇願《プレア》。あなたは懇願《プレイ》したわ。泣いて、命乞いした」

みしっ。ゆっくりと階段をおりてくる。ジョーの姿が見えず、信用できないのだ。でもまだ遠すぎる。息がかかるほどそばに来させなくては。

「わたしたちがあのクラブに薄汚れた卑しいギャングを入会させると、本気で思ったの？　デイヴィッド・ヨシダがあなたのポーカー賭博で遊んだからって、受け入れられると思った？」

「おまえたちは挑戦としてやったんだ。戯れにわたしから金を奪った」

「悪いのはそっちよ。逆らわなきゃよかったのに」

「あのひょろひょろのおかま野郎はわたしを殺そうとした。そしておまえはあいつにチェーンを持てと言った」さらに一段おりる。「なんのためだ？　高級な暮らしやビジネスにつぎこむ金か？　ヨットや新規株式公開《IPO》か？　強請のためか？」

　きしみが止まった。ジョーは無理やり呼吸を遅くした。心臓が耳のなかで鼓動している。角材を片手で構えた。チャンスは一度きり、タイミングを誤ったら終わり。電話を取りだした。〝プレイ〟が足をすべらせて床をさぐり、近づいてくる音がした。

ジョーは耳をすました。いまどのへん？　十数えて、携帯電話を階段のほうに向け、ディスプレイのライトを点らせた。

その闇のなかでは、フラッシュバルブ同然だった。〝プレイ〟が怪物のごとく出現した。黒くて灰色でやつれた姿が、ジョーの真上に立っていた。

ジョーは角材を握り、頭上のキッチンの床を支えているひび割れた支持梁を突いた。肺が絶叫するほど、体に残っていた力のありったけをこめて押した。梁は泣き叫んだ。めりめりと裂ける音がした。ジョーは角材を落とし、ヤドカリのようにお尻から壁の穴へもぐりこんだ。湿っぽい土のたまったトンネルの奥へと。

ぞっとする大音響とともにすべてが落下した。梁はばらばらに砕け、キッチンの床が崩壊した。床板、煉瓦、煙突、冷蔵庫が、鉄床《かなとこ》に振りおろすハンマーのように落ちてきた。息をつまらせる埃が壁の穴から噴きこんできた。ほかにはなにも見えなくなった。

39

蛍の光。暗闇が蛍の光に砲撃されていると、ジョーはうっすら気づいていた。目のなかで星が瞬いてるんじゃない。今回はちがう。くぐもった、男性の声が呼んでいる。

「ソフィ」

声は遠く、死に物ぐるいの響きがあった。ジョーは頭を起こした。

「ゲイブ」声を出した。

埃で喉がかさついていた。脚はひくひくけいれんしている。九一一にくりかえし電話したせいで、左手はこわばっている。ソフィの腕を圧迫しつづけていた右腕はしびれて感覚がなかった。

少女はジョーの肩の下で丸くなり、眠っていた。どうか神様、寝かせてあげて。狭い空間で、ジョーは指をそっと動かし、ソフィの頬にふれた。

「パパよ」とささやいた。

ゲイブが、さっきより近くで叫んだ。「ジョー、そこにいるのか?」

「こっち」しゃがれ声で言った。ソフィの頬をなでた。「ソフィ?」

蛍の光が近づくにつれ無数の懐中電灯の光に変わり、男たちの声があがった。足音が階段を駆けおりる。

年輩の男が警告する声。「待て。地下はまだ瓦礫を撤去していない——くそ」

さらに物音。「ジョー。ソフィ」

ジョーは瓦礫をそろそろとかき分け、鉤爪状に曲がった指を外へ突きだした。

「助かった。ジョー」ゲイブの声。

「ふたりともここよ」

反対側から、崩壊した天井の残骸を必死に掘りかえし、煉瓦をひとつひとつ拾っては放り投げる音がした。ジョーはソフィから手を離さなかった。少女は静かで、体はとても冷たかった。

ゲイブと消防隊員が出口をふさいでいたキッチンの残骸を撤去した。それから壁がばりばりと剝がされる音がし、手が断熱材を突き破った。

「ソフィ」

ソフィが息を吸いこんだ。「パパ？」

ジョーが顔をあげると、ゲイブが壁をまっぷたつに引き裂いた。廊下を照らすまぶしい懐中電灯の光で、上体をかがめる彼の姿がシルエットになった。ジョーは安堵の吐息をついた。解放されていいのだとこれほど確信できたことはかつてなかった。すべて放りだしても、ほかのだれかがちゃんと受け止めてくれると。

「ソフィは手当てが必要なの。さあ、連れていって」

なにかをひっかくような声しか出なかった。ゲイブが身を乗りだして、娘のほうへ腕をのばした。抱きあげられたソフィの体はぐったりしていた。

ジョーは光や空気のほうへ腕をのばしたが、自力で立ちあがれなかった。消防士たちが手を貸してくれた。

「いま何時？」ジョーはたずねた。

「真夜中です」

ソフィが怪我をしてから数時間が経過している。寒い地下室の廊下で、ゲイブは壁の横にソフィを寝かせた。ジョーは自分が落下させた天井の、醜悪な瓦礫の山を見渡した。どこからかガソリンのにおいがした。

消防士がジョーの腕をとった。「出ましょう。この建物は危険です」

ジョーは残骸を指差した。「あの下に男がひとりいるの」

いくつかの頭がすばやく振り向き、懐中電灯の光が一点に集まった。ゲイブはソフィの上にかがんで、腕に当てた間に合わせの包帯を調べていた。ジョーは自分の両手に目を落とした。凝固した血液でごわごわだった。

「ソフィ、ベイビー。パパを見てくれ」ゲイブの声はざらついていた。「クリケット、しっかりしろ、ハニー」

消防士たちの懐中電灯が揺れながらキッチンの残骸を周回した。「ここにいるぞ」とひとりが大声をあげた。「なんでガソリンのにおいがするんだ?」

ジョーはそちらへ歩み寄った。「その人が火炎瓶を持っていたの」

消防士たちは不安げにちらりとジョーを見た。各々が一歩あとずさった。

ジョーはペリー・エイムズを見た。彼もこちらを見かえしていた。消防士たちの懐中電灯の光が周囲を舐めまわす。

「割れた瓶がある、そこだ、布きれがつまってる」ひとりが言った。

「よし、全員撤収だ」べつの声がした。

〝プレイ〟はジョーから視線をそらさなかった。ジョーは残骸にのぼり、彼の隣で身をかがめた。

「なにをするんです」消防士が言った。

ジョーは〝プレイ〟の首に指をあて、脈を見つけた。瞳孔を見る。意識ははっきりしていて、ジョーを目で追っているし、気道はふさがれていない。

ジョーは消防士たちに言った。「この男はもとから喉頭に損傷があったの。音声合成器がないと会話はできない」

苦痛と、野蛮なまでの怒りで〝プレイ〟の目がくるくる動いた。唇を動かして、ジョーをじっと見つめながら無音でなにか言った。

消防士たちは階段の上に向かって救急車を呼べと叫び、〝プレイ〟の胴体から残骸を取りのぞいた。ガソリンのにおいが立ちのぼった。〝プレイ〟は深く息を吸いこんだ。両脚の膝から下は冷蔵庫の下敷きになっている。身動きはとれないが、死に瀕してはいなかった。

消防士たちが割れた床板を持ちあげると、〝プレイ〟の腕が自由になった。

娘が娘なら、父も父。その手にはライターが握られていた。まっすぐジョーをにらんだまま、点火しようとした。が、親指が震えて、手元が定まらなかった。

ふたたび口の動きでジョーになにか言い、ライターをカチカチ鳴らした。ジョーはその唇を見つめた。読唇術は習得していないものの、彼の言わんとすることはまちがえようがなかった。

〝明らかな死〟

「わたしに黒いタグをつけさせたいの?」ジョーは言った。

ライターがカチッと鳴った。

ジョーは手をのばして、相手からそれを取りあげた。点火して、炎が明るく灯り、すっきりと先の尖った熱い光になるのを見た。〝プレイ〟の瞳に黄色く映っている炎を。

炎を彼の胸の上に差しだした。「〝プレイ〟、この下種野郎」

火を消して、ライターをポケットにしまった。「あなたのせいで亡くなった人たちのために祈りなさい」立ち去りかけて、言った。「それから、わたしは名前なんか持ってない。はなから持ってなかった。知っていたかもしれないただひとりの女性は死んだわ。スカンクが焼き殺したの。死刑囚の監房でそのことを考えるのね」

消防士たちがあんぐり口をあけて見ていた。ジョーは彼らの前を通りすぎた。

「放っておいていいわ。黄色のタグだから。手当てが必要なのはあの女の子のほうよ」

廊下の先で、ゲイブがソフィの上にかがみこんでいた。ジョーは歩み寄って、かたわらにひざまずき、彼の腕に手をおいた。筋肉がこわばっていた。彼はまばたきして涙をこらえ、歯を食いしばった。

「ゲイブ、ソフィを運びだしましょう」

ゲイブは両腕で娘を抱きあげ、ジョーをすぐうしろにしたがえて足早に階段をのぼった。一階に出ると、そのまま止まらずにドアを出て、錠前が切断された金網フェンスのゲートをくぐった。ジョーは青い回転灯に照らされた、身を切るような冷気のなかへ出ていった。消防士たちに声をかけた。

「トラックに医療器具はある？」

「ええ」

ゲイブの腕に手をおき、通りの路肩へ導いた。「その草の上に寝かせて」

ゲイブはソフィをおろし、隣にひざまずいたが、両手はわなないていた。ソフィの傷口に指を押しあて、絶望した空虚なまなざしで闇を見つめた。

ジョーは身を寄せた。「力を抜いて、軍曹」

消防士たちが応急処置用具を持って飛んできた。毛布と点滴も。ジョーはゲイブの手をソフィの傷からどけて、怪我をしていないほうの手を握らせた。

「しっかり握ってあげて」

ジョーと消防士たちが手当てするあいだ、ゲイブは娘の手を握りつづけた。処置を終えたジョーが言うまで。「ソフィは赤いタグよ、ゲイブ。治療が必要だけど、よくなるわ」

ゲイブはジョーを見て、娘の顔の上に身をかがめ、キスをした。何度も、何度も。

ジョーは立ちあがった。呼吸し、星を見あげ、夜の音に、壊れた街が目覚めようともがく音に聴き入った。

40

ジョーは病院のカフェテリアでレジの前に立った。手のなかのコーヒーカップは熱かった。喉がからからだった。電力は回復し、レジ係は代金を要求していた。

「お金を持ってないの」ジョーは言った。

レジ係はガムを噛みながら、ジョーを上から下までじろりと見た。

「ゾンビだからじゃないわよ」ポケットに手を入れた。「このコーヒーが必要なの。これをくれたら、わたしの携帯電話をあげる」

「一ドル五十セント」とレジ係。

背後から手がのびて、一ドル札一枚と二十五セント硬貨二枚を置いた。「そのコーヒーはストロングだけど、あんたを蘇生させるほどじゃない」

エイミー・タングが顔をしかめてみせた。彼女なりのにこやかな微笑なのだろうとジョーは思った。その目は眠らない目だった。そして晴れやかだった。

「エイミー、あなたの街の具合はどう?」

「手当てが必要だけど、生きてる」

「きつい夜だった？」

「もっとずっときつくてもおかしくなかった。どうにかもちこたえてるよ」ふたりはカフェテリアから出た。「そっちは？」

「もっときつい夜はあったわ。そう多くはないけど」

タングが煙草を一本箱から抜いて、手にぽんと打ちつけた。「レオ・フォンセカが死んだ。裁判所の階段の下で遺体が見つかったの。絞殺だった」

「ひどい」その報せに、体のなかが空洞になったような気がした。「そんなことじゃないかと恐れてたの。〝プレイ〟がフォンセカの電話を盗んで、わたしにメールを送るのに使ったから。そうやってわたしを家の外へ誘いだしたのよ」

「うん。そのころにはスカンクのキャデラックに乗っていた。あんたが家を出て警察署に向かうのを待ち伏せしてたんだよ」

通路をドアのほうへ歩いていった。病院はざわついていて、うなじの産毛が逆立つような、神経がタコメーターのレッドゾーンに届きそうな感覚に襲われた。けれど人々のアドレナリンの分泌量は減りつつある。状況は落ち着いている。十一月一日は快晴だった。

「理解できないのは、やつらがどうして――」タングは自制した。「ごめん」

「どうしてわたしを自宅で殺さなかったか？　事故に見せかけたかったからじゃないかしら。そうすれば疑いがかかるまでに逃げる時間を稼げるから」

ジョーはコーヒーの蓋をはずして、ごくごくと飲んだ。ひどい味だった。ニクソン政権時代に淹れてからずっと煮詰めていたみたいだ。それでも一滴も残さず飲み干した。

ロビーに出た。ドアから陽光が射しこんでいた。

「わたしの四十八時間は昨夜終わった」ジョーは言った。

「犯人を捕まえてくれるとは思わなかった、でもありがとう。警察が逮捕するときは、ふつう容疑者に冷蔵庫を落っことしたりしないけどね。報告書が頭痛いよ」

自動ドアが開いた。ふたりはのんびり戸外へ歩み出た。金融地区の摩天楼のあいだから金色の太陽が顔を出していた。

ジョーは深呼吸した。街はふだんのにおいに戻っていた。埃、排気ガス、潮の香り、エネルギー。タングが煙草に火をつけて、吸いこんだ。

「地震が来る前、キャリーのファイルに目を通してたんだ。マキの秘密を見つけたよ」タングが言った。「二、三年前、マキはショーモデルを何人も抱えてた。そのひとりが過食症になって、覚醒剤にどっぷりはまった。そして死亡した」ため息。「そのモデルの兄がウィリアム・ウィレッツ。妹の葬儀でマキと知り合って、つき合いはじめた。ウィレッツはマキが悲しみから立ちなおらせてくれてると信じてた」

「だけど？」

「マキはそのモデルに覚醒剤を教えたのは自分だと、ダーティ・シークレット・クラブに告白した。体重を落とすために。彼女を死に追いやったのはマキだったわけ」

「その秘密をしゃべってクラブのメンバーになったの？　とんだ冷血漢ね」

「その情報が漏れて、スカンクからウィレッツに伝わったんだろうね」

「そしてボートで心中することになったんだわ。そのことで諍いになって、殺し合いに発展したのよ」

「うん」

ジョーはからになったコーヒーカップをごみ容器に放った。「それだけじゃない。ウィレッツもクラブのメンバーだったんじゃないかと思うの。〝プレイ〟の首を絞めたのは彼よ」

「まさか」

「襲撃のビデオをもういっぺん観て。あのコカイン漬けのギャツビーみたいな男。ソシが『ウィル・ユー』と言ってる箇所があるの。なにか頼んでるんだと思ったけど、いまは名前を呼んでたんじゃないかって気がする」

「なんとまあ」

「昨夜〝プレイ〟は自分を襲ったソシと〝ひょろひょろのおかま野郎〟のことを罵っていた。ウィルが何者か知っていたんだと思う。パパラッチが撮ったたくさんの写真から、マキと写ってるウィレッツの顔を見つけたのかもしれない」

「ビデオを観てみる」

「マキとウィレッツが死んだ夜、スカンクはクルーザーに同乗していたのかしら。それとも自分だけべつのモーターボートで行ったの？」

「そしてデッキにガソリンで〝ｐｒａｙ〟と書いたか？　そうなんじゃないかな。燃える船は合図になった。ボスを襲撃したやつらの名前を明かさないとどうなるか、クラブのほかのメンバーに見せつけたんだよ」

朝の道路を車が順調に流れている。生活は進んでいくのだ。いつもと変わらず。

「たいしたクラブよね」ジョーは言った。「戯れとゲームがやがてだれかの致命傷になる」

「報告書にそう書くの？」

「まだ心理学的剖検の報告書はできてないの。キャリー・ハーディングがどんなふうにして死んだのかも結論が出てないし」

タングは砂がはいったかのように目をすがめた。黒いＴシャツがくたびれている。黒いブーツは汚れている。バイカーのたむろするバーの賭けボクシング・ナイトで敗れたと言っても通るところだ、かわいらしい人形みたいな顔じゃなかったら。

タングがＰＤＡを取りだした。「ストックトン・ストリート・トンネルの階段の監視カメラに残っていた映像」

問題のビデオをさがしだし、ジョーに手渡した。わずか五十五秒間の映像だったが、じゅうぶんだった。それを観て、ジョーの驚きと理解が増した。

ＰＤＡをタングに返した。「コピーをもらえる？」

「もちろん。まだほかにもあるんだ。鑑識がストックトン・ストリートから携帯電話を回収したの。スカンクのキャデラックから武器も押収した」

「指紋が見つかったの？」

「通話記録も。どう思う？」

「階上《うえ》へ行って、アンジェリカ・メイヤーと話す必要があるわね」

「ちょうどそう思ってた」


エレベーターに向かう途中で、廊下をやってくるゲイブが見えた。ソフィが隣を歩いていた。XXSサイズの手術着を、踏みつけないようにまくりあげている。包帯を巻いた腕を三角巾で吊っていた。ゾンビ・メイクを洗い落としても顔色はまだ青白い。安堵した父親がぞんざいな手つきでメイクを落としてやるところをジョーは想像した。ソフィは新品のブラッツ人形を抱いていた。


ジョーはにっこりした。「ブラッツでパパをこわがらせちゃだめよ」

「パパが買ってくれたの」

「この子はなんでも欲しいものを買ってもらえるんだ」とゲイブ。「この先一週間は。車はかんべんしてほしいけど」ジョーを見た。「きみはコーヒーを買ったほうがいい。喉ががらがらじゃないか」

ソフィが言った。「ずっと歌ってくれたからよ」

「なに？」

「あの穴のなかで。ジョーがずっと歌っててくれたの。テレビの曲を。だからふたりとも起きていられたのよ」

ゲイブはジョーを見つめた。濃い色の、嵐に覆いをかけたような目。「くじけちゃいけないとき最高の人間はそうするんだ。昔からそうなんだよ」

ゲイブは平静を保とうとしていた。ジョーは彼の手首を軽く握った。ゲイブはジョーを抱き寄せ、頬に頬を寄せて、口をあけてなにか言いかけ、また閉じた。

ジョーは彼の耳許にささやいた。「あとで」

ゲイブはうなずき、目の縁に手を当てて、ソフィと朝陽に向かって歩いていった。


ジェリ・メイヤーはベッドで上体を起こして、オレンジジュースを飲んでいた。ジョーとエイミーがドアからはいると、グラスを置いた。

タングがベッドに近づいた。「元気そうでよかった、ジェリ。よく聞いて。親父さんは拘束中、今後はもう刑務所から出られない。レオ・フォンセカを殺して、死刑に値する殺人罪で起訴されるから」

メイヤーは石のごとく硬直した。

「あんたの携帯電話をストックトン・ストリートの事故現場近くの排水溝で見つけた。衝突のときにキャリーのBMWから飛びだしたんだね。通話記録は入手した」

メイヤーは電話に手をのばした。「弁護士を呼ぶわ」

「遠慮なく。ヘイスティングズ出身の弁護士全員を呼べばいいよ。リーヴォン・スカトレクのキャデラックから拳銃も発見した。HK三二口径セミオートマチック。登録者は死んだデイヴィッド・ヨシダ・ジュニア。あんたの指紋がついてたよ」

メイヤーは片手で電話を持っていたが、かけなかった。

「あの事故のあとスカンクがキャリーのＢＭＷから持っていったんじゃない？　あんたの手に握られていたのを」

メイヤーは電話を握った。

「いいことを教えてあげる」とタング。「あんたは共謀、殺人、重罪謀殺、ペリー・エイムズの逃亡計画および復讐に加担した罪で刑務所に行ける。またはしゃべることもできる」にやりと笑う。「ドクター・ベケットにね。この人はよろこんであんたの心の悩みを聴いてくれるよ」

メイヤーが電話を放した。

「あなたたちはわかってない。わかるわけないわ」メイヤーは腕組みしてベッドに深く沈みこんだ。格子のはまった窓から射しこむ黄色い日光が、顔にストライプの影を落とした。

ジョーはベッドのかたわらに静かに坐った。「あの人は父親でしょ。あなたが忠実なのは理解できるの。わからないのはなぜドクター・ヨシダの息子とかかわりをもったか」

「ダーティ・シークレット・クラブはわたしたちを傷つけた。わたしたち家族をめちゃめちゃにした。父を襲ったあと、あいつらのひとりが警察に通報したの。父は違法賭博のほか、詐欺やら恐喝やらのかどで逮捕された。彼なんかよりＤＳＣのほうがよっぽど大金を会員たちから強請りとってるのに」

　ジョーはタングに目をやった。タングも見かえした。

「デイヴィッド・ヨシダ・ジュニアは？」ジョーはたずねた。

「あいつは自分がやりたくないことはなにもしてない。依存症にかかりやすい、お金持ちのぼんぼんよ。フェンタニルには自分から進んで手を出したわ」

「初めてのとき？　それとも、つぎの二回？」

　メイヤーは激しい目つきでジョーをにらんだ。「あいつらはわたしからパパを奪ったのよ。このわたしから。パパの人生を破滅させたのよ。なぜドクター・ヨシダを気の毒に思わなきゃいけないの？　息子はもとから薬物常用者だったのに」鼻を拭った。「ＮＨＩ。人間は含まれない《No Humans Involved》。デイヴィッド・ジュニアは自分が生きてようが死んでようが気にもしないドラッグ中毒だったの。長年父親を傷つけてきたのよ。傷つけたがってたわ。わたしは願いをかなえる手助けをしただけ」

　タングは無言でドアにもたれていた。

　ジョーは指を組み合わせた。「あの事故の夜だけど」

「それがなにか？」

「キャリーが送っていくと言ったの？」

「わたしが送ってと頼んだの。午前一時近かったから」メイヤーはリラックスしているようだ。まなざしは真剣だった。

　メイヤーは告白したがっている。秘密をしゃべることを楽しみたいのだ。ジョーとエイミーにみずからの秘密を授けているのだった。力と恩恵でも施すかのように。

「キャリーはまったく怪しんでいなかったわ。あんなにタフで頭がいいのに、これっぽっちも疑ってなかった。わたしがＨＫを見せる瞬間まで」

「じゃあ、あなたは拳銃を抜いて、〝プレイ〟の襲撃者に関する情報を要求したのね」

「そいつらの名前をね。キャリーに運転を続けるように、車を停めるなと言ったわ。電話は取りあげた。銃はずっと突きつけていた。キャリーはしゃべりたがらなかったけど、きっと口を割るとわたしは信じてた」

「キャリーが運転しているあいだに、あなたは何本か電話をかけたわね」ジョーは言った。

　メイヤーは否定しなかった。通話記録はすでにこちらの手にある。ジョーはその間に起きたと確信していることを明かさなかった。メイヤーが電話をかけている隙に、キャリーが口紅でまず自分の手首に〝ｐｒａｙ《プレイ》〟と書き、脚にも〝ｄｉｒｔｙ《ダーティ》〟と書いていたことは。

「あの晩キャリーはだれかから逃げていたんじゃないのね？　だれにも追われてはいなかった」ジョーは言った。

「車を急がせていたのはわたしよ」

　ジョーはメイヤーの口から言わせたかった。陸橋の監視カメラになにが映っていたかは知っているけれど、メイヤー自身に説明させたかった。

「車のなかでキャリーになんて言ったの？」

「父のことを話してやったわ。わからせてやったの。ダーティ・シークレット・クラブが彼から強奪して、どんなふうに人生をぶち壊したか。不当な仕打ちのことを話してきかせた」憤怒に煽られた目つきになった。「刑務所から出られないなら、あの人はみずから命を絶つ。キャリーにそう言ったわ。父がどれほどつらい目にあっているか。ほかのだれも助けようとしないから、わたしに助けを求めてきたの。正義が果たされなければ、自殺するつもりなのよ」

「彼があなたにそう言ったの？　あなたが助けなければ自殺するって？」

「そうよ。まったく、もう。聴いてなかったの？　それほどつらい状況だってことよ」

ジョーは膝の上に身を乗りだした。〝プレイ〟は自殺をほのめかして、娘を操り、手先に使った。あの男は人格破綻者だ。

「クルス巡査のパトロールカーの前を通過したとき、キャリーは逃げていたんじゃないのね？　ストックトン・ストリートの陸橋に向かって車を飛ばしていたんでしょ。時間がなかったから」

メイヤーが油断のない顔つきになった。

「陸橋の監視カメラの映像を観たのよ」ジョーは言った。「スカンクがあそこにいたのはわかってる」

それが階段の監視カメラに映っていたものだった。事故の直前に、陸橋の上でいらいらと歩きまわっているスカンク。

「キャリーは取り乱したわ」とメイヤー。

「なぜ？」

「一刻も早くあの場所へ行かなきゃいけないと思ったから」

「それはどうして？」

「彼女があまりにも強情で、わたしに必要な情報を明かさないからよ」

「キャリーをなんて言って脅したの？」

「べつに。スカンクがクラブのほかのメンバーたちとあそこにいて、あることをするつもりだと言っただけ」

「あることって？」

「DSCのメンバーたちに、挑戦としてある人物を殺させること」

「だれを？」

「スコット・サザンの息子。子供を陸橋から放り投げるの」

心臓が縮みあがったけれど、声にはあらわさなかった。「でも全部あなたの作り話だったのね」

「ちょろいものだったわ。キャリーはパニックに陥った。すっかり逆上してた。わたしはダーティ・シークレット・クラブに関するキャリーのメモを見つけたの。それでソシ・サパタやスコット・サザンのことを知った。あの挑戦みたいなことにキャリーがねじくれた考えを抱いてることも。キャリーは取りつかれてたわ。人を罰するのが好きだったのよ」メイヤーは頭を振って、笑い声をあげた。「それが正しいことだと信じきってた」

「キャリーはあなたの嘘を信じるほかなかった、なぜならあなたとふたりきりの車内で、電話をとりあげられてしまったから」

タングが言った。「だからキャリーは猛スピードで車をぶっ飛ばした。彼女の壮大な計画、人々に正義をもたらすはずのダーティ・シークレット・クラブが、罪のない人間を殺そうとしていると考えて？」

メイヤーはうなずいた。

「計画は裏目に出て」ジョーは言った。「あなたはなにも手に入れられなかった」

「なにもじゃないわ。サザンとサパタの名前をつかんで、スカンクに伝えたもの」

「でもあなたが欲しかったのはソシとウィリアム・ウィレッツにペリーを襲わせた人物の名前なのに、それはわからなかったんでしょ」

メイヤーの目の熱い輝きがくもった。

「キャリーはそれを教える代わりにストックトン・ストリートへ車を走らせた。あとのことはおぼえてる？」

「彼女はあの警官に助けを求めた。でも手遅れだった。わたしはスカンクに電話していた。彼がクラブのメンバーに子供を投げ落とさせるところだって、キャリーに言ったわ」

「キャリーはアクセルを踏みこんだ」

「プッツンしたみたいにね」

「〝止めて〟。あなたはわたしにそう言ったのよ、ジェリ。ダーティ・シークレット・クラブにストップをかけさせたかったんだわ。でも止められたのはあなたのほうだった」ジョーは背中を起こした。「そして罪のない人たちが死んだ。あなたは刑務所行きよ。それにもう二度とお父さんには会えない」

メイヤーはつかの間ジョーを見つめた。それからわめきだしたメイヤーを見て、今度はだれにも彼女を止められないだろうとジョーは思った。

41

太陽はその週末まで毎日顔を出した。金曜の朝、ジョーが〈ジャヴァ・ジョーンズ〉にはいるころには、街は九分どおり正常に機能しはじめていた。まだ電気やガスが通じない地域もあるにはあり、数十もの建物が修復不能か居住不能となった。けれど状況は前進している。日曜にはフォーティナイナーズのホーム・ゲームがおこなわれる。チームはすでにスコット・サザン追悼の喪章を配っていた。

カウンターのティナはいつにもまして、いたずら好きな妖精みたいに見えた。ジョーが店にはいると、にっこり微笑んだ。「わがうるわしの姉上にアメリカーノを一杯」音楽は官能的かつ圧倒的なピアノ・コンチェルトで、胸の張り裂ける旋律だったらしい。ティナがジョーのコーヒーを半ば注いだところで手を止め、聴き入って、気を静めなければならなかったところを見ると。

妹がジョーのマグをカウンターに置いた。「ラフマニノフ。ジョーも泣いていいんだよ」

「今日はよしとく」

ジョーはマグを持って、エイミー・タングが朝食をとっている窓辺のテーブルへ行った。

席に着くと、仮の報告書を手渡した。

「まちがいはチェックしてね。でも要旨はそんなところよ」

「結論は?」

「キャリー・ハーディングのBMWの衝突は故意だった」

タングは椅子の背にもたれた。「そう確信するのはなぜ?」

「BMWで市街を疾走するあいだに、キャリーは手首と脚にそれぞれ〝pray《プレイ》〟、〝dirty《ダーティ》〟と書いたから。手がかりとして」

「なんの手がかり?」

「自分の死の裏になにがあったか知らせるための」

「キャリーは死ぬことがわかってたの? 自殺だったってこと?」

「みずから犠牲になる覚悟をしたの」ジョーは言った。「キャリーは体にヒントを書き残して、なにが起きてるか警察に知らせようとした。つまり、生きて自分の口で警察に伝えられるとは思っていなかったのよ。その情報をなんらかの手段で伝えなければならなかった。生きたいと願ってはいたかもしれないけど、命を差しだしたんでしょうね、陸橋でおこなわれると思っていた殺人を阻止するために」

そしてまた、みずからが引き起こしたごたごたの責任を取り、罪をあがなうために、それが唯一の方法だと思ったのかもしれない。

タングが言った。「それで陸橋へ車を飛ばしてるとき、キャリーは幸運をつかんだ。警官の目の前を通過したんだね」

「赤信号を無視したのはクルス巡査に追跡してほしかったから。その時点でメイヤーはしくじったと悟った。メイヤーはキャリーを支配下において、孤立無援にさせ、罠で驚かすためにすべてお膳立てしたつもりだった。だけどひとつだけキャリーの手にゆだねてしまい、結局それが凶器となった」

「BMW」

「そう。クルス巡査がカーチェイスに参加すると、メイヤーは計画全体を中断して、逃げようと躍起になった。それがキャリーともみ合って、BMWから飛びおりようとしたときのこと」ジョーは背中を背もたれにあずけた。「その後、事態はますます悪化して、手がつけられなくなった」

キャリーはバックミラーでクルス巡査が追いついてきているのを見た。応援を頼むだけの時間があると考え、車を停めて、バックし、クルスに叫んだのだ。

「『助けて』とキャリーはクルスに訴えた」ジョーは頭を振った。「でもそのときメイヤーが電話でスカンクに言ったのよ、子供を殺させろって。それはメイヤーの芝居だったんだけど、キャリーはクルス巡査に説明していられなくなった。彼がついてくるとわかっていたから、陸橋に向けてアクセルを踏みこんだの」

タングはコーヒースプーンをいじった。「陸橋の上にいたスカンクは走って逃げた。キャリーはなぜ追いかけなかったんだろう」

「間に合わなかったか。気が動転していたか。計算違いだったのか」ジョーは言った。「とにかくストックトンを陸橋目がけて猛スピードで下っていった。スカンクが立っているのは見えていた。彼が子供を連れていないことも」

「それでだまされたんだと気づかなかったの？」とタング。

「もう彼らが子供を投げ落としたあとだと思ったのよ。そしてアクセルを踏んだまま欄干に突っこんだ」

ふたりはしばらく無言で坐っていた。タングはコーヒーを飲み終えた。「彼ら？」

「この事件はまだ終わってない」ジョーは言った。

「やめてよ。そんなこと聞かされるより生卵食べるほうがまし」

「パズルのピースがひとつ足りないの」それは割れたガラスの破片のようでもあった。見えにくいし、迂闊に手を出すと怪我をする。「だれかがわたしをＤＳＣに入れようとしたのよ、ダニエルの死をもちだしたあの匿名の手紙で」

「〝プレイ〟？」

「ちがう」

「まだあんたを脅しているやつがいる……？」

「脅しはあのまま終わってない。結着をつけたいの」

「なにを考えてる？」

「メイヤーが言ってたでしょ。あの夜、陸橋でクラブのメンバーたちが挑戦を実行するとキャリーに思わせたって。ポイントを稼ぐために、陸橋からスコット・サザンの息子を投げ落とすと脅しをかけてると。キャリーがだれだと思ったか、わかる気がするの。キャリーがそれほど取り乱した理由も。その同じ人物が、挑戦としてわたしを打ちのめそうとしたんだと思う」

店のドアが開き、ファード・ビスマスが大儀そうにはいってきた。ジョーを見つけると眼鏡を鼻の上に押しあげ、そっと周囲を窺ってから、近づいてきた。同じテーブルの椅子にどさりと腰をおろすと、ヘアクリームの香りがぷんと漂った。

「内々で話せますか?」彼が言った。

「ファード、こちらはエイミー・タング」警部補のほうを指した。ファードはタングに敬礼した。ジョーは言った。「九十秒あげる」

「ミスター・ピープルズのことなんですけど」眉間にしわが刻まれた。「猿が精神的問題を発症することはあるんですか？　神経症とか。不健康な強迫観念とか?」

ジョーはため息をついた。「わたしは類人猿セラピストじゃないけど、あるわね」

「ああ、どうしよう。それを恐れてたんですよ。死にかけた経験のトラウマでぷつんと切れちゃったらしくて」ますます猫背になり、目がきょときょと泳いだ。「盗癖が出てきちゃったんです」

ジョーは全身がかっと熱くなるのを感じた。「わたしのお財布を盗んだんじゃないといいけど」

ファードはポケットに手を入れて、野球のボールを取りだした。それをテーブルの上に置いた。ボールを指し、救いを求めるようにあたふたと両手をひろげた。

ジョーとタングは呆然とそれを見つめた。古びた、ウィリー・メイズのサイン入りボールだった。

「これを見るのは初めてじゃないわ」ジョーは言った。

タングは使っていないコーヒースプーンでボールをつついた。「どこにあったものか、知ってる気がする」

ファードは両手をもみしぼった。「彼は治療を受けられます？」

「心配しないで」とタング。「この件はわたしたちがなんとかする」

「ミスター・ピーブルズは証言する必要もないわ。わたしが刑事訴追の免除を受けられるよう手配しておく」ジョーは言った。

ファードは安堵して両手を握り合わせた。「ありがとう。ありがとう」ジョーの手を握り、立ちあがってタングとも握手した。「ありがとう」

ファードがドアから飛びだしていくと、残ったふたりは顔を見合わせた。

「いまのはさっきあんたが言ってたことと関係あるの？　クラブのメンバーがおたがいへの挑戦で妙なことをやるって話と？」

「そうよ。だれかさんがわたしを玩具にしようとしてることと。ファードの猿があのボールを盗めた場所はスカンクのキャデラック以外にないわ。もしスカンクか〝プレイ〟がボールを持っていたなら、あげた人物はひとりしか考えられない」

「さて、どうしたい？」


ジョーはレンタカーを駐めて、身の引き締まる秋の陽射しのなかへ降り立った。ランズエンドの車道沿いには、糸杉やモントレーパインが歩哨のごとく並んでいた。リンカーンパークの丘は緑だった。人々はベンチに腰かけ、潮が満ちてくるさまを見つめている。太平洋は白波で点々と穴を穿った、どこまでも深い青。ジョーは見晴らし台に歩いていった。眼下では岩に砕けた波が白く泡立っている。右手にはゴールデンゲート・ブリッジが見える。まっすぐ前方では、マリン郡の茶色い丘陵が北へ連なり、ポイント・レイズや、ダニエルが岩場で命を落としたボデガ・ベイへとのびている。サンラファエルや、ダニエルが眠る墓地へも。ジョーはフェンスの支柱にもたれた。風がふわりと髪をもちあげた。そこで待った。

およそ三十分後、猫が喉を鳴らすような音を立ててシルバーのマセラティが駐車場にはいってきた。運転席のドアが開くと、ニルヴァーナの音楽がこぼれだした。ジョーは海を見つめたまま、隣にグレゴリー・ハーディングがやってくるのを待った。

キャリーの元夫は銀行役員風の上品なスーツに開襟シャツ、腕にはロレックスをはめていた。北欧系ブロンドの頭にサングラスを押しあげている。

「これはなんの真似ですか、ドクター・ベケット？」

「礼儀です。あなたはキャリーの最近親者だった。わたしが心理学的剖検の報告書になにを書くか、お知らせするべきかと思いまして」

「ふざけるのはよしてください。どんないやな話を聞かせてくれるんです?」

「今週わたしは匿名の手紙を受け取りました。ダーティ・シークレット・クラブへの招待状です」振り向いてハーディングを見た。「髪に火がついたかと思いました。でも冷静になってから、考えました、なぜこんなものを送ってくるのか。そして思いいたったんです。だれかが捜査を妨害し、わたしを危険にさらそうとしているのだと」

「それで?」ハーディングは時計に目をやった。「すみませんが、そのこととキャリーになんの関係があるんです? 今日は忙しいんですよ。要点を言ってくれませんか」

「手紙を出したのはあなたです、グレッグ」

彼はフェンスになっている錨鎖《アンカーチェーン》に片足をのせた。両手に目を落とし、甘皮をチェックし、さかむけを平らになでつけた。

ジョーは彼の手首をつかんで、ロレックスを見た。「特注品。すてきだわ。文字盤《フェイス》にこのブラック・ダイヤを埋めこむにはいくらかかりました?」

ハーディングは手首を引っこめ、右手で時計を覆った。

「あなたはダーティ・シークレット・クラブのメンバーです。そして〝真実か挑戦か〟のゲームをやっている。わたしの人生で」

ハーディングの表情は変わらなかった。内ポケットに手を差し入れて、小型盗聴器スキャナーを取りだした。電源を入れる。

「腕をのばしてもらおうか」

「わたしが盗聴器をつけていると？」

「きみは警察のコンサルタントだ。当然つけているだろう」

ジョーのシャツの上でスキャナーを振った。雑音がした。ハーディングは踏みつけようとしている蛙を見るような目つきでジョーを見ると、距離をつめてきた。

ジョーは片手をあげた。首に風を感じながら、しぶしぶピーコートのボタンをはずし、シャツの下から手をまわして、腰のうしろ側にテープで留めていたデジタル・マイクロレコーダーを取りはずした。ハーディングが手をのばした。ジョーはレコーダーを渡した。

ハーディングはそれを地面に落として、踵で踏みつぶした。「つぎは電話だ」

ジョーは電話も差しだした。「切るだけにして。つぶさないで」

彼は携帯電話の上にスキャナーをかざした。甲高い信号音が鳴った。ハーディングはバッテリーを抜きとり、手すりごしに眼下の荒波に向かって力いっぱい放った。

「ご満足？」ジョーは言った。

ハーディングはスキャナーをしまった。「自分を天才だと思ってるんだろう？　謎を支配し、人の心を自由に操る達人だとでも。きみなど素人だ」

「あなたに一杯食わされたのは認めるわ」ジョーは言った。「悲嘆にくれる元夫。キャリーがなぜロースクールのばかげたセッションを現実世界に持ちこんだのかと、困惑してみせた。実際のところは、あなたと彼女がクラブの最初のメンバーだった、そうなんでしょう？」

「おたがいの正体を暴いて、競い合うつもりか？　わたしのほうが毒があるぞ。たとえそっちは黒後家蜘蛛だろうと」フェンスに身を乗りだす。「きみには証明できまい。キャリーのファイルのどこにもわたしの名前は出てこないんだ。彼女のデスクにわたしの履歴書がないことはまちがいない。きみの当て推量じゃないか」

「そのことに確信があるんですね？」

ハーディングが振り向き、蜥蜴の笑みを浮かべた。「ファイルにわたしの名前はない。キャリーはわたしを愛していたからだ。わたしをファックするのが心底好きだったからね」

「あなたがほかのメンバーを強請っていたことを、キャリーは知っていたんでしょうか」

氷のような微笑はそのままに、視線をそらした。

「あることに気づいたんですが。スコット・サザンの遺書、ソシ・サパタのビデオ、ペリー・エイムズが先夜わたしにわめきちらした暴言――それにジェリ・メイヤーの告白。全員がそのどこかで強請に言及しているんです」

ハーディングは遠い岬を眺めていた。

「〝プレイ〟は強請がクラブのメンバーのビジネスやＩＰＯへの資金調達に利用されるとさえ言っていました」

彼の微笑が薄れていった。いまやアイスピック並みに鋭く冷ややかな表情だった。

「ソシ・サパタとウィリアム・ウィレッツはあなたに強要されて、ペリー・エイムズから大金を奪った。彼らにとって、あれはたんなる挑戦ではなく、秘密をばらされないための代価だったんです」

「ばかばかしい」

「メンバーは人を驚かせるなにかをやってのけ、うまく逃げおおせたら、より上のステータスにのぼれる。初対面のとき、あなたはそれをわたしに対してやろうとした。わたし相手に〝真実か挑戦か〟のゲームをしようと決めたんです。いま思えば明らかでした。あなたはDSCに関する情報を押しつけてよこしたようなものだった。キャリーのことで激情の発作にかられた芝居をし、素知らぬ顔でわたしにクラブへの招待状を送りつけた。フェアモント・ホテルでは、クラブのルールがすべて書かれたキャリーの手帳をぽんと手渡してきた」

彼は聞こえていないかのようにふるまった。ジョーは首を傾げた。「わたしの夫がどのように死亡したか調べるのにどれだけかかったのかしら――グーグルで検索して、だれかにいくらか握らせたんですか？」

ハーディングはあくまでも目を合わせなかった。「情報がどれほど安く売られるかを知ったら驚くだろうよ。ゴシップ。秘密。人はそういうものに目がない。ほとんど無料でしゃべってくれるんだ」

「わたしが夫を殺したという発言にはいくら払ったんです？」

「四十ドル、それにマセラティのポロシャツ一着。州空軍の元予備兵で通信指令係をしていた男だ」

口のなかが酸っぱくなった。人を傷つける値段は安い商品程度なのだ。「最初はあの手紙を送ることで、わたしを怯えさせ、捜査を打ち切らせるのが狙いだと思いました。捜査の手があなたに近づきすぎていたから。でもそれは真反対だった。あなたはそもそもの始まりから、ダーティ・シークレット・クラブのことをできるかぎり詳しく教えようとした。キャリーのノートをわたしにくれて、スリルを楽しんでいたんです。すべて丸見え状態でこっそり逃げられるか試したかったんです。でもそれから、あなたはさらに先へと踏みこんだ。わたしの名前を〝プレイ〟に教えましたね」

ハーディングは自分の靴を見つめた。その光り具合にことのほか満足しているといった様子で。

「なぜそんなことをしたんです？　それだけ教えてください」

彼はジョーを横目で一瞥した。「きみにはひとつとして証明できないと、わかってるんだろう？　わたしは黄金なんだ。だれもわたしには手をふれられない」

「だったら話してください。どうしても知りたいんです」

「貪欲な好奇心、か？」

「職業病です。精神科医になる人間の性《さが》ですね」

ハーディングが頰をゆるませた。「スーザン――ソシ・サパタのことだが――をクラブに誘ったのはわたしだ。なぜだと思う？」

「聞かせてください」

「ベンチャーキャピタルはシリコン・ヴァレーのビジネスをまわす潤滑油なんだ」さっと腕

を振り、壮大なパノラマをジョーに見せた。「サンフランシスコからサンノゼまで、全テクノロジー産業が金で動いている。わたしはそこへ投資する。なにがなんでも。ビジネスを進めるために金が必要なら、手に入れるまでだ」

「資金調達はつねにクリーンとはかぎらない、そういうことを言ってるんでしょうか」

「きみはその目で人の心のじめついた裏側を見ていながら、金もまた汚れているとは思わないのか？」

ジョーは無表情を保った。「あなたはビジネスの資金が欲しかったんですね？　クラブのメンバーたちを強請ることで調達していた」

「想像力がわたしの強みでね」

「続けてください」

「非の打ちどころのない計画だったよ。スリルを求める金満家どもに自分の秘密をしゃべらせてクラブに入会させる。それから連中を脅すんだ。わたしが勧誘し、だまして金を奪い、その後ひとつ上のレベルに昇格させる。彼らはつぎの新メンバーたちを強請ることで利益の分け前にあずかれる」

「マルチ商法」

「古典的なやりかたが好みでね」

ジョーの髪が風でもつれた。「そしてペリー・エイムズが入会を希望してきたとき、あなたは彼をゆすろうとした。でもエイムズはよくない男だった」

「ああ、あれは思ったほどうまくいかなかった。卑しい賭博プロモーターだ。トラブルの元だと気づくべきだった。それでも金は手に入れたが」

「あなたもいたんですか、グレッグ？　ウィリアム・ウィレッツがエイムズを殺しかけた現場に？」

「まさか。エイムズはわたしがかかわっていたことを知らないよ。会合はソシとウィルにセッティングさせたから。エイムズはわたしの名を一切耳にしていない」

「〝プレイ〟がさがしつづけていた人物とはあなただったんですね」

ハーディングは顔をほころばせた。「やつは強奪を命じた男の名前を知りたがっていた。それを教えられる人間たちを自分で殺してしまったとも知らずに。ウィレッツとソシを殺して、わたしに通じる道を焼きはらったんだよ」

「完璧」

「だろう？」

「エイムズの首を絞めてお金を盗んだことで、胸が痛みました？」

「ゴキブリを退治して胸が痛むか？　痛まなきゃいけないのかね？」

「その後、気の毒なソシは口を閉じていられなくなったんですね。強迫症状的なおしゃべりでしたから。ひとたびクラブに入会すると、話すべきではない相手に情報を漏らしてしまった。噂は外部へも伝わったんじゃないですか？」

「だからわれわれはメンバー募集に望ましい結果を得られなかった。だがその問題は解決したよ」

「DSCが今後も続いていくと本気で思っていますか？　次回のメンバー募集で空きを埋めるつもりですか？」

「当然だよ。きみがこのことをしゃべっても、だれも信じまい。きみは医療上の不手際から人ふたりを死なせた弱い女だ。きみが今日耳にしていることに証拠はひとつもない。もしなんらかの理由でだれかがきみの途方もない話を信じたとしても、わたしはセラピーとして打ち明けたのに、きみが医師の守秘義務に背いていると説明する。信頼できる精神科医はクライアントの話したことを口外したりしない。きみは免許を失うだろう」

風がモントレーパインをそよがせた。「わたしの名前をクラブのメンバーたちに伝えたのはなぜです？　ほんとうにわたしを入会させたかったんですか？」

「いや。きみにそれほどの旨味はない。きみにはつとまらんよ」

「では、〝プレイ〟に名前を教えて、わたしを殺させるように仕向け、あなたの問題をすっきり片づけられるかもしれないと思ったんでしょうか？　もちろん、それによってわたしか警官が逆にあなたにたどり着くというリスクも冒しているわけですが」

「でもあれはわたしの挑戦だったんだ。お楽しみの一部だよ」にやりと笑う。「きみをさがしに向かう前の〝プレイ〟と対面するのが楽しかったのと同じことだ。エイムズがクラブに入会したがるように仕向けたのはデイヴィッド・ヨシダだった――だからエイムズはわたしをキャリーの元夫としか思っていなかったよ。それ以上の何者でもない」

「あなたはわたしに死因の曖昧な死を迎えさせたかった。だから〝プレイ〟とスカンクにわたしを撃つなと言ったんですね。事故に見せたかったから」

「自殺にもっていくのは手がかかりすぎると思ってね」背筋をぞくりとさせる笑みを浮かべた。「どうとでも解釈できる死。わたしはアイロニーを大事に思っている。アメリカにはアイロニーが足りない」

ハーディングは声をあげて笑った。「わからないのか？　きみには証拠がないんだ。なにひとつ」

「わたしに大言を吐くのは愉快ですか？」

「実際にやってのけたのだから、大言を吐くとは言わないだろう」

「あなたはほんとうにクラブを手に入れ、利用していたんですね？」

「キャリーはいいことを思いついてくれた。手直ししたのはわたしだが。キャリーは善悪で判断しがちだし、考えが単純で直線的だった。わたしは角を曲がった先が見通せる」

「あなたにはさぞおもしろかったんでしょうね」

笑みが満面にひろがった。「いいかげん苛立ってきたようだな。わたしが起訴される可能性はゼロだ。わたしをペリー・エイムズと結びつける証拠はなにもない。ソシはいずれしゃべっていたかもしれないが、もうこの世にいない。これは絶対安全な計画なんだ」

「そろそろ話してあげましょうか、グレッグ。あなたは秘密に夢中だから。わたしはあなたの知らないあることを知ってるんです」

「ほう、頼むよ、聞かせてくれ」

「あなたとキャリーは離婚してからこれまでの数年間、おたがいに相手を滅ぼそうとしてきたんじゃありませんか？　そう気づくのはむずかしくありませんでした。あなたの発言のひとことひとことに、破壊的な執着を抱き合っていたことがあらわれていますから。性的にも感情的にも」

ハーディングは無言だった。

「キャリーが人をこらしめる、とあなたは言った。それはあなたをこらしめていたという意味です。あなたも彼女にそうしていた。キャリーはあなたがＤＳＣを私的な強請の道具に変えてしまったことを知っていましたか？」

「死んだ夜には気づいただろうね」

ハーディングのはなはだしい自己満足、怒り、傲慢さに、ジョーは吐き気をもよおしたが、冷静な表情を崩さなかった。「あなたはそうしてひそかに彼女をこらしめていた」

彼がにんまりした。ジョーはつかのま悦に入らせておいた。

「でもキャリーにも秘密があったんです。あなたを生涯こらしめることになる秘密が。ダーティ・シークレット・クラブはおとり捜査でした」

ハーディングの頭が、ほんのわずかに傾いた。

「そうなんです」ジョーは言った。

彼の唇がゆがみ、横隔膜がひろがって止まった。たったいま肉の塊で喉をつまらせたかのように。あとずさり、呼吸を取りもどし、立ちなおろうとした。

唇がめくれあがった。「結局はきみをつかまえることになるのか。その口がしゃべらないように息の根を止めてやろう。そうさせないためにはわたしを殺すしかないだろうが、きみにその度胸はない」

陽光が海に反射してきらめいた。ジョーは動かなかった。「おっしゃるとおり、わたしは殺しません。誓いを立てたので。今日のような日にはむずかしいけど、それを守っているんです。ひとつ、人に危害をおよぼさない」

ハーディングがせせら笑った。「やれやれ。そんな誓いはキルトに縫いつけて、《ゴッド・ブレス・ザ・USA》でも歌ってろ。くたばるがいい。わたしは誓いなど立てていないぞ」

小径を二十ヤード行ったあたりで、公園のベンチに坐っていたゲイブ・キンタナが立ちあがった。iPodのイヤーピースをはずしながら、悠然と近づいてきた。

「失礼」彼が言った。

ハーディングはそちらを見もしなかった。「うせろ」

ゲイブはハーディングから二フィート手前で立ち止まった。「すみませんが、あなたがこのご婦人に言ったことを聞かずにいられなかったので」

「とっとと消えろ」

「いいえ」

ハーディングはゲイブを一瞥し、暴力的な気配を感じとって、もういっぺん見直した。

「なにもかも聞いたって言ってるのに。そしておれはドクター・ベケットを掩護するのにやぶさかではないんです」

ハーディングの口元が引きつった。

「たまたまこのiPodに口述録音していたもんだから。マイクがおふたりの会話を拾ってしまったかもしれませんよ」

「いいか、きみ、これはきみには――」

「この女性にはなにひとつ、くりかえす、なにひとつよからぬことは起こらない。なぜならおれも誓いを立てているからです。〝他者を生かすために〟という誓いを。それはジョーのことです。その誓いを確実に守るためなら、あんたを殺す」

ゲイブは進み出て、声を落とした。「〝プレイ〟はモロトフ・カクテルを手に、おれの娘を追いまわした。でもあんたはここから生きて立ち去れるんだ。自分がどれだけ幸運か考えるんだな」

ハーディングが視線を落とした。

ジョーはハーディングを残して去りかけ、振り向いた。「最後にもうひとつ。これをなくしたでしょう」ピーコートのポケットから野球のボールを取りだした。「これがどうしてスカンクのキャデラックにあったのかわからないけど、あなたが一枚嚙んでいるにちがいないわ」ボールを放り投げてキャッチし、手のなかでひっくりかえした。「ウィリー・メイズ。詳しい人に訊いたら、一九五四年のワールドシリーズのボールだとか。十万ドル以上するんですってね。つぎのビジネスの資金稼ぎに盗品をｅＢａｙで売買できるのかどうか知らないけど、幸運を祈るわ」

崖のほうを向き、フェンスの向こうへボールを投げた。速球が弧を描いて空の青に吸いこまれ、眼下の岩場へ落ちていった。

「なにをする。このくそ女――」

ハーディングはフェンスを乗り越え、崖が落ちこんでいる地点まで駆け寄ると、そろそろと絶壁を下りはじめた。

ジョーは大声で言った。「法廷で会いましょう、ミスター・ハーディング」

ぎこちなく土をつかんでおりていく彼のマニキュアをほどこした両手と、輝くロレックスが見えた。ジョーとゲイブは彼が視界から消えるまで見守った。それから背を向けて歩きだした。

小径を百ヤード歩いたころ、ジョーは言った。「あなたの電話を借りてもいい？」

ゲイブが手渡した。ジョーは通りの先の〈シール・ロック・イン〉でコーヒーを飲んでいるタングにかけた。

「あとはまかせる」ジョーは言った。

ゲイブに電話を返した。「ｉＰｏｄにはなにを録音してたの？　聖書の八福の教え？　平和を実現する人々は幸いである？」

「ジョン・ウェインだ。タマ《ボール》をつかめば、心と頭はついてくる」

ふたりは歩きつづけた。ゲイブが言った。「あの男はいつ気がつくんだろうな、きみが今朝〈マニーズ・スポーティング・グッズ〉であのボールを買って、自分でサインしたことに」

さらに歩いた。

「なにをにやついてるんだい？」

ジョーは微笑んでいた。顔に降り注ぐ陽射しを、髪をなでるそよ風を感じて。目の前にひろがっている今日という一日を思って。肩の重荷は消え去っていた。

「教えろよ」とゲイブ。

背後から波の砕ける音が聞こえる。

「秘密なのか？」

「まさか、ちがうわよ」

マリン郡の岬はこれからもずっとうしろにあり、ダニエルの眠っている場所を思いださせてくれるだろう。前途にはなにがあるかわからない。けれどやってみることはできる。

「いつになったら教えてもらえるのかな」

ジョーはゲイブを引っぱって立ち止まらせた。自分と向かい合わせ、両手でその顔を包む。両腕が腰に巻きつき、引き寄せられるのを感じた。にっこり微笑みかけて、爪先立ちになった。

「いま」ジョーは言った。

訳者あとがき

まず本書の日本語タイトルについて。〝心理検死官〟ってなに？　という疑問を抱かれた方は多いかと思う。こういう職名はたぶん現実には存在しない。主人公ジョー・ベケットの仕事をなるべくコンパクトにわかりやすく表現するため苦しまぎれに（？）ひねりだした造語であることを、あらかじめお断りしておきたい。

では、その仕事とは？　ジョー・ベケットは司法精神医学を学んだ精神科医、いわゆる法精神科医で、警察の依頼を受けて捜査に協力する。といっても、プロファイリングや精神鑑定をおこなうのではない。ユニークなのは、分析の対象がすでに死んでいる点だ。みずからを〝デッドシュリンカー〟（精神科医の俗称ヘッドシュリンカーのもじり）と呼ぶジョーの仕事は、死者の魂を読み解くことなのである。

犯罪の疑いがあるケースにおいて、被害者の遺体を解剖して死因を調べるのは監察医（もしくは検死官）だが、ジョーは〝心理学的剖検〟によって死に至った理由を検証する。警察の捜査報告書や被害者の医学的記録を読み、故人の身内や友人、関係者に会い、遺品を調べ、日記やメールやブログにも目を通す。死者の人生をさかのぼり、身体的・心理的状態、人間関係等のバックグラウンドをさぐっていきながら、その死が自然死か事故死か、自殺だったか他殺だったかを判断する。事故死に見せかけた殺人もあれば、自殺かと疑われる自然死もあるが、精神科医の視点から真実を見極めるのがジョーの役目だ。いうまでもなく警察も捜査を始めているわけだが、それでもなお死が解読不能なとき、専門知識と経験をもつジョーの出番となる。通常ならば。

　だが今回はちがった。ふだんは警察の捜査情報を渡されて着手するのに、ジョーは深夜の事故現場に呼びつけられた。場所はストックトン・トンネル。暴走したＢＭＷが陸橋の欄干を突き破り、ミニバンのルーフに落下したのだった。ＢＭＷの運転者は連邦検事補キャリー・ハーディングで、検事局インターンの女性が同乗していた。車は市街を暴走したのち陸橋からダイブしており、ブレーキ痕は見当たらなかった。事故なのか、他人を巻きこんだ自殺なのか、あるいは無理心中なのか。死亡したキャリーの脚には口紅で文字が書き残されていた。〝ｄｉｒｔｙ《ダーティ》〟。市内では心臓外科医や有名デザイナーといったセレブの不審死が相次いでおり、緊急事態と見たサンフランシスコ市警のエイミー・タング警部補はジョーに異例の権限を与えて捜査に引きこむ。ほどなく〝ダ《D》ーティ・シ《S》ークレット・ク《C》ラブ〟なる謎めいた組織の存在が浮上。キャリーをはじめ、疑わしい死を遂げている有名人たちはみなＤＳＣという一本の線で結ばれていた。だがジョーがその実態に迫りかけた矢先、また新たな犠牲者が出る。ＤＳＣとはどんなクラブなのか。人々を死に追いやっているのは何者なのか。

やがてジョーにもＤＳＣへの招待状が届く。そこに書かれていたのは、ごく限られた人間しか知らない、ジョーの夫の死に関することだった……。

本書『心理検死官ジョー・ベケット（原題・The Dirty Secrets Club）』は米国人作家メグ・ガーディナーによる〝ベケット・シリーズ〟第一弾。同著者にはほかにも〝エヴァン・ディレイニー・シリーズ〟という作品群があり、既刊の五作中三作目までハヤカワ文庫と集英社文庫から翻訳が出ている。ガーディナーは一九五七年オクラホマ州生まれのサンタバーバラ育ち。スタンフォード・ロースクールを卒業後、弁護士として活躍。現在は夫&三人の子供たちとロンドン近郊に在住。メグの作品はまず英国で出版され、その後ディレイニー・シリーズ第一作『チャイナ・レイク』がかの巨匠スティーヴン・キングの目にとまり、キングが絶賛したところからアメリカでの出版が決まった。『チャイナ・レイク』はアメリカ探偵作家クラブ（ＭＷＡ）の二〇〇九年度エドガー賞最優秀ペーパーバック賞を受賞。ベケット・シリーズも英米で第三作まで刊行され、この『心理検死官ジョー・ベケット』は《ロマンティック・タイムズ》誌の〇八年度書評家賞を受賞している。

ディレイニー・シリーズは、ＳＦ作家で口が達者、行動的なヒロインのエヴァンが自身や恋人や身内に降りかかる事件に満身創痍で立ち向かうジェットコースター・サスペンス。一人称の語り口で威勢のいい科白や独白がぽんぽん飛びだす。一方このベケット・シリーズは抑制のきいた三人称がサスペンスを盛りあげ、主人公のジョーは精神科医という職業柄か、人の話に耳を傾け、相手をじっくり観察する。自制や客観的視点を保ち、自己のつらい体験とも静かに向き合ってきた。一見タイプが異なるこれらふたりの女性たちに共通するのは、正義感、情熱、勇気、人を愛する心。発火点はちがっても、いったん火がついたらどちらも止まらない。

冷静かつ慎重なジョーだが、クールなプロフェッショナルというよりは、悩み、迷い、まだ手さぐりしつつ奮闘している、親近感を抱きやすいヒロインだ。アイルランド系だが母方の祖母は日本人という設定のせいか、わたしたち日本人から見ると笑える日本趣味もちらほら。精神科医なのに大地震を体験したトラウマで閉所恐怖症だったり、どこか周囲が放っておけない危うさもある。そんな彼女を支える個性的な脇役陣——近所のコーヒーショップでバリスタとして働いている妹ティナ、とっつきにくいが心優しい若き女警部補エイミー・タング、おたくで極度の心配症で厄介な隣人かと思いきやじつは頼りになるファード、そしてジョーの心情をだれよりも理解している降下救難隊員ゲイブ——は、二作目以降でもそれぞれジョーのよきパートナーとして活躍する。ジョーの精神科医としての手腕は本作よりもむしろ第二作から発揮されている気がしなくもないが、彼女のプロならではの人間観察眼、人との誠実な接しかた、自分の過去との向き合いかた、そして人柄のよさが、無機的なスリラーとなりがちな物語にぬくもりを添えているように思う。あのジェフリー・ディーヴァーも本書についてこうコメントしている。「あらゆる点で〝勝ち本〟だ。……ガーディナーの登場人物たちはひとり残らず命を吹きこまれてページから飛びだしてくる。そのなかのだれよりも抗いがたい魅力をもつ人物にわたしは恋している。ジョー・ベケットに」

印象的な登場人物だけでなく、先の読めないスピーディな展開、映画のような臨場感も本書の魅力だ。文字どおり街を揺さぶる地震の不安感と相俟って、スリリングな緊張を維持したまま、クライマックスのハロウィーン・ナイトに向かって物語は突き進む。ボリュームと読み応えがあるわりに肩がこらず、片時も退屈させない、絶妙なエンタテインメント小説といえるだろう。それでいて〝秘密〟に対する人間の心理を深く鋭く突いているところがまたニクい。メグ・ガーディナー、たしかに侮れない作家である。

もうひとつこのシリーズを楽しくしているのが舞台のサンフランシスコ。本書には読んでいて思わず地図をひろげたくなるほど地名や通りの名前が多出する。先にあらすじでふれた事故現場も、ハメット・ファンがにやりとするであろうマイルズ・アーチャー殺害現場のすぐそばだ。著者もブログに写真を載せているが、サンフランシスコの地図や写真はネット等でいくらでも見られるので、まずはジョーの家があるロシアン・ヒルからぜひご覧になって雰囲気を存分に味わっていただきたい。ジョーの妹ティナが淹れる香り高いコーヒー。カリフォルニアの陽を浴びて輝く青い海。黄昏にきらめきだす街の灯。ケーブルカーのベルや、早朝の湾を震わす霧笛。訳者もいつの日か本書を手に、ジョー・ベケットゆかりの地を巡る（&カリフォルニアワインを飲みたおす）旅ができることを夢見ている。

ミュージシャンと結婚し、ツイッターでもロックミュージックをネタにしたジョークをつぶやいているメグの小説には、つねに好もしいBGMが流れている。本書ではオール・アメリカン・リジェクツの《ダーティ・リトル・シークレット》をはじめ、ロス・ロボスからラフマニノフまで、第二作以降もグレイトフル・デッド、ザ・フー、トム・ペティにバリー・ホワイト。第三作『The Liar's Lullaby』はカントリーポップ・シンガーの死の謎を追うストーリーで、メグのご主人作曲のタイトルソングがブログで聴けるようになっている。遊び心もたっぷりの著者は、登場人物の名前でも遊んでいるらしい。おたく《ナード》なファードの相棒ミスター・ペブルズはマイケル・ジャクソンのペットだったバブルス君を連想させるし、警部補エイミー・タングの名前をサンフランシスコ出身の中国系アメリカ人作家エイミ・タンからもらったことはほぼまちがいない（エイミ・タンはスティーヴン・キングとバンド活動をしていたし、代表作は『ジョイ・ラック・クラブ』だし……）。ちなみに作家のほうはTanで、警部補はTang。日本語表記ではどちらも「タン」が一般的なのかもしれないが、同じスペルにしなかった著者の意を酌んで本書では「タング」とした。

著者は今後もベケット、ディレイニー両シリーズを書き続けていくといっており、あるインタビューで、二〇一一年六月に出る新刊でついにジョーとエヴァンが対面し、協力して事件に挑むという旨の発言をしている。それはディレイニー・シリーズの第六作になるのかもしれないが。一読者としても楽しみでしかたがない。

二〇一〇年九月

山田久美子

THE DIRTY SECRETS CLUB by Meg Gardiner
Copyright © 2008 by Meg Gardiner
Japanese translation rights arranged with Meg Gardiner
c/o Curtis Brown Group Limited, London
through Tuttle-Mori Agency, Inc., Tokyo

集英社文庫

心理検死官《しんりけんしかん》ジョー・ベケット

2010年11月25日　第1刷
2011年11月12日　第4刷

定価はカバーに表示してあります。

著　者　メグ・ガーディナー
訳　者　山田久美子《やまだくみこ》
発行者　加藤　潤
発行所　株式会社 集英社
東京都千代田区一ツ橋2-5-10　〒101-8050
電話　03-3230-6094（編集）
03-3230-6393（販売）
03-3230-6080（読者係）
印　刷　図書印刷株式会社
製　本　図書印刷株式会社

フォーマットデザイン　アリヤマデザインストア　　マークデザイン　居山浩二

本書の一部あるいは全部を無断で複写複製することは、法律で認められた場合を除き、著作権の侵害となります。また、業者など、読者本人以外による本書のデジタル化は、いかなる場合でも一切認められませんのでご注意下さい。

造本には十分注意しておりますが、乱丁・落丁（本のページ順序の間違いや抜け落ち）の場合はお取り替え致します。購入された書店名を明記して小社読者係宛にお送り下さい。送料は小社負担でお取り替え致します。但し、古書店で購入したものについてはお取り替え出来ません。

© Kumiko YAMADA 2010　Printed in Japan
ISBN978-4-08-760615-7 C0197